楚辞精选集

骚赋楚韵

许松华◎编

北京燕山出版社
BEIJING YANSHAN PRESS

图书在版编目（CIP）数据

骚赋楚韵：楚辞精选集 / 许松华著 .—北京：北京燕山出版社，2017. 4

ISBN 978-7-5402-4468-2

Ⅰ. ①骚… Ⅱ. ①许… Ⅲ. ①古典诗歌－诗集－中国－战国时代 Ⅳ. ①I222. 3

中国版本图书馆 CIP 数据核字（2017）第 055871 号

骚赋楚韵：楚辞精选集

作　　者　许松华
责任编辑　王　迪
设　　计　张合涛
责任校对　史小东
出版发行　北京燕山出版社
地　　址　北京市西城区陶然亭路 53 号
电　　话　010 – 65243837
邮　　编　100054
印　　刷　河北信德印刷有限公司
开　　本　880mm × 1230mm　1/32
字　　数　286 千字
印　　张　12. 25
版　　次　2018 年 5 月第 1 版
印　　次　2024 年 1 月第 2 次印刷
定　　价　56. 00 元

前言

楚辞又称“楚词”，是战国时代伟大诗人屈原创作的一种新诗体。《楚辞》是中国文学史上第一部浪漫主义诗歌总集，对后世文学诗歌的创作有着极其深远的影响。

“楚辞”这一名称，最早见于西汉前期司马迁的《史记·酷吏列传》。在汉代，楚辞也被称为辞或辞赋。汉成帝时，刘向整理古文献，将楚国人屈原、宋玉的作品以及汉代人淮南小山、东方朔、王褒、刘向等人承袭模仿屈原、宋玉的作品汇编成集，共十六篇，定名为《楚辞》。汉武帝时，淮南王刘安编纂的《离骚传》，是历史上最早的一部关于楚辞作品的注本，不过久已失佚。继刘安之后，相继出现了不少《楚辞》注本。东汉汉元帝初年，王逸给刘向所编的《楚辞》作注，又增入已作《九思》，命名全书为《楚辞章句》，含《离骚》《九歌》《天问》《九章》《远游》《卜居》《渔父》《九辩》《招魂》《大招》《惜誓》《招隐士》《七谏》《哀时命》《九怀》《九叹》《九思》十七篇，是现存最古的一种注本，成为后世通行本。

《楚辞》灵活地运用了我国南方楚地（今湖南、湖北一带）的文学样式、方言声韵，叙写着楚地的山川江河、人物风情，使文中的声韵、歌调、思想乃至精神风貌具有鲜明的楚地特色，如宋人黄伯思所说，“皆书楚语，作楚声，纪楚地，名楚物”。全书以屈原作品为主，其余各篇也都承袭屈赋的形式。由于屈原的《离骚》是楚辞的代表作，所以楚辞又被称为“骚”或

“骚体”。

《楚辞》是继《诗经》四言体后出现的一种新诗体。它的出现，打破了《诗经》以后两三个世纪的沉寂而在诗坛上大放异彩，开始了我国诗歌史上继《诗经》之后的第二个重要时期。《楚辞》突破了《诗经》以四言为主的句式，汲取南地楚歌的韵调和句式，采用散文化的长句，以六言为主，长短相间，灵活多变，独创了一种参差错落、灵活多变的新体式，扩大了诗歌的表现力。在结构形式上，它把《诗经》整齐短小的重章叠句发展成为“有节有章”的长篇巨幅，更适合表现繁复的社会生活内容和抒写在较大时段跨度中经历的复杂情感。在语言上，采用了大量的楚国地名、物称、方言、口语等，使诗的语言生动、形式活泼；比兴夸饰与神话传说的广泛运用，使全诗具有强烈的浪漫主义色彩。《诗经》和《楚辞》一起构成了中国古代诗歌史上的两大源头，分别开创了中国古代诗歌现实主义和浪漫主义的先河，成为中国古代诗歌史上的“双璧”，在中国文学史上有着特殊的意义。

姜亮夫曾在《楚辞今绎讲录》中说：“中国文学史自从有了楚辞，特别到了汉代，得到汉高祖的提倡，可以说，整个中国文学都楚化了，因为它适用于整个民族的语调。”楚辞是楚民族文化的精华，几乎取代《诗经》的地位。唐代诗人，据说有人不读《诗经》，但没有人不读《楚辞》的。要是没有屈原的作品，就不会有我们后代文学的这个发展，或者说我们后代文学的发展不会是我们现在走的这个路子，像汉乐府、唐人律诗、宋以后的词曲等，可能是另外一个路子。

屈原作品虽然存在着真伪问题，但是一些作品还是没有问题的，例如《离骚》《九歌》《天问》和《九章》中的大部分诗篇，以及《招魂》，一般都认定为屈原所作。本书即选取《离骚》《九歌》《天问》《九章》《招魂》这几篇作品进行了注释、赏析和评论，以飨读者。

目 录

离　骚

——吾将上下而求索

《离骚》是中国诗歌史上第一首长篇抒情诗。它是屈原自传性的叙事诗，是屈原心路历程和人生悲剧的再现，也是楚国由盛转衰的历史写照。《离骚》是屈原用他的梦想、激情、痛苦、追求以至于整个生命所熔铸而成的宏伟诗篇，是中国乃至世界诗歌史上伟大的不朽之作。

《离骚》结构宏伟、文采绚烂、感情深沉、想象丰富。前半篇以赋体为主，将作者的思想感情娓娓道来；后半篇善用比兴手法，富于浪漫色彩。壮怀逸思跃然栩然，山川风日刻画入微，神话现实交光互影，香草美人譬喻得宜，营造出一个浩丽惝恍的境界。正如明人桑悦所言：“《骚经》一篇，令人读之抚剑，于数千载下犹若欷歔不尽者。可见屈子孤忠，感人最深。”屈原遗世独立的贞心亮节，就凭依这“上下求索”的境界，感动了一代又一代的读者。

[原辞]

帝高阳之苗裔兮①，朕皇考曰伯庸②。摄提贞于孟陬兮③，惟庚寅吾以降④。皇览揆余初度兮⑤，肇锡余以嘉名⑥：名余曰正则兮⑦，字余曰灵均⑧。

[注释]

① 高阳：五帝之一颛顼（zhuān xū），有天下的称号。苗裔

(yì)：后代子孙。苗：草之茎叶。裔：衣服的边缘。

② 朕（zhèn）：我，先秦人自称，至秦始皇始定为帝王的专用第一人称。皇考：亡父的尊称。皇：光明。考：先父。

③ 摄提：摄提格的简称。古人将太阳在天空中的环形路径称为黄道，将之划为十二区，分别称为困敦、赤奋若、摄提格、单阏、执徐、大荒落、敦牂、协洽、涒滩、作噩、阉茂、大渊献，后来又以由子至亥的十二地支来编号。而岁星（木星）绕日公转一周大约为十二年（实为11.8622年），古人用以纪年。不过由于岁星运行并非均速，公转一周的年数又非整数，纪年会有所偏差，因此虚拟了太岁一星。太岁方向与岁星相逆，且行速均衡。太岁在摄提格宫，其年便为寅年。贞：正，正当之意。孟陬（zōu）：孟春正月。夏历正月，以十二支计算则为寅月。

④ 庚寅：干支之一，即寅日。日，古代以干支纪日，六十日为一轮。降：降生。

⑤ 皇：皇考。览：观察。揆（kuí）：估量。初度：始生时的器度。

⑥ 肇（zhào）：开始。锡：通“赐”。嘉名：美名。

⑦ 正则：公正而有法则。正：平。则：法。

⑧ 灵均：灵善、均一。灵：神；善。均：均调；公平。正则、灵均分别为平、原二字的代语。

[赏析]

犹如汪洋恣肆的长江大河，一篇史上蔚为壮观的鸿篇巨制就这样奇崛瑰丽地开头了。扑面而来的，是屈原带有强烈个性色彩的自叙。这是中国文人首次以个人的姿势登上历史的舞台而不朽。屈原采用自传体写抒情长诗，标志着中国文学自觉时代的到来。屈原以自传体开头，首次把个人放到与社会历史等量齐观的平台，独立于社会历史并与之相对存在。这是人的自我意识的觉醒，是个性的自我张扬，换言之，“人”作为一个独特的主体，首次以站立的姿势，立于滔滔流逝的历史长河而不昧。它宣告，“人”有自己独立存在的价值，“人”可以创造和驾驭历史。这是屈原的独立立场和独立精神的体现，他的独立是与他的忠君爱国、与他的崇高政治理想合而为一的，因此他对个人的自述，实质是一个国家的写照。屈原这种对自我价值的肯定和个性的张扬，在当时和对后世都有积极的影响。

屈原用带有神话色彩的古老故事叙述，渲染出自己的出身、奇特的生日、父亲的钟爱和赐予他美好的名字：

我是古帝高阳氏的子孙，我已去世的父亲字伯庸。岁星在寅那年的孟春月，正当庚寅日那天我降生。父亲仔细揣测我的生辰，于是赐给我相应的美名：把我的名取为正则，同时把我的字叫作灵均。

他似乎从历史的深处飞来，从万古高天飞来，在一个天造地设的神奇时刻，清亮地啼鸣一声，叫醒幽冥的大地，绽放成一朵绝世的莲花。这注定是一个富有传奇色彩的神奇人物。特殊的出生日子，赋予屈原的生命不同凡尘的绝响。“天开子，地辟丑，人生寅。”屈原的生辰正与“人生寅”合。这个于寅年寅月寅日降生的孩子，究竟承载着上苍怎样神秘的信息，费尽做父亲的猜测。总之，这个孩子长大后必定不同凡响，于是父亲给他取名“正则”，表字“灵均”。这个名字包含了父亲对屈原德行、才干和生命的期许。特殊的身份，特殊的日子，经过大人的口口相传，也会促使小屈原对自己产生特殊的要求。他牢记父亲的期望，一如秉承上苍的意旨。从出生的那一刻起，不，从鸿蒙初开时起，作为贵族的后裔，他对国家兴亡有着不容置疑的责任感。诗人不惮其烦地铺写自己的名字，意在表明他人格的坦荡正直。他们禀赋刚烈、睿智和富浪漫气质。

这个开头似乎很寻常，却非常重要。这是诗人的“根”，是他的来处和去处。“横空出世，莽昆仑。”在屈原的心目中，始终有一个“昆仑情结”。因为楚是夏的后代，夏起自西北，后分两支，一支沿黄河东下，至今日西安、郑州一带，即周；另一支沿汉水南下，是为楚国；屈原心目中的旧乡，即老家是在昆仑。昆仑是楚国的发祥地，楚始祖帝高阳氏颛顼从这里走出；昆仑，闪耀着熠熠神光，从这里可以抵达天堂。昆仑，是诗人关注楚国命运的最后根据地，是诗人安放和修复心灵的皈依，是突破现实、浪漫飞翔的出口，也是诗人的诗灵飞跃严酷现实与瑰丽想象的聚散地。在诗人眼里，昆仑、天国、颛顼、楚国是四位一体的。昆仑是天和地、人和神、历史与现实、时间和空间、理想与未来、铁血污秽的现实与瑰丽高洁的幻境的大集合，是诗人从中汲取的心灵力量的不竭源泉。在对楚国前途和个人命运忧心如焚的时候，诗人的目光投向昆仑，企望召回巍巍昆仑的英魂；在黑暗深渊、困苦不堪的时候，诗人沿着昆仑的神光，从这里飞到天上，成为驾驭万物的最高的神。昆仑始祖颛顼大帝守望着脚下的楚国，他威严的目光注视着后代子孙。诗人的先祖屈暇是楚武王的长子。诗人正是高阳氏子孙。

在讲述他的家世的时候，诗人的感情是肃穆的，含蕴是深邃的。诗人的目光越过屈氏家族，眺望闪射着神光的昆仑，一直抵达始祖颛顼大帝。他的眼前，交叠着屈氏家族一连串的宗室重臣，屈暇、莫敖、屈重、屈完、屈荡、屈宜臼……他看见，先祖屈暇伐罗失败后，在郢都之郊江陵的树林自刎，开楚国败将自尽谢罪的先例，铸造了楚国“天时怼兮威灵怒，严杀阵兮原野”的勇武刚烈精神。他看见，齐桓公带着八国联军气势汹汹南下灭蔡征楚时，楚成王时的外交家屈完用一车苞茅野草，打发了大军压境的强敌，表现出了屈氏家族高超的外交智慧。他看见，楚庄王时代的屈荡，对美若天仙之夏姬垂涎欲滴，却又隐忍了。他成功地劝阻了楚庄王纳夏姬于后宫、大司马纳之为妾的欲念；在楚共王继位之初，计谋让夏姬回郑国；他出使齐国时，与夏姬双方私奔至晋国，使屈氏家族遭到血腥清洗。撇开置国家利益于不顾的可耻行为，他的浪漫爱情史倒是可以大书特书。他看见，楚国头号旧贵族屈宜臼等人，极力阻止吴起变法，楚悼王崩时，设计杀害吴起，使屈氏家族惨遭灭族之祸。到了屈原这一代，屈氏在朝中做官的人已寥若晨星，只有屈原和后来被秦国俘虏的大将屈丐［一作屈匄（gài）］。刀光剑影，波诡云谲，倾国倾城……

俱往矣，诗人眺望始祖颛顼大帝，其雄心壮志志在振兴楚国社稷，复兴先祖雄视天下的神威，而诗人的父亲伯庸是楚国的宗亲，亦是他的至亲，这个出身决定了屈原以楚国为天然的使命。特殊的出身，注定了屈原的一生。屈原为国而生，为国而死。他的悲欢离合，他的热血追求，他的蒙冤受辱，无不与他的这个“根”连在一起，也是打开一个文化巨人的一把钥匙。“首溯其本及始生之月日而命名命字，郑重之体也。”（清顾天成《离骚解》）所以，诗人似乎在不经意地自叙出身，实际上是在表达他效忠祖国，愿意为国尽忠的热忱。

[原辞]

纷吾既有此内美兮[1]，又重之以修能[2]。扈江离与辟芷兮[3]，纫秋兰以为佩[4]。

[注释]

① 纷：多，作副词用。内美：内在的美德。

② 修能：即修态。与内美相对的后天的修饰、长才。

③ 扈（hù）：披。江离：江边所生的一种香草，亦作“江蓠”。又称川芎、芎䓖。辟芷（pì zhǐ）：指偏僻幽静处生长的白芷。辟：通“僻”。芷：白芷，香草名。

④ 纫：贯联、联缀。

[赏析]

屈原的青少年时期，正处于楚国的“宣威盛世”。楚宣王在位三十年，其子楚威王在位十一年，楚国坚持休兵息民政策，国家财力、国家威信和国土面积达到了顶峰，所谓“地方五千里，带甲百万，车千乘，骑万匹，粟支十年”。楚国的郢都是国际政治文化中心，楚国又是道家的发源地，汇聚着老子、荀子、墨子、孔子及其门徒等一大批思想文化大师。他们身影匆匆，在各地讲学，学术氛围非常浓厚。公元前516年王子朝把周室的许多典籍携带到楚国，许多北方学者无缘看到。这些因素使郢都成为各国学人欲往一窥的学术渊薮。

白衣飘飘的少年，自幼聪明，又勤奋好学，孜孜不倦地博取众善，满怀热忱地准备为国效力。司马迁在《史记》中说屈原“博闻强识”“娴于辞令”，这当中就包括赞许他具有非凡才能的意思。屈原不仅精通历史、文学与神话，还洞悉强国之间局势与利弊，且十分善辩，是楚国贵族中的杰出人才。

我已经具有这样多内在的美德，我还要培养优异的才能。披上了江离和系结起的白芷，又编织起秋兰佩带在身。

这一节诗人自叙青年时代为提高各方面才能而刻苦求学。但诗人并没有列举自己学习了哪些科目，而用采集芳草的象征手法表现。你看，他披着香花蘼芜和香草白芷，编结秀草秋兰作为佩带。“鲜妍百花的冠冕你戴着……雪化后那片鹅黄，你像；新鲜初放芽的绿，你是；柔嫩喜悦，水光浮动着你梦中期待的白莲。”（林徽因《你是人间的四月天》）原来，一个男子也可以这样美。不过，屈原用“江离、辟芷”象征美德、知识、才华等真善美，具有多义性和独创性。诗人从浪漫的江南而来，手持香草繁花，从《诗经》狭窄的比兴中破门而出，从此文学宫殿里洋溢万古不散的芳香。司马迁赞曰“其志洁，故其称物芳”！

[原辞]

汩余若将不及兮①，恐年岁之不吾与②。朝搴阰之木兰兮③，夕揽洲之宿莽④。

[注释]

① 汩（gǔ）：水流疾貌，引申为时光逝去如水。

② 不吾与：指不等待我。与：给。

③ 搴（qiān）：拔取。阰（pí）：山丘。

④ 揽：采摘。宿莽：经冬不死之草。

[赏析]

每一个追求事业有成的人，都格外珍惜时间。时间像流水，纷纷从身旁指尖流过；日历一页页随风而去，飘落像生命的挽歌；盛年不再，烟花易冷。人生仅有的成本是时间，最大的焦虑是时间的无法挽留。故诗人“朝、夕”用功修炼不舍。

时光像流水总是追赶不上，我怕这年岁不能将我等待。早晨，到山坡上从高大的木兰树上采来大朵的木兰花；傍晚，又从水中小岛采来经冬不死的宿莽。

诗人让自己的生命如花绚烂绽放，砥砺自己的性格，像宿莽一样不死，经得起挫折和苦难的考验。“恐年岁之不吾与”，担心时光飞驰，自己为国家做不成事业。诗人用花草比喻自修和勤于国事，在纷繁复杂的矛盾、挫折中百折不回。

屈原二十四岁就做了楚怀王的左徒。左徒官位在楚国是较高的，是楚国内政外交的一个主要负责人。楚怀王最初十分信任他，许多法令由他颁布，太史公说屈原：“入则与王图议国事，以出号令；出则接遇宾客，应对诸侯。王甚任之。”

在执政早期，楚怀王也想有所作为，支持屈原的美政理想的改革。而屈原作为怀王前期改革的直接参加者，也热情而自豪地表示，要为“国富强而法立”贡献自己的才智。诗人出使齐国，联齐抗秦，楚怀王被推举为“合纵长”，应该主要功劳是屈原的。

[原辞]

日月忽其不淹兮①，春与秋其代序②。惟草木之零落兮③，恐美人之迟暮④。

[注释]

① 忽：急速。淹：停留。

② 代序：以次相替。

③ 惟：感思，想到。零落：凋残。

④ 美人：有才德的人，屈原自喻。迟暮：年老。

[赏析]

“宣威盛世”四十年来，楚国成为举足轻重的大国、强国，但国君既缺乏统一天下的远大抱负，在政事上也没有多大作为。楚国是靠尚武扩张起家的国家。楚国的传统，五年不征战就被国人看不起。公元前675年，楚文王亲自带兵迎战巴人，被打得大败，楚文王也中了数处箭伤。他见处境不利，原打算撤回都城，好不容易退回到国都，却被守门小吏鬻拳拒之门外。鬻拳责楚文王败军而回，楚文王羞愧返军而攻打黄国，途中箭伤感染，无法得到及时治疗，徒然去世。楚文王尸运回楚国，鬻拳亦自刎而死。其君臣气度、勇武如此。然在“宣威盛世”四十一年中，公元前343年，楚伐蔡灭蔡国。十年后，越王无疆攻楚，楚威王举兵还击，杀无疆，夺原属于吴国的土地。后楚威王对齐国发动战争，败齐军于徐州。在这些战争中，除灭越之战稍可圈点外，与楚国有为之君相比，均乃泛泛之举。而此时，国际形势却发生了巨变，三晋联盟一时战无不催攻无不克。齐魏两战之后，齐用孙膑大破魏师，使一度强势的魏国从此衰败下去。秦国通过系列变革，一跃而起成为强国。于是，战国时代终成三国鼎立之势。

前329年，楚威王死，其子熊槐继位，是为楚怀王。这一年，张仪入秦为相。四年后，前325年，秦惠文王称王。秦比楚迟称王四百年，但二者称王的目的绝然不同。楚因“不服周”任性称王，秦惠文王是看准周王室衰微，起而称王，有取而代之、吞并天下之志。魏国的相国说楚合纵抗秦，揭露秦的狼子野心，告知如楚国再不明朗，秦必亡楚得天下。楚怀王从此陷身“外欺于张仪，内欺于郑袖”的泥沼，堂堂大国之君，被张仪玩弄于股掌之间，因张仪引发秦楚之战，楚怀王举全国之兵，被秦国先大败于丹阳，继大败于蓝田，次年，又以土地换和平，据《史记·楚世家》记载，楚怀王愿“分汉中之半以和楚”。楚国元气大伤，国力日削。

屈原对楚国的内忧外患洞若观火，其急切的心情，如快鞭驱逐敝马。

太阳月亮不停运行忙忙碌碌，春天秋天循环往复互相替代。想到草木也有凋零之时，便担心美人年衰老迈。

上文诗人之“恐”是自叙自己珍惜时间，积极准备为国效力，此处的“恐”，是担心楚王守旧因循，使政治不能革新，耽误了楚国的前途；“美人，谓美好之妇人，盖托词而寄意于君也。”（朱熹）诗人反复强调时光易逝，突出内外形势的紧迫感，从反面透露出楚国政暗力衰，楚君臣因循懈惰。

[原辞]

不抚壮而弃秽兮①，何不改乎此度②？乘骐骥以驰骋兮③，来吾道夫先路④！

[注释]

① 抚壮：趁壮年。弃秽（huì）：抛弃污秽的言行，或指废弃奸邪小人。

② 度：指楚王因循苟且的态度。

③ 骐骥（qí jì）：良马，此处指任用贤才。

④ 来：招邀之辞。道：同“导”，引导。先路：前路。

[赏析]

诗人敦促楚王趁年富力强改革弊政。国之昏乱，污秽之行肆虐，德业不彰，积弊丛生，百废待兴，一个“秽”字概括力很强。“何不”用反问句，在敦促中含指责；“此度”，指楚国既有的施政方针、法度。前两句，诗人叙抱美政理想，催促怀王实施改革的原因和初衷，告诫楚王要有忧患意识和危机感，趁早有所作为，不要等到年老力衰留下遗憾。后二句言诗人甘当快马，为王前驱。“骐骥”，喻治国良才；“驰骋”，即表明自己愿为王驱使、为国效忠的热情。“来”字后面应有逗号，相当于今天的“来吧”，热切地呼唤楚王骑上自己这匹骏马。

不趁着盛壮之年抛弃恶德，君王啊，为什么不改变态度？乘着骏马尽情地奔驰，来吧，我愿做向导在前开路！

诗句描绘了君臣同心、追逐楚国的富强梦的动人情景。殷切之声如闻，赤胆忠心跃然。

全文共分三大段。以上是第一大段的第一层：诗人叙述家世出身、生辰名字，以及自己如何积极自修、锻炼品质和才能，并决心辅助楚王进行政治改革，使国家富强起来。

[原辞]

昔三后之纯粹兮①，固众芳之所在②。杂申椒与菌桂兮③，岂维纫夫蕙茝④！彼尧舜之耿介兮⑤，既遵道而得路⑥。何桀纣之猖披兮⑦，夫唯捷径以窘步⑧。

[注释]

① 三后：夏禹、商汤、周文王，三代的奠基之君。或说，三后指楚先君熊绎、若敖、蚡冒。也说，三后指楚国有革新之功的先王庄王、康王和悼王。纯：至美。粹：精华。

② 众芳：群贤。

③ 申：重叠。椒（jiāo）：花椒。菌桂：肉桂。

④ 维：通“惟”，只有。蕙：兰属，一茎一花为兰，一茎多花为蕙。茝（chǎi）：古书上说的一种香草，即“白芷”。蕙茝：香花美草。

⑤ 尧舜：唐尧和虞舜的并称，上古时代的圣君。耿：光明。介：正大。

⑥ 遵道：遵循正途。

⑦ 桀：夏朝末代君主。纣：商朝末代君主。猖披：穿衣不系带的样子，引申为放纵。

⑧ 捷径：近便而斜出的小路。窘步：步履困窘。

[赏析]

如何革除“秽政”？诗人振兴邦国、实施美政为己任，以古代国君为楷模，告诉楚王为君之道，也阐述了自己心中的美政理想。

当初楚三王德行纯洁精粹，本来就拥有很多贤俊之士。夹杂着香草申椒和菌桂，难道仅仅是联缀蕙草白芷？

诗人所列举的三个国君皆奠基之君，以示对楚王寄予厚望。这些国君都能够吸纳、汇集贤人。“三王”为什么能够像磁石一样吸纳贤人呢？是由于他们“至美齐同”。这些圣君自身德才兼备，臻于至善，在身边汇聚了精英贤才，他们或为“人中英杰”，或为“一世之所宗”，即值得世上人学习的榜样；或为“能以德行引人者”，即道德可以为他人榜样的。“众芳”喻众多的贤人，“椒、菌桂”是比“蕙茝”次一级的贤人，这些圣明的国君能广泛吸纳各种各样的人才，唯贤是举。

圣王尧舜那么光明耿直，遵循着正道找到治国途径。昏君桀纣如此放纵败德，只想走捷径弄得步履窘困。

在指出“三王”的美政之由后，诗人进一步指出美政得以实现的保障：尧舜为什么能成为帝范？是因为他们光明正大，遵循法度，说明君主要坚守正道，依法治国。诗人又从反面以桀纣为例，说明国君放纵自己，贪图捷径，是他们陷入困窘、身死国灭的原因。“猖披”，即穿衣不系带，诗人用一个细节，深刻地论述了“祸患常积于忽微”的治国道理，国君纵欲是国家灾祸的开始。“捷径”，指近便而斜出的小路，是“遵道”反面。“人间正道是沧桑”，坚守正道常常是困难的，却是在走上坡路，看似直线的捷径往往更容易掉入深渊。诗人由“秽政”而言“美政”，又以史说理，从正反两方面陈述美政理想，章法清晰，说理透彻。

[原辞]

惟夫党人之偷乐兮①，路幽昧以险隘②。岂余身之惮殃兮③，恐皇舆之败绩④！

[注释]

① 惟：思。夫：代词，彼。党人：指结党为奸的群小。偷乐：苟且偷安，寻欢作乐。也作“维党人之偷乐兮”。

② 幽昧：昏暗不明。险隘：危险狭窄

③ 惮（dàn）：畏惧。殃：灾祸。

④ 皇：君。舆（yú）：车。皇舆比喻国家。败绩：大败。

[赏析]

此叙党人结党营私祸国。群小“结党”是祸乱的根源。“结党”与“营私”是连在一起的。“党人”纠结在一起，可以左右国君，把持施政方向，使国君成为他们满足私欲的工具；可以相互援引，相互维护，互相遮盖，彼此呼应，以牟取更多的私利，最终把一个国家消耗殆尽。即便是专制时代至高无上权力的楚王，也不可能不依靠群臣，不能不看“大多数”人的脸色。在政治生活中，“大多数”是个非常危险的概念。当他们为高位、为私利、为排斥异己纠结在一起，为了维护朝廷运转，国君不能不依靠那些耿介、清廉、维护君国利益的贤良忠臣。当一个朝廷挤满了污秽的小人，则国家“路幽昧以险隘”。在楚国内部，统治集团已经腐朽不堪，在内政外交政策上产生了严重的分歧。特别是守旧贵族的政治势力，像令尹子兰、上官大夫靳尚、夫人郑袖等人唯利是图又贪得无厌，且妒贤忌能，视进步势力为仇敌。在军国大事上，毫无主张，以进献谗言为能事，如有战事一开，必苟且偷安，不图进取。

那些结党营私者贪图享乐，政治昏暗前途充满危险。我难道害怕自身遭受灾殃，担心的是社稷覆亡不远。

诗人看在眼里，急在心头，虽自知在群小丛中，会遭受排斥打击，甚至有粉身碎骨的危险，但毫不畏惧，只是替君国担忧，“恐皇舆之败绩”，诗人担忧君位不稳，国事不举，那时国将不国矣！“苟利国家生死以，岂因祸福趋避之。”诗人耿介之忠，尤为感人。

[原辞]

忽奔走以先后兮①，及前王之踵武②。荃不察余之中情兮③，反信谗而齌怒④。

[注释]

① 忽：匆忙。奔走以先后：指在楚王身边前后奔走。

② 前王：指楚庄王，曾为霸主。踵（zhǒng）武：踩着前人的足迹走，比喻效法或继承前人的事业。踵：脚跟。武：足迹。

③ 荃：石菖蒲一类的香草，比喻君主。中情：同“衷情”，内心的真情。

④ 齌（jì）怒：暴怒。齌：用猛火煮饭。

[赏析]

此写君昏使诗人受到的不公正的待遇。“忽”，疾快的样子，用走路的情态形容诗人忙而轻快，为振兴国家而努力。诗人为国事操劳，目的是想使楚怀王像楚庄王那样成为列国霸主。有史料表明，屈原的美政理想，是要促成楚国统一天下，使百姓过上安居乐业的太平日子。但是，诗人的热心、赤心、真心，却被别有用心的奸佞描绘成黑心、野心。

我匆匆奔走在君王前后，为赶上圣明先王的步伐。君王不体察我的一片忠心，反而听信谗言怒气大发。

司马迁《史记·屈原列传》载：“上官大夫与之同列，争宠而心害其能。怀王使屈原造为宪令，屈平属草稿未定。上官大夫见而欲夺之，屈平不与，因谗之曰：王使屈平为令，众莫不知。每一令出，平伐其功，曰以为‘非我莫能为也。’王怒而疏屈平。”从中也可以窥见一点消息，即屈原平时是一个很自信的人，对自己杰出的才能颇为自负。屈原的自信并不算什么缺点，而恰恰是古往今来许多有才能的青年政治家对自己的事业充满信心，勇于进取的表现，但是却引来了一帮庸臣的妒忌。

妒忌是一种非常可怕的丑恶情感。“匹夫无罪，怀玉其罪”。苏轼兄弟就是被一群庸众的妒忌，逼得转辗流徙，受尽苦楚。阿乙的《作家的敌人》，讲述了一个名利双收、享有极高声誉的老作家，发现了一个极有天赋的新人，因此备受折磨，精心计划着阻止新人崭露头角的阴谋。嫉妒的庸众，在一个有杰出才能的人面前，空前一致地团结起来。就像《丑小鸭》中的鸡鸭，用无所不至的恶毒手段，拼命地打击本为天鹅的“丑小鸭”。寻找强大的权力者打压杰出者，是嫉妒者惯用的伎俩。找茬子、栽赃、进谗言、造谣、诽谤、颠倒黑白、混淆是非，是他们的看家本领。

阿来《尘埃落定》写到，一个王者的自尊是极其脆弱的。身居高位者尤为看重自己的权威，绝不肯稍稍退让。尤其在他心里承认自己实不如某个属下，当他听说这个属下扬言比自己强，“王者”会加倍地打击他。随着这个下属的斥退，进谗者反而得到更多的宠幸。上官大夫就是抓住了“王者”的这个心理，对屈原施加打击。当“王者”对某个属下以怒相向时，这个属下的悲剧就来了。任何地方，最不缺乏的就是势利小人。卑鄙之人趁机落井下石，即使良善之人，以趋利避害计，也会远离他。

韩非子说，在官场，分分钟就能搞死一个对手。谗言足以“杀人”。楚平王时，令尹斗成然恃功自傲，楚平王对此深感不满。费无忌极善察言观色，迎合楚平王之意说了不少斗成然的坏话，终于导致楚平王将斗成然处死，另任阳匄为令尹。当大家以此攻讦费无忌时，实际上楚平王都看做是对自己的攻讦。从而，维护费无忌就等于是维护自身的权威。所以，任流言肆虐，费无忌一直安然无恙，而且更得宠信。他随后推荐的鄢将师也被楚平王重用，任命为右领之职。

屈原少年得志，为人正直，才能杰出，经常代国君宣布号令，本来就得罪了一些朝臣。实施改革不免触犯一些权贵的利益，令嫉妒的政敌在其后施放暗箭，绝非上官大夫所指一端。诗人清晰地指点、殷情地规劝、辛勤地操劳，换来的却是楚王的“大怒”和疏远。

[原辞]

余固知謇謇之为患兮①，忍而不能舍也。指九天以为正兮②，夫唯灵修之故也③。

[注释]

① 謇謇（jiǎn）：忠贞；正直。

② 正：通“证”。“指九天以为正”乃发誓用语，接近后世所言苍天作证。

③ 灵修：比喻君王。指楚怀王。

[赏析]

诗人自知直言劝谏会给自己招致祸患，但出于忠君爱国之心，却还是忍不住说出来了。“舍”，放弃说真话。诗人知道什么是真话，也知道这些真话说出去就是祸，却仍然“强谏”，这正是忠君爱国的体现。但楚怀王相信小人的谗言，导致诗人见疑遭疏，使他心痛不已。

我本知正直敢言会惹祸端，但忍下心来不能放弃。指着九重天宇为作明证，确实是为君王我才如此。

诗人无以洗脱，情急之中呼天作证。司马迁说：“痛极则呼天。”此见谗言暗箭之浓密，诗人之无奈。

[原辞]

初既与余成言兮①，后悔遁而有他②。余既不难夫离别兮，伤灵修之数化③。

[注释]

① 成言：互相约定的话。

② 悔遁：翻悔；变心。有他：改变原有主意。

③ 伤：痛惜。数化：屡次变化，反复无常。

[赏析]

此怨楚怀王言而无信，反复多端，有类小人之行。《史记》多次写到楚怀王在用人、外交上反复无常。施政，要在“取信于民”；用人，要在“不疑”。施政反复无常，则民不知所止，就会逐渐丧失民心；用人反复无常，则政事不立，这是改革、美政无法实施的根源。“余既不难夫离别”言怀王疏远了屈原，屈原深感可惜的美政理想中途夭折，楚之富国强兵的梦想化为泡影，尤其令屈原痛心。

当初已经同我有所约定，后来又反悔另有主张。离开朝廷我并不感到为难，伤心的是君王反复无常。

明汪瑗解云：“此章言人君始信任己，相与约言，共谋国政，终成治功。中道改移，而反生他志，以疏乎己。君苟弃己不用，则我之离而去盖亦不难，而爵位利禄，何足以縻之。所以恋恋不忍去者，盖伤君之反复无常，用舍倒置，而国事日非耳。”（《楚辞集解》）

[原辞]

余既滋兰之九畹兮①，又树蕙之百亩②。畦留夷与揭车兮③，杂杜衡与芳芷④。冀枝叶之峻茂兮⑤，愿俟时乎吾将刈⑥。虽萎绝其亦何伤兮⑦，哀众芳之芜秽⑧。

[注释]

① 滋：栽培。畹：亩。

② 树：作动词，种植。

③ 畦：作动词，分田块开垦种植。留夷、揭车：皆香草名。留夷，即芍药。

④ 杂：作动词，套种，间种。杜衡、芳芷：皆香草名。

⑤ 冀：希望。峻茂：高大茂盛。

⑥ 俟：也作“竢”，等待。时：时机。刈：收割。

⑦ 萎绝：枯死。伤：哀痛。

⑧ 芜秽：荒芜腐烂。此引申为人才变质、腐败。

[赏析]

此言贤人同道变节投靠恶势力。诗人为怀王实现美政积蓄力量，培植了许多贤人，与前“昔三后之纯粹兮，固众芳之所在”相呼应。史载，怀王早期，屈原曾任三闾大夫之职。王逸云：“三闾之职，掌王族三姓，曰昭、屈、景，屈原序其谱属，率其贤良，以励国士。”（《离骚序》）三闾大夫掌答典籍、宗教，职在教育王族子弟，培植人才分内之责。

我已播种了九畹秋兰，又栽上了百亩香蕙。畦垄上种留夷和揭车，还套种杜衡芷草点缀。

“滋兰之九畹兮，又树蕙之百亩”，言人才数量之多，范围之广；“畦留夷与揭车兮，杂杜衡与芳芷”，言人才种类之多，细大不捐。诗人为国培育人才，可谓尽忠竭力，精心浇灌。面对这满园桃李，诗人该是多么欣慰啊。诗人原打算，等这些人才养成后，作为实施美政改革的中坚力量，“愿俟时乎吾将刈”。

希望这些香草枝叶茂盛，愿等到收获时我来割取。即使枯萎了也没什么可怕，痛心的是众香草一片荒芜！

孰料，随着诗人的见疏，培养的人才和改革的同道，全都变节投靠邪恶、保守势力。在势利面前，情义、道义本不堪一击。诗人最感哀痛的，是富国强兵的改革大业中途夭折，美政理想付诸流水，其哀伤岂能用言语形容？

游国恩云：“以上八句，盖谓昔之汲引众贤、并居朝列者，原冀其与己同心协力、赞助美政；乃竟不然，昔之引为同志者，今皆反颜以事仇，同流而污。推其所以然者，皆诸人势利萦心，中虚易夺之故。因念此辈苟保其芳香之质，虽至枯萎凋落，亦复何伤；乃竟相率而变为芜秽，与恶草同其祸害，此则深可哀痛也。盖必当时有此实事，而今不可考矣。”（《离骚纂义》）

以上为第一大段的第二层：首先述三后以戒今王，接着陈尧舜以示典范。承接上文，阐明自己的政治观点和立场，以及事君不合的经过。

[原辞]

众皆竞进以贪婪兮[1]，凭不厌乎求索[2]。羌内恕己以量人兮[3]，各兴心而嫉妒。

[注释]

① 众：指楚国朝中的众官吏。竞进：竞相钻营。贪婪：贪财图利。

② 凭：满。不厌：不满足。这句说，私囊已满还不满足地贪求索取。

③ 羌：楚方言，发语词。恕己：对自身宽恕。量人：对他人苛求。

[赏析]

“小人们竞相钻营十分贪婪，索求财物名位总不满足。”首二句描画出朝中大小官吏的贪婪行径。他们像一群疯狂的野兽，竞相争夺高位、权力，永远难以填满他们贪婪的巨壑。“众皆竞进以贪婪”，一个“皆”写无一例外，见世之“溷浊”；“竞进”状他们一心谋高位、私利的兽相，用“以”连接“贪婪”，穷形尽相地刻画出他们啃啮、吞噬国家的兽行。

“他们放纵自己而苛求他人，个个动着坏心思满怀嫉妒。”后二句写群小的心术。他们自己竞进、贪婪，就以小人之心度君子之腹，视别人为自己一样的小人。他们看见有超过他们的强项，就心生嫉妒，大泼污水，百般诋毁，直到把强者踩到脚下而大快。故苏轼说，歪脖子树才得人爱。朝中官吏之所以如决堤之洪水猛兽，乃因国家丧失了法度。治国的根本在于治吏，官吏如此，国家的根本已摇动矣！

[原辞]

忽驰骛以追逐兮[1]，非余心之所急。老冉冉其将至兮[2]，恐修名之不立[3]。朝饮木兰之坠露兮，夕餐秋菊之落英[4]。苟余情其信姱以练要兮[⑤]，长顑颔亦何伤[⑥]！

[注释]

① 驰骛（chí wù）：奔跑。追逐：指你追我赶地追求利禄。

② 冉冉：渐渐地。

③ 修名：美名。立：建立。

④ 落英：落花。这二句比喻诗人洁身自好，不同于流俗。

⑤ 苟：假如。信姱：确实美好。练要：谙练而深得事理。王夫之《楚辞通释》："练，习事熟也；要，得事之理也。""信姱"是就美德说，"练要"是就明智、才能说。

⑥ 顑颔（kǎn hàn）：面黄肌瘦。何伤：有何伤害。

[赏析]

浊流滚滚，独享清流。势利汹汹，此心不昧。占有更多的利益，占据更高的地位，往往被世俗称为人精、智者；你追我赶地追求利禄，则被称为有上进心。然而，此非诗人所看重。

急急忙忙奔走追逐私利，这不是我心中着急的事情。老迈之年渐渐地逼近，我深恐此生难留下美名。

诗人独求立德流芳，"恐修名之不立"。"修名，修洁之名也。屈子非贪名者，然无善名以传世，君子所耻。"（洪兴祖《楚辞补注》）"老冉冉"言诗人抱洁守操，坚忍不拔，自珍自爱，积极进修，以求"修名"立于世。

早上饮了木兰坠下的露水，晚上吃着秋菊落下的花瓣。只要我的情感确实美好专一，长期面黄肌瘦也不必伤叹！

饮露餐英，言诗人高洁脱俗，广泛吸收各方面的文化精华，求善至真，谙于事理，提高才智，即使面黄饥瘦亦不以为意，即所谓"君子忧道不忧贫"，"朝闻道夕死可矣"。与竞进贪婪的"党人""硕鼠"恰成对比。读诗人此语，仿佛可见诗人高洁、自爱、坚贞、安详、质朴而睿智的形象。

[原辞]

擥木根以结茝兮[①]，贯薜荔之落蕊[②]。矫菌桂以纫蕙兮[③]，索胡绳之纚纚[④]。謇吾法夫前修兮[⑤]，非世俗之所服[⑥]。虽不周于今之人兮[⑦]，愿依彭咸之遗则[⑧]。

[注释]

① 擥（qiān）：通“揽”，采摘。木根：香木之根。

② 薜（bì）荔：香木名，常绿藤本植物，一名木莲。

③ 矫：举。

④ 索：绳索，此处作动词，有编结绳索之意。胡绳：香草，茎叶可做绳索。纚纚（xǐ）：美丽而长长下垂的样子。

⑤ 謇（jiǎn）：句首语气词。法：效法。前修：前贤。

⑥ 服：指配戴上文所说的香草，引申为进用、从事。

⑦ 不周：不合。

⑧ 彭咸：商朝贤臣，谏君不听，投水而死。

[赏析]

前四句以采摘花草象征诗人修德修能。

采了木兰的根须绾结白芷，用薜荔来贯穿落下的花蕊。弄直了菌桂联缀香蕙，将胡绳草搓成条索垂垂。

诗人广泛汲取文化素养，他的作品涉及古代历史、神话、文学、语言、天文、地理、历法、动植物各个知识领域，在当时确实是一个“大百科全书式的人物”。

在汲取丰富的学养的同时，诗人更注重人格的修炼。诗人自述自己如何修炼伟大的人格：

我效法前代的那些贤人，这不是世俗之人所愿做。虽然不合于当今庸人的看法，愿依照彭咸遗留的准则。

这是真正的“灵修”，那种虔诚的身姿，证明世间确有不灭的圣火。“从血管里喷出的是血。”如果说屈原的浪漫主义文学是猛然隼入华夏文明的瑰丽彩虹，那么他崇高的人格更是千年不灭的爝火。

[原辞]

长太息以掩涕兮①，哀民生之多艰。余虽好修姱以鞿羁兮②，謇朝谇而夕替③。既替余以蕙纕兮④，又申之以揽茝⑥。亦余心之所善兮，虽九死其犹未悔⑥。

[注释]

① 太息：叹息。掩涕：掩面拭泪。

② 鞿羁（jī jī）：马缰绳和络头。指受到牵连拖累。比喻束缚。

③ 谇（suì）：进谏。替：罢黜，免职。

④ 纕（xiāng）：佩带。

⑤ 申：加上。与上句谓撤换的原因，是因为自己进德修业而遭人指责。

⑥ 九死：死亡多次。极言处境的艰危。同后文所谓“体解”（古代的肢解酷刑）。

[赏析]

“长太息以掩涕兮，哀民生之多艰”，每读到这一句，无不为诗人的忠肝热肠所动容，就好像捧着诗人那一颗滚烫的心，又好像从昏昧的尘世中悚然惊醒。“兴，百姓苦；亡，百姓苦。”战国是一个群星璀璨、百家争鸣的时代，也是一个战争频繁、生灵涂炭、民不聊生的时代。

我长长叹息不断地拭泪，哀伤人生的路途如此艰难。我只是喜好美洁能自我约束，却早上直谏晚上就被斥贬。

诗人从政是为了振兴邦国造福苍生，拯民于水火，然而，宏志未遂，即遭罢黜。与党人竞进谋取高位、私欲不同，身处逆境的诗人，以卓然独立的精神，以悲天悯人的情怀，为天下苍生的艰辛生活掩面落泪。这种心忧天下苍生的大美情怀，舍弃小我为大众的宽广胸襟，怜贫恤苦的民间立场，自内心深处流出的至真至纯的情感，为世人所敬重。千载之下，朝代变化，但无论是文人士大夫，还是布衣百姓，都深深为之感佩，奉为圭臬。

诗人孜孜不倦地吸收人类优秀文化，不断提高自己的德能，努力在各个方面做到杰出，力图做古代那样的贤臣，想不到正是自己的美德和才干连累了自己，这是多么可笑可悲，令人心寒啊！更令人伤感的，是君王的无情无义，翻云覆雨。自己忠心为君分忧，所谏皆为君国，却不料，朝谏而夕罢！而指责诗人的罪过，竟是诗人不同于党人爱好污秽腥臭的“佩戴蕙草，爱好采集茝兰”。

我因为佩带蕙草而被解职，又因为采摘白芷而被加罪。但只要是我所向往喜欢的，即使死去九次也不会后悔！

诗人以“好姱”喻修饰美德，以“蕙、茝”为心中追求的美善，诗人广采众善，编织起心中的天空、律令，犹如星空中的北斗，浊流中的磐石，是其所是，非其所非，“亦余心之所善兮，虽九死其犹未悔！”真惊天动地之语，非忠贞刚毅之士不能道！勇敢追求，无所畏惧，舍生忘头，百折不回，这也是楚人蛮霸精神的体现。故项燕言：“楚虽三户，亡秦必楚！”

[原辞]

怨灵修之浩荡兮①，终不察夫民心。众女嫉余之蛾眉兮②，谣诼谓余以善淫③。固时俗之工巧兮④，偭规矩而改错⑤。背绳墨以追曲兮⑥，竞周容为以度⑦。

[注释]

① 浩荡：本形容水大无边，引申为茫然无思虑貌。

② 众女：喻朝廷中群小。蛾眉：蚕娥之须细长而弯曲，用来形容女子眉毛之美。

③ 谣诼（zhuó）：造谣毁谤。

④ 工巧：善于作伪取巧。

⑤ 偭（miǎn）：违背。规矩：画圆形和方形的工具，这里比喻法度。错：同“措”，措施。

⑥ 绳墨：木工用作取直的染墨的绳，亦比喻法度。

⑦ 竞：争着。周容：苟合取容，即“阿容”，“阿谀”。度：常态；法则，处世方法。

［赏析］

“怨”是《离骚》的感情基调之一。与屈原同样受到君权迫害、凌辱的司马迁，第一个认为《离骚》的创作盖自“怨”：“信而见疑，忠而被谤，能无怨乎？屈平之作《离骚》，盖自怨生也。”（《史记·屈原列传》）

屈原第一次流放与张仪有密切关系。当时的情况是：“横成则秦帝，纵成则楚王。”名士苏秦提出合纵，即联合楚、齐、燕、赵、韩、魏六国一同抗秦，屈原积极参与此事。外交上，屈原坚持联合六国抗秦，积极促合六国齐集郢都结盟，并使楚怀王成为联盟主。在五国攻秦时，屈原又促成楚怀王为纵约长。虽然五国攻秦并没有实质性的成果，但让秦国看到了难以突破的力量。秦国占领岸门后，韩、魏两国双双屈服秦国，昔日的“五国”变成了三国。

屈原看到，联合齐国是楚国的不二选择，他说服楚怀王，并为齐楚结盟奔走。齐楚结盟后气势很盛，向秦、韩、魏三国发起全面进攻，周赧王三年（前312年），楚柱国景翠率军围攻韩国的雍氏（今河南禹县东北）。秦师东出峭塞以救韩。齐国也派兵配合楚军进攻秦军驻守的曲沃（今河南陕县曲沃镇）。同时，齐军又在东面联合宋军进攻魏国的煮枣（今山东东明县南）。

齐、楚联盟咄咄逼人的攻势，令秦惠文王十分忧虑，于是派张仪出使楚国，实施其欺楚、弱楚，割断齐、楚联盟关系的计谋，用外交手段来配合秦国的军事行动。

早在秦国出兵巴蜀前，张仪就认为“得蜀即得楚”，“秦之所欲弱者莫若楚”。张仪对外声称辞去了秦相国，带着秦国供他“策反”的大量金银财宝，衣锦荣归般、得意洋洋地来到楚国。

张仪并非第一次来到楚国。早在他初出道，还是个“瘪三”时，曾来楚国谋前程。从那时起，张仪就与郑袖、靳尚等群小结下了亲密的关系。张仪来到楚国后，很快得知：屈原是合纵政策的坚定支持者，而怀王的小儿子子兰和上官大夫等人是反对派。

有郑袖、靳尚等人配合，张仪很快得到楚王的接见。张仪对楚怀王说：秦王对您最钦佩，对齐王最憎恶。大王如能闭关与齐绝交，秦愿献出商於（今陕西商县、商南一带）之地六百里给楚。秦楚娶妇嫁女，结盟修好，长期成为兄弟之邦，这样可以削弱齐国，利于秦楚。

楚国一帮阿谀奉迎的大臣这时都向楚王表示祝贺，只有深具战略眼光的陈轸、屈原等极少数人看到了问题的严重性。他们指出，秦国的醉翁之意是拆散齐楚联盟，孤立楚国，献地不过是骗人的幌子。为此，他们又提议，为了戳破张仪献地的阴谋，可以表面与齐绝交，暗地里仍保持联盟。同时派人随张仪赴秦。秦若献地，楚再与齐绝交也不迟。若不献地，则与齐共谋伐秦。

楚怀王急欲得到秦商於之地，对于陈轸、屈原等人的万全之策不予理会，而对张仪则“厚赂之”。他一面派人随张仪回秦接收土地，一面迫不及待地派人同齐国绝交。

张仪回到秦国之后，伪装因车祸受伤，三个月没有上朝。楚怀王以为秦国怀疑他与齐绝交的决心，就派一名勇士去齐国当面把齐宣王辱骂一通。齐宣王一怒之下，便断绝了与楚国的联盟关系。

齐、楚断交之后，张仪的计谋得逞，便自食其言，说仅有六里俸邑献给楚怀王。楚怀王大怒，要发兵攻秦。这时陈轸又献策说：现在与其出兵攻秦，不如索性送一个有名的都邑给秦国，联合秦国一起攻齐。失于秦的土地还可从齐取得补偿。现在，已和齐绝交，再出兵攻秦，就会促使秦齐联合攻楚，那样，楚国就会吃大亏了。陈轸联秦攻齐之计虽说不是什么上策，但在当时形势下，也是楚国减少损失的唯一选择了。可是，就是这样的建议，盛怒之中的楚怀王也根本听不进去，一心只想着报复张仪，于是冒然发兵攻秦。然而交战中楚国的七十余人被秦军俘虏，还被占去汉中大片土地。这时怀王稍有醒悟，“悔不用屈原之策”，“于是复用屈原”，让他出使齐国，重修楚齐之盟。

秦两次大败楚军之后，也怕齐、楚复交，于是主动提出退还汉中之地的一半以求和。楚怀王恨透了张仪，提出不要汉中地，只要张仪头。秦惠王本不同意，张仪却胸有成竹地说："以我张仪一个人就能抵得上汉中的土地，臣愿意到楚国去。"张仪到楚以后，贿赂了郑袖、靳尚之流，在楚怀王面前一番花言巧语之后，糊涂透顶的楚怀王居然又把张仪给放了；还和秦王结下了婚姻关系。等到屈原使齐回来，说明利害，怀王想追回张仪，张仪早已走得无影无踪了。

前 305 年，楚怀王二十四年，楚又一次背齐合秦，去秦迎亲；第二年，怀王还与秦王会于黄棘、接受了秦退还的上庸之地。当时屈原虽竭力反对，结果不但无效，反而遭到了第一次流放，流放到了汉北地区。

诗的前四句直陈所"怨"：

怨君王太放荡邪僻，始终不知考察民心。一群坏女人嫉妒我的妩媚，竟造谣中伤说我好淫。时俗本就喜欢投机取巧，规矩既违背措施又变更。离开准绳墨斗追求邪曲，以苟合取容作为处世标准。

屈原竭诚为君，忠心辅国，改革变法，培植人才，朝夕劝谏，与各种邪恶势力作斗争，事实昭昭；楚怀王看不见这些事实，却因奸佞的谗言中伤将其罢黜，屈原能无怨言吗？首"怨"怀王随心所欲，思无定准，不能体察善恶；次"怨"佞臣出于妒忌造谣毁谤，翻"美"为丑。这帮庸人有四般手段，其一曰：善于投机取巧，如同做戏；其二曰：放弃是非标准，随俗浮沉；其三曰：急功近利，图眼前效益；违背事物发展的规律，胡作乱为；其四曰：见风使舵，阿谀奉迎："比赛着他们苟合取容的媚态成为他们生活的惯例"。诗人对官场党人的手腕看得真，看得细，概括精准。从君到臣到巧佞之风，诗人将官场江湖扫描了一遍：以"浩荡"描画楚王，"浩荡"者，糊涂也，宽泛无际，行无起止，操无定准，不查善恶，不知民心；以"妒女"喻谗人，以"谣诼、工巧、追曲、背绳墨、周容"概括群小的丑行；以"美人"自拟，以"蛾眉"比喻过人的长处，新颖贴切，且与前文“美人迟暮”句相呼应。

诗的后四句，诗人揭示了治国的一个重要道理：必须依法度。这个思想是诗人对现实深刻观察后得出的沉痛结论，在当时是先进的，即使到今天仍有现实意义。

[原辞]

忳郁邑余侘傺兮①，吾独穷困乎此时也。宁溘死以流亡兮②，余不忍为此态也③！

[注释]

① 忳（tún）：烦忧的样子。郁邑：“与‘於邑’通，读如‘呜咽’”（王夫之《通释》），愁闷得喘不上气的样子。侘傺（chà chì）：失意的样子。

② 溘（kè）死：忽然死去。流亡：指魂离魄散。

③ 此态：指上文所说“周容”苟合之态。

[赏析]

“忳郁邑余侘傺”许多字面，极写穷困之状。“独穷困乎此时”，即《诗经·正月》“不自我先，不自我后”（苦难不早也不晚，此时恰落我头上）之意，以至于“顾影自伤，歔欷欲绝”（清人王邦采《离骚汇订》）。

“愤懑抑郁我失神而立，唯独我现在如此穷困。”首二句慨叹生不逢时。“此时”是个含义很丰富的特定时间词，战国那个混战的时期，错杂复杂的国际背景，楚国朝廷内部污秽争斗，君昏臣庸，这些都是诗人所处的“此时”。因此，诗人慨叹的“生不逢时”不仅仅是自己的才华得不到施展，更是对整个血腥污秽的楚国乃至战国时代的谴责，具有深刻的时代意义。有些论者以为屈原贪恋高位，或曰，若诗人身居高位，才华得以施展，他还会谴责这个时代吗？历史没有假设。若果真那样，楚国或将为霸主，或能统一天下，百姓得以安居乐业，屈原愿已足矣，必将含笑九泉。事实是，屈原自沉后几十年，楚国被灭，这足以说明屈原的感慨绝不仅是抒发个人的“不遇”。“独穷困”，“独”，独抱忠贞高洁之操，“穷”，窘困，穷途末路也，陷身孤危绝地无法腾跃而起。诗人的孤独像一面镜子，照见整个朝廷乃至世俗的污浊。像是被扔进一个巨大的蒸笼里，或者说被扔进一个粪坑里，诗人感到窒息、烦闷、忧愁、苦闷欲绝。“忳郁邑余侘傺”，以双声连绵词如呜咽哭泣，绵绵不绝，表达了诗人惆怅失意之情态。诗人的苦闷不仅是个人的苦闷，也是楚国陷入困境的写照。

“宁肯忽然死去让灵魂飘泊，我不忍做出丑态苟且偷生！”后二句写宁死不与朝中污浊群小为伍的节操。眼见群小苟且偷安、阿谀奉迎、丧失人格的丑态，诗人以为奇耻大辱。“不忍为”，内蓄巨大的悲愤。诗人宁愿突然死去，即使死了，连灵魂也要逃离此处。在“流亡赴死”与“卑恭求荣”之间，哪个更难？诗人对此污浊之世、小人之态深恶痛绝。句末连用两个“也”字，切齿愤恨之情溢于言表，诗人悲愤心情再也压抑不住，感慨良深而正气凛然！

一个怀抱孤洁、才华横溢的人，独自面对汹涌而来的冷漠、虚伪、自私、妒忌、诽谤、诬陷、嘲弄、泼污水、扔石子、放冷箭、集体抛弃，一个人独自面对整个世界的敌视，是真正生活在黑暗中的人。是冰清玉洁的诗人错，还是世界错，还是诗人生错了世界？

[原辞]

鸷鸟之不群兮①，自前世而固然。何方圜之能周兮②，夫孰异道而相安③？屈心而抑志兮④，忍尤而攘诟⑤。伏清白以死直兮⑥，固前圣之所厚⑦。

[注释]

① 鸷（zhì）鸟：猛禽。不群：不与凡鸟合群。

② 方：指方的榫头。圜（yuán）：同“圆”，指圆孔。周：重合。

③ 孰：谁。

④ 屈：委屈。抑：按捺；压抑。

⑤ 尤：过；责怪。攘：含；承受。诟（gòu）：辱。

⑥ 伏：通“服”，保持。死直：为正道而死。

⑦ 厚：重视；称赞。

[赏析]

在楚国茫茫的田野下，一个性格偏于软弱而又意志格外刚强的人，一个内心充满无穷矛盾的人，他安慰或平抚自己的方法或许很多。他不仅有怨诉，还有自我申辩；有一再地自我强调、自我叮咛、自我立志的方法；他总是直言不讳地诉说自己的忧愁烦闷和失意不安，指出自己的孤独和贫困，他义无反顾地发出如此铿锵的言辞：即使马上死去，也不做媚俗之事。

性情专一的雎鸠不合于群，在以前的时代就是如此。方的圆的怎么能够吻合，志趣不同哪会相安无事？

他自比鸷鸟，嘲笑燕雀，而且自以为继承了一种传统，即“自前世而固然”。他认为方与圆“何之能周”，故此绝不愿像很多人所说的那样“外圆内方”。他认为道不同不能相安，故毅然决然地与旁门左道的群小决裂。

内心委屈强自压抑情志，忍受罪名而遭小人侮辱。保持清白为正道而死，正是为前代圣贤所推许。

放眼天下，世俗的浊水不会淹没诗人，他能独享清流，俯仰自如。诗人委屈身心，压抑情感，“屈心而抑志兮”。然而，火热燃烧着的情感是如何能遏止啊，未曾遏止，也从来没有遏止。显然，他宁愿让生命燃烧，宁愿纵身跃进这水中，以这滚烫之身让浊水为之沸腾。流转不息的世俗之水，裹挟着千载难逢的人物；裹挟着正直，抱负，明德，修身；裹挟着丰富与神秘；裹挟着一个伟大精灵的全部，浩荡几千年，经久不息！

以上为第一大段的第三层：叙述自己在政治斗争中的客观遭遇，并分析其原因。下文展开了剧烈的思想斗争而终于取得胜利，就是确立在这样一个坚实基础上的。

[原辞]

悔相道之不察兮①，延伫乎吾将反②。回朕车以复路兮③，及行迷之未远④。步余马于兰皋兮⑤，驰椒丘且焉止息⑤。进不入以离尤兮⑦，退将复修吾初服⑧。

[注释]

① 相（xiàng）：视。相道指观看道路。

② 延：引颈长望。伫（zhù）：站立。反：同“返”。

③ 复路：走回头路。

④ 及：趁。

⑤ 兰皋（gāo）：长满兰草的水边高地。

⑥ 椒丘：长有花椒木的山丘。

⑦ 进：仕进。不入：不被接纳。离尤：遭罪。“离”通“罹”。

⑧ 退：归隐。初服：比喻宿志。指继续进修原来的品德。

[赏析]

遇到“竖子不可教也”的昏君，只图觅食而善于妒嫉、打击忠贤的庸臣、奸佞，仕途坎坷崎岖，理想渺不可及，诗人顿生退隐之心。深悔当初没有看清现实，就踏入仕途。伫立良久，引颈而望，诗人想掉转车头，回到当初未仕时。

后悔当初把路看得不仔细，引颈远望我要马上回返。调转我的车头折向旧路，趁着迷失方向还不太远。解辔放我的马在兰皋散步，又在椒丘奔驰后休息一阵。想迈进难以前行反而获罪，只有重理我当初衣服而退隐。

诗人庆幸的是，“及行迷之未远”。陶渊明《归去来兮辞》有云：“悟已往之不谏，知来者之可追。实迷途其未远，觉今是而昨非。”即承屈原此意，屈子真乃开山鼻祖也！“步余马于兰皋兮，驰椒丘且焉止息”互文见义，这是诗人想象退隐后的美好境界：在长满兰花的山上策马安闲缓行，在长满椒香的山丘驱车疾行，香气动地。肋生双翼，何等惬意，屈原以游于芳草之间，既烘托自己的高洁形象，又与龌龊小人、污浊朝廷形成对照，表明自己退隐后进修自己。末二句可视为总结，对进退得失进行对比，流露出在朝不得意、不受重用的牢骚，要之，诗人明言欲退，实恋恋不舍。欲放下，焉能放下？

[原辞]

制芰荷以为衣兮[①]，集芙蓉以为裳[②]。不吾知其亦已兮，苟余情其信芳。高余冠之岌岌兮[③]，长余佩之陆离[④]。芳与泽其杂糅兮[⑤]，惟昭质其犹未亏[⑥]。

[注释]

① 芰（jì）：菱。

② 芙蓉：莲花。裳：下衣。

③ 岌岌：高貌。

④ 陆离：明亮闪耀。以上四句以服装佩饰的芳洁特异来比喻自己高尚出群的德操。

⑤ 芳：服饰的芳香。泽：污垢。杂糅（róu）：混杂一处。

⑥ 昭质：清白的本质。

[赏析]

此写诗人坚守正道，情愿退隐自修，也绝不同流合污，屈从世俗。

裁剪荷叶制成绿色的上衣，缝缀荷花再把它制成下裳。没有人了解我也毫不在乎，只要我内心情感确实芬芳。让我的切云冠高高耸起，让我的佩饰长长垂地。内在芳香与外表光泽糅合，只有我光明的品质没有毁弃。

诗人放纵想象之马，进一步铺写退隐后的情景。穿着荷叶做的上衣，芙蓉做的下裳，比喻高洁脱俗，想象奇特，首开以花喻人，其意象遂成经典之笔。周敦颐《爱莲说》云：“莲之出污泥而不染，濯清涟而不妖”，后世许多写荷花的意象即远承于此，《红楼梦》大量以花喻人，亦与此相若。一个男子，嗜香花芳草——犹贾宝玉嗜胭脂——倒也罢了，竟裁芰荷做衣，采集荷花做下裳，真令人脑洞大开：诗人独抱孤芳高洁，皎皎之质，岂如群小泼污水所言？“高余冠”“长余佩”，以示不同于流俗，傲岸于世。陶渊明云：“舟遥遥以轻飏，风飘飘而吹衣”，抒发退隐后的愉悦心情，其“舟、衣”皆被动之物，屈原“制、集、高、长”都是主动为之，二者相去甚远。诗人为何要这般奇装异服呢？末二句作了响亮的回答。诗人自谓在朝为官，自己是“芳”，群小是“泽”，自己与群小共处犹如芳香与污垢混杂在一处。这样比喻不唯指“何方圜之能周兮，夫孰异道而相安”“忍尤而攘诟”，尤其指芳草在杂草中会抑郁而死。诗人还要证明，自己虽在污垢的环境沉浸日久，即使到退隐后，自己皎洁的本质还没有被玷污。此与林黛玉“质本洁来还洁去，强于污淖陷渠沟”的悲情控诉颇类，然，诗人早道出两千年矣！

[原辞]

忽反顾以游目兮①，将往观乎四荒。佩缤纷其繁饰兮②，芳菲菲其弥章③。民生各有所乐兮，余独好修以为常④。虽体解吾犹未变兮⑤，岂余心之可惩⑥？

[注释]

① 游目：纵目远眺。

② 佩：指佩饰。繁：繁盛。

③ 菲菲：芬芳的样子。弥章：益加显明。章：同“彰”，显著。

④ 好修：喜好修洁。

⑤ 体解：即肢解，古代酷刑。

⑥ 惩：改。

[赏析]

首二句写诗人退隐后云水胸襟，身如不系之舟，无牵无挂、自由自在的心情。“游目”写诗人无挂碍、悠然自得的心情，“将往观乎四荒”，去各地观光。次二句与陶渊明“采菊东篱下，悠然见南山”意同，诗意稍逊，而胸襟胜之。观光时，诗人盛装出游，满缀芳花，很远就能闻到他身上散发的芳香。“佩缤纷其繁饰”写诗人的自珍自爱，人自薄之，我自厚之；人自污之，我自洁之；人自毁之，我自重之；人自弃之，我自贵之，仿佛与昏君、奸佞、恶俗挑战。“芳菲菲其弥章”，言退隐后自己的美德会更加彰显，芳名远播。

忽然回过头来纵目眺望，决定去四方荒远之地探察。佩饰五彩缤纷花样繁多，香气更新鲜浓烈向周围散发。人生各有所喜好的事情，我只是爱好修洁习以为常。即使肢体分解也不会更改，难道我的心会因受打击而变样！

后四句写诗人把修炼自己作为嗜好，万死不能改变。诗人从比较中托出自己的爱好，大千世界，每人都有自己的爱好，诗人的爱好独独不与众同。这个“独”是诗人的独特个性，独立特行。有道是，优秀是一种习惯，那么诗人就具有优秀的习惯，这就是“好修以为常”。“修”，善；美好。诗人所谓的“修”，其中饱含的意义很广泛，如修身，改造身体；修心，改造心灵；学问，品行方面钻研、学习、磨炼，使完善；虔诚地学习教义，并付诸行动；遵循，《韩非子·五蠹》：“是以圣人不期修古，不法常可。”等等。诗人修炼出不惧邪恶的浩然正气，光明正大的坦荡人格，精纯的学术道德，大无畏的人格操守，故而“就算把我的躯体进行肢解啊，我的心中还有何恐惧”？

以上为第一大段的第四层：承上文说，既然理想不能实现，则退隐可以独善其身；为个人计，又何尝不心安理得？可是这种知其不可为而不为的逃避现实的态度，和屈原的个性是绝不相容的。这使他暂时宁静下来的情感又掀起无限的波澜；在波澜起伏中一步步展开了内心深处的矛盾、彷徨、苦闷与追求，以及在这种心情中的斗争过程。

至此，为长诗《离骚》的一大段落，即第一部分。清人蒋骥说："民生四句，总承篇首至此之意而结之，以起下文，实一篇之枢纽也。"（《山带阁注楚辞》）王夫之《楚辞通释》亦云："此上（按指'岂余心之可惩'）原述己志已悉。自'女媭'至末，复设为爱己者之劝慰及鬼神之告，以广言之，明己悲愤之独心，人不能为谋，神不能为决也。"王邦采《离骚汇订》曰："文势至此为第一段大结束，而全文已包举。后两大段虽辟神境，实即第一段之意而反复言之，所谓言之不足又嗟叹之也。"

这一大段从开头至"岂余心之可惩"。该部分作为对往事的追忆，偏重于叙写现实。是从自己的世系、品质、修养和抱负写起，回溯了自己辅佐楚王所进行的改革弊政的斗争及受谗被疏的遭遇，表明了自己决不同流合污的政治态度与"九死未悔"的坚定信念。这部分内容从起始历述了修能以事君，遭谗而被疏，退守而志不移；下文则转为"路漫漫其修远兮，吾将上下而求索"的心路历程。

[原辞]

女媭之婵媛兮①，申申其詈予②。曰："鲧婞直以亡身兮③，终然殀乎羽之野④。汝何博謇而好修兮⑤，纷独有此姱节⑥？薋菉葹以盈室兮⑦，判独离而不服⑧。众不可户说兮⑨，孰云察余之中情？世并举而好朋兮⑩，夫何茕独而不予听⑪？"

[注释]

① 女媭（xū）：有几种说法：第一种认为是屈原的姐姐或妹妹；第二种认为是女巫；第三种认为是女伴或侍女；第四种认为是妾；第五种认为泛指女性。婵媛：也有几种说法：第一种认为是叹息，表示情绪激动；第二种认为是形容女媭的容貌；第三种认为是情意绵绵；第四种认为是言语婉转。

② 申申：反复。詈（lì）：骂。予：我。

③ 鲧（gǔn）：大禹之父，因治水不力而被处死。婞（xìng）直：刚直。

④ 殀（yāo）：死。

⑤ 博：广博，引申为过度。謇：忠直。

⑥ 姱节：美好的节操。

⑦ 薋（cí）：蒺藜。菉（lù）：王刍。葹（shī）：苍耳。三者都是杂草。

⑧ 判：指屈原分离出众。服：用。

⑨ 户说：挨户而说。

⑩ 并举：互相荐举，指任人唯亲。朋：朋党。

⑪ 茕（qióng）独：孤独。不予听："不听予"的倒装，即不听我的话。

[赏析]

女嬃未必真有其人，女嬃与屈原的对话，可能只是屈原心中两个自我的交战。"婵媛、申申、詈"运用细节刻画，写出了女嬃对诗人的关切、忧虑，她担忧诗人因直招祸，责备他不能从俗保身，可见诗人内心激烈的矛盾冲突。

姐姐女嬃气喘吁吁地长叹，一遍又一遍将我骂詈。她说："鲧刚直而忘却自身，终于早死在羽山的野地。你为何处处直言喜好修洁，独有那许多美好的佩饰？生刍和苍耳堆积满屋，你却坚决离去不愿佩戴一试。庸人不能挨家挨户去劝导，谁会认真体察我的衷情？世人都起而结党营私，你为何保持独立我劝都不听？"

女嬃提出了四个要求：一是要求诗人放弃忠直的美德；二是随俗入世，放弃自己高洁的操守；三是不求人理解，不期望别人了解他的忠心；四是世人都喜欢相互推举结党营私，要求诗人加入党人团伙。女嬃的这些话正中诗人的要害，看似很有道理，十分中肯。诗人这样写是为了引出自己的回答，从而进一步申述上文的旨意。

"女嬃"一段语句不多，但颇状情态、语吻逼真。"婵媛""申申""汝何""孰云""而不予听"，模拟一位年长妇女指责、婉劝的情态口吻。而"众不可户说"一语，足以使一切蒙冤莫辩者心寒，唯有"亦余心之所善兮，虽九死其犹未悔"者屈原，能置此而并不顾。明贺贻孙曾评此段文字说："自'鲧婞直以亡身'，至'夫何茕独而不予听'八句，呢喃絮叨，无限亲爱，酷似妇人姑息口气。无端插此一段作波澜，妙甚！尤妙在不作答语，便接以'依前圣以节中'云云，盖吾行吾意，付之不辩也。笔法高绝！《史记》聂政姊一段波澜，从此脱出。"(《骚筏》)

[原辞]

依前圣以节中兮①，喟凭心而历兹②。济沅湘以南征兮③，就重华而陈词④。

[注释]

① 节中：节制中和。

② 喟（kuì）：叹。凭：愤懑。历兹：至此。

③ 济：渡水。沅（yuán）、湘：皆湖南境内流入洞庭湖的河流。

④ 重华：舜名。

[赏析]

回顾诗人的初衷，始终是无悔，可内心是有怨有恨的。可悲的是诗人心中的怨与恨竟无人可倾诉。姐姐女媭的关怀虽然是情深意切，可是诗人既然放不下自己原有的高洁操守，两人的意见就是相去天渊，所以女媭善意的规劝只是徒然。这就连唯一关心屈原的人都不能倾诉，悲痛欲绝的处境正如清朱冀《离骚辩》所说："大夫此时，守初服而不变，则恐伤贤姊之心；闻懿训而改图，又重违宗臣之谊。进退维谷，千难万难，而国无其人，莫可控诉，故不得已而折中于前圣。此真无可奈何之至情，亦极奇幻之妙文也！"

我依从前代圣人来作评判，喟叹愤懑如今遭此忧患。渡过沅水湘水更向南行，到帝舜重华的灵前献言。

去向重华陈词，以史为鉴，纵观历代的兴衰成败，还看今朝的王者不明，寥慰心中的郁忿苦闷。重华陈词真的是诗人无奈可悲之举，就如他自己也明白"哀朕时之不当"，有志之士生不逢时没有遇上贤君来辅佐，这难道不是一个怀才不遇的悲剧吗。

［原辞］

启《九辩》与《九歌》兮[①]，夏康娱以自纵[②]。不顾难以图后兮[③]，五子用失乎家巷[④]。羿淫游以佚畋兮[⑤]，又好射夫封狐[⑥]。固乱流其鲜终兮[⑦]，浞又贪夫厥家[⑧]。浇身被服强圉兮[⑨]，纵欲而不忍[⑩]。日康娱而自忘兮[⑪]，厥首用夫颠陨[⑫]。夏桀之常违兮[⑬]，乃遂焉而逢殃[⑭]。后辛之菹醢兮[⑮]，殷宗用而不长[⑯]。汤禹俨而祗敬兮[⑰]，周论道而莫差[⑱]。举贤才而授能兮，循绳墨而不颇[⑲]。皇天无私阿兮[⑳]，览民德焉错辅[㉑]。夫维圣哲以茂行兮，苟得用此下土。瞻前而顾后兮，相观民之计极[㉒]。夫孰非义而可用兮？孰非善而可服？阽余身而危死兮[㉓]，览余初其犹未悔[㉔]。不量凿而正枘兮[㉕]，固前修以菹醢。曾歔欷余郁邑兮[㉖]，哀朕时之不当。揽茹蕙以掩涕兮[㉗]，沾余襟之浪浪[㉘]。

［注释］

① 启：禹子，夏代开国君主，相传曾做客天庭，向天帝进献三个美女，换得天庭乐舞《九辨》《九歌》，然后把二卷偷往人间。

② 夏：即夏启。康娱：寻欢作乐。自纵：任情恣肆。

③ 顾难：考虑祸患。图后：谋及将来。

④ 五子：启子武观，曾于夏启晚年作乱。巷：通“哄”。家巷即内乱。

⑤ 羿（yì）：即后羿，有穷国君，一度推翻夏朝。淫：过度。佚：逸。畋（tián）：田猎。

⑥ 封狐：大狐。

⑦ 乱流：淫乱之流。鲜（xiǎn）：少。终：善终。

⑧ 浞（zhuó）：寒浞，后羿家臣。厥：其。家：妻室。寒浞谋杀后羿，强取羿妻而生浇、殪二子。

⑨ 浇：寒浞长子。被服：穿戴，此处有具备之意。强圉（yǔ）：强横。

⑩ 不忍：不能自制。

⑪ 自忘：忘记自身的危险。

⑫ 首：头颅。用：所以。颠陨：坠落。

⑬ 违：违背天道。

⑭ 遂：终于。焉：因此。逢殃：遭祸。

⑮ 后辛：殷纣。菹醢（zū hǎi）：古代酷刑，把人剁成肉酱。此句指纣王暴虐。

⑯ 宗：宗祀，此指王位。

⑰ 汤、禹：商汤、夏禹，皆古贤君。俨：庄重。祗：敬。

⑱ 周：此指周文王、周武王。论道：讲究治国之正道。莫差：无偏差。

⑲ 绳墨：喻法度。颇：偏颇。

⑳ 私阿：私心偏袒。

㉑ 民德：指人君的德行。错：通“措”。“错辅”指安置辅佐。

㉒ 相观：察看。计：谋虑。极：终极。

㉓ 阽（diàn）：临危。

㉔ 初：初衷。

㉕ 量：衡量。凿：斧孔。正：削正。枘：斧柄嵌入斧孔的一端。

㉖ 曾：同“层”，不断的意思。歔欷（xū xī）：抽噎的声音。

㉗ 茹：柔软。

㉘ 浪浪（láng）：泪流貌。

[赏析]

诗人首咏夏商周兴亡史，开咏史诗的先河。这段咏史对楚国来说，具有划时代意义。楚国直接承于殷朝，相信天命，故巫风盛行。当中原文化已经走出天命论时，僻处荆山的楚国还非常迷信，甚至敌国攻进楚国都时，楚王还在祭天，相信上天会保佑他们，赶走敌军。在这个背景下，博学的诗人列举了一系列史实，从中总结出国君、国家兴衰成败的道理，可以说，诗人是楚国的先知先觉者。

夏后启制成《九辩》《九歌》之曲，从此国人享受逸乐荒淫放纵。不考虑困难图谋久远，五个儿子因此闹起内讧。

后羿沉湎游荡迷恋田猎，还喜欢射杀那硕大的野狐。政治昏乱固然少有好下场，何况寒浞又贪他的妻室家属。

寒浞之子浇身披着坚甲，却纵欲过度不能抑制自我。天天寻欢作乐忘乎所以，他的脑袋因而被人砍落。

夏桀行事常常违背正道，于是遭到杀身灭国的祸殃。殷纣王的酷刑把人剁成肉酱，商朝的宗祀因此也难以久长。

诗人先从反面列举了夏启、后羿、浇、夏桀、纣王的身死国灭的原因，他们都是受命于天的国君，然而，由于他们纵情淫逸，残害忠良，弄得祸患不绝，江山倾覆。

商汤夏禹处世谨慎恭敬，周文王武王讲道义没有差错。推举贤者而任用才士，遵循法度一点也不偏颇。

接着诗人又从正面列举商汤、夏禹、文王、武王的国家昌盛的原因，在于他们为君严谨恭敬，遵守治国之道，进而总结出治国的根本在于选贤任能，遵循法度。“举贤才而授能兮，循绳墨而不颇”是诗人的美政理想的核心。这个治国思想在当时是很深刻的。诗人列举这个例子，也是在警告楚王：我可以不说真话，但时间会说真话。任用奸佞，驱逐、残害忠良，最终受害的是国君自己和他的江山。

诗人进一步总结，并非国君受命于天，上天就因此偏袒他。诗人震聋发聩地说：“上天对人公正不偏袒啊，观察人的品德才给予佐助。”这对于相信君命受于天的楚王，无异于狠狠掴了一巴掌。然而，这是残酷的事实和真理。诗人率先提出，天命不可信，上天并不特别偏袒某一个人。那么，国家兴衰成败的根源在哪里？诗人一针见血地指出：只有那深具贤良睿智美德的人，才能拥有天下。

诗人把人们迷信上苍的目光拉回大地，把命由天定转向自己去掌握命运，以人事代替天命，主张人要积极作为，充分发挥人的主观能动性，探索、认识和遵守规律，主动创造，这是一次翻天覆地的思想革命。前车之鉴，真理在握，诗人对自己遭遇的奇耻大辱并不恐惧，并相信阴险狡诈的群小“多行不义必自毙”：“细看前朝回顾后世啊，审视人世成败的最终归向。谁多行不义却被重用啊？又有谁多行不善却被礼遇”？因此，在蒙受奇冤，甚至面临死亡之际，诗人自视初心，回望平生，显得异常镇静：“我身处险境几近赴死啊，静想初衷永不后悔。”一个人在一件事，尤其是国家重大事务上，事隔多年以后仍不后悔，是需要非常的睿智、沉毅和决断力的，其正确率之高堪称英明。推而言之，若一个人愿意把自己的一生重来一次，至少他自己认为是值得过的一生。

既然初衷昭昭如日月，无怨无悔，那么，如何看待自己遭此大难呢？诗人说：“不度量榫孔就去削榫头啊，这就是前贤因此被剁成肉酱的原因。”既怨自己没有看清楚王，更怨楚王昏庸，损害忠良。想起自己的不幸遭遇，诗人只好怨自己生不逢时：“我唏嘘而忧伤啊，哀叹自己生不逢时。拿起柔软的蕙草擦拭眼泪啊，泪水婆娑浸湿了衣襟。”“始因姊言而自疑，至是益自信，信非余之过，乃朕时之不当也。然予何以遂当此时乎？固不禁其哀感而泣涕矣。”（钱澄之《屈诂》）诗人一腔热血，却生不逢时，既是人生之咏叹，更是对现实之愤慨。诗人的悲剧，是时代的悲剧，也是楚国的悲剧。

以上为第二大段的第一层。先写向虞舜陈词，历述各代兴亡的因由，以及自己选贤授能的主张。虞舜一直是诗人仰慕的圣贤，相传葬地又在楚境之内；而夏启以后的事为舜所不及见，诗人因而向他陈词，亦是对女媭劝责的间接回答。全篇自此以下全为幻想之词。于是下文就进入了“上下求索”的幻境。在精神活动的领域里开拓了一个更为宽广的世界，把极其深刻而复杂的内心矛盾，一步步推向高潮。

[原辞]

跪敷衽以陈辞兮①，耿吾既得此中正②。驷玉虬以椉鹥兮③，溘埃风余上征④。

[注释]

① 敷：展开。衽（rèn）：衣襟。

② 耿：光明，作副词用。中正：纯正忠直、不偏不倚之道，与上文折中一词相呼应。

③ 驷（sì）：古代以四匹马驾一辆车，称为驷。此处作动词用。玉虬（qiú）：玉色的无角龙。椉（chéng）：古同“乘”。鷖（yī）：凤凰。

④ 溘（kè）：通“盖”，引申为凌驾。埃：尘。溘埃风：凌驾于尘埃之风。

[赏析]

“皇天无私阿兮，览民德焉错辅”，“举贤才而授能兮，循绳墨而不颇”，诗人在圣君虞舜面前陈辞后，再次验证自己从前的认识和美政理想是正确的，更加坚定了诗人的信仰和信念。诗人找到了精神力量，恢复了内心的正能量。“夫孰非义而可用兮？孰非善而可服？”诗人相信邪恶必不能长久，更有力地增加了诗人战胜世俗的诱惑。既然上天并不特别偏袒某一个人，既然命运操纵在人的手上，可以通过掌握规律改造自己和世界，那么，一切尚可作为。正是在这新的认识基础上，他开始了新的“求索”。于是诗篇又展现了一个再生灵魂为实现理想而顽强追求的动人情景。

跪着铺正了衣襟开始诉说，光明昭彰我已得中正之道。驾起四条玉龙乘着鷖鸟之车，忽然风卷飞尘，我便冉冉升高。

诗人通过动作传达自己幽微的感情，“跪”表达了诗人对舜的崇敬，“敷”写诗人在找到信念后轻松的心情，情态细腻入微；“驷、椉、溘、征”写诗人慨然上路，意气风生的轻快心情。“中正”准确地表达了诗人找到“天命”所在的状态，为后世所沿用。

[原辞]

朝发轫于苍梧兮[①]，夕余至乎县圃[②]。欲少留此灵琐兮[③]，日忽忽其将暮。吾令羲和弭节兮[4]，望崦嵫而勿迫[5]。路曼曼其修远兮[6]，吾将上下而求索。

[注释]

① 轫（rèn）：固定车轮的横木。发轫犹言启程。苍梧：山名，即九嶷山，为舜墓所在。上文谓向帝舜陈词，故此处从苍梧出发。

② 县：通“悬”。神话中的昆仑山相传有三层：樊间、悬圃、增城。

③ 琐：门上雕纹。灵琐指神灵宫门。

④ 羲和：日御，神话中驾驶日车的人。弭节：停止进度，指驻车。

⑤ 崦嵫（yān zī）：神话中日落处山名。

⑥ 曼曼：通“漫漫”，遥远悠长的样子。

[赏析]

舜葬于苍梧，诗人在舜墓陈辞后，从苍梧出发，抵达昆仑山的悬圃，即登天的第二层。

清早在苍梧山下发车起程，傍晚我便到了昆仑山的悬圃。打算在神灵所聚的泽薮稍留，而太阳很快下落时已近暮。我命令羲和慢速按节而行，遥望崦嵫山不要急于靠近。道路十分漫长十分遥远，我将上上下下去求索探寻。

诗人打算在神宫之门稍作停留时，很不巧，太阳快要落山了。“朝发”“夕至”，言速度之快，乃驭风而行也。郦道元《三峡》：“或王命急宣，有时朝发白帝，暮到江陵。”李白：“朝辞白帝彩云间，千里江陵一日还”，皆化用此语。

“日忽忽其将暮”，意蕴丰厚。首先，它是诗人感慨岁月易逝，“忽忽”之间，已到暮年，惆怅壮志未酬头先白，与前文相照应；其次，是诗人对故乡的恋恋不舍，“日之夕矣，牛羊下括”，“日暮乡关何处是，烟波江上使人愁”，日将暮而人思归；第三，是怀王与诗人“约以陈言”，将美政理想、改革大业进行到底的特定时间。

可是怀王中途撕毁“陈言”，将改革大业和诗人“轻抛闪”。即使这样，诗人在岁暮之年，“怀远志以孤往”。第四，是诗人遭遇挫折的隐射，诗人欲由神宫而“登天”，却日色已暮，不遇时也！第五，是对楚国阴暗昏沉的政治环境的描写。楚国如日之将落，群小壅蔽，如“暮色四合”，当此之时，诗人命令太阳神羲和停止进度，不要靠近日落之地崦嵫。“我命令太阳不要落山”，“我命令太阳停下”，其含义是多么丰富深厚！这是对岁月的挽留，也是对日之将暮的楚国的挽救。诗人像一个伟大的巨人，将下落的“太阳”紧紧拉住：停下，不要落山。这种伟大的信念和意志，与夸父逐日异曲同工。即使到了“老冉冉其将至兮”之时，诗人仍怀着无比的热情和一往无前的勇气，探求救国的真理：“路曼曼其修远兮，吾将上下而求索”！前面的路是这么辽远又绵长，更何况我还要上天入地去寻找我的理想！生命不息，探求不止；老当益壮，穷且益坚。千百年来，诗人的这两句诗激励着无数爱国人士探求救国救民之道，激励着无数人去探索真理，让生命闪烁出夺目的光辉。它像宇宙之夜中的火炬，驱散了黑暗和寒冬，从一代又一代的人手中传递，成为华夏民族不灭的星辰。鲁迅就曾将“路曼曼其修远兮，吾将上下而求索”这句，题于《彷徨》扉页，表达了自己的救国理想和追求。

这一段诗，诗人不断翻出新境，写得境界迭生，令人目眩。从苍梧之地到悬圃，诗人首写行程之快，后写乘龙驾凤，似实而虚，令人赏心悦目；至神宫门前，诗人欲往，而日将暮诗入低谷；诗人于是命令太阳神停下，再辟新境，真可谓尺幅兴波，非细赏不能得其妙也！

［原辞］

饮余马于咸池兮①，总余辔乎扶桑②。折若木以拂日兮③，聊逍遥以相羊④。

［注释］

①饮（yìn）：让牲畜喝水。咸池：神话中日出处的池泽，太阳

洗沐的地方。

② 总：结、系。辔（pèi）：缰绳。扶桑：神话中日出处的神树。

③ 若木：神话中日落处的神树，相传其花在日落后会发出红光，照耀大地。拂：敲击。

④ 聊：姑且。逍遥、相羊：皆徘徊、徜徉之意。

[赏析]

安闲，宁静，婉转，悠扬，天籁之音扑面而来。在太阳沐浴的咸池，诗人让他的玉龙马在池边悠闲地饮水，又把马牵到日出之东的扶桑拴住。诗人折下神木轻拂太阳，使“曜灵”（古人认为太阳的光亮由曜灵发出）更光洁明亮，好照耀着诗人上下求索。且在此日之阳谷逍遥自在地遨游，等待月亮升起吧。

让我的马在日浴处咸池饮水，把我的车辔系上神木扶桑。折下若木的树枝遮蔽阳光，姑且逍遥自在从容游逛。

仿佛是一个圣洁的童话世界。正是黄昏时分，巨大的天阳的一半已浸入水中。空中，半空中，天边，深红、浅红、朱红、赭红、橙红、黄红，一个绚丽晶莹的通红世界，下面是清凌凌的、一望无际的咸池，诗人和他的影子和他的马，被夕阳拉得长长的，在空灵之谷静悄悄地走着，诗人伸出的手和手中的神木映在嫩红的太阳中，这是一幅多么美好的图画啊！擦拭了太阳，诗人在通红的阳谷无牵无挂、自由自在地闲逛，他不时地举头东望，静待那一轮巨大的、皎洁的月亮升起，他将于月落之前叩开天门。

从神话情节说，是上征去见天帝，而从所比况看，则实指人君。诗人以非凡的想象力，创造了一个神奇的“神游天上”的艺术世界，折神木将太阳擦亮，想象奇伟。日落月升，诗人日以继夜地探索没有穷尽。

[原辞]

前望舒使先驱兮[①]，后飞廉使奔属[②]。鸾皇为余先戒兮[③]，雷师告余以未具[④]。吾令凤鸟飞腾兮，继之以日夜。飘风屯其相离兮[5]，帅云霓而来御[6]。纷总总其离合兮[7]，斑陆离其上下[8]。吾令帝阍开关兮[9]，倚阊阖而望予[10]。时暧暧其将罢兮[11]，结幽兰而延伫[12]。世溷浊而不分兮[13]，好蔽美而嫉妒。

［注释］

①望舒：月神。

②飞廉：风神。奔属：随从于后而奔走。

③戒：告诫。

④雷师：雷神丰隆。

⑤飘风：旋风。屯：聚集。离：遭遇。

⑥帅：率领。云霓：云霞。御：迎接。

⑦总总：丛簇聚集的样子。

⑧斑：杂色貌。

⑨帝阍（hūn）：天庭的守门人。

⑩倚：倚靠。阊阖（chāng hé）：天门。望予：望我，指不欲开门。

⑪暧暧（ài）：不明貌。

⑫结：编结。结幽兰指怀抱芳洁。延伫：长久站立。

⑬溷（hùn）：通“混”。不分：不辨黑白。

［赏析］

月亮升起后，诗人又上路了：

让月御望舒开路先行，让风神飞廉奔走跟随。鸾凰为我在前面警戒，雷师告诉我哪些还没具备。

鸾皇为诗人警戒开道，但是，在万事具备的时候，却受到雷神的阻扰。雷神借口还没有准备好，使诗人不得夜行。飞廉、鸾皇都是凤凰的一种，楚国人相信，凤凰能引导人上天。拂去神话色彩，诗人的意思是，在月亮还没有落之前连夜赶路，诗人御风而行，凤凰引导诗人上天，但是，天气骤变，电闪雷鸣，大雨倾盆，欲阻扰诗人夜行求索。这样写，使诗歌波澜起伏，又具有象征意义，预示着诗人求索不顺。但是，诗人并没有因为雷神的阻扰而放弃求索：

我命令凤凰高高飞腾，白天黑夜都不中断休歇。旋风聚起气团紧紧相连，率领云霞虹霓前来迎接。纷乱杂沓它们时聚时散，色彩斑斓它们或上或下。我命令天帝的门官打开天门，他倚靠天门看着我装聋作哑。

诗人飞行了不知几千万里后，但见缤纷的云霞离离合合，色彩斑斓，上下翻飞。这是诗人即将抵达天门的标志。“凤凰、旋风、彩云、云霞”烘托出诗人高贵的人格和超凡脱俗、睥睨傲岸奸佞庸俗的形象。

诗写幻游凡三次，这里首次可称“叩帝阍之旅”。帝，天帝；亦隐指人君，楚王。诗人自珍自贵，似乎有无穷的威力，然而，到天门前就吃了一个闭门羹：我叫天帝的守门人为我开门，他却倚靠在天门外冷眼旁观。原来天上和人间一样，都是那样的昏庸势利。对于楚国人慕拜的上帝，诗人毫不客气地给予嘲弄：“天门”如黑暗的朝廷大门一样，冷气森森地把高贵的诗人拒之门外。“守门人”自然是势利庸人的写照。“令帝阍句，极写见帝情迫，刻不容缓之状。”（朱冀）而下句“倚门而望，冷眼不瞅睬也”（夏大霖）。急迫而来，却偏遭此无理冷遇，怎不令人心寒彻骨！诗人在门外苦苦地等了一天：暮色暗沉一天就要结束了，我编结幽兰引颈长看。就是在这个等待的时刻，诗人还不忘编织着幽兰，“幽兰”是高洁形象的象征。诗人“好修”的本性，就是在这片刻也得以彰显，但是“守门人”视而不见。诗人不由得慨然长叹：世间混浊良莠不分，喜欢遮掩贤良美德横生嫉妒。林云铭云：“欲求知于天上，初来时，异样急切，既到后，何等悲凉。因思天帝之溷浊不分，与世无异，不得不舍之而他求也。”（《楚辞灯》）

诗人神游天上的情景，让人很容易想起但丁的《神曲》。但丁写作《神曲》，是由于中世纪的无比黑暗，逼迫但丁“灵魂出窍”，上天入地探索。但屈原写这个情节比但丁早约一千六百年，屈原的伟大由此可见一斑。诗人从古代流传着的大量神话传说中，汲取丰富的形象，然后通过自己奔放不羁的大胆想象将其组织在一起，构成了层出不穷的生动情节和神奇的画面。现代作家茅盾说："在我们中华古国，神话也曾为文学的源泉，从几个天才的手里发展成了新形式的纯文艺作品，而为后人所楷式；这便是数千年来艳称的《楚辞》了。"（《楚辞与中国神话》）

[原辞]

朝吾将济于白水兮[①]，登阆风而緤马[②]。忽反顾以流涕兮，哀高丘之无女[③]。

[注释]

① 白水：神话中地名，源自昆仑山。

② 阆（làng）风：神话中山名，在昆仑山上。緤（xiè）：系，拴。

③ 高丘：高山，喻楚朝廷。无女：喻无可代为通君的人。

[赏析]

诗人扣帝阍而不开，天门九重，无人代为自己传达心声，以达天听。于是诗人三次神游求"女"。

首二句写诗人行踪。诗人求索的步履匆匆。一大早，诗人就出发了，将要渡过神泉白水。汩汩不绝的白水呀，它来自楚始祖帝颛顼发祥的昆仑山，相传喝了白水可以长生不死。诗人又弃楫换马，不顾鞍马劳顿，登上昆仑的阆风山，在阆风山的玉柱上拴住玉龙马。转身，回头，诗人遥望天庭，俯瞰，郢都飞檐碧瓦尽在眼前。伟大的昆仑山呀，楚国就从这里走出，楚国走了多久，还能走多久？伫立良久，默然沉吟，诗人禁不住泪水潸潸：在郢都为官多年，朝中高官中竟无一知己，无一人可代自己将耿耿忠心上达天听！可是，这能怪我吗？"世浑浊而莫余知兮"，"道不同而不相为谋"。诗人怏怏而返。得得的马蹄声中，瘦瘦的肩上，歪斜的楚国天空摇摇欲坠。

后两句先"流涕"后"无女"，由果溯因，突出"无女"之悲。"忽然回头观望便痛哭流涕，哀伤这高丘之上并无神女。""反顾”，对故都恋恋不舍。“高丘”，即“高唐神女”的“高唐”，在云梦泽的西边，是楚人传说中的神山，这里喻楚国朝廷；“哀高丘之无女”喻楚国无贤人。“女”，贤人，喻理解自已、可代将己之心声传达楚王的高官。以比喻言之，含蓄且耐人寻味。

[原辞]

溘吾游此春宫兮[1]，折琼枝以继佩[2]。及荣华之未落兮[3]，相下女之可诒[4]。

[注释]

① 溘（kè）：忽然、突然地。春宫：东方青帝所居。

② 琼枝：美玉。琼：红玉。继佩：增饰佩带。

③ 荣华：花。草本花称荣，木本称华。荣华未落，喻青春尚未凋殒。

④ 下女：下界之女。指后文的宓妃等人。诒（yí）：通“贻”，赠送。指赠礼订婚。

[赏析]

飘忽地，诗人又漫游来到东方青帝之居春宫。春宫里，百花鲜妍，好鸟嘤嘤，玉树琼枝开满园。诗人心念一动，这琼枝多像自已啊，一样的精纯，一样的赤红，一样的珍贵。谁说我老了？且看这琼枝繁茂的花木还没有凋谢！“投我以木瓜，报之以琼琚。匪报也，永以为好也！”趁着开放的花朵还没凋谢，诗人从玉树上折下琼枝，挂在自已佩戴的花环上，去寻访下界可以接受诗人馈赠的女郎。“游春宫折琼枝，欲及荣华之未落也。下女，喻贤人之在下者。”（洪兴祖《楚辞补注》）“荣华之未落”一句语带双关，喻诗人年华未老，尚有可为；姑以琼枝为赠，请她作媒人，代传心声。

[原辞]

吾令丰隆乘云兮，求宓妃之所在[1]。解佩纕以结言兮[2]，吾令蹇脩以为理[3]。纷总总其离合兮，忽纬繣其难迁[4]。夕归次于穷石兮[5]，朝濯发乎洧盘[6]。保厥美以骄傲兮[7]。日康娱以淫游。虽信美而无礼兮，来违弃而改求。

[注释]

① 椉（chéng）：古同“乘”。宓（fú）妃：相传为伏羲之女，溺于洛水而死，化为洛神。

② 佩纕（xiāng）：系佩的丝带。结言：寄意。

③ 蹇脩（jiǎn xiū）：蹇，敲磬；脩，同“修”，敲钟。即以钟磬鼓乐为媒使。理：媒人。

④ 纷总总：杂乱貌。离合：言辞未定。纬繣（huà）：乖戾。迁：改变。

⑤ 次：舍。穷石：后羿所居之处。

⑥ 濯（zhuó）：洗。洧（wéi）盘：水名，相传发源于崦嵫。两句盖指宓妃生活之浪漫。

⑦ 保：仗着，自恃。厥：其，指宓妃。

[赏析]

重饰琼枝，礼仪备至，诗人执礼甚恭。诗人唤来云神，驾彩云往洛神宓妃之所而来：我命令云神丰隆驾起云朵，去寻找洛神宓妃的踪迹。宓妃，河伯之妻，美貌而风流，后与羿勾搭成奸。羿欲夺宓妃为妻，箭射河伯未死，却射瞎河伯的眼睛，被河伯告到上帝。洛水浩淼，转眼间，诗人来到青宫。用什么表达自己的意思呢？诗人看看自己佩挂的丝带，“丝”者，“思”也，不正好可以表达自己的心意吗？诗人解下丝带作为寄言的包裹，命令清越的钟磬声为他“提亲”。敲钟击磬，是请神的一个环节，在这里，诗人钟磬还有表达自己的不便明言的心事，约请知音之意。钟磬声纷然往来，乍离乍合。钟磬敲罢，宓妃意不相属，乖戾而难就。诗人高洁优雅的情怀，怎能合宓妃之意？

介绍人忙碌奔波来来去去，忽觉难以说动对方太执拗。晚上，宓妃到穷石住宿，那是后羿的居所；早上，宓妃又到洧盘洗发梳头，那是从日落的崦嵫山流下的。宓妃整日花天酒地，她不说见诗人，也不说不见，仗着她的美貌而十分骄傲，视诗人为空气。好不容易见到她，宓妃那乖张而让人难以接近的脾气，爱搭不理、视诗人为乞丐的倨傲神情，与诗人见过的楚国贵妇一般无二。“人而无仪，相鼠无皮”，神女？去你的吧！来啊，云神，咱们走！云神应声而至，笑嘻嘻地叉手恭喜诗人，想必宓妃已经答允了诗人的请求！诗人气哼哼地说：虽然她确实美丽但过于无礼，回来吧！我打算放弃她另作追求！

在诗人的笔下，神和人没有什么区别。这是楚文化与中原文化大不同、近于西方神话的地方。诗人并不因为其为神就顶礼膜拜，而是赋予神与人一样的缺点，这也是诗人与天地齐同、卓然独立的人格使然。一个跪着、奴颜婢膝的人是难以在神面前站立的。你看洛神宓妃，她脾气乖戾，整天寻欢作乐花天酒地，喜好打扮自己，搔首弄姿，难以接近。宓妃的形象，完美地融合了传说中宓妃和楚宫贵族妇女的性格特征。由于宓妃傲慢无礼，傲骨铮铮的诗人弃而另求。“来违弃而改求”，诗人之声如闻。

在诗人的笔下，洛神宓妃有常人一样、甚至比常人更顽劣的缺点和劣根性。诗人采用注此写彼的手法，把楚国友贵的丑态移植到洛神身上。对于巫风盛行的楚国，诗人以平视的眼光透视楚人膜拜的神灵，体现了诗人非凡的身气和无比的自信？以上为诗人第一次求“下女”宓妃，因为宓妃傲慢无礼而失败。

[原辞]

览相观于四极兮，周流乎天余乃下。望瑶台之偃蹇兮①，见有娀之佚女②。吾令鸩为媒兮，鸩告余以不好③。雄鸠之鸣逝兮，余犹恶其佻巧④。心犹豫而狐疑兮，欲自适而不可⑤。凤皇既受诒兮⑥，恐高辛之先我⑦。

[注释]

① 偃蹇（yǎn jiǎn）：高貌。

② 有娀（sōng）之佚女：简狄，帝喾妃，生契，为殷商始祖。
③ 鸩（zhèn）：一种鸟，羽毛有毒。
④ 佻巧：轻薄巧佞。
⑤ 自适：亲往。
⑥ 诒：指聘礼。
⑦ 高辛：帝喾之号。

[赏析]

在九天之上，诗人流目四观，遍览天下。“览、相、观”是三个同义词，“览，远视；观，平视；相，谛视。”（钱澄之《屈诂》）生动地表示出于高空周流下视的情状。“重叠言者，明旁求之不止也。”（王夫之《通释》）

到四方极远之地浏览观察，在天巡行一周我便下降落地。远望玉饰的高台挺拔耸立，看见有娀氏的美女简狄。我命令鸩鸟作媒去传话，鸩鸟却告诉我说她不好。雄鸠鸣叫着飞向远处，我又讨厌它浅薄轻佻。

诗人远远望见瑶台的九层之台有一个美女，那不是芳名远播的简狄吗？诗人想与她“结亲”，便请鸩和鸠作自己的媒人。鸩和鸠是诗人独创的两个意象，为后世所沿用。鸩，羽毛有毒，象征满口谗言的小人。鸩往来简狄与诗人之间，挑拨离间，拨弄是非。它欺骗了诗人，信口雌黄地诋毁简狄“不好”。“不好”包括相貌丑和品德差两个方面。鸠，飞鸣不止，轻率而浮躁，却难于成事，象征浮而不实的庸人。鸠虽是雄辩家，诗人却厌恶它的轻佻和献媚。

心中犹豫而疑惑不定，想自己前往又觉得不够稳妥。凤凰已接受聘礼去转送，我担心高辛氏会抢先联络。

由于所托非人，诗人打算自我介绍，又觉得不妥。这时，诗人听到凤凰和鸣之声，抬头望去，空中凤凰翔舞，看情形，高辛先诗人娶走了简狄。“言鸩鸠皆不可信，故犹豫狐疑而不能决定，欲自往，以无媒介又不可也。”（李周翰《〈文选〉五臣注》）诗人丧失机会，第二次“求女”失败。

[原辞]

欲远集而无所止兮[①]，聊浮游以逍遥[②]。及少康之未家兮[③]，留有虞之二姚[④]。理弱而媒拙兮[⑤]，恐导言之不固[⑥]。世溷浊而嫉贤兮，好蔽美而称恶。闺中既以邃远兮[⑦]，哲王又不寤[⑧]。怀朕情而不发兮，余焉能忍而与此终古？

[注释]

① 集：栖止。远集指到远处去。无所止：无处可以栖身。

② 浮游：徘徊。

③ 少康：夏王。其父帝相为寒浞子浇所杀，少康逃往虞国，国君虞思妻以二女，有田一成，有众一旅，遂中兴夏朝。家：成家。

④ 有虞（yú）：传说中的上古国名。二姚：虞国姚姓。

⑤ 理：媒人。

⑥ 导言：媒人撮合之言。

⑦ 闺中：宫中小门，指所求之女的居所。

⑧ 哲王：圣明之王，指楚王。寤（wù）：醒悟。

[赏析]

因失去时机，第二次“求女”失败后，诗人的内心充满挫折感和悲怆，想飞到远方去，却又无栖身之地，只好在空中无所归止地彷徨流浪。所谓“逍遥”是诗人悲凉的自我解嘲。游国恩先生云：“盖此又承上言，有娀之佚女既不可求，遂又顾而之他。然以屡次图谋之不遂，觉前路茫茫，殆无托足之所，姑且上下浮游，徜徉自适而已。”（《离骚纂义》）诗人这时忽然想到，少康还没有成家时，有虞氏有两个娇女还待字闺中。可是由于媒人能力差，笨嘴拙舌，诗人担心他们传话不牢靠可信。诗人的第三次求女又失败了。关于求女的象征，历来说法不一，有云求贤君、求贤妃、求贤臣、求知音等论点。诗人本为无去国之意的忠臣，除怀王以外不可另求他君。而宓妃、简狄、二姚等皆为王者配偶，结合当时后宫郑袖受宠的背景，似仍以求贤妃之说为宜。当然，贤妃秀外慧中的形象，自然也含有同道者及美政的寓意。

三次求女的失败，则象征诗人对于当前的困局一筹莫展。诗人不由得感慨："世溷浊而嫉贤兮，好蔽美而称恶。"即，世道混浊嫉妒贤能之士，喜好掩盖美德而宣扬恶行。这两句与叩阍不成后的感慨"世溷浊而不分兮，好蔽美而嫉妒"句法相同，意义却更进一层。"世溷浊而不分"是正邪不分，而"世溷浊而嫉贤"已经不是正邪不分的问题了，而是以"正""贤"为"嫉"，正直贤良之臣在朝中已无立足之地，奸佞当道，贤良日远；乌云蔽天，日色无光。"好蔽美而嫉妒"，遮蔽人之美还只是妒忌，"美"者还可以存在；而"好蔽美而称恶"是遮蔽人之美，且"恶"者受世俗称赞，"美"者完全无容身之地。正是邪恶受赞扬，贤良遭毁弃，世道黑白颠倒。

闺房幽深迂远难以通达，明哲的君王又没有觉悟清醒。怀着我的衷情不能抒发，我怎能长久忍受这种环境！

"此一叹与见帝章一叹遥对作章法，而意有浅深。盖前云'溷浊不分'，是乱在邪正之莫辨也；今云'溷浊嫉贤'，则浊乱之极，至于正道莫容矣。前云'蔽美嫉妒'，是犹知其为美而嫉妒兴心也；今云'蔽美称恶'，则公然恶直丑正，惟奸宄是崇矣。总以见世局日坏一日，真不可挽回耳。"（清朱冀《离骚辩》）又王邦采云："前一叹是蒙蔽者多，君德之所以日荒也。此一叹是叹媚嫉者众，贤士之所以长往也。故下文紧接闺中、哲王二语，非徒章法有深浅也。"（《离骚汇订》）上天下地，历尽艰辛，四方求索，路既难通，君又不寤，伤心痛苦至极，故有"焉能忍与此终古"之语。

以上为第二大段的第二层，写前往下界求女而不遂。诗人写幻想中的境界，借求爱的炽热和失恋的苦痛来象征自己对理想的追求。屈原求爱的心情是炽热的，可是他选择对象的条件则是极其苛刻的。他不仅追求美丽的容貌，更重要的是高尚的道德品质。爱情的炽热和求爱条件的苛刻，正是矛盾的焦点；失恋的苦痛，就是在这个焦点上形成的。反映在政治上，也就是说，无论在任何情况下，他决不肯枉尺直寻，不择手段以求进身的。因此在“上下求索”的过程中，回答他满腔热情的只是空虚和幻灭，怅惘与彷徨。他在幻觉中的一切感受，正是“溷浊不分，蔽美称恶”的丑恶现实的反映。

整个第二部分，借女媭劝告、陈词重华，总结历史上兴亡盛衰的经验教训，阐述了“举贤授能”的政治主张，并从而引出神游天地、“上下求索”的幻想境界，表现了对政治理想的执着追求。

[原辞]

索藑茅以筳篿兮①，命灵氛为余占之②。曰③：“两美其必合兮④，孰信修而慕之⑤？思九州之博大兮，岂惟是其有女⑥？”曰⑦：“勉远逝而无狐疑兮，孰求美而释女⑧？何所独无芳草兮⑨，尔何怀乎故宇⑩？”世幽昧以昡曜兮⑪，孰云察余之善恶？民好恶其不同兮⑫，惟此党人其独异⑬！户服艾以盈要兮⑭，谓幽兰其不可佩。览察草木其犹未得兮，岂珵美之能当⑮？苏粪壤以充帏兮⑯，谓申椒其不芳。

[注释]

① 藑（qióng）茅：占卜用的灵草。筳（tíng）：占卜用的小竹片。篿（zhuān）：以茅、筳占卜。

② 灵氛：即《山海经》所载之巫肦，神话中之巫师。

③ 曰：屈原之辞。

④ 两美：指明君贤臣。

⑤ 信修：诚然美好。

⑥ 惟是：只有此处，指楚国。有女：欲求的贤妃。

⑦ 曰：灵氛的叮嘱。

⑧ 释：丢开。女：通“汝”。

⑨ 所：处所。芳草：比喻美女、贤妃。

⑩ 故宇：楚国故居。

⑪ 眩曜（xuàn yào）：惑乱貌。眼光迷乱。

⑫ 民：普通人。

⑬ 党人：群小。

⑭ 艾：白蒿，恶草。要：通“腰”。

⑮ 珵（chéng）：美玉。珵美即美好。

⑯ 苏：取。帏（wéi）：香囊。

[赏析]

诗人多次“求女”未成，苦闷不知所从，于是请灵氛占卜。“取来藑茅和截好的八段竹子，让神巫灵氛为我起课占卜。”灵氛，又称巫氛，氛是他的名字。灵氛本是传说中的上占神巫，诗人称他灵氛，是对巫者的尊称。巫氛先用藑茅为筮，卜得兆词为“吉”。巫氛说：圣君贤臣，两美定能完满结合，一定会有风云际会，谁不仰慕那些真正美好的人？想想九州之地如此广大，难道美女就只生在这里？你不要唯“楚女”而求，要放眼于九州。

诗人表示不同意。依习卜礼俗，灵氛又折竹再卜，得兆词仍为“贞”。巫氛说：你不要再犹豫，快到远方去寻找你的大好前程吧！哪一个求贤才的人会放弃你呢？天涯何处无芳草，你为什么一定要依恋故居在楚国“求女”呢？世道黑暗使得人心惑乱，谁察识我们分清善人恶徒？

听了巫氛的解说，诗人沉吟不语。他认真地审察起自己的处境：当下的楚国意识形态混乱，崇尚奸邪，鄙弃美善，恶人当道，好人受欺，有谁去品察我是善是恶呢？虽说各人的爱好不同，但唯独党人群小最是丑恶怪异！他们把恶草白蒿挂满腰间作为美饰，却说幽兰不能佩戴，观察草木尚且如此，又怎么能佩戴美玉呢？他们把粪便和土壤装进香囊，反而说申椒不香，真是美丑不分，黑白颠倒，国将不国矣！

在很长的一个历史时期内，占卜决疑是一个重要的决策手段，因此，对当时的人来说，是很有说服力的。诗人请巫氛决疑，应理解为灵氛认为诗人不必留在楚国，可以如当时社会的游士一般四出干禄，以达成自己的理想。而诗人则假托巫氛“露已扬才”，对楚王也是一个小小的炫示和威胁，其意仍不肯离开楚国。所以，后面的话，诗人撇开别的国家，仍在评论楚国的乱象，除了愤世嫉俗，也是诗人对楚国前途的担忧。

[原辞]

欲从灵氛之吉占兮，心犹豫而狐疑。巫咸将夕降兮①，怀椒糈而要之②。百神翳其备降兮③，九疑缤其并迎④。皇剡剡其扬灵兮⑤，告余以吉故。曰：“勉升降以上下兮⑥，求矩矱之所同⑦。汤、禹俨而求合兮，挚、咎繇而能调⑧。苟中情其好修兮，又何必用夫行媒？说操筑于傅岩兮⑨，武丁用而不疑。吕望之鼓刀兮⑩，遭周文而得举。宁戚之讴歌兮⑪，齐桓闻以该辅⑫。及年岁之未晏兮⑬，时亦犹其未央⑭。恐鹈鴂之先鸣兮⑮，使夫百草为之不芳。”

[注释]

① 巫咸：上古神巫。

② 糈（xǔ）：精米。椒、糈皆为享神的供品。要：通“邀”。

③ 翳（yì）：掩盖。备：悉。

④ 九疑：九嶷山诸神。缤：纷纷。

⑤ 皇：同“煌”，灿烂。剡剡（yǎn）：光明的样子。扬灵：显圣。

⑥ 勉：勉力。升降、上下：即上下求索之意。

⑦ 矩：画方形的角尺。矱（yuē）：量尺。

⑧ 挚：上古名臣伊尹，名伊挚。咎繇（jiù yáo）：咎，通“皋”，即皋陶，尧时法官。调：协和。

⑨ 说（yuè）：傅说，本为奴隶，后商王武丁聘以为相，中兴商朝。筑：木杵。傅岩：地名，在今山西平陆。

⑩ 吕望：姜太公，曾在朝歌做屠夫，后为周文王举用。鼓刀：振动刀刃，使之发出声音。

⑪ 宁（nìng）戚：春秋时贤人。饲牛时曾叩牛角而歌，齐桓

公闻歌而备辅佐。

⑫ 该：备。

⑬ 晏：晚。

⑭ 央：尽。

⑮ 鹈鴂（tí jué）：伯劳，春分时鸣则众芳生，秋分时鸣则众芳歇。一说杜鹃。

[赏析]

是不是离开楚国，对于诗人来说，是一桩极其重大的事。尽管巫氛两次占卜为“吉”，诗人仍踟蹰再三。从自身之穷通来考虑，诗人想按照巫氛卜词的指示办，但从君国之义、爱国之情考虑，诗人又不能不心生犹豫。“原以灵氛之占为然。故曰吉占。灵氛勉以无狐疑，而不能不狐疑也。知远逝之当从，复去国之不忍，恋阙之情，未能决绝，故复决于巫咸。”（钱澄之《屈诂》）于是，诗人再去找巫咸卜问。巫咸，明代汪瑗说：“屈子之所称巫咸，盖借殷之巫咸以为天之巫咸而降于楚也。”《楚辞集解》姜亮夫先生考释巫咸为上天之大神。萧兵先生将其考证为专祀太阳、专祀帝舜的神巫乃至“巫神”，均可见其地位之高。

想听从灵氛吉祥的占卜，又心怀犹豫而疑虑不决。巫咸将要在黄昏时降神，我怀揣花椒和精米去迎接。遮天蔽日天神一齐降临，九疑山山神也纷纷共迎。辉煌煊赫那些神祇显灵，告诉我往日的吉祥事情。

这天夜晚，卜筮之后的祭祷仪式上，大神巫咸降临了。诗人带着花椒、精米作为享巫咸的供品，但见百神蔽日而来，九嶷山诸神纷纷前来迎接巫咸。巫咸专为诗人而降临，足见诗人气场之大，人格之高贵。光芒四射皇天显灵，他们告诉诗人吉卦的原因：

要上天下地努力探察，追求法度相同的知己。就像商汤、夏禹虔诚寻求合德的贤臣，伊尹、皋陶与之协调辅佐政事。只要内心真正追求美德，又何必用使者来沟通？傅说在偏远的傅岩筑墙，殷高宗武丁重用他毫不迟疑。姜太公在市场挥刀屠肉，遇见文王而得以重用。宁戚贩牛敲着牛角唱歌，齐桓公听见请他做辅臣。趁着年岁还不算太老，时光还没失尽。深怕杜鹃叫得太早，花草凋零不再芬芳。

与巫氛相比，巫咸更直接列举前代君臣际合的佳话，劝诗人把握时机，另觅君主效力。巫咸连举了一系列的史例，是对巫氛判词“两美其必合”“孰求美而释女”的具体化，加以实证。举商汤、夏禹的例子，是阐述圣君也会主动找贤臣；举伊尹、皋陶的例子，是阐述圣君与贤臣能够成为黄金组合，这两组例子的着眼点侧重于“圣君”，意谓不唯臣择君，君亦找贤臣，诗人“勉升降以上下兮”，必能“求矩矱之所同”。列举傅说、姜太公、宁戚的史例，印证“苟中情其好修兮，又何必用夫行媒?”破解诗人内心的纠结，意谓贤臣必为圣君所用，坚定诗人离开楚国的信心。

要趁着年岁还不算太晚，时间也还没有完全过尽。怕的是杜鹃鸟先已叫起，使那百草顿然失去芳馨。

末四句，是以巫咸的劝说口吻，谓诗人要抓住机会，日月如梭，盛年不再，再不做决断则悔之晚矣。“勉、及、恐”等词，是巫咸劝诗人赶快离开楚国，去寻找自已的前途。巫氛之断也好，巫咸之劝也好，实质是诗人的内心独白。在诗人心中，始终存在一个真正对话的对象，这就是楚王。诗人希望楚王召回他，通过楚王实现自已的美政理想。

[原辞]

何琼佩之偃蹇兮①，众薆然而蔽之②。惟此党人之不谅兮③，恐嫉妒而折之。

[注释]

① 琼佩：比喻美德。偃蹇：众盛貌。

② 薆（ài）然：隐蔽貌。

③ 谅：信。

[赏析]

巫咸的劝说和催促，又引起诗人内心掀起巨大的波澜，展开了激烈的思想斗争。上文巫氛占卜后，诗人自省处境，对党人“世幽昧以眩曜”，“惟此党人其独异”的以丑为美、奉粪土为香料的变态爱好作了愤怒抨击。此处巫咸为诗人指明前途后，诗人对党人群小的卑鄙手段，抨击更为激烈。庸人结党对正直、贤良和有才能的人大肆抹黑，就像璀璨的珍珠，众人都看见了珍珠的光芒，却故意把珍珠的光芒遮蔽起来。

身上的玉佩多么瑰丽不凡啊，众人却把它的光芒遮蔽。想到那些结党私营者无义无信啊，恐怕会因为嫉妒将它折断。

诗人耿介刚直，忠君爱国，又不屑于使用卑鄙手段，他所能依靠的人必然只有楚王一人，其悲剧命运可以想见。

[原辞]

时缤纷以变易兮[①]，又何可以淹留[②]？兰芷变而不芳兮，荃蕙化而为茅。何昔日之芳草兮，今直为此萧艾也？岂其有他故兮，莫好修之害也[③]！

[注释]

① 缤纷：纷乱。

② 淹留：羁留；逗留

③ 莫好修：不喜自修善德。

[赏析]

面对昏庸的楚王、佞臣和这样混淆黑白、颠倒是非美丑的污浊环境，诗人唯有浩叹：

时世纷乱不断发生变故，又怎么能在这里长久停靠？兰、芷都蜕变而不再芬芳，荃、蕙都化成了一片茅草。为什么昔日的芳草啊，今天都变成了贱草萧艾？难道会有其他什么原因？总是没人喜好修洁的危害。

由于世风的变化，昔日志同道合的君子都改弦易辙，变节投靠了恶势力。那么，为什么昔日的“芳草”现在变成了“萧艾”呢？诗人认为，是由于他们不自修善德。这些在位者不加强自我修养，把出人头地、升官发财作为自己的理想信念，道德沦丧，耽于淫乐，醉生梦死。“莫好修”与上文诗人的“好修”，形成呼应和对比。如果说，聪明是天生的，那么，善良是一种选择。如果人人自修善德，选择善良，这个世界就会变得更美好。

[原辞]

余以兰为可恃兮，羌无实而容长[①]。委厥美以从俗兮[②]，苟得列乎众芳。椒专佞以慢慆兮[③]，榝又欲充夫佩帏[④]。既干进而务入兮[⑤]，又何芳之能祗[⑥]？固时俗之流从兮[⑦]，又孰能无变化？览椒兰其若兹兮[⑧]，又况揭车与江离[⑨]？

[注释]

① 羌：发语词。无实：华而不实。容长：外表好看。

② 委：抛弃。从：追随。

③ 专：专横：佞：奸巧。慢慆：傲慢放肆。

④ 榝（shā）：茱萸，恶木名。充：填充。

⑤ 干、务：钻营。

⑥ 祗：恭敬，指自重。

⑦ 流从：随波逐流。

⑧ 若兹：如此。

⑨ 揭车、江离：皆香草，芳香不及椒兰，比喻才干略逊一筹者。

[赏析]

我本以为兰可以依靠，结果是华而不实外秀内空。遗弃了它的美质追随流俗，还苟且得以列入众芳之中。椒专为佞邪而傲慢无礼，榝又企图填满那个香囊。既然拼命钻营以求得逞，又怎么能够散发芬芳！

兰，变得没有骨气，虚有其表，它放弃了自己的美好本质，从俗浮沉；椒，变得专横奸巧，傲慢放肆；揭车与江离就更不用说了，这一系列象征君子的香花芳草全都变质，楚国的在位者已经腐败变质，几乎没有一个可信、可敬之人，人人都投机钻营，营谋竞进。他们醉心于钻营利禄和地位，又如何知道敬重君子呢？那么，为什么整个上层都已腐败呢？

固然时俗都是随波逐流，又有什么会没有转变消退？看看椒与兰都是那样，又何况揭车与江离之辈。

“固时俗之流从兮”，世俗本来就是随大流，谁能保持人格的永远不变？这一句是本节的核心句。本节与上节构成一体两面的正反关系，好比音乐的一曲两弹。上节是写由于世俗变化，君子易节，落脚点在“不好修”；本节则从君子之变节，归本于世风的变易，二者恶性循环，加速社会的腐败、堕化、没落，正是“溷浊之世”的写照。无论恶浊世风，还是君子的堕落，都使诗人无论在朝在野，都无容身之地。“上章先言世俗之变易，而因叹夫君子之改节，以见人之不好修。此章先言君子之改节，而归本世俗之变易，以见势之不容已。一反一复而详言之，总责当世之君子也。夫前言党人之不谅，而此又专责君子者何也？固互文也。而党人亦不足言矣，前者亦责之屡矣。此独举世之君子皆如此，则不可以淹留也审矣。又乌得不从巫咸之吉占而远逝乎？班孟坚曰：‘痛乎！风俗之移人也。’观此上二章之言，真可喟然而长叹矣。”（明汪瑗《楚辞集解》）

［原辞］

惟兹佩之可贵兮①，委厥美而历兹②。芳菲菲而难亏兮③，芬至今犹未沬④。和调度以自娱兮⑤，聊浮游而求女。及余饰之方壮兮⑥，周流观乎上下。

[注释]

① 佩：即上文的琼佩。

② 委：弃。委厥美指美德见弃于众人。历兹：至此地步。

③ 亏：歇。

④ 沬（mèi）：停止。

⑤ 和：和谐。调度：指行走时玉佩相击的声音与节奏。

⑥ 壮：盛。余饰方壮比喻年华未老。

[赏析]

"惟"，只有，唯一。在疯狂血腥的乱世，在追名逐利、尔虞我诈的官场，在物利汹汹、人情淡薄的世俗，在进退、利害、安危、荣辱的考验中，众多的君子纷纷变节易操，只有诗人中流砥柱，"止剩得一人不从俗，所以可贵"（林云铭《楚辞灯》）。

想来只有我的玉佩最可贵，任其美质历经这种种患难。香喷喷的气息难以亏损，清香一片到如今仍未消减。

诗人以"琼佩"自喻，既是自珍、自贵和自信的表现，又反衬昏君庸臣世俗的"抛弃珍珠如鱼目"，"委厥美而历兹"。"芳菲菲而难亏兮"，美德充沛，才华横溢，睿智能干。"难亏"，不受世俗污损，"善养吾浩然之气"，"出淤泥而不染也"。如果说，"让别人舒服的程度，决定了你的高度"，那么，让人感到"芳菲菲"则是非常的高度。"芬至今犹未沬"，洁身自好，坚贞不渝，举世皆变而我不变，稀世罕有。诗人崇高、美好的人格形象，是不昧的星辰，让人感到污泥之中有明珠，沧海横流有砥柱。

调整玉佩銮铃的声响自娱，姑且漫游闲荡寻求好女。趁着我的佩饰正繁盛艳丽，上下巡回察看地面天宇。

后四句与冯谖"长铗归来兮"的慨唱颇为类似。"玉在匮中求善价，钗于奁内待时飞。"诗人怀玉蕴珠之才，"芳菲菲而难亏"之身，"调节心情自娱自乐啊，姑且四处游览寻找知己。趁着我还年富力强啊，走遍四面八方去周游。”眼见楚国谗臣当道、众人同流合污，几番犹豫斟酌，诗人终于决定去国出走。“言我愿及年德方盛之时，周游四方，观君臣之贤，欲往就之也。”（王逸《楚辞章句》）

以上为第三大段的第一层：诗人在极度苦痛的复杂的矛盾心情中提出了一个新的问题，即去和留的问题而加以分析。首先是问卜于灵氛，接着取决于巫咸。巫咸和灵氛对同一问题的看法所得出的两种不同的结论，再一次地引导屈原把楚国的现实和自己的处境作了更深入的分析。他指出问题的症结是在于整个环境的日益恶化。尽管自己能坚持理想，决不动摇；但留下来，希望又在哪里呢？结果，灵氛的劝告在他的思想上取得了暂时的优势；于是他就冲破了楚国的范围，进入了“周流上下”“浮游求女”的另一幻境。

[原辞]

灵氛既告余以吉占兮，历吉日乎吾将行①。折琼枝以为羞兮②，精琼靡以为粻③。为余驾飞龙兮，杂瑶象以为车④。何离心之可同兮⑤？吾将远逝以自疏。邅吾道夫昆仑兮⑥，路修远以周流。扬云霓之晻蔼兮⑦，鸣玉鸾之啾啾⑧。朝发轫于天津兮⑨，夕余至乎西极。凤皇翼其承旂⑩，高翱翔之翼翼⑪。忽吾行此流沙兮⑫，遵赤水而容与⑬。麾蛟龙使梁津兮⑭，诏西皇使涉予⑮。路修远以多艰兮，腾众车使径待⑯。路不周以左转兮⑰，指西海以为期。屯余车其千乘兮⑱，齐玉轪而并驰⑲。驾八龙之婉婉兮⑳，载云旗之委蛇㉑。抑志而弭节兮㉒，神高驰之邈邈㉓。奏九歌而舞韶兮㉔，聊假日以媮乐㉕。陟升皇之赫戏兮㉖，忽临睨夫旧乡㉗。仆夫悲余马怀兮㉘，蜷局顾而不行㉙。

[注释]

① 历：选择。

② 羞：通“馐”，美食。

③ 精：作动词用，捣碎。靡（mí）：屑。粻（zhāng）：粮。

④ 杂：装饰。瑶：美玉。象：象牙。

⑤ 离心：心志不同。

⑥ 邅（zhān）：转。

⑦ 晻（yǎn）蔼：遮蔽的样子。

⑧ 玉鸾：玉制车铃，作鸾鸟之形状。

⑨ 天津：天河。

⑩ 翼：展翅。旂（qí）：同“旗”。

⑪ 翼翼：整齐。

⑫ 流沙：西方沙漠。

⑬ 赤水：神话水名，源出昆仑山。容与：自得的样子。

⑭ 麾：挥。梁：作动词用，搭桥。

⑮ 西皇：西方天帝少皞。

⑯ 腾：驰。径待：在路边等待。

⑰ 路：路经。不周：神话山名，在昆仑西北。

⑱ 屯：聚集。乘（shèng）：量词，古代一架马车为一乘。

⑲ 轪：车轮。

⑳ 婉婉：同“蜿蜿”，龙行弯曲的样子。

㉑ 委蛇（wēi yí）：意同“逶迤”，随风飘动的样子。

㉒ 抑志：定下心来。弭节：放慢速度。

㉓ 神：精神。高驰：高高飞扬。邈邈：高远无际的样子。

㉔ 韶：舜乐。

㉕ 假日：假借时日。媮乐：愉乐。

㉖ 陟：上升。皇：皇天。赫戏：光明。

㉗ 临：居高临下。睨：斜视，此指居高往下的俯视。旧乡：故乡。

㉘ 仆夫：御车的仆人。怀：怀恋。

㉙ 蜷局：弯曲身体。顾：回视。

[赏析]

灵氛早已告诉我占得吉卦，我选择吉日将出发前往。折下玉树

的枝条作佳肴，又精舂了玉屑来作干粮。为我驾起飞腾的长龙，杂用美玉象牙制作乘轩。哪有心志不同者可以共处，我将远去自行与之疏远。

诗人到巫氛和巫咸求卜问卦，实属无奈之举。“自疏”二字，表明了他的苦衷。受灵氛的指引，诗人心情沉重地踏上了去国的路。读者似乎跟着诗人到他国谋取富贵，然而，“折琼枝以为羞兮，精琼爢以为粻”，由于食物的特殊，蓦地把人从实境带入幻境，诗人开始了第三次“神游”：

我转道走向那昆仑山，路途长远迂曲难行。举起云霓作旗帜遮天蔽日，玉銮铃振动宛如凤鸣。早上从天河渡口发车启程，晚上我到了西面极远之地。凤凰伸展双翅上接云旗，高高飞翔起来肃穆整齐。

忽然我行进来到流沙地带，沿着赤水河岸盘桓踟蹰。指挥蛟龙在渡口架起桥梁，通告西方上帝让我摆渡。路途长远充满艰难险阻，传告众车抄小路等候在前。经过不周山就向左转弯，指着西海约好会面时间。

在楚怀王后期，昏庸的怀王因奸佞谗言，诗人被削职，但还可以自由行动。在楚国朝廷，对诗人已“怀怒”的楚怀王，对诗人做的每件事，无论当否，都因恼怒而视之“骨鲠在喉”，甚至看见诗人就厌弃，最终将他削职。群小结党出于妒忌，出于私利，视之为眼中钉、肉中刺，疯狂地排挤、打击、陷害诗人，诗人已经到了举步维艰、风声鹤唳、穷途末路的困境，而且无处申辩。为了实现自己的美政理想，更是为了救亡图存，诗人做过很多艰苦的努力。先是“神游叩阍”，即直接找楚王沟通、申辩，但是被拒之门外；接着“神游求女”，即找朝中权贵疏通、帮助，但由于各种原因都归于失败。在内忧外困中，诗人不得已卜卦，在每次得到“贞吉”的卜词后，诗人并没有感到欣喜，而是相反，痛斥党人群小的“贪婪”“妒忌”；昔日同道者的变节，随从流俗的“芜秽”。诗人强烈的愤怒，正是他对楚国恋恋不舍，是出于对楚国未来的担忧和挚爱。在这帮昏君庸臣的手里，楚国很快就会玩完。但是，“出师未捷身先死”，被扫地出门的，恰恰是忠君爱国的诗人。为诗人求卜之后内心复杂的矛盾斗争，如赵逵夫所言：“此段文字，直如出家剃度前遥拜父母之一哭。”（《屈骚探幽》）在极端苦闷、无奈中，离开楚国就成了唯一的出路，这在当时“楚材晋用”的士风之下，本是顺理成章的事。

诗人用大量的笔墨铺陈令人眼花缭乱、浩浩荡荡的神游登天壮游，正是为了烘托、反衬对故乡故国的留恋不舍：

会聚了我的成千辆车子，对齐了车毂同时驰骋向前。驾驭八条长龙蜿蜒而行，载着云霞之旗招展舒卷。控制住心情放慢速度，神思却高高飞驰十分悠远。奏起《九歌》跳起《韶》舞，姑且借此时光愉乐一番。

我升上了光和热交织的太空。我的视线忽尔接触到我下界的故乡。马夫都不禁悲伤起来，马也踟蹰留恋，只是低垂着头，又不时回顾着，不肯前进。

正是由于对故乡故国深挚的感情，诗人毅然打消了离开祖国的念头，“本有路可走，卒归于无路可走，屈子是也”（刘熙载《艺概》）。但正是通过这一矛盾和抉择，充分表现出一位伟大爱国者的情操。马茂元、陈伯海评析说：“这一节文字写得瑰丽多彩，汪洋恣肆，极富于浪漫气息。诗人选择好吉日，准备好干粮，上路了。飞龙为驾，象牙饰车，凤凰开路，千车随从，发天津，涉西极，渡流沙，循赤水。正当这支浩浩荡荡的车队扬着云旗，鸣着鸾铃，载歌载舞地登上高空，即将远离楚国黑暗的现实世界而去时，诗人的眼睛忽然瞥见了他那出生、长大的故乡，那种血肉相连、声息与共的炽热的情感，刹那间粉碎了他去国远游的美妙向往，使他再也无法继续自己的行程。这一感情上的剧烈转折，把诗人内心世界的悲剧性冲突推向了高潮，而整个诗的演进也就不能不到此戛然而止。诗人上下求索，云游八荒，但最终的立足点还是在他的念念不忘的祖国。”（《千古绝唱话〈离骚〉》）

这一段文字，本意在写诗人去留的激烈内心冲突，而到了最后，诗人竟不直接表露，而是用“仆悲马怀”作结，使诗人的感情更加深沉、含蕴。“已不悲而仆夫悲，已不怀而余马怀。蜷局，马蜎缩不行也。仆马且然，况于余乎？盖至此而知远逝亦不能自疏也。”（钱澄之《屈诂》）“蜷局回顾，正为‘怀’字写照。不行，亦只是说马，所以妙绝。便把已之系心宗国，不忘故君，一一俱在言外吞吐。曲终余韵，真觉意味无穷！”（朱冀《离骚辩》）

“进不入以离尤兮，退将复修吾初服。”一向志意高洁的屈原，就在这个现实世界中被压迫、排挤、流放，直到最后走向死亡。这个现实的世界是《离骚》最具震撼力的场景，也是整首歌辞的底色。这个现实世界，也引起了后代文人的共鸣，他们通过这个世界来认识屈原，同情屈原。汉代楚辞对先秦楚辞最大的模仿就是对这个世界的模仿。

以上为第三大段的第二层：屈原考虑接受灵氛的劝告以后，在迷离恍惚的心情中展开了最后一次的幻想。这段一开始，屈原驱役龙凤，挥斥云霓，表现得如何的活跃和愉快！他的精神似乎已经超越现实境界，而离开了苦难的深渊；可是当他忽然临睨到故乡的时候，血肉相联的情感，又立刻粉碎了那一刹那间所呈现的美妙幻境；也就在幻想的破灭里，放射出强烈的万丈爱国主义光芒。

第三部分是在追求不得之后，转而请灵氛占卜、巫咸降神，询问出路，从中反映了去国自疏和怀恋故土的思想矛盾。

[原辞]

乱曰[①]：“已矣哉[②]！国无人莫我知兮[③]，又何怀乎故都！既莫足与为美政兮，吾将从彭咸之所居！”

[注释]

① 乱：乐曲的卒章。

② 已矣哉：犹言罢了。

③ 国无人：指楚国没有贤士。莫我知：莫知我的倒装。

[赏析]

“乱”是诗歌的结论。在楚辞中，“乱”有两层意思。从内容上说，它是一篇内容的总结；从音乐的角度说，它是一篇的高潮。古人认为，八音繁汇，各种音乐、乐器开始演奏并达到非常高的境界，达到高潮。作为音乐名词，有人认为“乱”相当于我们今天音乐的过门，即每一段唱过以后都要唱这个过门的“乱”。

这段写诗人重新回到现实之中：

算了吧！国家缺少忠良没人理解我，又何必深深地怀恋故都。既然不足以一起推行美政，我将追随彭咸去他的居处！

龚景瀚指出：“‘莫我知’，为一身言之也；‘莫足与为美政’，为宗社言之也。至‘莫足与为美政’，而望始绝矣。既不可去，又不可留，计无复之，而后出于死，一篇大要，‘乱’之数语尽之矣。”彭咸即彭祖，他是屈原心目中的偶像，“从彭咸之所居”并非“投水自杀”的代名词，而是“跟着彭咸去隐居”的意思。正如王夫子所言“君子之进退生死，非一朝一夕之树立”。

由于有前诗的漫漫求索，开头的“已矣哉”系有极大的情感张力，仿佛极穷极愁极苦极倦的人，一个受尽重重困厄、跌落深渊的人，一个搔白头发的人，猛然抽一口长气，仰天浩叹。这一声长叹，诗人用尽洪荒之力，抒诉无尽的冤气，万般无奈唯有泪千行。昏君、庸臣、奸佞、世风，像千重万重大山倾压着他，更无奈的是身不自主，如何都不能挣断与故国的血脉相连的脐带！期望这段情延长下去，无奈消失似露水。“国无人莫我知兮，又何怀乎故都”，似是绝情语、寡情语，实则蕴含着剪不断、理还乱，无法割舍、不能割舍、不忍割舍的丝丝情缕。那么，既然不忍离开故国，故国又不接纳他，诗人将欲何往？“腥臊并御芳不得薄兮”，诗人只能跟随他仰慕的先贤，为自己选择了归宿——吾将从彭咸之所居！这种为国殒命的铿锵选择，犹如一颗重型炮弹，彪炳出诗人永生不灭的伟大爱国者的形象，也将恶俗炸得血肉横飞。

以上这最后五句是长诗《离骚》全篇的总结和尾声，它高度地概括了全篇的主要内容，简要而深刻地阐明了屈原以身殉国这一伟大悲剧的真实历史意义。

一直以来，《离骚》的层次结构分析确实具有复杂性。此处采用“三分法”即三段说，王邦采《离骚汇订》即持此说。全诗内容大体可分三部分：第一段至“岂余心之可惩”，第二段至“余焉能忍与此终古”，第三段至“蜷局顾而不行”，“乱曰”自为一节，“通篇之总结也”。本书即采用这种“三分法”。

也有一种“二分法”，认为从全诗结构上看，则可以分为两个大的层次。前一部分从开头到“岂余心之可惩”，主要写诗人矢志报国、高洁自守所遇到的矛盾和不公正的待遇，充分表现了抒情主人公与楚国黑暗现实的冲突；从下文女媭的责难到篇末，则主要写诗人身遭迫害以后，继续求索的精神和所引发起来的内心冲突，以至最后的抉择。就诗歌内容来看，也可以说后半篇是从前半篇生发出来的，是诗人浪漫主义激情的迸发，是前半篇所写内容的虚化和深化，是《骚》诗在诗艺上的独特创造。而从艺术手法来说，前半部分虽也有艺术夸张，并运用了许多象征手法，但基本上是诗人现实生活的经历，是实写；而后半部分，则主要把炽烈的感情化为超现实的想象，表现了诗人内心世界的经历，表现了一个苦闷的灵魂上天下地的求索精神，是虚写。（褚斌杰《楚辞选评》）

［总评］

以屈原的《离骚》为代表的楚辞带着南方的浪漫气质，带着花香水汽，猛然隼入华夏文明，中国的诗歌史迎来了一个划时代的崭新时期。

“没有屈原，中国的文学将面面全非。”刘勰在《文心雕龙·辨骚》中对天才诗人屈原及其伟大诗篇如此评价：“不有屈原，岂见《离骚》！惊才逸风，壮志烟高。”鲁迅在《汉文学史纲要》中曾评论屈原《离骚》说：“逸响伟辞，卓绝一世。较之于《诗》，则其言甚长，其思甚幻，其文甚丽，其旨甚明，凭心而言，不遵矩度。其影响于后来之文章，乃甚或在三百篇以上。”

屈原在创作《离骚》的时候，对未来的希望还没有破灭，因此《离骚》的思路十分清晰。全诗按照屈原求学（自修)、屈原引路、屈原被疏、屈原不屈、屈原被怨、屈原说理、屈原叩天、屈原求女、屈原问卜、屈原求神、屈原去国、屈原言志的顺序，娓娓道来。全诗塑造了一个纯洁高大的抒情主人公的形象，通过这篇富有鲜明个性特点的诗篇，使我们看到了一个充满爱国激情，具有崇高政治理想和峻洁人格的庄严而伟大的诗人塑像，对于后世产生无限的感召力。

《离骚》不仅是一首辞，它创造了三个艺术世界。一个是现实世界。在这个世界里，诗人描给了楚国当下君昏臣庸，利欲熏心，争权夺利，奸佞嚣张，谗言肆虐，暗箭遍布，邪恶横行，小人当道，忠良被害，凤凰在笼，鸡雀满朝的是非巅倒、黑白不分的溷浊之世的图像，将批判的锋芒直指衣冠楚楚、人面兽心的上层社会。整个上层社会糜烂腐败，诗人身处其中，孤独、失望、悲愤而无奈。诗人高洁的形象，像一面镜子越发照见这个世界的污浊；这幅黑暗的现实图景又像一面镜子照鉴着后世。在对现实世界的描绘时，诗人也不是纯客观的描写，而是经过提炼和典型化，其中的象征比比皆是。第二个世界是神话世界。由于黑暗现实的挤压，诗人展开想象的翅膀，乘龙驭风，上天入地，上昆仑，赴春宫，入河府，憩肠谷，擦太阳，求神问卜，展现了一个瑰丽、旖旎、迷人的神话世界和楚国的风俗画，把“路曼曼其修远，吾将上下而求索”的热切追求理想、百折不回的精神，表现得充分、真切而生动。第三个世界是象征世界。如以栽培香草比延揽人才；以众芳芜秽比好人变坏；以善鸟恶禽比忠奸异类；以规矩绳墨比公私法度；以饮食芳洁比人格高尚；以男女恋情比君臣关系等。诗人用美人、香草、女、帝阍、琼玉、凤鸟等丰富的意象，开辟了一个新奇而多彩的艺术世界，大大丰富了《诗经》的象征意象和表现手法，为后世的诗文创作指示了康庄大道。在今天看来，香草、美人、琼玉之类意象似乎很简单，然而，如果屈原用直接的语言描写小人的嘴脸和破败的景象，作品中就不会有如此瑰丽的语言；如果在诗中直接描写小人如何谄媚，楚王如何昏庸，他又如何不愿意与这些人为伍，那么作品中就不会出现那么多奇异的景象了。正是因为诗人把炽烈的感情与奇丽的超现实想象相结合，把对现实的批判与历史的反思相结合，熔宇宙自然、社会现实、人生经历、神话传说和历史故事于一炉，把人类的美德用香花美草来象征，从而结构出一个无比恢宏壮丽的抒情体系。

《离骚》无与伦比的思想和艺术价值千百年来都得到文人学者的推崇，并在以后的创作中加以模仿。比如扬雄的《反离骚》《广骚》《畔牢愁》；班彪的《悼离骚》；梁竦《悼骚赋》；应奉的《感骚》三十篇；挚虞《愍骚》；黄祯的《拟骚》；清人嵇永仁的杂剧《续离骚》等。有如此多的文人模仿，可见人们对它的喜爱程度，怪不得明人胡应麟在《诗薮·内篇》中说："屈原式兴，以瑰奇浩瀚之才，属纵横艰大之远，因牢骚愁怨之感，发沉雄伟博之辞。上陈王道，下悉人情，中稽物理，旁引广譬，具网兼罗、文词钜丽，佳制闳深，兴寄超远，百代而下，才人学士，追之莫逮，取之不穷。"

确实，被文学史上称为文坛双璧之一的《离骚》和《诗经》一样，会随着岁月的流逝，绽放出永恒的艺术魅力！

九　歌

——君谁须兮云之际

《九歌》是屈原根据民间祭神乐歌改作或加工而成。《九歌》原是楚国流传很久的古代乐曲，相传是夏启从天上偷下来的，屈原这组诗歌是借用这一曲名。

“昔楚国南郢之邑，沅湘之间，其俗信鬼而好祠，其必作歌乐鼓舞以乐诸神。屈原放逐，窜伏其域，怀忧苦毒，愁思沸郁。出见俗人祭祀之礼，歌舞之乐，其词鄙陋。因为作《九歌》之曲，上陈事神之敬，下见己之冤结，托之以风谏。”（王逸《楚辞章句》）屈原的《九歌》就是模仿这种祭祀仪式，创作的一组祭神乐歌。朱熹认为是屈原对南楚祭歌修改加工，“更定其词”（《楚辞集注》），但不论哪种情况，《九歌》中屈原所塑造的一系列鬼神形象，就是这种原始巫术宗教的反映。

《九歌》一共分十一章，可分为三类：一是祭歌：《东皇太一》《礼魂》。二是恋歌：《东君》《云中君》《大司命》《小司命》《湘君》和《湘夫人》《河伯》《山鬼》。三是挽歌：《国殇》。其中，《湘君》和《湘夫人》是一体两面，可合为一篇；《礼魂》是《国殇》的“乱曲”，可合为一篇，故曰《九歌》。《九歌》大部分篇章作于屈原被流放到江南之时。

东皇太一：君欣欣兮乐康

《东皇太一》是《九歌》中的首篇。“东皇太一”是众神之首，具有至高无上的地位和权威，因此也是祭典中的主要对象。《九歌》中所写的下面诸神，则是从祭的对象。

对“东皇”的解释，综合起来有五种。一种认为东皇即东方天帝。东汉王逸《楚辞章句》和今人汤炳正先生《楚辞今注》、蒋天枢先生《楚辞校释》等持此说；一种认为“东”是春的意思，认为“东皇”即“春神”。徐志啸先生就持这种观点；一种认为东皇指东方君王。如杨宪益、戴乃迭、丁山、李光信、何裕、刘毓庆等持此说；一种认为“东皇”即太阳神。如张舜徽、萧兵、江林昌等持此说。一种把“东皇”作通假解释。如何新先生认为“东皇”通“重皇”，又通“神皇”，即“皇帝”，亦即“黄帝”等。一般比较认同“东皇”即东方天帝。

“太一”，《史记·封禅书》索隐引宋均曰：“天一，太一，北极神之别名。”宋代洪兴祖、清代陈本礼和今人李学勤、葛兆光、冯时等先生均考证太一即北极星神。太一又是水神。《灵枢经》曰：“‘太一者，水之尊号也。先天地之母，后万物之源。’以今验之，草木子实未就，人虫胎卵胎胚皆水也，岂不以为一？及其水之聚而形质化，莫不备阴阳之气在中而后成。”

古人说颛顼是以水德为帝，即水神。《史记·楚世家》载：“楚之先祖出自帝颛顼高阳。”《国语·周语》载：“昔武王伐纣，岁在鹑火，月在天驷，日在析木之津，辰在斗柄，星在天鼋。星与日、辰之位皆在北维，颛顼之所建也，帝喾受之。”韦昭注：“北维，北方水位也。建，立也。颛顼，帝喾所代也。”

楚史专家张正明先生说：“颛顼的神通是无与伦比的，把他看成宇宙的主宰也不算过分。……现在的北极星是小熊座，先秦的北极星是小熊座——《论语》称之为‘北辰’。这北辰和邻近的二十来颗星一起，构成天宫紫微，全天最尊之神就住在这个天宫里面。既然全天最尊之神为颛顼，那么，颛顼即北极星便无可置疑了。”（《楚史》）至战国时，颛顼高阳氏已上升为楚人至高无上的天神、上帝，其象征为北极星（北辰星）。“东皇”颛顼和天神“太一”既是北极星神，又是水神，所以联称“东皇太一”。

由此可见，“东皇太一”指东方上帝，具体指的就是楚人信奉与崇拜的天帝颛顼高阳氏。楚人祭祀颛顼在东郊，故曰“东皇”。

[原辞]

吉日兮辰良[①]，穆将愉兮上皇[②]。抚长剑兮玉珥[③]，璆锵鸣兮琳琅[④]。

[注释]

① 吉日：好日子。辰良：同“良辰”，美好的时刻。

② 穆：恭恭敬敬。愉：娱乐。上皇：东皇太一。

③ 玉珥：剑鼻，剑把，剑鞘出口处的突出部分。

④ 璆（qiú）：同“球”，美玉，玉磬。锵（qiāng）：金属器物撞击所发出的声音。琳琅：精美的石头，美玉。

[赏析]

以上为第一段，写祭祀东皇太一的隆重、肃穆的氛围。前两句写通过占卜选择的吉日良辰，参与者的态度、心情和祭祀的对象，表现祭祀的隆重。“上皇”是天帝与先皇的统一。楚人极重祖先，赋予先祖以神灵的色彩，祭祀的对象决定了这场祭礼非同寻常。“愉”，娱也，乃祭祀的目的，通过祭礼使“上皇”获得快乐。为什么要“愉上皇”，因为东皇心情愉快了，天下才能快乐吉祥（“君欣欣兮乐康”）。东皇太一是神仙，但不怕他是神仙，就怕他没爱好，故有下文的盛大的歌舞表演。二句首冠一“穆”字，极具笔力地勾勒了参祭者恭敬、肃穆的态度，乃本段之中心词。

后二句写主祭者执礼之庄敬。他盛装繁饰，用手小心地抚握着剑环上的玉玦，唯恐发出声响，步履庄重地上场。“抚”这一动作细节描写极为传神，它细致入微地传达出主祭者内心的恭敬，更增加了祭礼的肃穆气氛。但见主祭者身上佩戴着五光十色的玉石，在偌大的祭礼场中，佩玉发出清脆悦耳的“锵鸣”。“璆锵鸣”，语简义丰。其一，以声衬静。玉石“锵鸣”，其声甚微，一定要在十分静谧的环境中才能听到，故玉石轻微细小的碰击声，烘托出了典礼的肃穆气氛。其二，佩玉锵鸣，还表示着人物进退合礼、动静有节。《礼记·玉藻》：“君子必佩玉，进则揖之，退则扬之，然后玉锵鸣也。”故佩玉锵鸣暗示着这位主祭者之彬彬有礼和举动如仪的体式与风度。开篇此四句，非细加体味，不能得其神蕴。

[原辞]

瑶席兮玉瑱①，盍将把兮琼芳②。蕙肴蒸兮兰藉③，奠桂酒兮椒浆④。

[注释]

① 瑶席：瑶，美玉名，这里形容华美珍贵。也说瑶通“蕌”，香草名。瑶席，指设在神座前的铺垫用具，一般用蕌草丝编成。玉瑱（zhèn）：瑱是“镇”的别字，指古代祭礼上陈设的宝器。《周礼·天府》注：“玉镇，大宝器，玉瑞、玉器之美者，禘祫（古代王者祭祖礼）及大丧陈之，以华国也。”故玉镇即指玉瑞（玉做的符信）、玉器之最珍贵者，因可称“镇国之宝”，故名“玉镇”。

② 盍：通“合”，集聚在一起的意思。将把：握持，此为同义复合词。琼：赤色玉。琼芳：指赤玉般美丽的花。

③ 蕙：香草名。肴蒸：亦作“殽烝”，大块的肉。这里是说用蕙草盖在祭肉上。兰藉：用兰草作为祭肉的铺垫物。兰：香草名。藉：衬垫。

④ 奠：献上祭品。桂酒：桂，香木名，切桂泡酒。椒浆：椒，香木名。椒浆，犹椒酒，用椒花泡的酒。

[赏析]

以上为第二段，写祭酒仪式，借祭祀的供物写祭拜者的虔诚。首两句写祭祀的用具陈设。祭堂中放上镇国之宝“玉镇”，神座前铺上华美的铺垫用具，祭祀者双手郑重地将赤玉般美丽的花摆在祭桌上。“瑶席”“玉瑱”“琼芳”，以此为祭具，既见祭礼的隆重和规模，又显祭祀者的虔诚庄敬。后两句写祭祀用的馔肴。祭祀用的肉垫以兰草，盖以蕙草，洁净雅致；祭祀用的酒是桂花酒、椒酒，芳香扑鼻。从祭具到祭品，无一不精美，无一不贵重。美酒佳肴馨香妙音，处处让人生出美妙敬畏之心，形象地表达了众人对东皇太一的虔诚，又烘托出东皇太一神格的高贵。

[原辞]

扬枹兮拊鼓[①]。疏缓节兮安歌[②]，陈竽瑟兮浩倡[③]。

[注释]

① 枹（fú）：同“桴”，古时击鼓的槌。拊（fǔ）：敲打。

② 安歌：歌声悠然。

③ 陈：排列有序。竽瑟：均为乐器。“竽”为吹奏乐器，“瑟”为弹拨乐器。浩倡：这里是指声势洪大的歌声。“倡”通“唱”。

[赏析]

以上为第三段，写祭祀歌舞场面的盛大欢乐。第一段写主祭者肃穆的开祭仪式，第二段通过祭品写行祭如仪，都是在庄重肃穆的气氛中进行的，以静态为主。这一段写祭酒以后，鼓乐声突然而起，气氛瞬间变得活跃热烈，则动态为主。本段由三句组成，三句依次写出了在祭礼上奏乐唱歌的三个过程。首先，击鼓师高高扬起鼓槌击鼓，鼓声由轻而重，由稀而密，由缓而快，复又趋于平缓。接着，继鼓点而起的是合唱队的歌声。稀疏的节拍，舒缓的节奏，平平徐徐的安歌，缭绕在祭堂的上空，浩浩的歌声越过祭堂的门窗，给人一种肃然起敬的感受。随后，吹竽的拿起竽，弹瑟的拨动弦，竽瑟齐鸣，众人纵声高歌，尽情表达对东皇太一的礼敬之情。如此繁音，以三语尽之，非诗家高才，不能为也！

[原辞]

灵偃蹇兮姣服[①]，芳菲菲兮满堂。五音纷兮繁会[②]，君欣欣

兮乐康[3]。

[注释]

① 灵：楚人称神为灵，称巫也为灵。这里指用跳舞来娱神的群巫。偃蹇（jiǎn）：指忽仰忽卧、抬腿顿足的舞姿。

② 五音：指宫、商、角、徵、羽五个音调。纷：指纷纷然并奏。繁会：众音会合在一起，即齐奏。

③ 君：这里指东皇太一神。欣欣：欣喜愉快的样子。乐康：应为“康乐”之倒文，为了叶韵而倒置。康，有大的意思。康乐：即获得极大的欢乐。

[赏析]

以上写祭礼进一步达到了高潮。随着雨点般劲敲的鼓声，或清越或悠扬的竽瑟繁音，和如松涛海潮般的歌声，更热烈的场面出现了：一群男女巫师，身穿彩服，手拿鲜花，在祭堂前跳起舞来。只见他们忽前忽后，忽左忽右，或仰或俯，旋转腾挪，热烈欢快，秾丽动人，香气四溢，充堂盈室。在五音交会、繁声四起中，一场隆重的典礼宣告结束。天神在安享了丰厚高洁的祭品和人们由衷的颂赞之后，觉得心满意足，而下界的人民也感到他们广受福荫，获得了保佑。

[小结]

本诗再现了上古楚国祭礼的场面，举行祭礼的程序十分清晰。由主祭者上场开始祭告，到祭酒的仪式，到鼓乐的鸣奏，到歌舞的场面，历历如绘，使千年以后的读者，亦能明了举行祭礼的过程，并产生身临其境、感同身受的现场感。这是由于作者对祭礼过程的清楚记述，同时对不同的场面抓住典型细节，作逼真的描绘。清蒋骥《山带阁注楚辞》云：“《九歌》所祀之神，太一最贵，故作歌者但致其庄敬，而不敢存慕恋怨忆之心，盖颂体也。”这也正是《东皇太一》在《九歌》中有异于其他诸篇的特点。

当然，既然东皇太一位于众神之首，那么从这篇文章描写的祭祀来看，整个祭祀过程都只有群巫在载歌载舞，扮演东皇太一的主巫却没有唱歌，这也是为了给东皇太一树立威严高贵的形象。

云中君：思夫君兮太息

《云中君》祭歌共十四句，在《九歌》中除去《礼魂》一首外，它算是最短的了。云中之神为一男性，号“云中君”，在神话中云神名叫丰隆，又名屏翳。王逸《楚辞章句》题解说：“云中君，云神丰隆也。一曰屏翳。”1977 年在湖北江陵天星观一号楚墓出土了一批记录楚人祭祀及卜筮情况的竹简，其中记载了楚人祭祀“云君”。学者们已肯定“云中君”即“云君”，是云神。洪兴祖注“云中君”说：“云神丰隆也。”朱熹《楚辞集注》云：“谓云神也。”屈原《离骚》亦可佐证：“吾令丰隆乘云兮。”云神因居于云中、驾驭浮云而得名。屈原的《云中君》正是祠祀云雨雷电之神的祭歌，整首诗写得华采若英、灵动飞扬。

《九歌》诸神各有职掌，独云神职掌不明。有人认为云神为播雨，如马茂元《楚辞选》云：“云行雨施，祀云神是祈雨”，然云神之外有雨师。将二者职责混而为一未免欠妥。倒是屈原辞透露了一些信息。《离骚》：“吾令丰隆椉（乘）云兮，求宓妃之所在。”又《思美人》云：“愿寄言于浮云兮，遇丰隆而不将。”二诗都说云神丰隆，驾云来去可以代为传言致辞，具有类似使者的角色，与西方神话中所谓“天使”相仿佛。

[原辞]

浴兰汤兮沐芳[①]，华采衣兮若英[②]。灵连蜷兮既留[③]，烂昭昭兮未央[④]。

[注释]

① 浴：古时单指洗身体。兰汤：放入兰草的沐浴水。古人祭

神前，一定先用兰草沐浴。沐芳：用白芷洗头发。芳，指白芷。

② 若英：如花一样的美丽。

③ 灵：云中君。连蜷（quán）：回环宛曲，这里形容身形美好。既留：流连忘返。

④ 烂昭昭：微微的亮光。未央：未尽。

[赏析]

首二句写巫师迎接云神。在古楚国，巫师代表的是一个国家和民众，他是神和人之间的沟通者，故写巫师即写国家和民众对神的态度。这位巫师在迎接云神之前用兰花汤洗洁身体，用花水洗头发，谓之沐浴。在古代只有在重大的盛事时才沐浴，可见对迎云神的庄敬。巫师沐浴之后，穿上像花一样饰有华丽文采的衣服。洗洁一净，衣冠一新，灿若花簇。神清气爽，喜迎云神。此处写巫师的沐浴衣饰，正是万民对云神的礼敬，以此开篇，令人盼瞻云神的丰姿。后二句写云神的降临。“灵”即指云神，云神见楚国人如此礼敬他，舍不得走，不由得停住了脚步。“连蜷”摹写云神的姿态十分贴切、逼真。云体态轻盈，舒徐漫卷，灵动自如，非“连蜷”不能赞云之独特形志。继写云彩光华闪亮。一个“灿”字总摄其光辉华彩，虽是常用字却因准确的运用焕发出独特的魅力，缀以叠词“昭昭”，顿显云彩的光华夺目，通透耀眼，更何况云彩的光华无穷无尽。直让人觉得云神是如此的丰赡，它的光辉照彻碧空。高洁、华贵、明丽，足赞云神之尊美。

[原辞]

蹇将憺兮寿宫①，与日月兮齐光。龙驾兮虎服②，聊翱游兮周章③。

[注释]

① 蹇（jiǎn）：发语词。憺（dàn）：安，居住。寿宫：供神的地方，本文指云中君在天上的住所。

② 龙驾：龙拉的车。虎服：虎在旁边保驾。

③ 聊：悠闲。周章：四处盘桓。

[赏析]

在奉神的寿宫，云神滞留下来，安享楚人的祭祀，人们抬头瞻仰云神，倍觉神奇：云彩像太阳和月亮一样放出万丈光彩。“与日月兮齐光”极具气势。每当白云映日，烘云托月，朝曦晚霞之际，云之明丽，不让日月，此处把云神与日月并列，盛赞云神的崇高地位和华美的姿容。享受了人们丰盛的祭祀后，云神就要离开了。他驾着龙拉的车，穿着天神的服装，如此威严，又如此迅捷。“聊翱游者，婉词以别主人，犹云暂往周流一游耳。”（钱澄之《屈诂》）浮云飘荡，倏忽来去，本不能久留，故用一“聊”字摹状其性格。云神在楚国的上空来回遨游，他想做什么呢？

[原辞]

灵皇皇兮既降[①]，猋远举兮云中[②]。览冀州兮有余[③]，横四海兮焉穷[④]。

[注释]

① 灵：指云中君。皇皇：同“煌煌”，光辉万丈。

② 猋（biāo）：疾速，飞快地行进。举：高高地飞。

③ 览：看。冀州：古代九州岛之一，为九州岛之首。余：不止这些。

④ 横四海：遍及四海。焉穷：指哪里有尽头？焉：哪里。穷：无止境。

[赏析]

此节写云神的神通广大。云神辉煌地降临楚宫，是楚国的莫大荣幸，可是转眼间他又迅速地高飞到云中，有谁有他如此的神速呢？云神已然高飞到云中，人们在翘首仰望中，不禁展开神思：云神俯视大地，大地不足其一览；身形所及，四海未能限量其足迹。对无限时间和空间的渴望，在云神身上得以实现。末二句视野辽阔，气魄宏伟，适与云神的身形和特点相契，对云神的赞叹达到无以复加的境界，让人产生丰富的想象，意蕴悠长，对仗工整，让人一见难忘。段中“猋、横”准确地状云的速度和阵势，力透纸背。

[原辞]

思夫君兮太息[①]，极劳心兮忡忡[②]。

[注释]

① 夫君：指云中君。太息：不停叹息。

② 极劳：整日忧心劳碌。忡忡（chōng）：心神不定的样子。

[赏析]

此节写云神去后留给人的落寞、伤感。云神倏忽而来，又飘然而去，怅然若失之际，不禁越发思念云神，感叹云神咫尺千里，目视九州岛，而转眼无踪，人生聚散离合的际遇不过如此。在长长叹息之余，徒自神费思，忧心忡忡。神不来之意。“独《云中君》不恨其不来，而恨其易去，盖云之来去甚疾，不若诸神之难降，但降而不留耳。‘翱翔周章’四字，画出云之情状。‘灵皇皇兮既降，猋远举兮云中’，出没云中，俊甚快甚！‘览冀州兮有余，横四海兮焉穷’，有俯视天下、沧海一粟之意。高人快士，相见时不令人亲，去后尝令人思，劳心忡忡，亦云神去后之思也。”（《骚筏》）。

[小结]

《云中君》结构上分两章，写法上除了描写祭祀过程外，还采用了主巫与扮云中君的巫对唱的形式，通过两方对唱，表达人们对云中君的思念，以及渴望云中君保佑的思想。

关于《九歌》中《云中君》的题旨，朱熹在《楚辞集注》中认为：“此篇言神既降而久留，与人亲接，故既去而思之，不能忘也，足以见臣子慕君之深意矣。”意思是说，这篇文章的题旨，其实是在说“忠君”。它用“人神相恋”的深情，说明君臣的关系。因为从《九歌》的整体来看，云中君是东皇太一的属神。诗中云神

“与日月齐光”暗含了屈原致君尧舜的“美政”理想，“览冀州兮有余，横四海兮焉穷”含蓄地表达了自己的才能。从祭处火烛通明上来看，祭礼是在晚上举行的，这也突出了云中君是月神的说法。至于篇尾的“思夫君兮太息，极劳心兮忡忡”，也说明云中君不仅对观测天象、制定历法、安排农事有重大贡献，而且也象征着男女之间的爱情。

湘君：隐思君兮陫侧

《湘君》《湘夫人》历来被认为是《九歌》中艺术成就最高的作品。《湘君》和《湘夫人》是一个不可分割的整体。“湘君”和“湘夫人”究竟指谁，历来争议很大。

归纳起来有以下六说。一是湘神配二妃说。此说最早见于东汉王逸，其《楚辞·九歌》注云：“君为湘君也……尧用二女妻舜，三苗不服，舜往征之，二女从而不反，道死于沅、湘之间，因为湘夫人也。”二是帝舜配二妃说。唐司马贞《史记·索隐》云：“《楚辞·九歌》有湘君、湘夫人。夫人是尧女，则湘君当是舜。”现代很多人发扬这一说法，何新先生说：“舜即湘君，变为楚族之祖，楚之社神。湘夫人即湘妃，帝尧之女，名丹朱，又称‘神君’，为湘江之神。”三是江神配湘神说。魏炯若先生说，“湘夫人之为湘神，可以无疑；而……所谓湘君者实江神耶？……疑其时楚人殆有湘神嫁为江神妇之说……”其主要论据有晋郭璞《江赋》：“奇相得道而宅神，乃协灵爽于湘娥。”“可知楚巫之使江湘为夫妻神者，亦由传说中二水之神向来亲密之故。”于是“江神既配湘夫人，故遂称之湘君耳”。四是丹朱配湘神说。当代学者曹胜高先生认为：“从《湘君》《湘夫人》来看，他们先后抵达祭祀地北渚，接受楚人的礼敬后，一起回到九嶷山。湘夫人的原型是《山海经》所载的天帝之二女，而非尧之二女，演化为湘水之神。湘君因居于九嶷山，其原型可能为葬在九嶷的尧之子丹朱，演化为湘山之神。”五是自然崇拜产生的湘水配偶神说。此说最早见于明末清初的王夫之：“王逸谓湘君，水神；湘夫人，舜之二妃。或又以娥皇为湘君，女英为湘夫人……《九歌》中并无此意……盖湘君者，湘水之神，而夫人，其配也。”清代顾炎吾、赵翼等从此说。当代董运庭先生也说：“湘君和湘夫人，他们本是一对湘水配偶神。”六是湘水姐妹神说。湘君、湘夫人同为湘水神，分别为尧之二女、舜之二妃娥皇、女英。此说最早见于西汉司马迁的《史记》。《史记·秦始皇本纪》记载：“（秦始皇）浮江，至湘山祠。逢大风，几不得渡。上问博士曰：‘湘君何神?’博士对曰：‘闻之，尧女，舜之妻，而葬此。’”中唐韩愈进一步完善此说：“以余考之……尧之长女娥皇，为舜正妃，故曰君。其二女女英，自宜降曰夫人也。”此说为宋明清学者普遍接受，如洪兴祖、朱熹等，就赞同此说。本书认为，“湘君”和“湘夫人”均为女性神，或为姊妹神，或为同一女性神。

在屈原根据楚地民间祭神曲创作的《九歌》中，《湘君》和《湘夫人》是两首最富生活情趣和浪漫色彩的作品。将神话传说融入到自然景观中来写，给这篇普通的“约会诗”赋予了特别的含义，这也是民众对自然崇拜的一种表现，更表达出人们对纯真爱情和幸福生活的向往。

[原辞]

君不行兮夷犹[①]，蹇谁留兮中洲[②]？美要眇兮宜修[③]，沛吾乘兮桂舟[④]。令沅湘兮无波，使江水兮安流！望夫君兮未来，吹参差兮谁思[⑤]？

[注释]

① 夷犹：犹豫不决，心思不定。

② 蹇：滞碍难行的样子。《说文》：“蹇，跛也。”蹇谁留，犹言为谁所滞留。中洲：洲中，水中小岛。

③ 要眇：美目流盼的样子。宜修：修饰打扮得合宜得体。

④ 沛：急速地飘然而行。桂舟：桂木制作的船。

⑤ 参差：指用长短不齐竹管制成的排箫。《风俗通》："舜作箫，其形参差，像凤翼参差不齐貌。"谁思："思谁"倒文。

[赏析]

以上为第一部分，写请神而神不行的情景。这位男巫一定是一位风流俊逸、文采斐然的暖男。他和请湘君者一起乘船向湘水的更深处行驶，他们一路祭祀一路唱着迎神曲，可是湘君没有出行。首二句写请湘君不行，引起"我"猜测。男巫，亦即抒情主人公"我"发出的疑问：湘君啊，你为什么不肯出行呢？开篇以一问开头切入主题，为全文定下悲情的基调。"开首便见是恍惚之词，……君之不行而夷犹者胡为耶？既怪之，又疑之，使下文'望'字乃跃然而出，章法之妙，独存千古。"（清陈本礼《屈辞精义》。"我"焦急地盼望湘君走出神宫，然而久等不至。于是"我"赞美她说：你美目流盼，装扮合宜，美丽娴雅，品行高洁，为什么不接受邀请出行呢？可是，湘君千呼万唤不出来。美丽而高贵的湘君因何不至，费尽了"我"种种猜疑，"思君如明烛，煎心且衔泪"，于是"我"去寻找她。"我"驾驶着用桂木制作的船，在湘水上急速地飘然而行。"桂舟"表现了人们对湘君的尊重。"乘舟"而加一"沛"字，写出了"我"寻找湘君心情之急迫。"我"在焦急地寻找湘君的时候，一面向湘水祈祷：为了不要惊扰心中的女神，沅水湘江啊，都不要兴起波澜，请你静静地流淌吧。但溯洄从之，溯游从之，众里寻她千百度，湘君在哪里？怅望眼，山长水阔空无际，心爱的女神依然未见踪影，箫声呜咽，迎神的乐曲在水面飘荡，传达出绵绵的思恋。

[原辞]

驾飞龙兮北征①，邅②吾道兮洞庭。薜荔柏兮蕙绸③，荪桡兮兰旌④。望涔阳兮极浦⑤，横大江兮扬灵⑥。扬灵兮未极⑦，女婵媛兮为余太息[8]。横流涕兮潺湲[9]，隐思君兮陫侧[10]。

[注释]

① 驾飞龙：指以龙驾舟。北征：向北出发。湘水北流，入于洞庭，而注于大江，故称“北征”。

② 邅（zhān）：转，指绕道而行。

③ 薜荔：一种蔓生植物。柏：通“箔”，帘箔。绸：帐子。

④ 荪（sūn）：香草名。桡：船桨。旌：旌旗，古代旗的一种。

⑤ 涔（cén）阳：地名，在湖南境内。极浦（pǔ）：远方水岸。

⑥ 横：横渡。扬灵：扬，指高扬船桨。灵，当作“蹬”，亦同“舲”，一种带楼阁的船。此句指驾楼船飞速急行。

⑦ 未极：未至，指未到湘君之处。

⑧ 女：侍女。婵媛：忧虑怨恨时，喘息激动的样子。太息：叹气。

⑨ 横流涕：即涕泪横流。潺湲：形容泪水往下淌。

⑩ 隐：兀自暗暗地，指内心伤痛。陫侧：即悱恻，悲凄失望。

[赏析]

以上为第二部分，写迎神的玄想和求而不得的悲催。洞庭湖中有君山，又叫洞庭山。相传湘君的神邸就在洞庭湖北的君山，故曰“北征”。“我”寻遍湘水而不见湘君芳踪，于是产生幻想，想象驾着飞龙，北出湘浦，转道洞庭。这是湘君的花坞，在这里应该可以找到湘君吧？“我”满怀着期望向君山驶去。路途漫长，“用薜荔作帘啊，以蕙草作帐，香荪为桨啊，兰草为旗”，此处描写“我”的“帘、帐、桨、旗”，烘托“我”的美好，含蓄地表达了“我”急于见到湘君的心情。可是，到了洞庭湖依然未见湘君。失望在不断地加深，“我”的心情变得越来越沉重。但是“我”决不肯放弃。眺望涔阳遥远的水岸，“我”又高扬船桨，横渡烟波浩渺的大江，但伊人何处？湘水茫茫空余恨！连“我”身旁的侍女，也不禁为“我”的执着和徒劳而难过。“女婵媛兮为余太息”，与《离骚》中“仆夫悲余马怀兮”同一手法。未及自身，先写旁者之感怀，更衬托出主人公处境之可悲。“横流涕兮潺湲”则是用夸张手法直接宣泄“我”对湘君浓厚的相思之情。“隐思君兮陫侧”，指黯然神伤，乃非别人能知，非言语所能表达者，故“隐思君”三字，更足道出其悲情与苦思。这一段用大量的笔墨铺叙“我”寻找湘君的过程，表现了“我”百折不回、九死不悔的一腔衷心。

[原辞]

桂棹兮兰枻①，斫冰兮积雪②。采薜荔兮水中，搴芙蓉兮木末③。心不同兮媒劳④，恩不甚兮轻绝⑤。石濑兮浅浅⑥，飞龙兮翩翩⑦。交不忠兮怨长⑧，期不信兮告余以不闲⑨。

[注释]

① 棹：船桨。枻：船旁板，即船舷。

② 斫：砍削。全句意为：在冰封积雪中行船，必须凿冰破雪而进，这是比喻困难重重欲见湘君而非易事。

③ 搴：采摘。芙蓉：荷花。以上二句为比喻，薜荔生于陆而到水中去采，芙蓉生于水而向树梢上摘，皆不可能有所得，比喻徒劳无功，寻觅湘君相会而落空。

④ 媒：媒人。劳：徒劳。

⑤ 不甚：不深。轻绝：很容易绝情。

⑥ 石濑：石上清浅的流水。二句是说，在靠岸的浅水中，任舟飘浮，不再急于前行。

⑦ 翩翩：形容轻盈疾快。

⑧ 交：交往。怨长：长久的怨恨。

⑨ 期：约会。不闲：指故意托辞说没有空闲。

[赏析]

以上为第三部分，写迎神不至后沉痛的反思和哀怨。“桂棹兮兰枻”，既是自陈自己高洁美好的人格，也是对湘君的礼敬，同时表明“我”的追寻在继续，又劈波斩浪，让水花四溅。但茫茫水域，依然没有看见心爱的女神，只有那些水鸟潦草在天边。想见伊人困难重重，绝非易事。在无数次追寻，无数次失望之后，“我”开始了沉痛的反思：“我”的痴情是徒劳的，这像在水中摘取薜荔，爬到树梢采摘荷花，不过是缘木求鱼。继而思索进入更深的理性层面：两个心意不同的人虽有媒人说合也徒劳，相爱不深的人感情更容易断，得到的只是“轻绝”“期不信”的悲剧结局。这是对自己错爱的一种自嘲，也是对自己痴情的觉醒，沉痛的语气中包含着对对方的怨望。约期而不至，“我”只得怏怏而返，在靠岸的浅水中，任舟飘浮，不再急于前行。

[原辞]

鼂骋骛兮江皋①，夕弭节兮北渚②。鸟次兮屋上③，水周兮堂下④。捐余玦兮江中⑤，遗余佩兮醴浦⑥。采芳洲兮杜若⑦，将以遗兮下女⑧。时不可兮再得，聊逍遥兮容与⑨。

[注释]

① 鼂（zhāo）：通“朝”，清晨。骋骛（wù）：急驰而行。江皋：江岸。

② 弭（mǐ）节：将船停下。北渚：地名，洞庭湖北边一个地方。

③ 次：栖息。

④ 周：环绕。堂下：祭坛下面。

⑤ 捐：抛弃，丢弃。玦（jué）：一种环形玉佩，通常是关系决裂的象征物。

⑥ 遗（yí）：留下。佩：古时系在衣带上的饰物。醴（lǐ）浦：“醴”同“澧”，这条河流通向洞庭湖。浦：水边。

⑦ 芳洲：水中的芳草地。杜若：香草名。

⑧ 遗（wèi）：赠予。下女：指身边的侍女。

⑨ 聊：暂时。容与：舒缓放松的样子。

[赏析]

在遭遇一次又一次的挫折之后，“我”仍不死心。每天驰骋于湘君所在的北岸，在江边徘徊复徘徊。可每天都是疲惫地归来。

“我”伤心极了，黄昏中只看见鸟儿栖息在屋顶，茫茫白水环绕着祭祀堂，一片孤寂落寞的景象，使人倍感忧愁。门可罗雀，凄清寒寂；流水无情，靓影何处？清林云铭《楚辞灯》说：“绝望而行且归，杳不见神，惟凄寂之景现前矣。”眼前的景象正是失意者的开始。与开始热情地追求相比，此时，我陷入孤寂凄凉中难以自拔。在极度的悲伤绝望中，我把佩带的玉玦投弃在江水中，把玉佩丢在澧水之滨，表示决绝。把玉佩投弃江中之后，我仍觉得不解恨，又随手把从开着香化的小洲采摘的杜若，随手送给凡间的女子，以发泄怨气。这些杜若原本是要送给心爱的女神湘君的啊！“君子必佩玉”，古代男子有佩玉的习惯，身带佩玉表明本诗主人翁为男性。投玉佩于江中以示决裂的举动，让人很容易想起“杜十娘怒沉百宝箱”的核心情节，可见本诗影响之深远。然而，欲相忘怎能忘，“时光匆匆不会再来，放宽心怀静候佳音”，表面上似已释然，但真正能够就此忘怀，以至决绝吗？实乃自我宽慰而已。林云铭云：“此时怨亦无益，思亦无益，且自排遣目前，正是无聊之极也。”（《楚辞灯》）

[小结]

《湘君》是一位男巫乘船去迎接湘君，实际上是对湘君的仰慕，是诗歌的抒情主人公的独白。诗歌用第一人称“我”与湘君面对面地对话，便于表达强烈的感情。全诗分请神、迎神、怨神、决裂四个部分。

《湘君》这篇诗把男女之情写得曲折缠绵。诗歌一开头就写男子请神而不行，继而乘舟在江面四处寻找，寻而不见，于是想象自己乘龙舟北出湘浦，转道洞庭、涔阳，到湘君所在的神宫寻找，“上天入地皆寻遍，两处茫茫皆不见”，虚实相生，仿佛让人看到我追寻湘君的足迹遍布三湘大地，流湘二水，历尽劳苦，呕心沥血，眼枯肠断。在求而不得之后，写我的哀痛也没有简单化，而是从期而不遇为反思的起点，到“心不同，恩不甚”的辛酸自嘲，到“交不忠，期不信”的谴责，乃至怒而投玉绝交，却终不能忘，把自己的眷恋写得缠绵悱恻，感人至深。正如古人所评：“（《湘君》）幽情密意，字字撩人。”（《楚辞评林》引刘辰翁语）虽然女主人翁一直没有出现，只有男主人翁在独自抒情，这样反而为读者提供了更多的想象空间。我千呼万唤，四处寻找，为何湘召既不露面，亦无回应，如此冷漠无情地任我在油烹火烈的相思中煎熬？从这里我们很容易想到，屈原的这首诗绝不仅仅是一首爱情恋歌，也不仅仅是祭祀湘水之神湘君的祭歌，而是糅合了自己的生活经历、思想感情。诗中冷面无情、无动于衷的湘君正是楚王的写照，而我忠贞不渝的追寻，无论热烈的向往还是失意的冷落，都是诗人伟大的爱国主义思想感情的体现。尤其是寻而不得之后的那种笼盖四野的孤独忧伤之情，飘零离世之感，更是深沉的爱国主义的体现。诗人运用直抒胸臆、侧面烘托、冷热对比、虚实结合等多种艺术手法，把这种忠君爱国的感情渲染得格外浓郁，深深打动读者的心。

湘夫人：思公子兮未敢言

《湘夫人》是《湘君》的姊妹篇。一般认为，湘夫人是湘水女性之神，与湘水男性之神湘君是配偶神。湘君和湘夫人就是以舜与二妃（娥皇、女英）的传说为原型的。湘君、湘夫人这对神祇反映了原始初民崇拜自然神灵的一种意识形态和“神人恋爱”的构想。

诗歌题目虽为《湘夫人》，但诗中的主人公却是湘君。这首诗的主题主要是描写相恋者生死契阔、会合无缘。作品始终以候人不来为线索，在怅惘中向对方表示深长的怨望，但彼此之间的爱情始终不渝则是一致的。

[原辞]

帝子降兮北渚[①]，目眇眇兮愁予[②]。嫋嫋兮秋风[③]，洞庭波兮木叶下。

[注释]

① 帝子：在这里指湘夫人。“子”是上古时期对儿子、女儿的统称。有人说湘夫人是舜妃，是帝尧之女，所以称为帝子。

② 眇眇（miǎo）：极目远望的样子，又有望眼欲穿之意。愁予：让湘君忧愁。

③ 嫋嫋：同“袅袅”，原本是指柔弱曼妙，这里指微风拂面的轻柔。

[赏析]

帝子，即湘夫人。王夫之《楚辞通释》云：“帝子，尊贵之称；山川之神，皆天所子也。”首二句写迎神不遇。依据视角的不同，有几种理解。一种以湘夫人为主动。她轻灵地降临到北渚，微眯两眼向远处眺望迎神的湘君，在未见到湘君之后失望地离去。另一种以迎神的湘君为视角，湘君迎神来到北渚，在约定的时间内却不见湘夫人的踪影，湘君蹙眉远眺，四处寻找湘夫人。更有趣的是，湘君到了北岸，因为不见湘夫人，于是想象她因为没有见到湘君提前走了，在湘君的想象中，她微蹙眉尖，向四周眺望寻找湘君。这是“目眇眇”三字产生的丰富内涵。首句一个“降”极为简洁地描写出湘夫人作为神灵法术的广大和身心的轻灵。二句和三四句运用点染的手法，勾勒出一幅湖畔清秋图。其中二句的“愁”是直抒胸臆的“点”，三四句是借鉴抒情的“染”，无一字见“愁”却无处不是“愁”。这是一幅卓绝千古的湖畔清秋图：秋风习习，吹皱洞庭湖的粼粼清波，让人感到阵阵凉意。湖畔的树上枯黄的落叶飘零，飘落到湖水中，随流水默默无言地流去。站在湖边的主人公正极目远眺。这幅湖畔候人图处处散发出秋凉和孤寂的气息。明胡应麟《诗薮》云：“‘嫋嫋兮秋风，洞庭波兮木叶下。’形容秋景入画；‘悲哉，秋之为气也！’‘憭栗兮若在远行，登山临水兮送将归。’摹写秋意入神，皆千古言秋之祖。六代、唐人诗赋，靡不自此出者。”这两句从景物上发出的愁绪，今人感受到有一种说不出的惆怅凄迷情调，而这又为全诗的爱情悲剧创造了悲凉的气氛。

“嫋嫋”运用叠词，给人一种时间的推移感和动态感。“波、下”皆活用为动词，给人一种湖波源源不竭而来，落叶静静下落的动感。“洞庭波”自“木叶下”而出，上下交织，动静相生，仿佛一幅美到极致的图画。诗中有画，画中有诗，寓情与景，情景相生，二者达到了完美无间的融合。诗人信手拈来秋、落叶、湖水三个典型意象，创造了描写秋景的天籁之句。前人评此二句曰：“叙物以方情谓之赋，余谓《楚辞·九歌》最得诀。如‘嫋嫋兮秋风，洞庭波兮木叶下’，是写出‘目眇眇兮愁予’来；‘荒忽兮远望，观流水兮潺湲’，正是写出‘思公子兮未敢言’来，俱有‘目击道存，不可容声’之意。”（刘熙载《艺概·赋概》）；“模想无穷之趣，如在目前”（吴子良《林下偶谈》）；“赋得洞庭一句，遂令一篇生色”（《楚辞评林》引孙语）；“起笔缥缈，神情欲活”（何义门《文选评》）。无怪乎成为千古名句。

[原辞]

登白薠兮骋望①，与佳期兮夕张②。鸟何萃兮蘋中③，罾何为兮木上④。

[注释]

① 白薠（fán）：秋天生长于湖沼岸边的小草，即薠草。骋望：极目远望。

② 期：相约之期；等待。张：陈设；展开。

③ 萃：聚集。蘋（pín）：水草名。多年生水生蕨类植物。

④ 罾（zēng）：渔网。为：挂。连上句是写鸟不在树上而群集于水草，渔网不设在水中而挂在树上，是反常现象，是用物非其所比喻所愿不得，一切落空了。

[赏析]

这一段写未遇后的心迷意乱。首二句写登高远眺寻找佳人。与佳人共约佳期却未见佳人，难道她真的走了吗？也许她正四处找湘君呢！于是湘君登上长满白薠的水边高地极目远眺，急切地盼望她的到来。“骋”本为骑马奔跑，这里用来形容远望的目光，足见急于见到她的迫切心情。“期”，是约定的日期或时刻，即与佳人约会；也可以理解为“等待”，即等待与佳人约会。“夕张”可以理解为与佳人共度良宵准备的铺陈、准备，也可以理解为夜幕的降临。约期与佳人共度良宵当然多了浪漫的情调，但结合上下文意来看，第二种说法较好。故第二句的意思是，湘君等待与佳人相会一直等到夜幕降临。等待了这么长的时间，心里的烦恼、懊丧，让湘君百念丛生，她是不是变心了？她是不是一去不回头？她是不是欺骗湘君？她是不是也在焦急地四处找湘君？然而这种满怀希望的等待却是痛苦的等待。随着时间的推移，湘君变得越来越烦躁，对于自己这种尴尬的处境，产生了错乱感：这鸟儿不在树上而群集于水草，渔网不设在水中而挂在树上。物失其所，时乖运蹇，一切都那么不顺当。这种感情的起伏跌宕和湘君心里的急剧活动，正反映了湘君对湘夫人的爱之深切。

[原辞]

沅有茝兮醴有兰[1]，思公子兮未敢言[2]。荒忽兮远望[3]，观流水兮潺湲[4]。

[注释]

① 沅：沅水。茝：即白芷，香草名。醴，同“澧”，澧水。

② 公子：指湘夫人。

③ 荒忽：同“恍惚”，神思迷惘。

④ 潺湲：河水缓慢不绝地流动。

[赏析]

“沅、醴”是湘水上游的支流，大约是湘夫人活动栖身之所，“茝、兰”比喻湘夫人，首句兴起湘君对湘夫人的爱慕之情。朱熹云：“所谓兴者，盖曰：沅则有茝矣，澧则有兰矣，何湘君之思公子未敢言耶？思之切，至于荒忽，而起望则但见流水之潺湲而已。其起兴之例，正如《越人之歌》所谓‘山有木兮木有枝，心悦君兮君不知’。”（《楚辞集注》）比较而言，“茝、兰”更能描绘湘夫人如芷、兰般窈窕的身姿，空谷幽兰般的高洁和温柔多情的美丽形象，所谓“一片芳心”也。次句表达湘君对湘夫人久积于心的深厚爱意。“公子”，指湘夫人。陈本礼《楚辞精义》：“尊之曰帝子，亲之曰公子，美之曰佳人。”先秦两汉时贵族子女无论男女都可称为“公子”，后来公子才逐渐变为专指青年男子。这里称湘夫人为“公子”也是一种尊称。在沅、醴之水，湘水之滨，湘君与湘夫人相识已久，爱意暗生，倾心相许，只是“爱你在心口难开”。“未敢言”语含娇羞，比明言“爱你”更富悠长的韵味，更蕴深厚的情意。

三四句写自己思恋而失落的心情。因对湘夫人爱恋之深，使湘君迷离恍惚。在暮色垂临之际，湘君心神恍惚地向远方望去。湘君的目光溯游而上，追随湘夫人而去，来到湘夫人所在的沅、醴之水，“所谓伊人，宛在水中央”。那里，湘君曾与湘夫人相识、相恋，与她嬉戏于浪花间，相濡于水中，携手于岸边；那里，留着她曼妙的身姿，银铃般的笑响，摇曳于白云丽日之间的歌声。此刻，湘君仿佛看见清澈的河水缓慢不绝而来，满溢着湿漉漉的爱意，或者流淌着不尽的失意惆怅；仿佛听见流水潺潺的声音，那或许是绵绵不竭的爱的絮语，或许是失侣后啃啮灵魂的孤寂。落花有意，流水无情。伊人何在？伊人已随流水去？徒自令人感叹唏嘘。外面，水声长潺湲；心里，呜咽不成语。流水滔滔不竭，犹如湘君惆怅无尽期。不管主人公是痛苦还是欢乐，是爱恋相拥还是折侣失翼，也不管主人公痛苦有多深，流水兀自漠然流去。水无情，人有情，两相对比，情何以堪？此处写“水”，情胜万语千言。清林云铭《楚辞灯》云：“开篇‘袅袅兮秋风’二句，是写景之妙；‘沅有芷’二句，是写情之妙，其中皆有情景相生，意中会得口中说不得之妙。”

[原辞]

麋何食兮庭中[①]？蛟何为兮水裔[②]？朝驰余马兮江皋[③]，夕

济兮西澨④。闻佳人兮召予，将腾驾兮偕逝⑤。

[注释]

① 麋（mí）：鹿的一种。

② 蛟：传说中龙的一种。水裔（yì）：水边。连上句是写麋鹿本应在野外觅食，现却来到庭中，蛟龙本应隐伏在深渊，现却出现在水边，其喻意与上文"鸟何萃"二句同。

③ 江皋：江边。

④ 济：渡水。澨（shì）：水边。

⑤ 腾驾：驾着飞腾的马车。偕逝：一齐飞去，一起远走高飞。

[赏析]

此段写湘君追忆闻湘夫人召赴约。首二句承上文叙湘君的迷乱。仿佛塞缪尔·贝克特笔下的《等待戈多》：两个流浪汉苦等"戈多"，而"戈多"不来的情节，喻示人生是一场无尽无望的等待，表达了世界荒诞、人生痛苦的存在主义思想。当"观流水"的神思迷离之际，湘君恍然不知自己身在何处，因何而来，所为何求。湘君独自等待在这暮色四布的高埠之上，又安知她在何处"言笑宴宴"？她之所在，非湘君之所处；湘君之所寻，非她之所安，为什么所遇非所求？为什么有情人不得相聚？为什么失之交臂？天呀，这不正是麋鹿本应在野外觅食现却来到庭中，蛟龙本应隐伏在深渊现却出现在水边了吗？"麋何食"二句，明汪瑗《楚辞集解》云："麋当在山林，而反在庭中；蛟当在深渊，而反在水裔，亦为己与湘君不得会合失所之比也。"此二句与前"鸟何萃兮蘋中，罾何为兮木上"写法相似，犹如音乐的主旋律，在诗歌中反复回旋，因这种错失迷乱，恰是湘君对她深沉的挚爱和一往情深的热烈追求的体现。次二句互文见义，写自己昼夜兼程，舟马不息，渡过一道道水一条条河流，飞驰过一条条江，急赴湘夫人之召。"朝驰"与"夕济"并举，"江皋"与"西澨"交替，二句联翩而下，给人一种风驰电掣之感，写自己不辞劳苦，日夜不停，急于见到湘夫人的心情。为什么湘君这样舍生忘死地急赴湘夫人之约？因为湘夫人召唤湘君和她一起乘着飞腾的马车远走高飞，一起去过幸福美好的生活。这是湘君梦寐以求的“神仙眷侣”的生活。从上下文看，这并非湘夫人实有的召约，而是湘君因爱至极而心生幻想。但是在被苦焦的渴盼和燃炽的热恋烧晕了头脑的湘君看来，这来自天国的馨香之约，却反而比真实更为真实。“闻佳人召者，妄想生妄听也。腾驾偕逝，言随召者飞腾而去，喜极欲速也。”钱澄之《屈庄合诂》：“因痴生幻，以幻为真，故更生出以下‘筑室兮水中’一大段文字。”

[原辞]

筑室兮水中，葺之兮荷盖①。荪壁兮紫坛②，播芳椒兮成堂③。桂栋兮兰橑④，辛夷楣兮药房⑤。罔薜荔兮为帷⑥，擗蕙櫋兮既张⑦。白玉兮为镇⑧，疏石兰兮为芳⑨。芷葺兮荷屋⑩，缭之兮杜衡⑪。合百草兮实庭⑫，建芳馨兮庑门⑬。九嶷缤兮并迎⑭，灵之来兮如云⑮。

[注释]

① 葺（qì）：修补，这里是指用茅草盖房。盖：房顶。

② 荪：香草名。紫坛：指用紫贝砌成的庭院。紫，紫贝。坛，庭院。

③ 播：散布、涂抹。芳椒：植物的名字。堂：坛，在这里是指祭坛。

④ 栋：房屋的脊梁。橑：屋椽。这个字有的注音读“lǎo”。如，洪兴祖补注：“橑，音老。”但大多数注音为“liǎo”。

⑤ 辛夷：植物名，带有香气。楣：门上的横木，又称次梁。药：香草名，这里指白芷。房：偏房。

⑥ 罔：同“网”，在这里指编织。薜荔（bì lì）：一种植物，又称木莲。帷：帐幔。

⑦ 擗（pǐ）：剖开。蕙櫋（mián）：用蕙草做的“幔”。櫋，在

这里作帐顶。张：放置。

⑧ 镇：镇压坐席的用具。

⑨ 疏：散布，陈列。石兰：香草名，兰草的一种。芳：同“防”，在这里指屏。

⑩ 荷屋：荷叶形状的屋。

⑪ 缭：缠绕。杜衡：一种香草，俗称“马蹄香”。

⑫ 实：充实。

⑬ 馨：散布很远的香气。庑（wǔ）：厢房，在这里指堂屋外的其他房间。

⑭ 九嶷（yí）：山名，又名苍梧，传说舜就埋葬在那里。缤：纷繁众多的样子。

⑮ 灵：神灵。

[赏析]

此段承上段继续写湘君的奇思幻想。“此言其所筑水中之室，其芳洁若是也。”（朱熹《楚辞集注》）诗人用热烈蓬勃的诗情，展开瑰丽奇特的想象，用大量的笔墨铺排，具体细致地描写了湘君筑室于水中，与湘夫人的新婚之夜。

建一座别致的宫室啊在水中，用荷叶啊来做屋顶。用香荪装饰墙壁啊用紫贝堆砌地面，芳椒和泥啊涂抹在祭坛。以桂木作梁啊用木兰为椽，用辛夷制成门楣啊用白芷点缀房间。编织薜荔啊用作帏帐，剖开蕙草做成幔啊放置在中央。用白玉做镇啊力压坐席，陈列石兰做成的屏啊芳香四溢。用白芷修葺啊荷叶盖顶，四面环绕的啊还有杜衡。汇集百草啊摆满庭院，门廊之间啊香气弥漫。九嶷的众神啊纷纷道贺，众神降临啊齐集如云。

先写婚房。首二句整体写水中之宫的外形，乃以荷叶为盖；次二句由庭园的围墙、花坛写到婚房。五至八句具体描写婚房。诗人按照由外而内、由上而下、由次而主的顺序，渐次写了婚房由香木构成的梁柱门窗，婚床上用香草编织的帏帐和精美的铺阵。九至十二句又总写水中之宫。在荷屋上再加盖香草白芷，用香草杜衡环绕荷屋，汇集各种花草充满的庭院，修建芳香传播很远的厢房。笔笔写来，次序分明。海市蜃楼无过其繁，朝霞绚梦无过其丽，花山香海无过其芳，神仙宫阙无过其精。对新居的精心构筑，反映着居于秀美山水（洞庭山和湘水）之间的女神所特有的审美趣味，也正表达了她对爱情的珍视。次写贺婚的宾客。末二句写九嶷山中的众神灵飘拥而至，热闹欢乐的场面。一个"缤"字极为简洁地描写了来宾之众，服饰之繁，气场之热烈。宾至如云的场面，更表现了她所强烈向往的幸福感。"未至之时，便思从神久居，作许多布置，空中楼阁何所不极。"（钱澄之《屈庄合诂》）由于对所爱者的思恋心切而产生幻觉，这一虚幻之景的出现，正说明其对所爱者的痴迷和无以复加的热烈感情。至此，本诗的感情达到了高潮。然而，极热处极冷，极炎处极凉。越繁华越孤单，越希望越失望。大梦醒来，何处是温柔乡？爱烧成灰，满把是凄凉泪。

[原辞]

捐余袂兮江中①，遗余褋兮醴浦②。搴汀洲兮杜若③，将以遗兮远者④。时不可兮骤得⑤，聊逍遥兮容与。

[注释]

① 袂（mèi）：衣袖。

② 遗（wèi）：赠送。褋（dié）：贴身的汗衫。

③ 搴：采摘。汀（tīng）洲：水中或水边的一块平地。

④ 远者：远来的，这里指湘君。

⑤ 骤得：轻易得到，一下子就得到的意思。

[赏析]

当沸腾的心在炉中煮沸又被投进凉水了，当烟花绚丽地绽放过又化为黯淡的灰烬，当热泪流成冰河，那一刻必然是清脆的破碎。

当湘君从富丽繁华的婚礼中醒过来后，看到的是凄清的秋夜，湘君不敢相信这一切竟是南柯一梦。湘君疯狂了，愤怒了，破碎了。然而，毕竟湘君对湘夫人的爱超过一切，毕竟那水中婚房的一缕幽香犹在，她足以扑灭湘君心头的弥天怒火。

把湘君的衣袖啊投进了湘江中，将湘君的贴身衣啊留在了醴水之滨。

湘君要让湘夫人看到湘君的衣物，能忆起湘君今夜的痴迷等待，让她看到湘君的痛苦，湘君的痴情，还有湘君那若隐若现的幽幽怨望。“何当共剪西窗烛，却话巴山夜雨时”，湘君又从水中的绿洲上采来杜若，要把它送给湘君远方的爱人，日后，或许有哪一天，湘君要跟她细叙今夜的种种迷狂和痛楚。想到这里，欢乐的时光啊不能轻易得到，暂且悠然自得啊平静下来。清林云铭《楚辞灯》云：“是篇与前篇，同一迎祭湘水之神，而行文落想迥别。《湘君》自始至终不一顾，《湘夫人》则方降而即相怜，是订期以陈供具，可不嫌于唐突。方迎而先见召，是筑室以效荐馨，亦不涉于支离。皆于不经意中生出许多疑信、许多欢幸。乃忽尔舍北渚而还九嶷，究竟末后一看，仍与《湘君》一般发付。总是见斥于君以后，无可告语，猜减所结，颠倒迷乱，幻成无端离合，不可以常理论。故中间提出‘荒忽’二字，作前后眼目。末段把前篇语换个‘骤’字，以前此曾有相关之意，冀将来从容图之，或可庶几一遇。痴想到底，不比《湘君》‘时难再难’，其望便绝。此惓惓之深哀也。”

[小结]

《湘夫人》全诗共分四节，先是描述了湘夫人因为不能和湘君相见而忧愁烦恼；随后写思念湘君却又不能吐露心声的矛盾；接着想象了与湘君会面的美好场景；最后表达了未能与湘君相见的惆怅伤感。哀伤的情调成为这个爱情乐章的基本旋律。

《湘夫人》一诗营造了极为优美迷人的境界。诗中的湘夫人是一位风姿卓约的女神，她立于“洞庭湖兮木叶下”，“目眇眇兮愁予”，一副令人销魂的俏模样。湘君对她极其迷恋。然而“沅有茝兮醴有兰，思公子兮未敢言”，由于羞涩，“爱你在心口难开”，他们失之交臂。湘夫人惆怅地“荒忽兮远望，观流水兮潺湲”，表达了无奈却始终不能相见的伤感惆怅的心情、爱情的不完美结局。

《湘君》和《湘夫人》是由一次约会在时间上的误差而引出的两个悲剧，但合起来又是一幕两情相悦、忠贞不渝的喜剧。说它们是悲剧，是因为赴约的双方都错过了相会的时间，彼此都因相思不见而难以自拔，心灵和感情遭受了长时间痛苦的煎熬；说它们是喜剧，是由于男女双方的相恋真诚深挚，尽管稍有挫折，但都没有放弃追求和期盼，所以圆满结局的出现只是时间问题。当他们在耐心平静的相互等待之后终于相见时，这场因先来后到而产生的误会和烦恼必然会在顷刻间烟消云散，迎接他们的将是湘君在幻觉中所感受的那种欢乐和幸福。

大司命：吾与君兮齐速

“大司命”一名最早见于金文《齐侯壶》（又名《洹子孟姜壶》，见郭沫若《金文丛考》）。《周礼大宗伯》《礼记祭法》《史记天官书》也均记载了古人祭祀“司命”。湖北江陵望山一号楚墓、天星观一号楚墓、包山楚墓中出土的记录楚人祭祀及卜筮情况的竹简，记载了楚人祭祀“司命”“司祸”“司骨”，专家们都肯定“司命”与《九歌》二司命有关，有些专家还认为“司祸”“司骨”也与司命有关。据本篇中“何寿夭兮在予”的话看来，大司命是主寿夭之神。全诗由扮演大司命的男巫独唱。诗中描写了大司命的威严、神秘和冷酷，表现了人们祈求永命延年、珍惜生命的美好愿望。

[原辞]

广开兮天门[①]，纷吾乘兮玄云[②]。令飘风兮先驱[③]，使涑雨兮洒尘[④]。

[注释]

① 广开：犹言大开。天门：传说天帝所居的紫微宫之门。

② 纷：浓密的样子，是“玄云”的定语前置。吾：钱钟书说：“即降于巫之神自道。”（《管锥编》）也就是巫假装大司命从天降临，附在他身上，他就代表大司命说话。所谓“皂神附体，代神立言”，就是说的这种情况。本篇中的“吾”“予”“我”，有时是巫的自称，有时是神（大司命）的自称，变化多端，但均出自巫一人之口，具体指谁，要随上下文语气而定。乘：乘坐，驾驭。《广韵蒸韵》：“乘，驾也。”玄：黑色。

③ 令：叫。飘风：旋风，狂风。先驱：前导。

④ 涷雨：暴雨。洒尘：洗尘。

[赏析]

首写大司命降临下界、威慑天下、万灵屏息的气场。天门广开，万民景仰，不论在天上还是在凡尘，大司命一出场气派非凡。他驾着一团团的黑云，喝令旋风为他的前驱，驱使暴雨为他洗尘。腾云驾雾，呼风唤雨，雄视寰宇，威风凛凛，不可一世。大司命是人类生命的主宰，在人们的心目中必然是极其威严的。他的出场声威煊赫，而又给人一种恐怖感。然而，大司命肯降临人间，正是重民、亲民的体现。

[原辞]

君回翔兮以下[①]，逾空桑兮从女[②]。纷总总兮九州[③]，何寿夭兮在予[④]。

[注释]

① 君：神君，是用第三人称的叙述语气称呼大司命

② 空桑：神话中的山名。女：通“汝”，你，主巫称大司命。

③ 纷总总：众多的样子，指人类。九州：古代划分天下为九州。此指全天下，人口众多。

④ 何：为什么。寿：长寿。夭（yāo）：短命。予：我，是巫用第一人称代大司命自述。在予：操于我手。

[赏析]

此写大司命主宰众生的无上威权。首二句是娱神的女巫所唱。首句称“君”，次句称“女（汝）”，“君尊而女亲也”（朱熹语），“君”表尊重，“女”表亲昵。大司命果然威风八面，他从九天云霄盘旋而下，身形轻灵而又稳如泰山，不发一言而众从如风，但见下界子民纷纷越过神山空桑紧随其后。“回翔以下，言其徐也；逾空桑以从，言其速也。”（钱澄之《屈诂》）。一徐一速，写出神之尊贵从容之态与迎神者惶惶迎随之情。后二句是大司命的内心独白。这大司命如如来佛祖，面对下界子民，微睁眼睛，轻启朱唇，字字玑珠：“我掌管着天下众生的生命，谁的寿命长，谁的寿命短，都操在我的手上。”九州之大，芸芸众生，或死或生，任凭于我，闻之令人悚然。

[原辞]

高飞兮安翔[①]，乘清气兮御阴阳[②]。吾与君兮齐速[③]，道帝之兮九坑[④]。

[注释]

① 安翔：徐缓平稳地飞。

② 阴阳：阴阳之气。古人认为阴气厚重，阳气轻清，构成宇宙之气。

③ 齐速：为同速而行，以导迎天帝。

④ 道：同“导”，引导。帝：指大司命。之：往。九坑：一作“九冈”，楚地山名。

[赏析]

此写人神恋爱交合。首二句写神主宰阴阳二气。大司命高高飞起，从容翱翔，驾乘清明之气，主宰死生阴阳。后二句写女巫导迎大司命至“九坑”。我主巫恭敬虔诚地为您大司命作向导，迎接您来到这天帝创造的九坑之地。“九坑”为人神合欢之地。

［原辞］

灵衣兮被被[①]，玉佩兮陆离[②]。一阴兮一阳[③]，众莫知兮余所为[④]。

［注释］

① 灵衣：一本作“云衣”，以云为衣。被被：同披披，长长的样子。

② 陆离：光彩闪耀。

③ 阴、阳：此指男女。

④ 莫知兮余所为：不知我在做什么。

［赏析］

此隐写男女（人神）交合之事。《九歌》源于民间原始歌舞，写男女恋爱故事，本会有些所谓“亵慢淫荒之杂”（朱熹《楚辞集注·九歌序》）。首二句通过对大司命服饰的描写展示神的富丽、潇洒、风流：云霞之衣啊长长委落，佩带的玉饰啊绚烂错综。首二句“一阴一阳”隐射男女之事，“莫知兮余所为”，与《河伯》诗中写河伯与洛妃在住入龙堂、朱宫后，有“灵何为兮水中”句，都是对男女亲昵之事的隐讳提法。

诗歌至此以写大司命为主。对于大司命服饰、乘驾、精神、职责、作为，在不同的地方都作了描写，构成一个完整的形象。尤其是用了第一人称的手法表现出一个执掌人类生死大权的尊神的内心世界，给人强烈的艺术感染力。诗中的大司命的衣着华丽，气派堂皇，神通广大，不可一世。作为一个凌驾于众生之上的至高无上者，他能够重民、亲民；作为一个执法者，他有阳刚杀伐之气。他有神的自夸自矜、耀武扬威的弱点。即使在天宫中的班次居于末尾，当他要到人间来时，也可以摆出最大的排场，显出最大的威严。作为一个抒情主人公形象，即使不是很可爱的，却是具有典型意义的。

[原辞]

折疏麻兮瑶华[①]，将以遗兮离居[②]。老冉冉兮既极[③]，不寖近兮愈疏[④]。

[注释]

① 疏麻：神麻，传说中一种神树，开白花如玉，服食可以令人长寿。瑶华：指神麻似玉的白花。

② 遗：赠送。离居：离去他居者，此指大司命。

③ 冉冉：渐渐。既极：已至。

④ 寖（jìn）：逐渐。

[赏析]

此写女子的留恋感叹。春宵一刻值千金，人神相聚甚欢，然而神不能久留。依依惜别之际，为了表示留念，女子折花相赠。“折疏麻兮瑶华，将以遗兮离居。”后世谢灵运《从斤竹涧越岭溪行》中“折麻心莫展”，《南楼中望所迟客诗》中“瑶华未敢折”，都是由此处化出，表现久别后一时不能见到的愁情。所以说折疏麻之瑶华相赠，有身虽离而思念不绝之意。面对这种聚少离多的情况，使女子不由得感叹：青春易逝，老境渐至，我人已渐渐走入暮年，如不多加亲近神灵，情义就会日益疏远矣。所谓“叹老以动之，其欲亲近之意亦至矣”（汪瑗《楚辞集解》）。清屈复《楚辞新注》云：“迎神神至，方从之游，而忽去不顾。老已至矣，安得不悲？然前云‘何寿夭在予’，结云‘轨离合可为’，其知安命矣。”

[原辞]

乘龙兮辚辚[①]，高驼兮冲天[②]。结桂枝兮延伫[③]，羌愈思兮愁人[④]。

[注释]

① 辚辚：车声。

② 驼：古“驰”字。

③ 延伫：长久站立。

④ 羌：楚方言发语词，有“乃”义。

［赏析］

此写神离去上天后使人愁。大司命驾乘龙车啊车声辚辚，它飞腾而起啊直入云天。云为车而龙为马，正所谓“云从龙，风从虎”，与诗开头表现的大司命形象一致。神君已行，犹伫望而立，良久不忍离去，愈思愈愁：我手执编织好的桂枝啊在原地久久伫立，越来越思念他啊愁心百结。相爱之深，痴情感人！

［原辞］

愁人兮奈何，愿若今兮无亏[①]。固人命兮有当[②]，孰离合兮可为[③]？

［注释］

① 愿若今：希望从今以后都能像今日一样。无亏：无亏损，指相聚、无离别之苦。

② 有当：有常，有定数。

③ 孰：谁。为：做，掌握。这句说，谁又能掌握离合呢？即非人力所可决定的。

［赏析］

神已离去，无法挽留，离别之愁，愁肠百折，徒唤“奈何”。“奈何?”离情难耐也。写离人愁肠，深曲动人。然而，离别是不可避免的，只希望以后常常像这个夜晚一样不失见面亲切之意。大司命是主宰人的寿命的，人的寿命本来就有定数，但天地间的悲欢离合谁又能管得了呢？这里问出了千百年来无数男男女女的多情人都永远得不到答案的问题。这首诗真是凝聚了人类情感经历中最深刻的内容。后三节是女巫抒发对大司命的怀念。其离别的幽怨，无法摆脱的愁绪，也多少地体现了男权社会中广大妇女普遍的心理状况。

[小结]

《大司命》这首诗人物形象鲜明，兼具阳刚和阴柔之美。抒情深婉动人，结构精美，气脉贯通，机杼缜密。清林云铭《楚辞灯》云："细玩篇中'寿夭'二字，是前面眼目；'离合'二字，是后面眼目层层说来，见得司命承帝命以操阴阳之柄。人自禀气以生，其寿夭离合，皆有一定不可易者，惟自尽其所能为而听命于所不能为，行法俟命、穷且益坚之大本领也。"

少司命：望美人兮未来

《少司命》是《大司命》的姊妹篇，是祭祀少司命神的歌舞辞。少司命的职掌，历来有主子嗣延续（近人比喻为"送子娘娘"）、主男女情缘、主灾祥等不同的说法。主子嗣说，始见南宋罗愿的《翼尔雅》："少司命，主人子孙者也。"认为少司命是主管人间子嗣的神。后王夫之《楚辞通释》更进一步解释说："而少司命则司人子嗣之有无，以其所司者婴稚，故曰少。"主情缘说，如清蒋骥《山带阁注楚辞》："大司命主寿，故以寿夭壮老为言，少司命主缘，故以男女离合为说，殆月老之类也。"主灾祥说，如清戴震《屈原赋注》："文昌宫四曰司命，主灾祥，《九歌》之'少司命'也。"本书认为少司命主灾祥说比较合理。

[原辞]

秋兰兮麋芜[①]，罗生兮堂下[②]。绿叶兮素枝[③]，芳菲菲兮袭予[④]。夫人自有兮美子[⑤]，荪何以兮愁苦[⑥]！

[注释]

① 秋兰：古兰草，秋七月开花所以称秋兰。麋（mí）芜：麋，通"蘼"，即蘼芜，蘼芜是川芎的苗，据辞书解释，苗似芎藭，叶似当归，香气似白芷，是一种香草，味辛温，治妇病。《本草汇

言》："入手少阴、足少阳、厥阴经。"妇女去山上采撷蘼芜的鲜叶，回来以后，于阴凉处风干，叶子风干可以做香料，亦可以作为香囊的填充物。古人相信蘼芜可使妇人多子，然而在古诗词中蘼芜一词多与夫妻分离或闺怨有关。

② 罗生：罗列生长。罗为动词，陶渊明诗云："榆柳荫后檐，桃李罗堂前。"（意即绿浓红肥、明暗错落。）堂下：厅堂阶下，此处指祭堂之下。

③ 素枝："枝"应作"华"。素华，白色的花。素：白色，有淡泊无争之意。"素华"二字，本解为素淡的花，也有版本做"素枝"就是"素淡的枝头"，但是下文有"紫茎"即"紫青色的茎"，如果这里做"素枝"就重复了，所以以"素华"解之。

④ 菲菲：草香浓郁。袭：熏染、侵袭，香气袭人。予：假借"余"，我，为群巫自称。

⑤ 夫（fú）：那。美子：对他人子女的美称。子，子女。

⑥ 荪：香草名，"即今菖蒲是也"（《梦溪笔谈》）。这里是对少司命的美称。

[赏析]

第一段写众人迎接少司命。祭祀之前，人们在祭堂摆满了秋兰和蘼芜。《神农本草经》说兰花主"杀蛊毒，辟不祥……通神明"。秋兰和蘼芜必是祭祀少司命独有的祭物。秋兰花开于七月，色淡香浓，以喻生之祥。古人相信蘼芜可使妇人多子，而且秋兰和蘼芜还可以治愈妇女的病，可以充作妇女的香囊。在屈原独创的楚辞体系中，芳草又是高洁美好的象征物。楚之习俗，"春祭以兰，秋祭以菊"，此处以秋兰为祭，乃因兰为百花之首，可见对少司命的礼敬之隆。秋兰麋芜，罗列满堂；绿叶素花，香气袭人，高洁美丽而又生意盎然。妇女们在祭堂中唱歌跳舞、鼓乐鸣奏，迎接少司命的惠临。在众人的企盼中，少司命久而不至。于是主祭的巫师代表人们向他发出温情的邀请："夫人兮自有美子，荪何以兮愁苦！"犹言说，你看，世人都自有美好儿女，何劳你还如此担忧愁苦！这是一种温慰之词，希望他摆脱愁苦而快乐起来。最早注释楚辞者王逸，在其《楚辞章句》中解释“荪何以兮愁苦”句说：“荪，谓司命也。言天下万民，人人自有子孙，司命何为主握其年命，而用思愁苦也。”似乎认为少司命的执守与人的子孙年命有关。然而此句分明说有子无子并不需要他特别操心，那么少司命还愁苦什么呢？显然，少司命乃见“有子”而“愁苦”。司命，从命名上就可以知道他是主管人的生命、命运的神。司命又分为二，大司命主生死，实际上是主死，或偏重于主死亡、寿终；少司命则主生，即主对生命的守护和福佑。故诗中写他看到世人“有子”，从而表示担心而“愁苦”。盖因少司命职在使生命由幼至长不受戕害，是生命的保护神。从这个意义上讲，也可以说他是主灾祥（去灾呈祥）的神。

[原辞]

秋兰兮青青[①]，绿叶兮紫茎。满堂兮美人[②]，忽独与余兮目成[③]。入不言兮出不辞，乘回风兮载云旗。悲莫悲兮生别离，乐莫乐兮新相知。

[注释]

① 青青：通“菁菁（jīng）”，草木茂盛的样子。

② 美人：与“美子”相应，指出众美好的人。这里应是以参与祭祀的众巫来代指人间的女性。

③ 余：我，据上下文意，应即少司命。目成：通过眉目传情来结成亲好。此处指少司命与群巫情谊融洽，堂上虽然有众多美好的人，但众巫还是把眼光投向少司命。

[赏析]

第二段写少司命在极其芳香素雅的氛围中降临到祭祀堂，与众人达成默契后黯然别离。这一段是从少司命的视角中独白。前二句与第一段开头句只换了少数几个字，可视为《诗经》惯用的重章叠唱，但是意义不同。一者，少司命从祭堂中的秋兰繁茂，有绿叶和紫色花茎，看到人们对他的礼敬和虔诚，明白了众人的心意，这是

"与余兮目成"的基础；二者，"秋兰"句以兴起满堂的美人，花人相映生辉。秋兰素雅，绿叶紫茎，满堂美人，俱出现在少司命的眼中，这是少司命飘然而至所见的环境，亦使少司命感到责任的重大。"忽独与余兮目成"一句，有的注解为，众美人看见少司命，人人都以为少司命独独钟情于我。而实际，从少司命的眼中写出更富神采。众美人看见少司命，目光交织，飘忽如一道道黑色的闪电，对少司命充满期待，在少司命看来，是"忽独与余兮目成"。"目成"，以目光睇视传情，生动地表现了男女之间两心相悦、深情蜜意的情景，故汪瑗说："目成谓以目而通其情好之私也。"（《楚辞集解》）明代杨慎更赞此两句谓："曲尽丽情，深入冶态。裴《传奇》、元氏《会真》 （唐著名爱情小说），又瞠乎其后矣。"（《升庵诗话》）。然，少司命究竟是一位男神还是女神？众美人究竟是女人还是男人？似无须深究。此处"目成"亦不必拘泥于男女之情，乃是心有灵犀一点通，是人与神之间托付与承诺的心领神会，是相互达成使命的庄重协议。人们虔敬地祭祀少司命，少司命郑重地接受众人托付给他的使命。可见，少司命对自己的职守具有神圣的使命感，是大地上的人们值得信赖的、值得托付的"好神"。与"众美人"的静默的睇视，深情的凝望，很快就要结束了，"入不言兮出不辞"，一切尽在不言中，少司命总是悄悄降临，又总是不辞而行，驾乘着疾风，高扬着云旗而去。这两句词义双美，含蕴悠长，明朝王世贞就认为两句"虽尔恍惚，何言之状也"。"黯然销魂兮，唯别而已矣"，少司命就要离开祭堂，离开深爱着他的"众美人"。临别之际，少司命强忍眼泪，依依不舍，世上最伤心的事啊莫过于活着的时候分离，最开心的事啊莫过于结交新的知己。"悲莫悲兮生别离，乐莫乐兮新相知"。"入乎堂中，不闻其声；出乎堂外，不见其形；以风云为旗，任其所往可以不辞；所生离别也。……死别离乃一诀暂痛，生离别则历久弥思，故尤悲。旧相知乃视为固然，新相知则喜望外，故尤乐"（林云铭《楚辞灯》）。生离别，新相知，概括了男女之间悲欢之极致，二句简练、深刻、动情，故被推许为"千古情语之祖"（《艺苑卮言》卷二，《楚辞评林》引明王世贞语）。这一段对少司命的心理探发幽微，刻画得婉曲动人，使人对少司命产生难舍难分的炽热情感。

［原辞］

荷衣兮蕙带，儵而来兮忽而逝[①]。夕宿兮帝郊，君谁须兮云之际[②]？

［注释］

① 儵：迅疾。

② 君：少司命。须：等待。

［赏析］

这一段写少司命离去后众美人对他的瞩望和遥想。首二句流露出众美人对少司命的怨望之情。“荷衣”“蕙带”通过服饰描绘少司命的美好形象，少司命穿着荷叶做的衣服，系着香草的腰带，丰神秀目，升空而起，临风飘飘，突然降临又倏忽而去。“倏、忽”二字传神地刻画出少司命作为神来去如风的特点。他来无人预知，去无法挽留，颇似无情，故众人不免生怨望。后二句是众人对少司命的悬想。因为少司命倏然而逝，众人遥想他当于夜晚住宿在天帝的郊外。“帝郊”二字写出了少司命与天帝若即若离、不即不离的关系，他是天帝身边倚重之一臣，又是众生的保护神，他忠诚地恪守自己的职责，又诗意地栖居在天帝的身边。但是，此刻，少司命站在云间，如有所顾，似有所恋，如有所期，欲言又止，仿佛在等待什么人。“既目成而又他宿，不知更待何人，疑而不定之词也。”（林云铭《楚辞灯》）在祭堂的众美人或是代表众人的主祭巫师看来，立于云间的少司命是在等待自己呢，还是另有所爱，不禁心生疑惑，由“目成”的满怀希望顿生失望之情。少司命这一小小的举动就让众人惴惴不安，可见众美人对他的痴情。

［原辞］

与女沐兮咸池[①]，晞女发兮阳之阿[②]。望美人兮未来[③]，临风怳兮浩歌[4]。

[注释]

① 此章开首原有“与女游兮九河，冲风至兮水扬波”，宋洪兴祖《楚辞补注》云：“王逸无注。古本无此二句，此二句《河伯》章中语也。”《考异》云：“古本无此二句。”按：“与女”二句与《河伯》中二句重复，当是由《河伯》所窜入，今删。女（rǔ）：通“汝”，你。沐：洗头发。咸池：神话中的天池，日浴之处。

② 晞（xī）：干，晒干。阳之阿（ē）：阳谷，乃日出之处。阿，曲隅，指屈曲偏僻之处。

③ 美人：指少司命。

④ 怳（huǎng）：心神不定，失意的样子。浩歌：大声歌唱。

[赏析]

经此一别，少司命去而不返，众美人日日盼望他，以致因痴情过度而生幻想。幻想来到天上，与少司命在太阳洗澡的地方一同沐浴嬉戏，把少司命长长的头发晾晒在向阳的山谷。众生与少司命相处融恰无间，足见人们对少司命的亲爱。咸池和阳之阿充满阳光，光泽灿烂，温煦融和，体现了众人对少司命的浓情蜜意，同时又烘托了少司命的美好形象。此句想象瑰丽宏伟，写法犹如《诗经·蒹葭》中所谓“宛在水中央”之情景，非实有情景，乃思念过度而心生向往之情境。然而，即便众生如此焦灼地期盼少司命的驾临，少司命仍然一去不返，似乎早已忘了众人，扔下众生不管。忘情啊，少司命让众人在各自的人生泥潭挣扎，在失意和惆怅中只有长歌当哭，以抒忧伤。此段表现了屈原对民生疾苦的关切之情，暗含对民生漠然置之的统治者的批判，然在情节结构上又为下文张本，使行文更为曲折多变。

[原辞]

孔盖兮翠旍[1]，登九天兮抚彗星[2]。竦长剑兮拥幼艾[3]，荪独宜兮为民正[4]。

［注释］

① 孔盖：孔雀翎毛制作的车篷。翠旍（jīng）：亦作“翠旌”。用翡翠鸟羽毛制作的旗帜。

② 九天：古代传说，天有九重，此指天极高处。抚：持。彗星：又名扫帚星，传说可以扫除一切灾害邪恶。《左传·昭公二十六年》：“天之有彗也，以除秽也。”

③ 竦（sǒng）：执，持。拥：保护，护卫。幼：幼儿。艾：老人。

④ 荪（sūn）：指少司命。民正：民之长官。正：令，长，谓理民事的官。

［赏析］

那么，少司命是不是忘怀了众生，弃众生而不顾呢？没有。你看他驾乘着用孔雀翎毛制作的车篷，用翡翠鸟羽毛制作的旗帜的华车，多么高贵，何等威严！轰隆如雷的车轮声从人们头顶阵阵滚来，少司命不辞劳苦，驱车登上一层又一层的天，最后到达天的极高处。但见他手持可以扫除一切灾害邪恶的彗星，威风凛凛地挺立长剑保护众生。于是人们一齐赞叹：只有少司命才是理民事的官。这句赞叹反映了人民对少司命的信赖，对没有灾难、不受损害的平安、吉祥生活的向往和美好生活热切追求，从反面讽刺了那些尸位素餐，当官不为民办事，只是索取民脂民膏，不把百姓当人，不顾人民死活的，甚至压榨、盘剥百姓的统治者，也是屈原的“执政为民”的“美政”理想的体现。

王逸在其《楚辞章句》中于“竦长剑兮拥幼艾”句注云：“幼，少也，艾，长也。言司命执持长剑，以诛绝凶恶，拥护万民猱猱，长少猱猱使各得其命也。”林云铭《楚辞灯》亦云：“十年曰幼，五十曰艾。竦长剑以防老弱猱猱之害，所以为民也。”这一句是全诗的高潮，是少司命神武的亮相和英雄伟岸形象的定格。少司命是生命的保护神，他巨大的身形站立在天的最高层，罡风来袭，他浩瀚的长发与荷衣蕙带随风飘扬。他挺立如巨神，一手持着祛灾呈祥的彗星，一手挺立长剑保护苍生的姿势，是文学史上最光辉的形象之一。这比耸立在纽约港口高达九十三米的自由女神像更富有积极的斗争意义。他是屈原理想的化身，也更为深刻地体现了人民群众的美学理想。少司命如此挚爱众生，时时刻刻地捍卫着生命。在这个充满正与邪、善与恶的世界，还必须挺着长剑才能完成使命。少司命是这样地懂得爱又这样地懂得恨，是这样地温柔善良又是这样的勇敢刚强，怎能不赢得人民的崇敬和赞颂？人民称赞少司命是为民做主的大神，而实际上正是人民群众按照自己的本质、自己理想和心愿来创造的彪炳千秋的光辉形象。

[小结]

《少司命》这首诗和《大司命》都是一方面用人物自白、倾吐内心的方式展示其精神世界，另一方面用对方眼中所见来刻画形象。由对方的赞颂从旁表现的办法，既变换角度，又内外结合，互相映衬，诗中的每一段唱词，都是既写“他”，又写“我”，采取了抒情与描写相结合的手法，辞采华丽，又韵味深长。

少司命，是一位娴静如水、秀美如花，却又凛然不可侵犯的女神。她，是一位仗剑保护人类命运的女神。她，来无影，去无踪，所至之处，芳菲袭人。顾盼之间，美目含情；斜睇之处，风情万种，勾魂摄魄。她穿着荷花衣，系着香草飘带。她的香车的车盖是孔雀翎毛做，车上旗帜翡翠鸟毛做的。她驾着香车，驰骋于九重天，秀发百尺，衣袂飘飘，风神飘逸，秀色可餐。

她在日浴之处的咸池沐浴，在太阳出入的阳谷晾晒头发，姿态极尽妩媚婉约。

在满堂的美人中，她独与“我”眉目传情，彼此心有灵犀，使“我”产生极大的幸福和快乐。然而，“悲莫悲兮生别离，乐莫乐兮新相知。”转瞬之间，女神要回到天宫，却又停在云中，如有所待。“我”追上天宫，与她在咸池沐浴，把她的头发晒在阳谷，度过了极其美好的日子。但此后，女神一去不返。“我”徒然望空浩叹，“望美人兮未来，临风怳兮浩歌”。却不知女神正驱车登上九重天，一手持彗星，一手高举长剑，祛除灾星，保护人类。她真是一位为民作主、刚正不阿的人类的命运的守护神啊！

《少司命》这首诗塑造的少司命形象具有崇高的格调美。她以“愁苦”的面目出现在世人面前，而以挺剑拥护世人的高大形象定格在篇章最后的显要位置，给人挥之不去的深刻印象。少司命以众生之忧为忧，以庇护众生为神圣使命的伟大人格，宛然华夏民族凛然不可侵犯的圣斗战神。诗歌的想象奇特瑰丽，气势宏伟。全诗以众美人与少司命浓厚的情谊贯穿始终，给人淡淡的忧思而不失庄重肃穆。在行文章法上善于尺幅兴波，随着感情的变化而波澜曲折，扣人心弦。清人林云铭评全篇说：“与《大司命》另是一样机轴，极文心之变化，而步伐井然，一丝不乱。”

东君：举长矢兮射天狼

《东君》是中国文学史上第一支太阳礼赞曲。

东君，一般被认为是太阳神，但是，太阳神究竟指谁，研究楚辞的书籍却很少追问。太阳神就是少昊。少昊是崇拜太阳鸟部族之帝，其名号皆与太阳、光明有关。从文献记载看，少昊氏部落集团是由许多鸟图腾的氏族部落构成的。《左传》昭公十七年记郯子说：我高祖少昊挚之其族徽就是“飞鸟负日”的复合图腾；少昊氏亦做少皞氏，“皞”字从日从皋，皋为“王鸠”之类的鸷鸟，正好与飞鸟负日的含义相同，说明少昊就是太阳神。其神形是黑色的鹰，凌家滩玉鹰正是少昊之神形（参见《巴蜀文化集刊第七卷》）。

少昊是楚国的始祖颛顼帝的叔，颛顼从十岁起辅助少昊十年。颛顼以其初封之地“高阳”为氏，常璩说“德在少昊”，正是指其太阳神、鸟崇拜而言。《说文》：“阳，高明也。”高明者何？太阳也。高明即高阳，所以，楚国祭祀太阳神少昊，本质上也是祭祀始祖颛顼帝，二者是合一的。今天的学术界也有不同看法。黄震云《楚辞通论》认为，东君指的是春神，也可以作为一说。

[原辞]

暾将出兮东方，照吾槛兮扶桑①。抚余马兮安驱，夜皎皎兮既明②。驾龙辀兮乘雷，载云旗兮委蛇③。长太息兮将上，心低徊兮顾怀④。羌声色兮娱人，观者儋兮忘归。

[注释]

① 暾（tūn）：太阳初升时光明、温暖之貌。吾：日神自称。槛：窗下或长廊旁的栏杆。

② 安驱：安然驶进。皎皎：明亮貌。

③ 龙辀（zhōu）：龙车；辀，古代的独辕车。雷：车行的响声。委蛇：曲折盘旋，此处指旌旗飘动貌。

④ 低（dī）徊：同“低徊”，洪兴祖《楚辞补注》作“低徊”，迟疑不进之貌。

[赏析]

《东君》像一场气势恢宏的三幕歌舞剧，它以天地为帷幕，以太阳神为主角，以古楚子民为配角，热情地唱响了对万物的创造者——太阳——的礼赞颂歌。

第一幕：序曲，写太阳神黎明驭日。

整个宇宙一片阒寂，夜色如水，万灵无声。这里，除了寂静，还是寂静。渐渐地，远处的天边好像有清澈的溪水潺潺流泻，突然，一轮红日从那缕亮晶晶的溪水中冒出头来。一幕阳光照在紫辰宫的栏杆上：太阳神苏醒啦！日出而作，忠诚履职。太阳神腾身跨上神马，轻轻拍打着宝马安步缓行，夜色渐渐消失露出曙光。序曲以“暾、照、皎皎、明”开篇，描绘了一幅日之将出时光芒喷薄而出的壮丽图景，为全诗创设一个明亮艳丽的背景，使太阳神在这样宏大的背景下登场，渲染了浓郁的气氛。

继之，四至十句，写太阳神驭日行天。高天之上，太阳神驾着龙车，一轮红日喷薄而出，云海滚滚，势若雷霆在天际轰响。既而霞光万道，熠耀长空，若彩旗迎风飘扬。太阳神扭过苍迈的头，深情地回望自己的故乡阳谷，长叹一声。他说，我将要奔驰天上，我心里犹豫迟疑又眷恋彷徨。九天之下，大地之上，众子民仰望高天上的红日，对太阳神充满崇拜和感激。他们赞美太阳神说：日出的景象光辉灿烂令人心醉，观看的人怡然自得流连忘返。

首二句写日神东君升天时的车驾威仪，实乃描摹日出时的瑰丽、壮观情景，状日有声有色，笔力镌劲。次二句写日之甫升，吞吐浮沉于云气之中，乍升乍降，犹似一将远行游子，现出低徊顾怀之情。以情状景，真遐思妙想。最后二句则写观众对这一奇观之迷醉心理，侧面描写太阳神崇高和伟大的力量。在结构上，这两句还是承上启下的过渡句。至此是扮饰太阳神的巫师的唱词，以太阳神为主人公，以场面描写为主，配合人物的心理、神态，融合自然环境、神话传说和观众赞叹的情景，描写了太阳神黎明即起，奉公遁道，恪尽职责，和为人类驱散黑暗，辛勤劳作，慷慨无私地播种光和热的伟大人格。王夫之曾有评云："日出逶蛇之容，乍升乍降，摇曳再三，若有低徊顾怀之状。晶光炫彩，如冶金闪烁，观者容与而忘归。此景惟泰衡之颠及海滨观日能得之。并言声色者，破云霞，出沧海，若有声也。"（《楚辞通释》）

[原辞]

緪瑟兮交鼓，箫钟兮瑶簴[①]。鸣篪兮吹竽，思灵保兮贤姱[②]。翾飞兮翠曾，展诗兮会舞[③]。应律兮合节，灵之来兮蔽日。

[注释]

① 緪（gēng）：同"絙"，紧急，此谓急促地弹奏。交鼓：对着击鼓。箫钟：箫声、钟声合鸣。瑶簴（jù）：以美玉为饰的钟簴，簴指悬钟磬等乐器的木架。

② 篪（chí）：古代竹制乐器，单管横吹。灵保：犹"灵神"，指扮日神的灵巫。姱：美好。

③ 翾（xuān）：鸟轻轻飞翔貌，此处形容舞姿。翠曾：翠鸟举翅，也是形容舞姿。展诗：陈诗，唱诗。会舞：合舞。

[赏析]

第二幕：正场，写古楚子民的大型歌舞表演。

古楚子民在太阳下狂歌跳舞。鼓乐师高高地举起鼓槌，对敲乐鼓；琴师调紧了琴弦，在乐鼓声中演奏；敲钟师敲击大钟，钟架摇晃；管乐师吹奏横笛，竽笛声相和。年轻漂亮而又贤惠的女巫翩翩起舞，表达他们对太阳神的思恋。舞步翩翩像翠鸟般轻盈，载歌载舞齐声诵诗章。应着音乐旋律和着节拍，神灵纷纷前来迎接，多得遮蔽了太阳。

“承上‘声色娱人’，备述乐舞之盛。‘絙瑟’三句言乐，‘灵保’三句言舞。应律合节，乐与舞相叶也。舞者巫也，即灵保也。因乐作而思灵保之贤姱，必能妙舞，而果乐应律，而舞合节也。盖不唯人之观者，憺焉忘归；而百灵之随日者，亦群然毕集。日已上而来者多，故蔽日也。极言歌舞之盛。”（钱澄之《屈诂》）按诗中以悬钟架之摇动（“瑶虡”），形容敲钟者之亢奋用力，钟声之洪亮；以翠鸟之盘旋飞舞（“翾飞”），形容舞姿之巧美轻盈；以应律合节，形容歌、乐、舞纷作而齐一，皆精细贴切而极富表现力。

[原辞]

青云衣兮白霓裳，举长矢兮射天狼①。操余弧兮反沦降，援北斗兮酌桂浆②。撰余辔兮高驰翔，杳冥冥兮以东行③。

[注释]

① 长矢：指弧矢星，又称天弓，由九颗星组成弓箭形，箭头常指向天狼星。天狼：星宿名，传说天狼星主侵掠，是恶星。弧矢星主备盗贼，是吉星。

② 弧：木弓。反：回身。沦降：太阳西沉。援：引，拿起。北斗：星宿七星。酌：斟酒。桂浆：桂花酿制的酒。

③ 撰（zhuàn）：持、握。辔：马缰绳。驰翔：飞驰。杳：幽

暗，深远。冥冥：昏黑。

[赏析]

第三幕：高潮，写太阳神为人类消灾，挽弓射天狼。

太阳神在行车的时候，他看见了人间对他的祭祀：钟鸣鼓瑟，唱诗跳舞，一派隆重热闹的景象。于是他要为人类消除灾难，他要举起长箭去射那贪婪成性欲霸他方的天狼星，操起天弓以防灾祸降到人间，然后以北斗为壶觞，斟满美酒，洒向大地，为人类赐福，从西方落下，期待明日从东方升起。这里的一个“高”字，再次把东君那从容不迫伟大而无敌的气度生动地表现了出来。

青云做衣白霓做裙裳，高举长箭射杀凶残天狼。手持天弓准备返回西方，拿起北斗七星舀取醇香酒浆。握紧手中的马缰绳高高飞驰，穿越幽黑的长夜急奔向东方。

日神以青云为衣，白霓为裳，犹如山鬼之“被薜荔兮带女萝”；河伯之“乘水车兮荷盖”，均为切合神灵身份之想象。又写其手持长矢，勇武善射，亦正符合对行于高空、光芒四射的太阳的丰富想象。茅盾在《中国神话研究初探》中就曾说：“把太阳神想象为一个善射者，或者想象他的武器是弓箭，也是常有的事；因为太阳的光线射来便容易使原始人起了弓箭的想象。”诗中更写这位日神以弧矢为弓，以北斗为杯，痛饮美酒，以庆祝射天狼之胜利，想象何等丰富，所塑造之日神形象性格何等豪迈！

[小结]

《东君》描写的是一位自然神——日神的形象。它反映了古先民对日即太阳这一巨大自然天体的观察和感受。日，带给人们的直接感受是光明、炽烈、辉煌，其行所至，黑暗无所藏身。正是在此感受的基础上，古人通过想象加以拟人化、性格化，从而塑造出的是一个奇丽、威武、扶正驱邪的英雄神的形象。

而诗人屈原的这篇以日神神话为素材的作品，无疑也有着诗人的思想和艺术加工。那就是诗人通过对这位太阳神英雄性格的塑造，在一定程度上寄托了他的报国之思和爱国之情。对上古神话进行创造性的重铸，使之服从于新的主题，是诗人屈原的一大创造，是中国文学浪漫主义精神和传统的重要来源。

《东君》赞颂了太阳神普照万物、惩除邪恶、保佑众生的美好品质，体现了人们对太阳神的无限感激和赞颂之情。作为祭祀太阳神的乐歌，《东君》通篇以祭者和神灵两种口吻交替歌唱，既表现了日神战胜邪恶、为民除害的英雄气概和留恋故居的温柔情怀，又描绘了初民对太阳神的崇敬和对光明的无限渴望。尽管《东君》的祭祀规格不及《东皇太一》，但万众聚集的参祭场面犹有过之。特别是篇末"撰余辔兮高驼翔，杳冥冥兮以东行"的点睛之笔，将前进不止、循行不息的日神形象刻画得极为饱满，令人油然而生崇敬之情。

河伯：送美人兮南浦

河，在古代专指黄河；"伯，长也。"（《说文》）河伯，即黄河之神。然而，河伯最初并非河神，而是一个部落的名字。在四五千年前的黄河下游，生息一个古老部落。因最先定居于盛产莲荷的菏水、菏泽（今山东菏泽一带），故这个部落的酋长就叫河伯（参见何光岳《楚源流史》）。传说，河伯名叫冯夷。

黄河九十九道弯。黄河最怕的是水患，历史上，黄河决堤酿成的巨大悲剧数不胜数。河伯，曾在治理黄河中发挥过重大作用，他死后，被东夷、华夏各族奉为河神、社神。殷墟卜辞中有祭河和祭"高祖河"的记载，已把河神当作始祖神、部落神来祭祀。

按照古代的礼制，诸侯国只祭境内山川。《礼记·王制》："诸侯祭名山大川之在其地者"，又说"诸侯山川有不在其封地者，则不祭也"（《公羊传·僖公三十一年》）。为什么楚国却祭境外的河神呢？

夏代时楚人祖先芈姓季连，因居于楚丘（今河南滑县），其部落便以楚为号。楚丘濒临黄河下游，也是九河分支的中心地，南邻河伯部落，与河伯部落关系密切，受河伯治水之益较多，所以也接受了河伯文化的影响，尊河伯水神为自己的社神，有祭祀河神的传统。

楚人自黄河之滨南迁到长江之滨后，时间虽然已长达千余年，但仍保留着先楚祖宗时代祭祀河伯水神的习惯。直到春秋末年，楚都郢都被吴国攻陷，王室又因争夺王位而互相残杀；接着，王族白公胜又发动政变，使楚国势力大为削弱。楚人再度打到黄河老家去的理想，业已破灭。于是，自楚昭王时开始，王室便已放弃祭祀河神的习愤，而改祭楚国境内的江、汉、睢、漳四水。

但是在楚国民间，百姓仍沿袭古俗不衰。因此，反映在屈原创作的反映楚国民间祠祀神灵的祭歌《九歌》中就有《河伯》一篇（参见《东夷源流史》第十八章《河神的崇拜及河伯族的来源和迁徙》)。河伯本指黄河之神，至战国时代人们把各水系的河神统称河伯。由于黄河与洛水相距不远，洛水在黄河之南，不是远离楚国的其他水系。而战国时楚国的势力范围已达到黄河流域的南侧，故这时楚国已经开始祭祀河伯。

本篇或正是写河伯与洛水女神前期相恋之事。在美丽的洛水，居住着一个美丽的女神宓妃。她，就是河伯的妻子。河伯的妻子宓妃性情放荡，曾与后羿相恋，故有后羿“射夫河伯”，“眇其左目”，河伯上告于天帝请诛后羿之事。屈原在《天问》中有云：“胡射夫河伯，而妻彼洛嫔。”亦或者，女巫为讨得河神的欢娱，祈求河神不为水害，使五谷丰登，百姓平安。河洛之神相爱虽有来历，但《九歌》的主旨是祭神，是在歌颂天神地祇人鬼，本篇不妨理解为主祭者随着河神对黄河所做的一番巡礼。

[原辞]

与女游兮九河[①]，冲风起兮横波[②]。乘水车兮荷盖[③]，驾两龙兮骖螭[④]。登昆仑兮四望[⑤]，心飞扬兮浩荡[⑥]。日将暮兮怅忘归[⑦]，惟极浦兮寤怀[⑧]。

[注释]

① 女：通“汝”，你。九河：黄河下游河道的总名，相传夏禹治理黄河时开了九条河流，故称。这里泛指黄河的众多支流。

② 冲风：暴风，大风。横波：横起大波。此句亦作：“冲风起兮横波”或“冲风至兮水扬波”。

③ 乘：乘坐。盖：车顶。

④ 驾两龙：指河伯用两条龙为自己拉车。骖（cān）：四匹马拉车时两旁的马叫骖。螭（chī）：古代传说中没有角的龙。

⑤ 昆仑：古代神话传说中的山名。

⑥ 浩荡：形容心绪放达，无拘无束。

⑦ 怅：惆怅。姜亮夫《屈原赋校注》认为是“憺”字之讹，为安乐的意思。

⑧ 极浦：遥远的水边尽头。寤怀：睡不着而怀念，形容思念之极。

[赏析]

这个一个逸兴湍飞的浪漫的爱情故事。你可以想象一个曼妙的女子在黄河之滨，讲述她与俊美的男神欢会畅游和偷情的故事。她的神情迷离清婉，她的语气却轻松淡然。她本身就是一个谜。

这支恋歌可以分为三部曲。此上为第一曲：浪漫之旅。

这位风神飘逸的女神性情开朗大方，毫无忸怩做作之态，她一到黄河就邀请男神，一起去观赏黄河下游纵横交错的河流。这真是雄奇壮阔的景观，前面，暴风掀起波涛，波浪向银山玉城一样陡立而起。他们乘坐的用荷叶做车盖的水车，前面有两条神龙驾车，旁边有螭龙两条拉车，水车飞驰穿越银涛玉城，他本在飞溅的浪花中开怀大笑。

莽莽大河，纵横数千里，他们驱车逆流而上，来到了黄河的发源地昆仑山。他们站在高高的昆仑山上，望着他们飞驰而过的无数条河流，心情舒畅，意兴飞扬。不知不觉之间，红日西沉，暮色四合，欢乐的一天就要过去了，他们竟忘记了回家，只怀念那遥远的水乡。诗中写河伯龙螭为驾，荷盖饰车，一路冲风破浪，疾速奔驰，了无阻碍，正显示出一位大河之神的身份和气派。亦表现出水神河伯携爱侣出游中那种欢快愉悦，以及其不可一世的心态。

本段对河伯纵情游赏的想象十分神奇，却并非凭空臆造。《山海经·海内北经》载："从极之渊，深三百仞，维冰夷恒都焉。冰夷人面，乘两龙。"他们从黄河下游溯游而上，最终站在昆仑山上，是因为古人认为昆仑乃黄河之源，《尔雅·释水》："河出昆仑虚。"《史记·大宛列传》："河所出山曰昆仑。"那么他们站在昆仑山上，却为什么"惟极浦兮寤怀"呢？因为昆仑虽是作者的故乡（帝高阳的发祥地），但河伯所怀念的家却是在遥远的河上（对屈原来说就是郢都）。这里读者自然会联想到屈原认宗亲的思想，这种思想贯穿着他的全部作品，贯穿着他对楚国楚君和楚国人民的精诚之爱。

[原辞]

鱼鳞屋兮龙堂[①]，紫贝阙兮朱宫[②]，灵何为兮水中[③]？乘白鼋兮逐文鱼[④]。与女游兮河之渚[⑤]，流澌纷兮将来下[⑥]。

[注释]

① 鱼鳞屋：以鱼鳞筑造的屋子，取其光彩闪耀。龙堂：壁上画龙的厅堂。

② 紫贝：是一种珍美的水产。阙（què）：宫门前面两边高耸的望台。朱宫：一作"珠宫"，珍珠做的宫。

③ 灵：神灵，这里指河伯与洛水女神。

④ 鼋（yuán）：大鳖。《古今注》："江东呼鼋为河伯使者。"文鱼：鲤鱼。古人认为鲤鱼跳过龙门就变成龙（见《三辅黄图》

等书）。鱼与龙在神话中能互相转化，所以鲤鱼又叫龙鱼、龙鲤，是一种“神鱼”。

⑤ 女：通“汝”，指河伯。渚（zhǔ）：水中的小块陆地。

⑥ 流澌（sī）：解冻时河中流动的冰块。“欲渡黄河冰塞川”，河里的浮冰被古人当作河神的“垂迹”，所以河伯又名“冰夷”。郭璞注：“冰夷，冯夷也。《淮南》云：‘冯夷得道，以潜大川。’即河伯也。《穆天子传》所谓‘河伯无夷’者，《竹书》作冯夷，字或作冰也。”冯夷、无夷俱冰夷的音转，夷者大人也，冰夷就是冰人。

[赏析]

以上为第二曲：蜜月嬉戏。浪漫的旅游结束后，河伯兴怀归之思，于是与洛神双双回到水中宫殿共度蜜月。水神的宫殿是如此神奇而美丽：用五彩缤纷的鱼鳞皮砌筑的屋宇，闪烁着斑斓的光泽；雕绘蛟龙的大堂，炫示着河伯的煊赫声威；紫贝堆砌的城阙，珍珠做的宫殿，是如此富丽堂皇。“灵何为兮水中？”提问轻松诙谐。河伯与洛水女神在水中做什么呢？这是对他们亲昵之事的隐讳提法。此或正是朱熹于《九歌序》中所谓“或不能无亵慢淫荒之杂”，诗人“去其泰甚”的作法。

新婚蜜月，无尽的欢欣，除了在水中宫殿的温柔缠绵，河伯与洛神嬉游而下。此时他们不再像出游河源时那样威风凛凛急速赶路的情景，他们改乘白色的灵物大鳖，边上跟随着有斑纹的鲤鱼（按：长沙子弹库楚墓出土的帛画中有神人驾龙车，鲤鱼在旁边游动的画面）优游水中。洛女与河伯在水中的小岛上嬉戏游玩，最后顺流而下，看到的是浩荡的黄河之水缓缓而来。这一幕场景显得宏大而深沉。

《左传》多次记载楚国盛产贝类和珍珠，作者通过对河伯水中宫殿的描写侧面表现了河伯高贵的身份和非同凡响的声威，烘托了洛女与河伯夫妻生活的幸福和融洽。他们乘坐白鼋沿黄河水而下，在小岛上嬉戏，这幅情景优美而富有诗意，生动地描写了情侣间结伴同游的愉悦情怀。这一段把神话故事和民间传说糅合在一起，充满了浪漫主义的情思与奇想，展现了奇妙的艺术境界。

[原辞]

子交手兮东行[①]，送美人兮南浦[②]。波滔滔兮来迎[③]，鱼邻邻兮媵予[④]。

[注释]

① 交手：执手，握手，古人将分别，则相执手表示不忍分离。

② 美人：指洛神。浦：水边，河岸。

③ 波：波涛。滔滔：滚滚。

④ 邻邻（lín）：通“粼粼”，一个接着一个，形容众多。媵（yìng）：送别。

[赏析]

以上为第三曲：依依惜别。欢愉和幸福的生活很快就要过去了，转眼到了分手的时刻。洛女和河伯两手交握，十指相扣，难舍难分，不忍分手。

洛女唱：与你握手告别向东行。河伯唱：我送你到南方的水滨。

背景：那波涛滚滚而来，热烈地欢迎河伯的莅临，那成群结队排列成行的鱼儿伴随着河伯，为他护驾。

洛女唱：滔滔河水前来将你欢迎。河伯唱：鱼儿列队来送我踏上归程。

美人一代一代，凄芳一春一春。哀怨一秋一秋，凄芳一年一年。执手相看泪眼，竟无语凝咽。虽恋恋不舍，眷眷惜别，但终须一别。波涛来迎，随从已至，美人称自己不能不离去了。送别场面写得如此缱绻、动情，以至“南浦送别”，竟成为后世叙写离情别绪的脍炙人口的典故。末一个“予”字，不仅点出了主人公，而这样的安排或许也暗示了楚国人民对作者的感情。

[小结]

这首诗歌写得浪漫瑰丽，既有登昆仑之巅的开阔敞亮，驾黄河之水的雄奇，又有温柔缱绻、儿女情长的柔情，后世“送别南浦”“南浦美人”的典故，即出于此篇。与其说这是祭祀河神的祭歌，不如说是一个浪漫的爱情故事。诗歌的主人公是河伯，巫女是为了娱神，以求得河神的保佑，但屈原并非简单地作为一首祭歌来写，而是熔铸了自己的爱国情思。

山鬼：怨公子兮怅忘归

“山鬼”究竟指代什么？历来争议颇多，归纳起来有三种：第一种认为山鬼是巫山神女瑶姬，以清代顾成天为代表，郭沫若、马茂元、陈子展、聂石樵、金开诚、汤炳正等认同此说；第二种认为山鬼是山魈的精怪，《楚辞补注》的作者洪兴祖和清代思想家王夫之持此说；第三种认为山鬼是山神，以明代汪瑗为主，汪瑗在《楚辞集解》中说：“诸侯得祭其境内山川，则山鬼者固楚人之所得祠者也。但屈子作此，亦借此题以写己之意耳，无关于祀事也。……此题曰山鬼，犹言山神、山灵云耳，奚必夔魍魉魑魅之怪异而后谓之鬼哉？”

楚国有祭祀山神的习俗，每岁国君率领群臣祭祠山神，屈原就以祭祀山神的文体来抒发、寄托自己的思想感情，既能赋予自己的文章获得庄敬的体式，阔大崇高的气象，又能使自己的私人写作转化为官方文本，便于自己的思想感情的传播，故本书认为山鬼即山神。跟一般的山神为男性不问，本诗的山神为女性。

[原辞]

若有人兮山之阿①，被薜荔兮带女萝②。既含睇兮又宜笑③，子慕予兮善窈窕④。乘赤豹兮从文狸⑤，辛夷车兮结桂旗。被石兰兮带杜衡⑥，折芳馨兮遗所思。

[注释]

① 阿（ē）：山的弯曲处。

② 被：同“披”。带：用以约束衣服的狭长或扁平形状的物品，古代多用皮革、金玉、犀角或丝织物制成。此处用作动词。女萝：植物名，即松萝，多附生在松树上，成丝状下垂。或说即菟丝。

③ 含睇（dì）：含情而视。睇，微微斜视。宜笑：适宜于笑，指笑时很美。

④ 子：山鬼对所思之人的称呼。予：我，山鬼自称。窈窕（yǎo tiǎo）：娴静、美好的样子。

⑤ 赤豹：毛呈赤色，有黑色斑点的豹。文狸：毛色有花纹的狸猫。

⑥ 石兰：香草名。杜衡：即杜若。

[赏析]

第一段写山鬼满怀柔情、盛装赴约的美好形象。诗歌开头第一句就把主人公推向矛盾的焦点，紧紧抓住读者的眼球，为全诗定调。屈原把自己化身为山鬼，以诗歌主人公山鬼的角度说，相对于作者，山鬼是第三人称；以作者化身为山鬼的角度说，山鬼又是第一人称，使诗中人情物景显得更真实可信，便于抒发山鬼浓郁的情感。

诗一开头，展示这样的情景：山鬼驾车赴情人约会的地点，云雾山中，她疾驰而去，一路上焦灼地盼望情郎出现。在她的眼前，满是情郎的俊美的仪容：隐隐约约有人啊在那山的拐弯处，身披薜荔啊腰间系着松萝。

峰峦叠嶂，山道弯弯，每到一个拐弯处，她仿佛蓦地看见情郎。她的情郎究竟是怎样一个男神，令她望眼欲穿？诗人没有直接描写他的面部、身材甚至眼神，也没有写他的品德、才能、愚智，只写了他的装饰：身上披着薜荔，腰间系着菟丝。用两种香草芳蔓烘托人物形象，使人仿佛看到他白晰的面孔，光洁的额头，盈盈如秋水的顾盼，颀长的身材，潇洒的举止。如果说众生如草，那么他的情郎是草中之花。他如此洁身自好，他的品德和才能像芳草一样浓香四溢，她焦灼地盼望他的降临，犹如黑夜盼望晨星！

契诃夫说，简洁是天才的别名。诗人写山鬼的情郎，仅用两种香草，既勾画了人物的形神，又合乎其亦人亦神的身份，提供了读者丰富的想象空间。但由于他是诗中的次要人物，诗人在描写的时候亦用简笔勾勒，腾出笔墨着重刻画山鬼。屈原运用语序的先后，把山鬼的情深意切满满地托出纸面，接着，用山鬼自述的口吻，描绘山鬼自身的娇美形象：

我美目含情啊微笑美好，您爱慕我的姿态啊娴静美好。我驾赤豹出行啊后有花狸跟随，车是辛夷所制啊捆结桂枝为旗。身披石兰为衣啊又再佩带杜若，折取那芳香花草啊送我思慕的人。

诗人先描写山鬼美好姿容。描写山鬼的眼睛，抓住一个绝妙的瞬间：她斜视的那一刻美目含情，令人产生美不胜收的暇想。如果说写眼睛是精微瞬间的抓拍的话，那么写山鬼的神态则是整体概览：她是那样的娴静如水，又是那样的美好如花，诗人用一个模糊概括的词，提供一千个读者心目中一千个山鬼的曼妙形象，可以说珠联璧合，相映生辉。

接着写山鬼的坐骑。拉车的非牛非马，而是赤豹，这里用赤豹威猛勇武反衬山鬼的娴静温柔；跟随的不是猫，而是花狸，用花狸烘托山鬼的美丽精灵。赤豹和花狸的前拉后随，给山鬼频添了特殊的妩媚和灵异非凡的身份。山鬼的车亦是世间没有的珍稀：车是玉兰树制造的，旗是贵重桂枝捆结的，正是香车美人，车过之处，芳香袭人。山鬼的服饰亦是奇特：身上披的是石兰花，石兰花的品种很多，有春兰、蕙兰、秋兰、墨兰、合生、寒兰、紫石兰等，佩戴的是杜若花，五彩斑斓，异香扑鼻。驾着这样的车，装饰着这样的鲜花，在云雾山间驱车而去，想必千山万水为之动容。

到达约会的地点，还没有看到心上人的影子，于是山鬼停下来，采摘那些芳花异草，想把它们送给自己的心上人。我们可以想见山鬼采花的优雅举止和美好姿容，她一面采花一面张望，盼望着自已的心上人快快来到，但是迟迟不见她的情郎。山鬼采花的举动，恰到好处地传达她曲折幽微的心情。在顾盼凝望之间，掀起的是山鬼的幽情暗恨：斯人何处？为何迟迟不来？是不是他变心了，是不是他遇到了什么麻烦？百般滋味在心头，比直接抒情具有更丰富更深厚的内涵，这就是文学的含蓄性带来的张力。

这一段有叙事有描写，叙事只有两句，一句是叙述山鬼去赴约会，一句是山鬼采摘鲜花要献给心上人。全段以描写为主，写情郎用略写，写山鬼则用详写，详略结合，疏密相间，浓淡相宜。写山鬼只有一句直接描写，即“既含睇兮又宜笑”，采用抓住细节的方法，传神地写出了山鬼的曼妙姿容，其余部分用大量的笔墨从不同方面烘托渲染，从情郎的眼中写她“善窈窕”，从车、随从，服饰等各个方面浓密重彩、精雕细刻山鬼的形象，全方位地突出了她的美和善。

[原辞]

余处幽篁兮终不见天①，路险难兮独后来。表独立兮山之上②，云容容兮而在下③。杳冥冥兮羌昼晦④，东风飘兮神灵雨。留灵修兮憺忘归⑤，岁既晏兮孰华予⑥。

[注释]

① 余：山鬼自称。幽篁（huáng）：幽深的竹林。

② 表：突出地，形容卓然而立。

③ 容容：云气浮动的样子。

④ 杳（yǎo）冥冥：阴暗。羌：发语词。昼晦（huì）：白日光线昏暗。

⑤ 灵修：对爱人的尊称。憺（dàn）：安乐。

⑥ 晏（yàn）：晚，迟。华予：使我如花开般美丽。华，使开花。

[赏析]

第二段写山鬼等待恋人却未出现的满腹忧愁。这一段包括三层意思：第一层写山鬼为何姗姗来迟，第二层写山鬼独立山巅盼望恋人的凄苦，第三层写山鬼因等不到恋人，自悲花容易凋。

如果说第一段写山鬼赴约是推举到读者面前的、极富在场感的动作镜头，那么第一层写山鬼姗姗来迟则是动因。诗人将笔触由外部的行为转向山鬼的心灵深处。前者是果，后者是因。那么，山鬼为何姗姗来迟呢？诗人先写山鬼居处的环境，她居住在幽深竹林中，终日见不到天。成片成熟的竹林阴暗潮湿，住在这样的环境中，本来就让人愁容惨淡，更何况终日见不到天，可见山鬼形单影只，孤苦伶仃，压抑沉闷，忧伤寂寞。山鬼要去赴约，千山万水阻隔，道路艰难险阻，可怜她弱质柔躯，尽管奋力驱驰，想见自己的心上人，却还是来迟了。这一句自然环境描写，很容易让人想到屈原所处的社会环境。“处幽篁兮”让人想到屈原流放的孤苦境遇，“天”让人想到楚王，“路险难”让人想到相见楚王难如登天。屈原被流放到社会最底层的深渊，要想重回他日夜思念的朝廷，真是千山万水的阻隔啊！能够把自然环境与社会环境融合得如此水乳交融，其描写笔法堪称炉火纯青。

是不是因为自己的迟到，情郎负气弃自己而去？不管山鬼作如何千百种悬想，现在留在赴约地只有孤单单的她。接下来，屈原用令人惊讶的笔触，描写了一副山鬼孤立山巅的神奇图画：不见思慕的人啊我独立在那山巅，云雾舒卷自如啊在脚下飘荡。

山鬼特出于众山之巅，鲜花映衬，衣袂飘飘；在她的脚下，云层悠扬舒展。这是一副孤高于世、行高于世、卓立于世的高洁美丽的形象，也是一副被人抛弃、孑立于世的零落者的形象。“表独立兮山之上”中的“表独立”下得很特异。我们不妨看看毛泽东写西柏坡的“弹洞前村壁”，如果把“弹洞”置于“前村壁”的后面，就会诗意殆尽，可以说，这句诗的创意全在把“弹洞”提高前面，显得格外醒目。屈原的这句诗也是取这个效果，一个“表”字下的很醒目，很有立体感，很大气，很有底气，通过众山的托举和云层的烘托，把山鬼的形象像浮雕一样醒目地突出在山川万物之上。可以说，这个形象是屈原心中的理想形象，她是女神，也是屈原的崇高理想和人格的化身。“独立”对应的是成双，然而，另一半不见踪影，恰成山鬼的劫，只有孤独在万山之巅忘情燃烧。偏偏白云无情，白云不解相思苦，在她的脚下舒展自如。都说世事如浮云，都说因色见空，若是情郎不至，山鬼可就要立地成佛了。此刻，若是情郎记得她凌云漫步的千之一，总是她望眼欲穿的万之一。她伫立山巅殷望的姿势，化作小睡一万年的望郎浮雕。也许人心本如浮云易变，然而，山鬼心如金石。不管有情无情，在她脚下漫展的白云，都会给人丰富的联想。这两句诗，屈原运用烘托对比，把山鬼之高与众山云层之低，山鬼的静立与白云的动，浮云的变与山鬼的痴情不变，高度艺术地掩映在一起，刻画出山鬼卓立万山之上的奇伟形象。

山鬼的翘望，只有白云；伊人何处？唯见云深。望郎郎不至，将她付诸流云。在焦渴的盼望中，相思一寸寸将她的骨头烧作灰，即使是灰，也化成一场雪；望郎的每一秒钟都变成万根针扎，即使是针，也化作一场铺天盖地的雨。随着等待的时间无限延伸，山鬼越来越绝望，她的眼前一黑，——越来越黑，一场相思的大雨如期而至：天色幽暗无光啊白日如同黑夜，东风迅疾吹过啊雨神为我落雨。

顷刻间，白天变成了黑夜，天地间一片幽暗。东风劲吹，雨神也怜悯她的相思之苦，为她悲伤落雨。如何只有孤独三千尺？如何只有你相思成雨？——那一场从千年之上突奔而来的濠濠大雨？那一场驾驭着东风的无边眼泪？佛手如何不抚，度你一花；王母如何不呵，点化你一叶？东风本该送来喜雨呀，为何顷刻间变成哭泣？风无遮，云在漏，这一番披肝沥胆的暴风骤雨，能否浇灭她心头熊熊燃烧的相思烈火？能否洗刷她的无边无尽的寂寞忧伤？这两句诗，屈原抓住山鬼情感崩溃的一瞬间，在巨大的情感落差中，通过自然环境的拟人化手法，借景抒情，凸显山鬼的心灵世界，酣畅淋漓地宣泄了山鬼盼望恋人的凄苦情感。

第三层写因年华易逝自悲花容易凋。山鬼独立山巅苦盼恋人，天地为之变色，日月为之无光，风云为之动容，雷神为之哭泣。期盼是艰涩的，一寸一寸地跋涉，终于奔向枪口的燃烧，化作一场罕见的倾盆大雨。泪流干了，眼哭空了，心呕尽了，于是，山鬼自问，为何要这样肝胆撕裂，为何要这样作践自己？为何要变成投火的蝴蝶？细思量，原来不只为心上人，也为自珍自爱。而她的自珍自爱，仍然是为了心上人。这就陷入了一种魔圈：想挽留思慕的人啊使他乐而忘返，年华渐渐老去啊谁来使我重现花容。

无非是被蝴蝶带入歧途，无非是想挽留思慕的人，无非是想用疼痛取悦情郎，让情郎乐而忘返。“留灵修兮憺忘归”，这一句立全诗之骨。“灵修”是对心上人的尊称，很切合山鬼的身份。山鬼如此苦焦，其目的是为了“灵修”安乐。山鬼的心目中，只有一个至高无上的“灵修”。“灵修”是她的整个生命，是她的全部希望和寄托，是她安身立命的灵魂。山鬼的忧乐系于“灵修”一身。“灵修”喜，她则喜；“灵修”悲，她则悲。她的所作所为，一切都是为了“灵修”的“安”和“乐”。这是山鬼对“灵修”的无限忠诚和崇高理想，然而，“灵修”“憺忘归”。“憺忘归”三字暗含了“灵修”弃她而去，乐而忘返，幽微曲折地表达了山鬼的怨愤之情。“灵修”“忘归”，去日苦多，日月逾迈，山鬼的年华渐渐老去。眼看着花容凋谢，体力智力日益衰颓，山鬼怎能不焦急？最沉重的代价是空耗时光，最悲苦的煎熬是一事无成，最无法挽留的是时光飞逝。山鬼的焦虑是对自身的焦虑，更是对“灵修”的焦虑。她与“灵修”生死相关，荣辱与共，一存俱存，一亡俱亡。不过，这是山鬼的看法，“灵修”是否这样看就很难说，因为他去而忘返。现在山鬼赴约，本欲召回他，用整个生命求得他的安乐，然而，“灵修”爽约未至，这怎能不让她费劲猜测，怎能不让她愁肠百折，怎能不让她痛心疾首？

[原辞]

采三秀兮于山间①，石磊磊兮葛蔓蔓②。怨公子兮怅忘归③，君思我兮不得闲。山中人兮芳杜若④，饮石泉兮荫松柏⑤。君思我兮然疑作⑥，雷填填兮雨冥冥⑦，猨啾啾兮又夜鸣⑧。风飒飒兮木萧萧⑨，思公子兮徒离忧。

[注释]

① 三秀：灵芝草的别名，灵芝一年开花三次，故又称三秀。

② 磊磊（lěi）：形容石头众多堆积的样子。葛：多年生草本植物，茎蔓生。蔓蔓：形容葛草蔓延的样子。

③ 公子：山鬼称所思之人。怅：怨望，失意。

④ 山中人：山鬼自称。芳杜若：芬芳似杜若，比喻香洁。

⑤ 荫松柏：以青松翠柏荫蔽，即住在树下，言居处的清幽。荫，一本作“阴”。

⑥ 君：山鬼称爱人。然疑：将信将疑，半信半疑。然，肯定，相信，与“疑”相对。作：兴起，发生。有注者认为这里可能遗失一句，不可考。

⑦ 填填：形容雷声之大。冥冥：阴雨貌。

⑧ 猨（yuán）：同“猿”，似猕猴。啾啾（jiū）：鸟兽虫的鸣叫声。又：当作“狖（yòu）”，长尾猿。

⑨ 飒飒（sà）：风声。萧萧：草木摇落声。

[赏析]

第三段写山鬼等待恋人未至归来后的幽怨和思念，热切地呼唤恋人回到她身边。

山鬼到云雾山中赴约终不见恋人，只得惆怅而归。诗人采用镜头拍摄的手法，首先描绘了一幅山鬼寻采灵芝的劳动画面：我在山间啊寻采灵芝，山石到处堆积啊藤蔓缠结。

场景：芳草碧树的山间；人物：山鬼；动作镜头：山鬼挽着花篮，一路走一路顾盼寻找着灵芝，也许她身后还跟着赤豹和花狸。看到灵芝，她弯腰下采摘，轻轻地放在花篮里；直起身的时候，她不经意地向天边望去，或许，她的情郎正从山口冒出来，招手含笑向她走来；背景：地面到处堆积的山石，延展到半空中缠结的藤蔓，拓展了画面的空间。诗人用珍贵的“灵芝”烘托山鬼高贵美丽的形象，比直接描写山鬼更优雅，更富有灵气；用山石到处堆积和藤蔓缠结反衬山鬼肌肤的细腻光洁，使人仿佛能看到她洁白的脚踝。诗人没有先写山鬼赴约不遇的怨恨，而描绘她寻采灵芝的安恬娴静的动人画面，既激发起情郎对她的爱意，又用恬静的环境反衬下面山鬼内心的不平静，为抒发山鬼强烈的感情做好了铺垫。

接着，诗人集中笔墨写山鬼对情人不至的种种猜测：

怨恨思慕的人儿啊惆怅忘返，或许你也想我啊只是没有空闲。我这山中之人啊如杜若般芬芳，渴饮石间清泉啊居于松柏山林。或许您思念我啊却又半信半疑，雷声隆隆大作啊伴着绵绵阴雨，猿声啾啾而响啊长夜呼唤不停。风声飒飒地吹啊树叶纷纷掉落，思念公子啊徒然叫人忧伤。

怏怏而返，等郎不来，山鬼没有翻爱成恨，没有反目成仇，而是“怨恨”。这个词下得不轻不重，恰到好处。约女孩子相会，却爽约不来，这样的男子能不让女孩怨恨吗？但是，山鬼的“怨恨”，在骨子里也是爱，是缠绵不尽的爱，是无法割舍的爱，是不离不弃的爱，是丝缠线绕的爱，是恼也不是恨也不是爱也不是的爱，是才下眉头却上心头的爱。

“怨恨”之后，山鬼又转念百般为情郎开脱：也许您也想我只是没有空闲，也许您思念我却又半信半疑。山鬼的痴情到了发昏的程度，到了自迷不觉的地步。自古痴心女子负心汉，只有襄王在梦中，山鬼虽为神，却如俗世女子一样，痴情到了泉水漱石、空谷跫音的境界。她的爱超凡脱俗，洗尽人间烟火；她的爱高出云表，亦如她“表独立兮山之上”的卓绝形象。

既然情郎也想她，那么，情郎为何不至呢？恐怕是自己不够美丽，或者缺少魅力吧？山鬼又再次呼吁自己的美好品德、高洁情怀和非凡的才华：“山中人兮芳杜若，饮石泉兮荫松柏。”这两句既是实写，也是虚写。说实写，因为山鬼不同于人，她美如杜若，出没山谷，“饮石泉”而“荫松柏”是她的实际生活的写照。说虚写，诗人化实为虚，用杜若、石泉和松柏三个意象烘托山鬼的动人形象。什么样的人才让人感到她像杜若一样的芳香？她必有娇美的姿容，优雅的谈吐，快乐开朗的心境，卓越的才华。“饮石泉”写出了山鬼未受世俗污染，不受功名利禄的诱惑，高洁出尘、空谷幽兰的情操；“荫松柏”写出了山鬼坚劲、坚贞和茂盛的生命力，诗人并没有具体描绘山鬼的这些卓异之处，而是调动读者的想象力，赋予山鬼无尽的想象空间。

既然自己完美如斯，那么，情郎为何不至呢？山鬼思来想去，搜肠枯肚，费尽思量，受尽煎熬，倍感孤单凄苦："雷填填兮雨冥冥，猨啾啾兮又夜鸣。"雷声轰隆，阴雨晦暗，尤其是到了夜晚，辗转不寐之际，偏又传来猿猴凄厉的哀鸣，更显山鬼的凄凉孤独。遭如此之雨夜，逢如此之猿鸣，让人情何以堪？然而，情郎把她无情地抛弃了，留给山鬼的只有心灵的向隅而泣，漫漫长夜，或许以后无数个日子，陪伴她的只有无限的凄婉哀凉："风飒飒兮木萧萧，思公子兮徒离忧。"风声飒飒，万木叶落飘零，这是一幅浩瀚无边的萧瑟夜雨图，越孤单越多期盼，越伤感，越是挣扎越深陷，越没存在感，越激发山鬼对心上人的强烈思念，思念情郎心头痛！"风飒飒兮木萧萧"是山鬼的心灵呼唤，也是山鬼的痛苦悲泣。

这一段重点写山鬼的曲折凄凉的情感。诗人描绘了两幅图画，一幅是山鬼寻采灵芝图，一幅是山鬼夜雨愁思图；一幅明朗，色彩亮丽，一幅晦暗，缠绵凄苦；一幅写举动，一幅写心情；一分明媚，九分苦涩。两幅图画相互映衬烘托，使彼此更为鲜明。对山鬼的心理描写细腻逼真，摇曳多姿。山鬼先是怨恨恋人，继而为之开脱，最后自怨自艾，凄凉收束，展现了恋爱中的少女细腻多变心理。这一段对自然环境的描写达到了很高的艺术境界。诗人通过雷雨、猿鸣、落叶、夜色，描绘了一幅阴暗、凄厉、悲凉的风景画，把自然环境与山鬼的心理完美融合在一起，有力地抒发山鬼强烈复杂的感情。

[小结]

《山鬼》祭祀的是位温柔多情而又遗恨绵绵的山中女精灵，全诗叙述了山鬼与思慕的人相约却未见的哀怨之情。《山鬼》中的女神，风姿绰约，朦胧奇幻，显露出超感觉的神秘玄妙之美。"若有人兮山之阿，被薜荔兮带女萝。既含睇兮又宜笑，子慕予兮善窈窕。乘赤豹兮从文狸，辛夷车兮结桂旗。被石兰兮带杜衡，折芳馨兮遗所思”。诗人对山野女神的倾慕虽然并未直接表白，但凭借诗歌意象的暗示溢于言表。可惜，最终的结果又令人扼腕叹息：“风飒飒兮木萧萧，思公子兮徒离忧。”

在我们今天看来，《山鬼》是一个美丽、执着、凄凉的爱情故事，然而在旧文人那里，尤其在屈原的笔下，更多地象征自己与君王若即若离、忽冷忽热的关系。山鬼阴暗昏沉的生存环境，严格自律的修炼，美丽高洁的形象，不远万里地执着追求，用整个生命谋求恋人的安乐，被抛弃后仍然九死不悔的思念，无不是笔笔写山鬼，又无不是屈原的自我写照。故朱熹的关于本篇“以人况君，喻己（指屈原）”（《楚辞集注》），蒋骥的所谓屈原“自托于山灵”（《山带阁注楚辞》），今人刘永济的所谓“故知此篇的山鬼，竟是屈原自身的影子（《屈赋新注详解》）”等说法，都是难以成立的。可以说，山鬼就是屈原的化身，是屈原心中崇高美丽的女神。所以这首诗可以说是一首爱情诗，也是一首政治抒情诗。

《山鬼》的心理刻画和环境描写达到了很高的艺术境界。全篇始终以山鬼约会过程中的心理为主线，采用内心独白的方式，调用直抒胸臆、行动展露、借景抒情、侧面烘托、反衬对比等多种艺术手法，传神准确地刻画出恋爱中少女的微妙细腻、复杂多变的感情。其中景物描写与人物心理的刻画可谓珠联璧合、相得益彰。

《山鬼》以人神结合的方法塑造了美丽的山鬼形象，她栖山中，食灵芝，饮泉水，荫松柏，驾香车，驱豹狸，凌山云，其衣食住行无不带有强烈的神性和野性色彩，又与山鬼的身份地位相适应。她既有神的气质，又有人的性格，但是归根到底是一位“痴情自古空遗恨”的美丽动人的少女形象。她善良、纯真、高洁、多情，有崇高的理想、空谷幽兰的气质和百折不回的追求精神。她虽为山神，却不以神力凌人；她超凡脱俗而又温柔婉丽；她奇丽出尘而又热肠似火。全诗将幻想与现实交织在一起，具有浓郁的浪漫主义色彩，更增添了山鬼的艺术魅力，具有格外感人的力量。

诗歌中山鬼对情郎的一往情深，痴心不改，是人类得以生存、繁衍、昌盛的强大动力，也是一切文明的起点。没有爱就不可能有社会的和谐，没有赤诚就没有事业的辉煌，可见，山鬼炽热的爱，即使在现代仍然有深刻的意义，尤其在物质日益丰富、人情日渐冷淡、传统日渐丢弃的今天，山鬼的心有千千结，百折不回的爱情，更令人崇敬。

国殇：终刚强兮不可凌

这是一篇对为国牺牲将士的祭歌。“国殇”，戴震《屈原赋音义》云：“国殇，死国事者。”何为“国事”？《左传》云：“国之大事，惟祀与戎。”所谓死于国事，必须是死于祭祀与战争的人。《小雅》云：“无主之鬼谓之殇。”楚人信鬼，这些为国而死的忠魂，当然更值得敬奉。本篇题旨，汪瑗《楚辞集解》云：“此曰国殇者，谓死于国事者，固人君之所当祭者也。此篇极叙其忠勇节义之志，读之令人足以壮浩然之气，而坚确然之守也。”楚怀王后期，楚国与秦国频繁交战，均以失败而告终，激励民众士气尤为重要，这首祭歌描写了楚国将士与敌军殊死搏斗，虽寡不敌众却至死不屈，尽数为国捐躯的壮烈场面，全诗慷慨激昂，大义凛然，是一篇惊天地、泣鬼神的爱国英雄主义壮歌。

[原辞]

操吴戈兮被犀甲①，车错毂兮短兵接②。旌蔽日兮敌若云，矢交坠兮士争先。凌余阵兮躐余行③，左骖殪兮右刃伤④。霾两轮兮絷四马⑤，援玉枹兮击鸣鼓⑥。天时怼兮威灵怒，严杀尽兮弃原野⑦。

[注释]

① 吴戈：兵器名。吴地所产，故称，亦泛指精良的戈。一说指盾。戈，古代主要兵器，青铜制，其突出部分名援，援上下皆

刃，用以横击和钩杀。又有石戈、玉戈，多为礼仪用具或明器。被：同“披”，披挂，佩带。犀（xī）甲：犀牛皮制的铠甲。犀皮不常有，或用牛皮，亦称犀甲。

② 错毂（gǔ）：轮毂交错。错，交错。毂，车轮的中心部位，周围与车辐的一端相接，中有圆孔，用以插轴。短兵接：犹言短兵相接。短兵，刀剑等短武器。

③ 躐（liè）：践踏，踩。行（háng）：军队的行列。

④ 左骖（cān）：古时用四匹战马牵一辆战车，左右两旁的马叫骖，中间两匹叫服。殪（yì）：死亡。刃伤：为刃所伤。一说伤者是车右之辕马。“刃”当为“服”。

⑤ 霾（mái）：遮掩，掩埋。絷（zhí）：拴住马足。

⑥ 援玉枹（fú）：古时以击鼓指挥军队进击。“枹”一作“桴”，鼓槌。

⑦ 怼（duì）：怨。怼兮，一作“坠兮”。严杀：残酷杀戮。

[赏析]

第一段描绘两军激战的惨烈场面。这一段包含三层意思。

第一层，首句，描写步兵作战的场面，可以说是宏观上的鸟瞰，全视野的概览。诗歌一开头就用电影剪辑的方式，将镜头切入到将士们冲锋陷阵、舍生忘死的壮烈的画面，一下子紧紧抓住民众的心，让人屏息以待。诗人用吴戈和犀甲侧面烘托将士们的英勇顽强，用“车毂交错”“刀光剑影”直接描写战争的激烈，使人仿佛听到车轴相碰和刀剑相撞的声音，令人感奋激越。

第二层写敌胜我败的激烈车战，是近距离的特写。先写远处。次句把叙事的视角由我军切入敌军，极写敌军人众之多，进攻之猛，气势之盛，反衬我军将士的英勇无畏。再写近处。敌军由向我军“矢如雨”的远攻到冲到我军阵地，冲散我军队列，砍我战马，陷我战车，极写敌军的凶残，激起战士们强烈的愤怒，坚定复仇的决心。“左骖既死，右者复为刃所伤，埋两轮，战尘深也。轮埋不行，故四马如絷，不能进也。兵以鼓进，鼓不歇，战不止也。”（钱澄之《屈诂》）诗人从高处写到低处，从敌军写到我军，把正面描写和直接描写相结合，运用夸张的修辞手法，生动形象地写出了战争令日色无光、天昏地暗、你死我活的惨烈场面。写楚军的只有两处，“士争先”从战士的角度写我军将士一往无前，英勇无畏；“援玉枹兮击鸣鼓”从将军的角度写我军团结一心、众志成城的英勇抗击。虽伤亡惨重，而战鼓不停，“言志愈厉，气愈盛也”（朱熹《集注》），故写激战是为了突出楚军之勇。一个“援”字把抗击侵略的决心写得大气磅礴，气吞山河，壮怀激越；“枹”饰之以“玉”，“鼓”饰之以“鸣”，宣示国之重器不得凌犯的凛然正气，为第三层的“威灵怒”张本，蓄足了决堤之盛势。

第三层写楚国将士们因寡不敌众全军覆没，被敌人尽数杀戮并抛弃疆场的惨烈场面。“天道沦丧啊神灵发怒”，避开了人间的争论，从天道和神灵的高度写楚国上下对侵略者的痛恨和复仇的正义感。战国时期，人们相信天道和神灵是最高的主宰者和裁判者，没有比天道和神灵更富有号召力的，即使是天子和国君也不行。这里用天道沦丧和神灵震怒为旗帜，并代表了至高无上的宣判，起到了凝聚人心、团结众力的作用。惨重的牺牲并没有把他们吓倒，反而激起了他们报仇雪恨的决心。“勇士惨遭杀戮啊抛尸疆场”，用同胞勇士惨死疆场激发将士们的悲怜之心，如果不奋起复仇，那么有一天横尸荒野的必将轮到自己。只有擦干眼泪，拿起戈矛，骑上战马，奔赴疆场，英勇杀敌，才是对天道、对神灵、对祖国、对同胞的神圣捍卫，也是对家人、对自己的唯一救赎，进一步坚定了民众奋起复仇的决心，增强他们效命疆场的勇气。

这一段逼真地再现了激战的场面，把楚国民众置身于酷烈的战场，起到了比说理和空洞号召更好的效果。诗人注意选择一些特殊的物象，如吴戈、犀甲、玉枹等，刻画了楚国战士的英武精神，增强了卫国战争的神圣性；善于挑选了战争中的一些典型细节，如车轴相撞，践踏我军，战马相继被砍死，车轮深陷，拴系马腿，高高举起鼓槌，抛尸沙场等生动的细节，运用“操、被、错、接、蔽、坠、争、凌、躐、殪、伤、霾、絷、援、击、怼、怒、杀、弃”等一连串的动词，以促迫的节奏、开张扬厉的抒写，逼真地再现了战争惨烈的场面，使战士们在为之感泣的同时，更增强了为祖国、为死难同胞复仇的决心和勇气。诗人创选性地使用夸饰的手法，赋予战争无比的酷烈感，如旌旗蔽日，矢如雨，敌众如云，这些独特的视角和鲜明的观察，精确地再现了战多画面。这些典型细节和生动传神的刻画，为后世描写战争，特别边塞诗的写作，提供了诸多有益的创作方法。

[原辞]

出不入兮往不反①，平原忽兮路超远②。带长剑兮挟秦弓③，首身离兮心不惩④。诚既勇兮又以武，终刚强兮不可凌。身既死兮神以灵⑤，子魂魄兮为鬼雄⑥。

[注释]

① 出不入：指壮士出征，决心以死报国，不打算再进国门，与“往不反”互文见义。反：同“返”，返回。

② 忽：恍惚不明的样子。

③ 挟（xié）：夹持。秦弓：秦地所产良弓。秦地产坚硬的木材，用以为弓，射程较远。

④ 不惩：不畏惧。

⑤ 神以灵：精神成为神灵，指精神不死而永生。

⑥ 子：对战士亡灵的尊称。魂魄：古人观念中一种能脱离人体而独立存在的神灵，附体则人生，离体则人死。附形之灵为魄，附气之神为魂。鬼雄：鬼中之英雄，用以称誉为国捐躯者。

[赏析]

这一段以叙事为主，写英灵们视死如归的献身精神，表达了对英灵的钦佩敬仰。本段包含两层意思，可视为英灵的“陈”与祭礼的“赞”。第一层即前四句，紧承上段，由果溯因，转陈捐躯疆场的英灵们的志愿。“出不入兮往不反”，以烈士自白的方式直抒胸臆，表现了烈士们视死如归、一去不返的英雄气概。措词上，“出、入”并举，“往、反”齐落，对比强烈，口气英武，掷地有声，字字悲壮。本句用在段首，如晴空起雷，力道千均，“伤心惨目之言，俱带锐气”（《楚辞评林》引金蟠语），在结构上却承上启下，丝丝入扣。如果说首句是烈士们出征前的心声，那么，次句叙征途的遥远。“平野辽阔苍茫啊路途遥远漫长”，这是眼前的路，脚下的路，也是心中的路，语气中透露出一种苍茫甚至苍凉。是啊，谁愿意打仗呢？难道他们愿意捐躯疆场？他们是被逼无奈，是被侵略者逼上战场，心里怎么能不苦？前方，战场，就意味着死亡，怎么能不心也苍苍眼也茫茫？这一句借景抒情，表达了烈士们苦涩无奈的心情。“带长剑兮挟秦弓”，写出征前的准备，“长剑”“秦弓”烘托出了烈士们的英武，他们拿起武器的时候，犹如许下一个诺言，犹如一种庄严的宣誓：即使身首异处啊也将无所畏惧。也许这个诺言略显沉痛，却不乏横绝一世的英雄气概。这一层摹写了带着武器踏上征程的行装和心声，再次表白了既然去打仗哪有不牺牲的壮怀激烈。“首身离兮心不惩”。戴震曰：“有此造句，才能壮其武厉。”（《屈原赋注》）陈本礼评说：“生气不泯，犹贾余勇。”（《屈辞精义》）在平淡的叙述中，字里行间无不流露出对他们从容赴义、为国捐躯、视死如归的热情赞扬。

第二层以议论为主。诗人用主祭者的口气，表达了对烈士们的崇高敬意，高度赞扬了他们为国捐躯、死为鬼雄的英雄精神，并祈祷他们英灵永生。前句写烈士们的行装，只略写了他们带长剑、挟秦弓，并没有写他们的武艺和英武。这符合烈士谦虚的自白，那么第二层的一开头就盛赞烈士“你们实在勇敢啊并且武艺超群”，则是对他们的补充，这是艺术上的避让，也符合主祭者表达礼赞和钦敬的身份和口吻。如果说烈士们勇敢和武艺超群是他们进攻时的英武形象，那么“始终刚强不屈啊敌人不可侵凌”则是他们面对敌人或不幸被俘时威武形象。两种姿势各有侧重又相互补充，构成了一个完整的英雄形象。勇，赞其气；武，赞其艺。“诚”“终”二字，赞佩之声如闻！这两句表达了对烈士们生之伟大的钦佩，后两句“身既死兮神以灵，子魂魄兮为鬼雄”则是烈士们为国捐躯后，主祭者对他们的高度礼赞。礼赞是从两个方面写的，一方面高度赞美他们精神永生。他们的精神在活着的人的心中和身上继承下来代代相延，所以说永生；另一方面，赞美他们的魂魄是鬼中之雄。古人相信人是有灵魂的，人死后灵魂却存在。这些灵魂到了阴间，依据他们活着时的不同表现有不同的分工。因此灵魂和精神略有不同。这里赞美烈士们的灵魂为鬼中之雄，到了阴间也不肯做凡鬼，报国之心仍在，造语冠绝古今，宋代女词人李清照“生当作人杰，死亦为鬼雄”之爱国诗篇名句，即由此而来，可知其影响之深远。本段主祭词仅四句，从烈士们外在的超群武艺到内在的英雄气质，从生时的高大形象到死后的鬼中之雄，从不朽的精神到永生的灵魂，全方位地高度评价和赞美了烈士们气贯长虹，英灵永存。

[小结]

《国殇》是一首祭歌，更是一首血泪交并的爱国主义、英雄主义的赞歌。这首诗前后两段，气脉贯通，融为一体，场面壮阔，气势雄浑，格调庄严，主题崇高。前人谓“此篇凄楚敢决，字字悲壮，如闻胡笳声，令人泣下，亦令人起舞”（周拱辰《离骚草木史》）。又说此篇“先叙其方战而勇，既死而武，死后而毅，极力描写，不但以慰死魂，亦以作士气，张国威也”。诗人运用冷峻的现实主义手法，通篇直赋其事，运如椽巨笔，塑造了英雄群体画像。这幅画卷闪烁着铁与火、血与泪、残酷与温情、疯狂与理性、悲壮而崇高的光辉。且以长歌当哭，但将热泪吞咽。诗人时而怒戟向天，铮铮作响；时而长吁浩叹，轻吟婉唱；时而雷霆万钧，玉石俱碎，以勇武、悲壮为主旋律，满怀深情地表达了对英雄崇敬的感情，给人强烈的情感冲击和精神洗礼。古代流传至今的祭诗、祭文何止千数，但写得如此激动人心、鼓舞斗志的，却绝无仅有。

礼魂：长无绝兮终古

洪兴祖《楚辞补注》云：“礼魂，谓从礼善终者。”王夫之

《楚辞通释》则认为："此章乃前十祀所通用，而言终古无绝，则送神曲也。"此篇是通用于前面十篇祭祀各神之后的送神曲，由于所送的神中有天地神也有人鬼，所以不称"礼神"而称"礼魂"。按诗中首句云："成礼兮会鼓"，成礼，指祭礼的完成，其性质为送神曲无疑。但"礼魂"非礼"神"，《九歌》之祭祀，专为祭悼楚为国牺牲之英烈亡魂举行，故此篇当为《国殇》之"乱词"。全诗仅五句、二十七字，却生动地描写了典礼完成时五彩缤纷的场面和热闹的气氛，表达了楚人洁诚的心愿和对美好未来的憧憬。语言精美，情味悠深。

[原辞]

成礼兮会鼓①，传芭兮代舞②。

姱女倡兮容与③，春兰兮秋菊④，长无绝兮终古⑤！

[注释]

① 成礼：完成了祭礼，结束了祭礼。会鼓：多面鼓同时敲击。古代鼓乐器有多种，如悬挂在木架上的大鼓、手摇的小鼓等。

② 芭：通"葩"，花的意思，传色，指歌舞时互相传递花朵。这种"击鼓传花"与西南少数民族祭神赛会时男女"抛彩球"（彩球大都用香草做成）有相似之处。一说"芭"为芳草名，即芭蕉，芭蕉在古今民俗中被认为是一种神草。巫师施法时大都要挥芭蕉扇、持芭蕉叶。民间传说牛郎织女七夕相会讲悄悄话，人们可在芭蕉树下偷听得到。因为芭蕉具有"通神"的作用，可作为"人神交际"的媒介，此处送神时传递芭蕉也很自然。代舞：轮番交替跳舞。

③ 姱（kuā）：美好。倡：通"唱"。容与：从容舒缓。

④ 兰：兰花。《神农本草经》说兰花主"杀蛊毒，辟不祥……通神明"。春兰秋菊：指岁月更替，兰菊永芳，"春祠以兰，秋祠以菊"（王逸《楚辞章句》）。表示祭祀不断。

⑤ 长：永远。无绝：无尽期。终古：犹言直至千古。按以上

两句为女巫的唱词。这两句是说每年春秋二季，兰、菊开花的时候，永远不断地来祭祀。这表现了人们对神明的虔诚和对幸福的期望。

［赏析］

诗篇以简洁的文字生动描绘出一个热烈而隆重的大合乐送神场面。一开始先点出是“成礼”，使它和《九歌》各篇发生了联系。祀礼完成后，于是响起密集的鼓点，于是一边把花朵互相传递，一边更番交替地跳起舞。美貌女郎唱起歌，歌声舒徐和缓，从容不迫。这正是一个祭众神已毕时简短而又热烈的娱神场面。而春天供以兰，秋天供以菊，人们多么希望美好的生活能月月如此，岁岁如此。于是，大家从春供到秋，以时令之花把美好的愿望总告于众神灵，并许以长此不绝以至终古的供奉之愿，表达人们敬神事神的虔诚之心。在“成礼”的鼓声中，读者仿佛看到《东皇太一》中“扬枹兮拊鼓”、《东君》中“緪瑟兮交鼓”、《国殇》中“援玉枹兮击鸣鼓”诸种或庄肃或雍容或悲壮的场面。“姱女”的歌唱情景，自然也有《东皇太一》中“疏缓节兮安歌，陈竽瑟兮浩倡”、《少司命》中“临风怳兮浩歌”的叠影；而那“容与”之态，风神卓绝，不也宛然可见《湘君》《湘夫人》中“聊逍遥兮容与”的湘水配偶神的身姿吗？“长无绝”的“春兰与秋菊”，则是对绿色植物所象征的生命力的讴歌。“蕙肴”“兰藉”“桂酒”“椒浆”“兰汤”“桂舟”“薜荔柏（箔）”“蕙绸”“荪桡”“兰旌”“桂棹”“兰枻”“荷盖”“荪壁”“紫坛”“桂栋”“兰橑”“辛夷楣”“药房”“蕙櫋”“荷衣”“蕙带”“辛夷车”“桂旗”“杜若”“芙蓉”“白薠”“蘋”“茝”“石兰”“杜蘅”“疏麻”“瑶华”“麋芜”“女萝”“幽篁”“松柏”，《九歌》中神灵的生活物品与生活环境充满各种芳美植物的郁郁生气，突出表现了对美好事物的憧憬和对生生不息的生命的礼赞。从这个意义上说，“春兰兮秋菊，长无绝兮终古”正可以作为《九歌》祀神祈福的主旋律。

[小结]

此诗在《九歌》中篇幅最短，几乎接近诗里的“风”诗，但廖廖数语，却把一个盛大集会的场面描写得如此激越和恢宏。随着激烈的鼓点和舞步，传递香草做着游戏让神灵快乐。诗末“春兰兮秋菊，长无绝兮终古”两句，完成了组诗的整体布局；用香草美人喻清平世界；用香草美人作为贯穿组诗各篇（除《国殇》）的联结线。这个香草即是总谱的五线谱（形式），又是总谱上的各个音符（内容），这种宏观构思是前无古人的。通过送神，展现了诗人矢志不渝的报国决心。

此篇为《九歌》（包括整个屈作）中最简者，然情文兼备，语言精美，韵味悠深，可谓精品。贺贻孙氏评曰：“《湘夫人》篇妙于繁，《礼魂》妙于简，二十七字，包括无穷。首三句情文悉备。‘传芭兮代舞’，无限节目，他人数十字不能了者，五字了之。‘春兰兮秋菊，长无绝兮终古’，即庙食无替之意耳。写得风华掩映，才人多情。惟《九歌》方不愧此语耳。读《九歌》者，涵咏既久，意味自深。”（见《骚筏》）

[总评]

《九歌》以楚国宗祖的功德和英雄业绩为诗；以山川神祇和自然风物为诗；以神话故事和历史传说为诗，淋漓尽致地抒发了诗人晚年放逐南楚沅湘之间忠君爱国、忧世伤时的愁苦心情和“荡志而愉乐”“聊以舒吾忧心”“寓情草木，托意男女”“吟咏情性，以风其上”的心旨。

《九歌》描摹的艺术情境，人神不分，人神相恋，在南国大自然的奇异风光为背景的宗教仪式中，参与祭祀的男巫女巫和参与歌舞的其他男女，人们把握住这个发展情爱的美好契机，或狂歌劲舞，或浅吟低唱，配以香草鲜花的装饰，奇兽珍禽的玩好，加之鼓乐和鸣，鸟兽啼叫……这是一个多么优美令人迷狂沉醉的境界。

在很长历史时期内，“辟在荆山，以处草莽”的楚人，在神光的照临下，生活在烂漫如诗的世界。在这个世界里，山有山神，河有河神，云有云神，井有井神，门有门神，窗有窗神，灯有灯神，桑有桑神，蚕有蚕神，芍药有芍药神，桃树有桃树神……一山一石，一草一花，无不洋溢着神灵的气息。这是一个万物有灵的童话世界，也是一个充满妖魅的惊悚世界。在这里，每一个人都可以通过祈祷获得庇护，但这里也是一个匍匐在神威下的艰辛世界。

"楚越之地，地广人稀。饭稻羹鱼，或火耕水耨。果隋蠃蛤，不待贾而足。地势饶食，无饥馑之患。"（《史记 · 货殖列传》）在这个丰饶而偏僻、孤绝而独立的自然环境中，楚民族以其坚强的生命意志、宗教热诚、理性信念，逐渐建立以本民族为主体的楚国家，也历史地形成了具有地域特色的文化模式和文化情境。其中之一，就是祭祀。在旭日东升的社庙前，你可以看到披发左衽的楚民歌舞迎神；在山前河畔，你可以看见巫师庄重地登上祀坛、高唱祭歌、上演祭祀鬼神的民俗大戏。祭祀过程中，巫师迎神、娱神的方法有两种：一种是通过扮神的方式来让神灵附身，借助巫师之口来传达神灵的旨意；一种是通过巫师求爱的方式，即男巫吸引女性神灵，女巫吸引男性神灵，以达到与神灵相通，求得神灵庇佑的目的。

从《九歌》的内容和形式看，似已具备赛神歌舞剧的雏形。《九歌》中扮神的巫、觋，在宗教仪式、人神关系上的纱幕下，表演着人世间男女恋爱的话剧。这种男女感情的抒发，是很复杂曲折的：有思慕、有追求、有猜疑、有悲痛、有哀思。这些鬼神的形象是很美的，有强烈的艺术魅力。作者同神站在平等的地位上，自由而真挚地描写他们的恋爱生活，表达他们美好的内心，丰富的感情，以及像人一样的喜怒哀乐。因此，作品充满了浪漫主义的气息，优美丰富的想象，庄严富丽、曲折哀婉的情调，五彩缤纷的画面，活泼流畅的节奏，语言精美，韵味隽永，有一种深切感人的力量。

天　问

——日月安属，列星安陈？

《天问》是《离骚》之外的又一首重要长诗。如果说《离骚》是中国文学史上第一部抒情长诗的话，《天问》则是中国文学史上的第一部长篇史诗，而且是创造了空前绝后的问难形式的一部远古神话和上古史大纲。《天问》全诗三百五十余句，一千五百多字，全采用问句体写成。《天问》是战国时代乃至中国文学史上的绝响，清刘献庭更称其为“千古万古至奇之作”(《离骚经讲录》)。

《天问》这首长诗内容变幻莫测，行文经天纬地，纵横古今，发难诘问，放言无惮，奇气纵横。全诗笼罩着神秘的宗教气息，以哲人深长眼光透视浩淼的宇宙，无穷的星空，沧桑的大地，历史兴衰成败，品评人物，寄怀苍茫，感慨唏嘘，犹如巫史叹唱的创世纪史。在各诸侯国中只有楚国有创世纪歌，可见楚国历史恐怕比人们的想象更为古老。

诗人以令人惊叹的想象力，渊博的学识，斑斓的艺术手法，新颖独特的艺术形式，编织起宏伟瑰丽的艺术星空。一个问号连着另一个问号。诗人以无比的勇气，向上苍投以怀疑的眼光，把咒语般的《天问》流布、镌刻在历史的摩岩。从此，笼罩在人们头顶上的天破碎了，以神权为支撑的专制统治訇然倒地。据说，屈原第二次流放更远的南方，就是由于楚襄王看了这篇《天问》。

[原辞]

曰：遂古之初[1]，谁传道之？上下未形[2]，何由考之？冥昭瞢暗[3]，谁能极之？冯翼惟像[4]，何以识之？明明暗暗[5]，惟时何为[6]？阴阳三合[7]，何本何化[8]？圜则九重[9]，孰营度之[10]？惟兹何功[11]，孰初作之[12]？斡维焉系[13]？天极焉加[14]？八柱何当[15]？东南何亏[16]？九天之际[17]，安放安属[18]？隅隈多有[19]，谁知其数？天何所沓[20]？十二焉分[21]？日月安属[22]？列星安陈[23]？出自汤谷[24]，次于蒙汜[25]。自明及晦[26]，所行几里？夜光何德[27]，死则又育[28]？厥利维何[29]，而顾菟在腹[30]？女岐无合[31]，夫焉取九子[32]？伯强何处[33]？惠气安在[34]？何阖而晦[35]？何开而明？角宿未旦[36]，曜灵安藏[37]？

[注释]

① 遂古：远古。遂，通“邃”，远，往。

② 上下：指天地。

③ 冥：昏暗。昭：光明。瞢（méng）暗：昏暗不明、模糊不清的样子。

④ 冯（píng）翼：大气鼓荡流动的状态。像：本无实物存在的只可想象的形象，景象。

⑤ 明明暗暗：指一天分昼夜而有明有暗。

⑥ 时：通“是”，这个。

⑦ 阴阳：阴气和阳气。三合：参错相合。三，通“参”。

⑧ 本：本源。化：化生，派生。

⑨ 圜（yuán）：同“圆”，指天体。九重：古说天有九重，极言其高。重，层。

⑩ 营度：量度营造。营，经营。度，度量。

⑪ 兹：此，这。何功：何等的工程。

⑫ 孰：谁。

⑬ 斡（guǎn）：运转的枢纽，转轴。维：指系于轴上的绳索，这里指空间维度。

⑭ 天极：天的顶端。加：放置，安放。

⑮ 八柱：古代传说有八座大山做支撑天宇的柱子。当：支撑。

⑯ 亏：缺陷。

⑰ 九天：指天的四面八方。际：边界。

⑱ 安：哪里。放：依傍。属（zhǔ）：连接。

⑲ 隅：角落。隈（wēi）：弯曲的地方。

⑳ 沓（tà）：会合，指天地相合。

㉑ 十二：指十二辰，即日月在黄道上的十二个会合点。焉分：怎样划分。

㉒ 属：依附，寄托。

㉓ 陈：排列。

㉔ 汤（yáng）谷：或作“旸谷”，神话中地名，传说太阳由此升起。

㉕ 次：停宿，止息。蒙汜（sì）：古代神话中太阳在晚上停住的地方。

㉖ 明：天亮。晦：夜晚。

㉗ 夜光：指月亮。德：通“得”。

㉘ 死：指月缺而渐没。育：指月没而复圆。

㉙ 厥：其，指月亮。利：好处。

㉚ 顾菟（tù）：菟，即“兔”，“顾菟”是月中的兔名，闻一多《天问疏证》认为是蟾蜍。

㉛ 女岐：或作“女歧”，神话传说中的神女。合：交配，婚配。

㉜ 取：得，生。

㉝ 伯强：传说中北方的一位风神。

㉞ 惠气：即惠风，和畅的风。

㉟ 阖（hé）：关闭。

㊱ 角宿（xiù）：星座名，二十八宿之一，东方青龙的第一宿，古代神话中太阳在晚上停住的地方。

㊲ 曜（yào）灵：指太阳。

[赏析]

这一段是对宇宙形成的质问。屈原首先把疑问的目光投向天地的起源，使这首诗歌一开始就蒙上神秘的色彩和雄浑苍茫的气势：

请问：远古开始之时的情形，是谁把它传给后代的？天地尚未成形之前，又根据什么考察出来？

“邃古之初”赋予诗歌苍茫悠远的意绪。对“邃古之初”，各家解释不同，王逸释为“神物未生”时（《楚辞章句》），洪兴祖释为“古初无物”时（《楚辞补注》），吉城释为“久远往古”时，(《楚辞甄微》，贺宽《饮骚》释为“天地未定”时。结合诗意看，释为宇宙初形时较为合理。

明暗不分浑沌一片，谁能探究根本原因？宇宙混沌一团，充盈的只是浮动无形的气体，怎么识别将它认清？

英国著名天体物理学家史蒂芬·霍金在《时间简史》中指出：“在宇宙初始时没有有形的物体，只有‘量子态’的基本粒子和自然的力，基本粒子在‘量子态’时处于一种混沌泡沫状态。”

宇宙的起源是人类历史上最大的哲学谜题之一。人类对宇宙形成的探索从未停止。《艺文类聚》载：“天地混沌如鸡子，盘古生其中，万八千岁，天地开辟，阳清为天，阴浊为地。盘古在其中，一日九变，神于天，圣于地。天日高一丈，地日厚一丈，盘古日长一丈，如此万八千岁。天数极高，地数极深，盘古极长。后乃有三皇。”“天日高一丈，地日厚一丈”与20世纪40年代以来提出的“大爆炸宇宙”理论颇有相通之处。“大爆炸宇宙论”（The Big Bang Theory）认为：宇宙是由一个致密炽热的奇点于137亿年前一次大爆炸后膨胀形成的，并得到了众多观测证据的支持。如星系的红移、3K微波背景辐射、27%左右的氦丰度、天体的年龄等。科学家一直试图制造宇宙大爆炸之后存在的亚原子粒子，它也被称为“夸克－胶子等离子”。然而，2015年10月，科学家吃惊地发现该物质更接近于液体，而不是气体，所形成的液滴仅由100—200

个亚原子粒子构成，暗示着宇宙初期更接近于液体状态，而不是之前天体物理学家所认为的超热气体球（《物理评论快报期刊》）。这样看来，屈原提出的宇宙形成和远古宇宙信息传输的问题，直到今天还没有完全解决。

接着，诗人询问日夜和阴阳的形成：

白天光明夜晚黑暗，究竟为什么这样安排？阴阳渗合而生万物，哪是本体哪又是支派？

三国徐整《三五历纪》："天气蒙鸿，萌芽兹始，遂分天地，肇立乾坤，启阴感阳，分布元气，乃孕中和，是为人也。""阴阳观"反映了事物的运动规律。老子云："道生一，一生二，二生三，三生万物"（《道德经》），庄子从反面说："一日之棰，日取其半，万世不竭"（《天下篇》）。"阴阳观"还反映了矛盾双方互相转化的规律，是古代朴素的辩证法。

诗人询问的重点，是天体的形成：

天体分为九重，是谁环绕它量度确定的？这是一个多么巨大的工程，当初建造它的又是何人？

使天体围绕轴心旋转的绳系，到底拴在什么地方？天轴的顶盖究竟架在何方？八根支持天体的擎天柱，安放在哪里？东南方的地面为什么缺损不齐？

平面上的九天边际，各在哪里依傍相连？天际的角落曲折很多，又有谁能知道它们确切的数量？天在哪里与地交会？黄道天体又是怎样划分为十二区的？

屈原以巨人般恢弘的气势，问难宇宙般的雄浑气魄，仿佛代表了人类轻叩宇宙之门，带来人类对宇宙永恒的问询。只要人类延续下去，这种对宇宙问询的姿势就不会改变。

由天体的形成，诗人探索天体的运行：

日月天体依托在哪里？众星在天如何置陈？太阳从旸谷升起，到蒙谷落地；从天亮到天黑，所走之路究竟几里？

月亮有着什么高尚的德行，可以缺而复圆？那月中黑点是什么东西，难道是一只蟾蜍（或兔子）在里面？

神女女岐没有配偶，为何能够产下九子？风神伯强住在何处？那和畅的风又是从哪里吹来？

为什么天门关闭就是夜晚，天门开启就是白天？东方角宿还没有放光，太阳又藏在什么地方？

由于是以问题的形式存在，它激起尘俗的人对头顶的星空产生诗人般的想象，对日复一日早已麻木的天体产生童稚般的好奇。屈原提出这些奇思幻想的问题，比获得问题的答案更具有永久魅力。它让人类感到天空的神奇和大自然造物的不可思议。它像一个永恒的问号，启迪着人类对无穷无尽的自然奥秘和智慧的永恒追逐。这就是为什么后世柳宗元的《天对》无法遮盖屈原的《天问》光芒的原因。

就像哥得巴赫留下的猜想，屈原有关天体的问题，吸引着后世人们的探索兴趣。《拾遗记》讲了一个有趣的故事，道是有一个叫浣肠国的人，生活在水上。但是，偏偏他们个个都是卓越的登山家。他们登上最高的山峰，去丈量天地的高低宽窄，他们“绕八柱为一息，经四轴而暂寝”。意思是他们把支撑天的八根柱子绕在一起，经过天体旋转的主轴睡一会儿。也许，他们是带着屈原的问题去丈量天地、寻找天轴吧！

《天问》全诗总体看来大致可分两大部分。以上是第一部分的第一层。从篇首至“曜灵安藏”，问及宇宙天体形成和运行。其中从“遂古之初”至“何以识之”问的是天体的情况，“明明暗暗”四句讲宇宙阴阳变化的现象。而自“圜则九重”到“曜灵安藏”则是对日月星辰提问。

[原辞]

不任汩鸿[①]，师何以尚之[②]？佥曰何忧[③]？何不课而行之[④]？鸱龟曳衔[⑤]，鲧何听焉[⑥]？顺欲成功[⑦]，帝何刑焉[⑧]？永遏在羽山[⑨]，夫何三年不施[⑩]？伯禹愎鲧[⑪]，夫何以变化？纂就前绪[⑫]，遂成考功[13]。何续初继业[14]，而厥谋不同[15]？洪泉极深，何以窴之[16]？地方九则[17]，何以坟之[18]？河海应龙[19]，何尽何历[20]？鲧何所营[21]？禹何所成[22]？康回冯怒[23]，墬何故以东南倾[24]？

［注释］

① 汩（gǔ）：治理洪水。鸿：同“洪”，洪水。

② 师：众人。尚：推举，推荐。

③ 佥（qiān）：全，都。

④ 课：考核，考试。行：用。

⑤ 鸱（chī）龟：一种神龟。曳（yè）衔：拉扯。

⑥ 听：通“圣”，圣德的意思。

⑦ 顺欲：顺从愿望。

⑧ 帝：上帝。刑：惩治，惩罚。

⑨ 永：长久。遏（è）：幽闭，囚禁。羽山：神话中的山名，传说在东海海滨。

⑩ 三年：多年。三，虚数，表示多。施：施刑，判罪。

⑪ 伯禹：即夏禹，又叫大禹、帝禹。愎：通“腹”，这里指从腹中出来。

⑫ 纂（zuǎn）：继续，继承。前绪：前业。

⑬ 遂：终于。考：死去的父亲。功：事业。

⑭ 续初：继续鲧的事业。

⑮ 厥谋：指禹治水的方法。厥，指禹。

⑯ 窴（tián）：同“填”，填塞。

⑰ 方：区分。九则：九等。据《尚书·禹贡》记载，禹治水后将全国土地按质量分为上上、上中、上下、中上、中中、中下、下上、下中、下下九等，不同等级的土地征收赋税不一样。

⑱ 坟：区分，划分。

⑲ 应龙：古代神话传说中有翼能飞的龙。这两句朱熹《楚辞集注》作：“应龙何画？河海何历？”一本作“河海应龙，何画何历”。

⑳ 历：经过，流过。

㉑ 营：营造，经营。

㉒ 成：完成，成功。

㉓ 康回：指共工。传说共工与颛顼争帝，败后盛怒，用头撞坏西北天柱周山，周山因而改称不周山，大地也因而向东南倾斜。冯（píng）：通“凭”，满，盛。

㉔ 墬（dì）：同“地”。倾：塌下。

［赏析］

这里，屈原开始问及鲧、禹治水传说及其功过是非问题。

鲧既然不胜任治水重任，众人为什么要将他推举？纷纷都说没有什么担忧，为何不让事先试着做去？

屈原对鲧、禹治水之事表示疑问。这里首先问的问题是对鲧治水失败的责任如何界定？为什么明知鲧不能胜任治水的重任，大家还要推举他？特别是在尧帝心存顾虑的情况下，大家还要众口一词地劝尧帝，让尧帝不要为此担忧，何不试用一下他呢？这不明摆着把鲧往火坑里推吗？再说，鲧一年二年、三年又四年治水无功，就应该让他“下课”，为什么一等九年？这不是让他积恶自戕？这不是让鲧“死”得更惨些，乃至让他“死而无怨”？若说责任，众臣没有责任吗？只怕尧帝也脱不了干系。

世界各个民族的上古时期都有过洪水泛滥的记载。这大概是由于那时还没有发明水井，先民们沿河聚居，因暴雨引发洪灾后，很容易冲毁居民的茅屋和田地。尧帝时就发生过特大洪灾，洪水泛滥九州。《尧典》云：“汤汤洪水方割，荡荡怀山襄陵，浩浩滔天，下民其咨。”《孟子·滕文公》：“当尧之时，天下犹未平。洪水横流，泛滥于天下。草木畅茂，禽兽繁殖，五谷不登，禽兽逼人。兽蹄鸟迹之道交于中国。尧独忧之，举舜而敷治焉。舜使益掌火，益烈山泽而焚之，禽兽逃匿。禹疏九河瀹济漯而注诸海，决汝汉排淮泗而注诸江。然后，中国可得而食也。”众臣向尧帝推举鲧治水。鲧，一说是黄帝的孙子，一说是天神。鲧采用堵的办法治水，一说他从天上带来息壤堵水，水涨息壤也涨，但是结果是一样：堵了东堤溃西堤，九年而不成。

鲧有什么神圣德行会使，鸱龟相助或拖曳或叼衔？治理川谷本来初见功劳，尧帝为何对他施加刑罚？

将鲧长久禁闭东海羽山，为何三年过去还不放他？大禹为何从鲧腹中生出，治水方法怎样不同变化？

此处所问的问题是，对鲧的处罚是否合理。鸱龟首尾相接似堤坝，鲧为什么就照样施行？他顺从人心想把洪水治好，天帝为何还要对他加刑？鸱龟，是传说中的一种神龟。《山海经》载，这种龟长着鸟的头，鳖的尾巴，叫声像猫头鹰一样。鸱龟很讲究秩序，排成整齐的一列，首尾相衔。据说，鲧就是受到鸱龟的启发，按照鸱龟的队形建筑堤坝。鲧治水九年，功亏一篑，如果再给他两年时间，未必不能治好洪水。况且，尧帝对他的处罚也令人生疑：把他流放到寸草不生的羽山，且很多年不做最后的判决。若鲧有罪，就应该立刻判决；若鲧无罪，就应该释放。再说鲧没有功劳也有苦劳，现在让他在荒无人烟的地方不生不死，不理不睬，这样的处罚难道合理吗？这就直接归责于尧帝了。

鲧死后，他的儿子禹反其道而行之，采用疏导的办法治水成功。据说，鲧死后三年，尸体完好无损。更有创意的是，有人（谁？无考）用一把吴刀（吴国产的一种锋利的刀。不过，那时有吴刀吗?）剖开鲧的肚子，禹就生出来了。禹不是他妈生的，而是他爸生的。这让今天的医学界人士大开眼界，却也令人生疑。但是，周朝的始祖母姜嫄既然可以踩着巨人的足迹生下后谖，鲧为什么不能生下禹呢？这里讨论的是鲧禹父子遗传的问题。鲧治水无功，死不瞑目，一肚子的闷气郁结心中，焉能不生子以继其志，去完成他未竟的治水大业呢？再说，非常之人从一出生就非同凡响。禹果然青出于蓝而胜于蓝，成功地完成了鲧的治水大业。

接下来进一步问道："为什么继承的还是当初的事业，而他们采取的办法却不相同？"治水成功究竟是谁的功劳？鲧禹父子治理洪水，禹所用的方法不同，是从鲧的失败中找到成功的方法，鲧也应有功。洪水如渊深不见底，得要多少土才能够将它填满？土有功，填土的人更有功。禹按照土地的丰腴贫瘠不同，将天下土地分为上、中、下九等，他这样划分的根据究竟是什么呢？传说他在疏导水流时，每当他不知道该将水导向何处的时候，应龙就飞来用尾巴划地，给他指出开掘河道的方向，应龙有功。

在治理洪水的过程中，鲧是怎样努力经营的？禹又是怎样得到成功的？这都是当初奸邪的共工大怒造成的灾难，大地怎么会一下子就往东南塌陷下去了呢？

大禹治水是一家两代的事，可是，两人的功过划分清楚了吗？再说，应龙也出了力，难道仅仅是禹的功劳吗？"康回冯怒"句，"康回"是水神共工的名字。"共工怒触不周山"，"天倾西北，地陷东南"，使天下水向东南流，东流之水总不满溢，否则，河流溪谷是怎样挖成？大地之水又往何处去？这样说来，难道共工没有功劳吗？在论功行赏的时候，是否应该公平一点呢？

历史上，对功与过的评价，对英雄和罪人的评判，难道是公正的吗？成则为王，败者为寇，难道不是历史的规则吗？更何况贪天之功，诿过于人，包藏祸心，借刀杀人，这些，又有谁去甄别呢？对鲧禹治水，诗人为之不平，也是诗人自身经历和强烈的思想感情的投影。

[原辞]

九州安错①？川谷何洿②？东流不溢③，孰知其故④？东西南北，其修孰多⑤？南北顺椭⑥，其衍几何⑦？昆仑县圃⑧，其尻安在⑨？增城九重⑩，其高几里⑪？四方之门，其谁从焉⑫？西北辟启⑬，何气通焉⑭？

[注释]

① 九州：传说大禹治平洪水之后，将大地划分为九州，即冀、兖、青、徐、扬、豫、荆、雍、梁九州。安：什么地方。错：通

“措”，设置，安排。

② 洿（wū）：凹坑，这里作动词用，使之成为凹坑。

③ 溢：满。

④ 孰：疑问代词，谁。故：原故。

⑤ 修：长度。古代历算家凭推测，有的说南北距离比东西距离短，有的说南北距离比东西距离长，很不一致，但都没有科学根据。所以屈原提出诘难。

⑥ 椭（tuǒ）：狭长。

⑦ 衍：多余。

⑧ 昆仑：神话传说中的一座神山，为天帝和神人所居。县圃：神话中的山峰，在昆仑山上。

⑨ 尻（kāo）：即“尻”：本指脊椎尾骨，或指臀部，引申为山之尾麓，山脊尽处。

⑩ 增城：即层城，神话中的地名，在昆仑山上。九重：九层。

⑪ 其高几里：据《淮南子·地形训》说昆仑山上有“增城九重，其高万一千里，百一十四步，二尺九寸”。

⑫ 从：由，出入。

⑬ 西北：指西北方的门。辟启：敞开。

⑭ 气：风。传说昆仑西北有“不周之山”，昆仑的“北门开以纳不周之风”（《淮南子·地形训》）。

[赏析]

这部分问的是上古传说中关于地球的一些情况。首先是对九州版图如何划分的疑问。传说大禹治平洪水后把天下分为九州，那么九州是如何设置的呢？也就是当时的华夏版图如何划分的？这些问题在我们今天看来不足为道，但是在屈原的时代，只有行军图、城镇图等专业地图，没有人想到中国的版图问题。从这里也可以看到屈原博大的胸怀。

屈原接着问，九州版图南北长多少？东西长多少？南北比较狭长，又比东西长出多少？古代文献关于大地东西和南北之间长度

（距离）的记述也比较多，比如，《淮南子·地形训》："阖四海之内，东西二万八千里，南北二万六千里。"注："子午为经，卯酉为纬，言经短纬长。"又："禹乃使太章步自东极至于西极，二亿三万三千五百里七十五步；使竖亥步自北极至于南极，二亿三万三千五百里七十五步。"注："海内东西长、南北短，极内等也。"《山海经·中山经》："禹曰：天地之东西二万八千里，南北二万六千里。"《广雅·释地》引作："夏禹所治四海内地。"《轩辕本纪》："帝令竖亥步自东极至于西极，得五亿十万九千八百八步，南北二亿三万一千三百里。竖亥左手把算，右手指青丘北，东尽泰远，西穷邠国。东西得二万八千里，南北得二万六千里。"《灵宪》："八极之维，径二亿三万二千三百里，南北则短减千里，东西则广增千里。自地至天，半于八极，则地之深亦如之。"《博物志》："河图天地，南北三亿三万五千五百里，东西二亿三万三千里。"由此可见，古代中原历算家对于地面东西与南北向之间长度（距离）的说法很不一致，屈原当亦不能判断其正误，故而提出此二问。

接着，屈原围绕昆仑山提问。昆仑山的边际在哪里？山中最上层的九层增城，它到底有多少里的高度？昆仑山的四面门户，什么人从那里通过？西北两面的大门敞开，什么气息从那里通过？

屈原的问题是非常尖锐的，把读者逼到思维的墙角，不得不正视它。楚国人认为，昆仑山是一座神山，山有九层。从最高一层上去，就可以到天上。与其说屈原对这座神山表示怀疑，不如说他是怀着好奇的心情，探索这种神山。毕竟，它是如此神奇，如此不可思拟，它能激发人们恒久的探索欲望。

[原辞]

日安不到[①]，烛龙何照[②]？羲和之未扬[③]，若华何光[④]？何所冬暖？何所夏寒[⑤]？焉有石林[⑥]？何兽能言[⑦]？焉有虬龙[⑧]，负熊以游[⑨]？雄虺九首[⑩]，倏忽焉在[⑪]？何所不死[⑫]？长人何守[⑬]？靡蓱九衢[⑭]，枲华安居[⑮]？一蛇吞象[⑯]，厥大何如？黑水玄趾[⑰]，三危安在[⑱]？延年不死，寿何所止？鲮鱼何所[⑲]？鬿堆焉处[⑳]？羿

焉弹日[21]？乌焉解羽[22]？

[注释]

① 安：怎么。

② 烛龙：古代神话中一种能照明的神物。

③ 羲和：神话传说中为太阳神驾车的人。扬：扬鞭。

④ 若华：若木的花。若木是神话中长在西方日落处的大树，据说太阳落在若木之下，若木的花就发出光芒。

⑤ 何所冬暖、何所夏寒：这是针对昆仑山而问。神话传说中的昆仑山是冬暖夏凉、四季常青的仙境。

⑥ 石林：即“玉林”，昆仑山上有玉石树林。

⑦ 何兽能言：指为昆仑山守门的“开明兽”。《山海经·海内西经》：“海内昆仑之虚……面有九门，门有开明兽守之。”“开明兽身大类虎而九首，皆人面。”

⑧ 虬（qiú）龙：古代传说中无角的龙。

⑨ 负：背，驮着。

⑩ 虺（huǐ）：传说中一种有九个头的毒蛇。

⑪ 倏（shū）忽：极快地，忽然。

⑫ 不死：《山海经·海外南经》：“不死民在其（交胫国）东，其为人黑色，寿不死。”《吕氏春秋·求人篇》说禹“南至……不死之乡”。

⑬ 长人：即长寿之人。一说指身材高大之人。守：一说守卫，一说指操守。

⑭ 靡蓱（píng）：蓱：即萍，浮萍。指分枝众多的浮萍。衢（qú）：本指分岔的道路，这里指分岔的树枝 。九衢，意即分枝众多，引申为枝叶交叠的样子。

⑮ 枲（xǐ）华：麻的花。

⑯ 蛇吞象：《山海经·海内南经》：“巴蛇食象，三岁而出其骨。”

⑰ 黑水：古代神话传说中的水名，在昆仑山。玄趾：疑为

“交趾”，古地名，泛指五岭南。

⑱ 三危：神话中山名，据说在黑水之南，传说是座“不死山”。《淮南子·时则训》：“三危之国，石室金城，饮气之民，不死之野。”

⑲ 鲮（líng）鱼：神话中的一种怪鱼，古书记载颇多，说法不一。《山海经·海内北经》：“陵鱼，人面手足，鱼身，在海中。”

⑳ 鬿（qí）堆：魁堆，大雀。鬿，同“魁”。堆，当为“雀”。

㉑ 羿：神话传说中的英雄，善射。彃（bì）：射。

㉒ 乌：金乌，神话传说中太阳里的三脚神鸟。解羽：羽毛脱落，指鸟死。传说尧时，十日并出，草木焦枯。羿奉尧命射落九日，日中金乌羽毛飘零，都被射死。

[赏析]

这一节，是屈原对神话传说的疑问：

哪里太阳照耀不到呢？哪里需要烛龙去照耀呢？太阳还未升起的时候，若木的花怎么能发光呢？

“日安不到？”地球围绕太阳的公转和地球的自转，一昼夜太阳只能照到地球的一半，但总体看，太阳基本能照到地球表面，只有极少数几个特殊地方、特殊日子，太阳才会照不到。如每年的3月21日到9月23日，地球南极点出现极夜；9月23日到第二年的3月21日，北极点出现极夜。每年的6月22日，北极圈上出现极昼，南极圈上出现极夜；12月22日，南极圈上出现极昼，北极圈上出现极夜。极夜的日子，整天无阳光照射。屈原的这个提问，反映了那时对天文地理的发展水平。

“烛龙何照？”“烛龙”是个失传的神话主人公，在《山海经》里，记载了一种叫“烛阴”的山神。烛阴睁开眼睛就是白天，闭上眼睛就是黑夜，吸气的时候是冬天，呼气的时候是夏天。烛阴不用吃饭，不用喝水，不用休息。他一休息就要刮大风，估计是烛阴的鼾声很大，一打鼾，就刮大风。这是对日夜四季的解释。

“羲和之未扬，若华何光？”太阳没有升起之前，若木之花为何能照亮大地？《山海经·大荒北经》记载，大荒当中，有衡石山、九阴山、灰野山，山上有一种红颜色的树木，青色的叶子红色的花朵，名叫若木。生长在昆仑山西边靠近极地。东晋郭璞注："生昆仑西，附西极，其华光赤下照地。"《淮南子》的记载更详细："若木在建木西，末有十日，华照下地。"建木，是传说中的树名，生长在天地的正中间，高百尺，众神都沿着建木上天。若木在建木的西边，长在太阳下落的地方，传说是人神沟通的树木，黄帝就从若木上登上天庭。若木的光华，大约是类似晨曦一类的光。

接着提出一系列问题，大多与神话有关：

什么地方冬天温暖？什么地方夏天寒冷？什么地方有岩石成林？什么野兽能说人话？哪里有独角虬龙，驮着黄熊游来游去？九个头的毒蛇来往迅疾，现在飘忽到了哪里？

什么地方是不死之国？长寿的人掌握了什么秘方？蔓生的浮萍分枝极多，花寄生在什么地方？一口能吞下大象的长蛇，它的身子又有多大？黑水、交趾、三危在什么地方？延年益寿以求不死，寿命活到几时终止？

传说中的鲮鱼生活在什么地方？怪鸟魁堆又在哪里？后羿怎样射下九日？金乌的羽毛又散落在哪里？

冬暖夏寒，宋朝的洪兴祖就指出，中原地形，"居高者寒，处下者冷"。他还提出，"高山之巅，盛夏冰雪；污下川泽，严冬草生"。屈原不是在追问这些特殊的地方，而是在问哪里四季如春。巨石累累如森林，这或许是神话中的景象。动物讲人话，并不是指鹦鹉八哥之类。《神异记》记载，在西南大荒当中，有一种兽，身体长得像兔子，面部像人脸，经常欺骗人，它说东实际是西，它说南实际是北，它的名字叫"诡"。"诡"能说人话，又喜欢欺骗人，看来很可怕。蒋骥在《山带阁注楚辞》中还指出几种能说人话的罕见的动物，如白泽、角端等。

以上是第一部分的第二层。其中，从"不任汩鸿"到"何气通焉"，是关于鲧禹治水和大地的问题，从"日安不到"以下六句则就地球上所看到的日常现象发问，而从“焉有石林”到“乌焉解羽”多为二句一问，都是当时民间传说中的怪事。

以上为《天问》的第一大部分。这部分大体是就各种自然现象和神话传说中的形形色色的事物发问。文章富有变化，联想丰富而有情致。

[原辞]

禹之力献功[1]，降省下土四方[2]，焉得彼涂山女[3]，而通之于台桑[4]？闵妃匹合[5]，厥身是继[6]，胡维嗜不同味[7]，而快朝饱[8]？启代益作后[9]，卒然离蘖[10]，何启惟忧[11]，而能拘是达[12]？皆归射𥷚[13]，而无害厥躬[14]。何后益作革[15]，而禹播降[16]？启棘宾商[17]，《九辨》《九歌》[18]。何勤子屠母[19]，而死分竟地[20]？帝降夷羿[21]，革孽夏民[22]。胡射夫河伯[23]，而妻彼洛嫔[24]？冯珧利决[25]，封狶是射[26]。何献蒸肉之膏[27]，而后帝不若[28]？浞娶纯狐[29]，眩妻爰谋[30]。何羿之射革[31]，而交吞揆之[32]？阻穷西征[33]，岩何越焉[34]？化为黄熊[35]，巫何活焉[36]？咸播秬黍[37]，莆雚是营[38]。何由并投[39]，而鲧疾修盈[40]？

[注释]

① 力：努力，勤劳。献：贡献。功：指治水功业。

② 降：从天降临。省：视察，查看。

③ 涂山：即“嵞（tú）山”，一说在安徽当涂，一说在浙江会稽，传说夏禹在治水途中娶涂山氏的女儿女娇为妻。

④ 通：相会。台桑：旧说是地名。一说指桑间野地，为古代男女私会的地点。一本作“而通于台桑”。

⑤ 闵：爱怜。妃：配偶。匹合：婚配。

⑥ 厥身：指禹。继：延续，继承，即指生启之事。

⑦ 胡：为什么。维：语助词。嗜：爱好。

⑧ 快：满足于。朝：同“鼂（zhāo）”，一朝，比喻一时的快乐。

⑨ 启：夏启，传说中禹的儿子。益：伯益，传说是启的贤臣，禹曾选定他继承帝位。后：君主，国王。

⑩ 卒：通“猝”，突然。离：通“罹”，遭受。蠥：同“蠥（niè）”，忧患，灾难。

⑪ 惟：通“罹”，遭受。

⑫ 拘：拘囚，囚禁。达：逃脱。

⑬ 归（kuì）：通“馈”，送来。䠶，一作“射”。鞫，射箭声。

⑭ 躬：本身。厥躬，指启。

⑮ 后益：即益，因做过君主，所以叫后益。作：通“祚”，国祚，国家命运福祉。革：推翻，变革，指启代益为王。

⑯ 播降：播下种子，比喻繁荣昌盛。播，通“蕃”。降，通“隆”。

⑰ 棘（jí）：急切。宾：祭祀。商：“帝”字之讹。

⑱《九辨》《九歌》：古乐曲名，传说是夏启从天帝那里偷来的。

⑲ 勤子：贤子，指启。屠母：传说启母涂山氏化为石，石破而生启，故曰屠母。

⑳ 死：通“尸”，尸体。竟地：满地，到处都是。

㉑ 帝：天帝、上帝。降：派下，从天降临。夷羿：指羿，东夷有穷国的君主，擅长射箭，驱逐夏太康，自立为君，后被寒浞杀死。

㉒ 革：革除。孽：祸患。夏民：夏朝之民，或泛指民众。

㉓ 河伯：指河伯。

㉔ 洛嫔（pín）：同“雒（luò）嫔”。洛嫔，指上古神话中的洛水女神，即宓妃。

㉕ 冯（píng）：持。珧（yáo）：蚌蛤的甲壳，用以修饰弓的两头，这里指良弓。利：精良。决：通“玦”，古代射箭时套在右手大拇指上用象骨做成的用以钩弦的套子。

㉖ 封：大。豨（xī）：野猪。

㉗ 献：进献，进奉。蒸肉：祭祀用的肉。蒸，通“烝”，冬

祭。膏：肥美的肉。

㉘ 后帝：上帝，天帝。若：顺心，欢喜。

㉙ 浞（zhuó）：人名，即寒浞，传说是羿的相，谋杀羿而自立为君。纯狐：人名，羿的妻子。

㉚ 眩（xuàn）妻：善于迷惑人的妻子，指纯狐。爰（yuán）：于是。

㉛ 革：皮革。射革，传说羿力大善射，能射穿七层皮革。

㉜ 交：合力。吞：消灭。揆：计谋。

㉝ 阻：通“徂”，往。西征：西行，指鲧被放逐东方海滨的羽山，曾向神巫众多的西方行进求救。

㉞ 岩：高峻，险要，这里指前往羽山。

㉟ 化：变成。黄熊：指鲧。

㊱ 活：救活。

㊲ 秬（jù）黍：黑米。

㊳ 莆（pú）：即“蒲”，水草。雚（huán）：通“萑（huán）”，芦苇类植物。营：耕种。

㊴ 由：原因。并投：一起放逐，传说与鲧一起被放逐的还有共工等人。

㊵ 疾：罪行，罪过。修盈：指罪行极多。

[赏析]

这一节问夏朝史事。自“禹之力献功，降省下土四方”至“何由并投，而鲧疾修盈”二十句问禹的家事。上古时期，涌现了一些天才级的人物，比如后谡是一个杰出的农艺师，教人们种植百谷；神农是一个勇敢的赤脚医生，他以一种特别的执着去尝试百草，教人们认识哪些草药能治病，哪些草能毒死人。大家就对他们很佩服，拥护他们当氏族的首领。如果他们能力再强些，可以当部落的首领。随着年代的久远，他们被越传越神。所以，上古的英雄人物大多是半人半神。大禹就是这样一个人物，他从鲧的肚子里生下来。生下来之后也没有特别的故事，似乎一下子就成长为一个天才的水利工程师。大禹治水非常勤奋，奔走四方，救民于水火。这样一个全国治水总指挥，不会缺乏美少女的青睐。然而大禹似乎一直忙得没空娶老婆，当他走到涂山的时候，遇到一个少女，就和她跑到桑地里成就了好事。屈原就感到很不好理解。大禹嗜好治水，视之如命；而涂山女跟他相识不久，谈不上感情，也没有思想基础，两人怎么一见面就燃烧起来了呢？难道大禹是为了延续香火？但是，《淮南子》记载，这位涂山女曾让她的侍女在路上等待大禹。这样说来，涂山女对大禹还是有感情的。但是结婚以后，就苦了涂山女。大禹“三过家门而不入”，此后也似乎一直没有回过家，工作十分辛苦。以致韩非子以大禹为例，说当领袖苦死了，你看大禹的脸晒成了黑锅，小腿上都没有脚毛，真不开心，还不如当百姓的爽。

说完了大禹的媳妇，说大禹的儿子。大禹的儿子，单名一个“启”字。“启”可是个了不得的人物，因为“启”暴露了人性赤裸的欲望，改变了历史的走向。在大禹之前，王位都是禅让制。大禹也照章操作，本来打算把王位禅让给大臣伯益。但是，“启”不干了。“启”也想当王。伯益也不是那么好说话的。于是，“启”与伯益打了起来。最终，“启”胜，伯益败。“启”夺得了王位，成为夏朝的开创者，也就是大名鼎鼎的夏启。夏启夺得王位，有两个版本，一说大禹当王时就给儿子积蓄了力量，一说因为大禹当王，大臣们拥护“启”，结果伯益败北了。

变“天下为公”为“天下为私”，“家天下”的理念从此畅销中国几千年，从此天下成了帝王的私人公司。开创者“启”遇到的阻力必定是空前的。“启”就给自己编造了一些神话。

神话一，“启”虽说是妈生的，也可以说不是他妈生的，而是从石头里蹦出来的。话说大禹治水时，忙得不可开交，是如假包换的废寝忘食。大禹去工地之前，告诉妻子涂山女说，如果听到鼓声，就给他送饭去。涂山女在家里又是种地，又是做饭，忙得擦汗的工夫都没有。不知忙了多久，她听到咚咚的鼓声。涂山女带个饭菜篮子，送到大禹的工地。妈呀！她吓得倒退了好几步。出现在她眼前的，是一头巨大无比的黑熊。黑熊用掌砰砰地拍打山崖，巨石纷纷落下，有一些小石子碰蹦到距黑熊不远的鼓面上，远在家做饭的涂山女都听到了，黑熊却没有听到，继续用力地拍打山崖。涂山女知道黑熊就是自己的丈夫大禹。大禹常年在外，涂山女对他的感情本来就稀薄。现在看到自己的丈夫竟然是一头黑熊，她委屈得哇地哭出声，掉转头就跑。这一哭，黑熊醒过神来，变成了大禹。大禹看见妻子哭着跑了，拔腿就去追。涂山女一直在前面跑，大禹一直在后面追。涂山女跑呀跑呀，突然停住了。原来前面是悬崖，涂山女一急，就变成了一块大石头。大禹愣住了。愣了好久，大禹冲面前的石头大喊一声："还我儿子!"石头哗啦一声破碎，夏启就这样生出来了。

神话二，"启"与伯益打仗的时候，对方箭如雨下，而启却没有受到伤害。这不是天神在保护他吗？天要"启"不死，伯益又奈何？

神话三，"启"变成了夏启之后，他急切地向上帝祭祀，上帝给了他《九辩》和《九歌》的乐曲。看看，夏启不正承天应运吗？除了他，谁还能得到上帝的天曲？可是，夏启既然如此贤孝，为什么他出生的时候，却害得母亲肢解、尸骨满地？涂山女变成了石头，粉身碎骨才生下"启"，这也算是让母亲尸骨无存吧？"何勤子屠母"，一个"屠"字，包含了多少嘲弄和悲愤？

羿是大禹家族的终结者。历史上，有两个羿。一个是尧帝时的神射手羿。他射下了九个太阳，成为后人的景仰和美谈。但实际上，是羿统一了东夷各部落组成一个国，在《山海经》中被称为"十日国"。其地理位置，清魏源《圣武记》卷十二云："圣祖勒铭狼胥之山，其山必距昭莫多不远，则是以汗山或肯特岭为狼居胥山。准其地望，皆与古书相合。"王国维进一步解释："东高宛城，以今地望准之，当在乐安、高宛之间。"（《观堂集林·汉郡考上》）

另一个羿，生活在夏朝太康时代。古本《竹书纪年》记载，夏帝芬十六年，"洛伯用与河伯冯夷斗"。由于昆吾氏的调解，没有打成。河伯冯夷娶的妻就是洛伯之女洛嫔。不久，洛伯被羿射死，夺取他美丽的妻子洛嫔。这个羿是有穷国的国王，也是个神射手，力大无穷。夏启死后，他的儿子少康继位。《左传》记载："昔有夏之方衰也，羿自钳迁至穷石，因夏民以为代夏。"少康当天子不够敬业，民怨沸腾。上帝便派羿下凡，利用夏民的不满情绪，干掉了少康，自己来当天子。羿既然是有穷国的国王，怎么又是上帝派来的呢？自然是羿讨伐少康的借口。

羿当了国王后，不务正业，沉湎于打猎游戏。却不料后院起火。羿娶纯狐氏女为妻，纯狐氏女长得美丽，又善于狐媚人。羿手下有个大臣，名叫寒浞。寒浞是伯明氏的一个浪荡公子，因为不成器，被伯明氏赶了出来。寒浞跟上羿后，鸿运高照，被羿提拔当了相国。羿把国内外重大事务都交给他处理。寒浞在处理这些事务时，也近水楼台与其纯狐氏女交往频繁，遂与纯狐氏女勾搭成奸。为了做长久夫妻，两人合谋杀了羿。为什么羿能射穿皮革，却被他们设计消灭了？为什么羿射杀了许多巨型野兽，作为祭祀上帝的祭物，上帝却不保佑他呢？屈原对这些宫廷的龌龊事并非不知，而是对上帝产生了怀疑。

"化为黄熊，巫何活焉？"神巫为什么使鲧复活？鲧也有功为什么还要摒弃他，使他身后常背恶名声？大禹这一家子就是这么神奇。当年，有人用刀子剖开鲧的肚子，生下大禹。死去三年的鲧突然活了，变成一头黄熊，向西边跑去。西行之路山岩重重，鲧怎么越过？巫师又是怎么救了他？鲧又变成了人。鲧复活的故事比耶稣有趣得多，比佛教的生命轮回说，不知早了多少年。鲧又开始了他的第二世。第二世的鲧改行当了农民。他辛勤地耕种，把地上都种上了黑粟，教百姓辨别粮食和杂草。鲧前世任劳任怨地治水，第二世辛勤工作，是多好的同志啊！他最多是工作方法不对，为什么他却与"怒触不周山"的共工等人一起被流放，难道他真的是罪不可赦？说到大禹的一家，屈原最感不平的还是鲧。

[原辞]

白蜺婴茀[①]，胡为此堂[②]？安得夫良药[③]，不能固臧[④]？天式

从横[5]，阳离爰死[6]。大鸟何鸣[7]，夫焉丧厥体[8]？

［注释］

①白蜺（ní）婴茀（fú）：蜺，同“霓”。婴，缠绕，环绕。茀，云雾。

②堂：盛装，衣着华丽。

③良药：好药，指不死之药。

④固臧（cáng）：妥善保管。固，稳妥。臧，同“藏”，保存，保管。

⑤天式：自然的法则。从（zòng）横：即“纵横”，指阴阳二气的消长变化。

⑥阳：太阳。离：繁体做“离”，即后来的“鹂”字，就是黄鹂。

⑦大鸟：指王子乔尸体变成的大鸟。

⑧丧：失去。厥体：它的躯体。

［赏析］

“白色的云霓萦回缭绕飘扬，为何浮荡在崔文子的厅堂？王子乔从哪得到成仙灵药，为何不能牢固地保存收藏？”王逸《楚辞章句》认为，以上八句是说仙人王子乔的事。“言崔文子取王子乔之尸，置之室中，覆之于弊筐，须臾则化为大鸟而鸣，闻而视之，翻飞而去。文子焉能亡子侨之身乎？言仙人不可杀也。”（《楚辞补注》），而自王逸首倡王子乔尸化飞鸟翻飞而去后，众多深信不疑，蒋骥云：“泰山崔文子学仙于王子乔……其文与此八句，曲折相符。”（《山带阁注楚辞》）而闻一多则认为：“以汉世所传王子乔史事证之，似无不合。”（《天问疏证》）

据《列仙传》云：“王子乔者，周灵王太子晋也。好吹笙作凤凰鸣。游伊、洛之间，道士浮丘公接以上嵩高山。三十余年后，求之于山上，见桓良曰：‘告我家，七月七日待我于缑氏山巅。’至时，果乘白鹤驻山头。望之不得到，举手谢时人，数日而去。亦立祠于缑氏山下，及嵩山首焉。”

王子乔是周灵王的儿子，虽贵为太子，运气却不好。周灵王谥号“灵”，恰是因为他不“灵”。天下大半不明智的事，都由他做了。太子王子乔看不过眼，就向他提了点儿建议，惹得周灵王大怒。灵王把他贬为庶民。这一来，王子乔抑郁成疾，身上的肉嗖嗖地往下掉，几个月下来就瘦了一大圈。

有一天，晋国的大音乐家师旷，到王子乔的府上拜访他。师旷见王子乔气色不好，就直言不讳地说：“太子恐非长寿之人。”王子乔却神秘地说：“再过三年，我就到玉帝那儿去了。”王子乔善于吹笙。削职为民后，他行走于伊水和洛水之间。笙声起处，空中如凤凰和鸣，伊洛之间无论达官贵人还是百姓，都知道王子乔来了，纷纷出门观望。王子乔闲云野鹤，寻访山水胜处，访名山道观，被道士浮丘公接到了嵩高山。

三年后，远在晋国的师旷，果然得到王子乔死去的消息。因为王子乔准确地预言了自己的死期，人们都把他当作神人。三十年后，王子乔托人转告他的家人，于七月七日到缑氏山巅等他。他的家人去后，看见他乘着白鹤，对家人挥手作别飞天而去。

“黄鹤一去不复返，白云千载空悠悠。”神仙驾着黄鹤飞去天庭，千年来只看见白云悠悠飘荡。多么令人神往，又让人空自惆怅。历史上，第一个成仙的人是黄帝，他乘着龙飞走了。大概是沾了黄帝的仙气，第二个成仙的人，是黄帝的第四十二代孙姬晋，也就是诗中说的王子乔。

历史上，曾有一幅名画，画上一个公子骑着白鹤吹笙，身边白云缭绕。这个人就是王子乔。后世李白游于嵩山，对王子乔成仙羡慕得不得了。他写诗说：“吾爱王子乔，得道伊洛滨。”

王子乔成仙后，成了也能帮别人成仙的仙人。有个叫崔子文的人，跟王子乔学成仙的本领。学了一段时间，得，王子乔认为他可以成仙了，打算用药物帮他一把，实现脱胎换骨的飞跃。但王子乔没有告诉他将如何帮他。王子乔选了良辰吉日，摇身一变，化作了一道耀眼的白虹，身边云雾缭绕，浩浩荡荡地来到崔子文的厅堂。

崔子文正在屋里修炼，猛抬头，见一道白虹横在厅堂，身手敏捷地抓起一根戈，对准白虹，狠狠就是一戈。“啪哒”一声，仙药洒落一地；接着又是更大响的“噗通”一声，崔子文这一惊可是不小：面前，师傅王子乔趴在地上一动不动。崔子文好半天才醒过神来，上前摸摸师傅的鼻子：王子乔早已断了气！

“白蜺婴茀，胡为此堂？”王子乔白虹披身作为衣饰，常仪为何这般堂皇，为何又要来此厅堂？可怜好不容易修炼成仙，现在却药毁身亡！

崔子文毕竟是修炼过的，他不慌不忙地抱起师傅的尸体，放在卧室的床上，盖上一只破烂竹筐，口中念念有词。不一会儿，一只大鸟站在竹筐上，昂首向天，发出凄厉的叫声。崔子文揭开竹筐，不见了师傅的尸体——原来那只大鸟是师傅变的。再一回头，大鸟已腾空而起，转眼已飞得无影无踪。

“大鸟何鸣，夫焉丧厥体？”阴阳二气消长按天的法式，只要阳气消失人于是即死。王子乔既然已经死了，阳气已经离散，他为什么还能够变化呢？他是怎样失去原有的身体，又是怎样变成大鸟发出悲鸣？屈原的问题动摇了人们传统的信念。那么，神仙是不是存在呢？如果不存在，我们这些凡人该怎么活？屈原用尖锐的问题，让习惯了寻常逻辑的人们活得不怎么心安理得。

[原辞]

蓱号起雨①，何以兴之？撰体协胁②，鹿以膺之③？鳌戴山抃④，何以安之？释舟陵行⑤，何之迁之？

[注释]

① 蓱（píng）：神话传说中雨师的名字，又名蓱翳（yì）。蓱，洪兴祖《楚辞考异》引一本作“萍”。号：号令。

② 撰：通“巽”，柔顺。协：合顺。

③ 鹿：指风神飞兼。膺（yīng）：响应。

④ 鳌：传说的大龟。戴：背负，驮。抃（biàn）：本义是两手

相击，这里是形容海龟四肢挥动。

⑤ 释：放。陵行：在陆上行走。

[赏析]

雨师，风伯，火神，河神……关于他们的传说，一直到清末，在民间仍广为民众相信。可以想见，在数千年以前的屈原时代，人们对这些掌控人类命运的神灵，是何等崇拜！诗人却产生了怀疑：

萍翳发出鸣叫声就会下雨，这雨是怎么兴起的？鸟鹿合体的风神飞廉，他又是怎样来呼应的？巨鳌顶着大山四肢划动，它是怎么让神山稳定不移？舍弃舟船行走陆地，龙伯巨人怎样才能移动它？

《列子》记载：龙伯国巨人大得令人难以想象，抬腿走不了几步，就已经跨过五座世间最大的山；到海边垂钓，一次能钓上来六只巨鳌，然后把六只巨鳌背在身上，轻快地几步就回家了。

雨师，风伯，龙伯巨人……他们以一种钢构的姿势，一直那样存在着。风调雨顺的日子那么少。洪水肆虐或干旱的时候，人们多么盼望雨师行善，在《西门豹治邺》中，人们甚至以女儿祭龙王。但是，雨师依然那么任性，他随着风伯肆意而为。对于这些神话体系的内在逻辑不合理，不可知，不可究，无须究，因而也从来没有人追问。但是这套神话体系本身，蕴含着不可理喻的霸权体系。他们任意妄为，随意作贱人们，却不允许人们对他们有任何质疑。这恰好代表了专制时代的统治者的利益，也是千百年来劳动人民逆来顺受的奴性产生的原因之一。屈原对神话逻辑产生怀疑，实际上是对神话，亦即君权至上的逻辑的拆穿。随着这套逻辑的崩溃，原有的神构、君构权力体系也随之“咔咔”断裂。

[原辞]

惟浇在户，何求于嫂①？何少康逐犬②，而颠陨厥首③？女歧缝裳④，而馆同爰止⑤。何颠易厥首⑥，而亲以逢殆⑦？汤谋易旅⑧，何以厚之？覆舟斟寻⑨，何道取之？

[注释]

① 浇（ào）：人名，寒浞的儿子，古史传说中的大力士。嫂：浇的嫂子女歧。王逸《楚辞章句》："言浇无义，淫佚其嫂，往至其户，佯有所求，因与行淫乱也。"

② 少康：夏国君相的儿子。逐犬：放出猎狗。

③ 颠陨：坠落，这里指砍掉。厥首：这里指浇的首级。

④ 女歧：人名，是浇的嫂子。缝裳：意即缝衣裳，当是女歧与浇的亲密行为之一。

⑤ 馆同：即同馆、同房，犹"夫妻同房"的"同房"。爰：与，共。止：止宿，居住。

⑥ 颠：坠落，这里指砍掉。易：换，这里指砍错了。厥首：指女歧的首级。传说少康夜袭浇，误斩女歧头。后来少康打猎时，才又乘机杀掉浇。

⑦ 亲：亲身。逢殆：遭殃。

⑧ 汤：为"康"之误，当指少康。易：治理，整顿。旅：军队，部下。

⑨ 覆舟：帆船。斟（zhēn）寻：古国名，夏的同姓诸侯国。

[赏析]

"浇来到嫂子门口，他对嫂子有何要求?""为什么夏少康在逐犬游猎，而能挥刀将浇的脑袋砍掉?"这一切还得从头说起。

一个月黑风高的夜晚，浇带人血洗夏国君主相，清理现场后，发现不见了相和他的妻子。原来，相在侍卫的保护下，顾不上家人，侥幸逃脱。相怀孕的妻子与丈夫离散，她凭着机灵，借着夜色掩护，也逃离了现场。

这场大屠杀后，浇做了夏国君主。浇严令追杀相和他的妻子。那时已经有了谍报机构，相和他的妻子的行踪，很快就被浇和各路杀手掌握。相四处逃窜，连他的同姓诸侯斟寻、斟灌也不敢收留他。相最终死在浇的追捕队手下。因为斟寻、斟灌是相的同姓诸侯，浇又清洗斟寻、斟灌两国，斟寻、斟灌逃奔到虞国。

相的妻子逃奔到娘家有仍国。在那里，她生下了儿子少康，也把仇恨的种子播种到少康心里。替父报仇成了少康的人生使命，他习武修文，发誓杀死大力士浇。不仅要割下浇的脑袋，还要光大父亲相的事业，让夏国成为天下的强国。

浇从来没有忘记过他们母子，尤其是得知相的妻子生了个男孩后，派出更多的特务队和武士天天跟踪追杀他。少康在这重重的追杀中变得更机警，更聪明，更勇武。浇的武士一直把他追到“天涯海角”，少康被迫逃亡到虞国。在那里，少康联合被浇放逐流亡的斟寻、斟灌和反对浇的人，把他们组织成一支队伍，训练他们的武功。日复一日，年复一年的艰苦训练，使他们成为具有一流战斗力的敢死队伍。

“为何夏少康砍错女歧脑壳，而淫乱的浇终遭杀身祸殃?”当了国君的浇过上骄奢淫逸的生活。他不在王宫好好办公，却往家里跑。原来他早已觊觎美貌的嫂子，但又不知道这位嫂子对自已的态度如何。于是，力大无比的浇在进嫂子的房前，用力撕开衣袖，假装请嫂子缝补袖子。贵为国君且孔武有力，不用说，嫂子半推半就，跟浇做了好事。被偷情的滋味缠绕的浇，隔三差五就往嫂嫂家跑。

当少康得到这个消息后，认为这是上天赐给他的绝好机会。他的敢死队和训练有素的几十条猎犬，潜伏在浇的王宫和女歧的住宅之间。一天夜里，等浇钻到嫂子的房后，少康带着手下包抄过来。等这对奸夫淫妇睡熟后，他们破门而入，举刀就向床上砍去。没有想到，砍死的不是浇，而是浇的嫂子女歧。古代人都留长发，咋一看，很难辨别男女。

浇毕竟是绝世的机警武士，即使在睡梦中，听到有声响，他早已一跃而起，悄无声息地跳出窗外，顺手就杀了少康留守在窗前的武士。等少康的武士围过来时，浇迅速地消失在不远处的树林里。可是，等待他的，是早已熟悉他身上气味的几十条猎犬。这一次，浇没有逃走，他勇敢地与猎犬和赶上来的少康武士展开殊死搏斗，给少康的属下以重创，但最后还是寡不敌众，落个身首异处的下场。

王逸《章句》：“夏少康因田猎放犬逐兽，遂袭杀浇而断其头。”“何颠易厥首，而亲以逢殆?”事实上，从女歧当了替罪羊的那一刻起，浇已落入万劫不复的深渊。“少康中兴”是有夏一代的历史大事。“汤谋易旅，何以厚之?”少康谋划着重整旗鼓，再造山河，他是如何拥有一支强大的队伍呢？少康在逃亡中磨砺了自己的智慧和勇气，逐渐发展壮大了自己的队伍。“艰难困苦，玉汝于成”，少康不仅光复了自己的国家，还使自己的国家迎来中兴时代。

以上是第二部分的第一层。主要是关于夏朝的历史问题，是围绕着鲧禹治水和启益斗争展开追问的。

[原辞]

桀伐蒙山①，何所得焉？妺嬉何肆②，汤何殛焉③？舜闵在家④，父何以鳏⑤？尧不姚告⑥，二女何亲⑦？厥萌在初⑧，何所亿焉？璜台十成⑨，谁所极焉⑩？

[注释]

① 桀：夏代最后一位君王。蒙山：古国名，即岷山。

② 妺嬉（mò xǐ）：有施氏，是夏桀的后妃，先受夏桀宠爱，后被抛弃。肆：过失，罪过。

③ 汤：商汤，商朝的开国君主。殛：惩罚。

④ 闵：妻室。

⑤ 父：“夫”之误字。鳏（guān）：即鳏夫，指无妻的男人。

⑥ 尧：唐尧，传说中的上古帝王。姚：指舜母姚氏。姚告，即告姚。

⑦ 二女：指尧的两个女儿，名叫娥皇、女英。亲：结亲。

⑧ 厥：其，那。萌：通“民”。

⑨ 璜（huáng）台：即瑶台、玉台。成：层。

⑩ 极：尽，这里是最后完成的意思。

[赏析]

“夏桀出兵讨伐蒙山，所得的好处又是什么?”夏桀，又名癸、履癸，发帝的儿子，夏朝第十九代帝王，在位五十二年。“桀”是商汤结束了夏的统治后给他的谥号。“桀”者，凶猛也。桀文采出众，武艺超群。尤其是武艺方面，空拳能搏虎，赤手能斗豹，徒手能把铁钩拉直。可这哥们不把他的文韬武略用在正事上，却挖空心思瞎折腾。他最大的爱好就是举办聚会，为此命人大兴土木，修建了富丽堂皇的宫殿，里面堆满肉食品；挖出一个巨大的池塘，池中装满美酒，桀乐此不疲地划船，载着漂亮的宫女，在池中嬉戏玩耍。而他请来的一众男女，则是放开肚皮吃肉，伸长脖子喝酒。中间夹杂着助兴的音乐声、狂叫声，那场面，嗨了！

桀帝天天狂欢，朝政自然荒芜，诸侯中很多就不买他的账了。为显示天威，让诸侯们臣服，桀帝觉得到了该亮出肌肉的时候了，先拿谁试刀呢。桀帝经过一番筛选，将目光投在了一个叫有施氏的小国身上，有施氏（今山东腾县）国弱力薄，软柿子一个，捏了它，可以起到杀鸡儆猴的效果。桀帝三十三年，自率大军攻打有施，有施国君自知实力不济，表示愿意投降。那哪成阿！老子几万大军跑了几百里山路，你怎能说降就降呢。不行，今天非血洗你们不可。眼看就要国破家亡了，有位聪明的大臣献计：天下男人没有不爱美女的，而天下暴君也没有不为声色所动的。

国君一拍大腿：你太有才了！美女换和平，绝对是首创，为后来的各朝各代树立一个好典范。汉代就青出于蓝地运用到了极致——和亲，这当然是好听的说法；说得难听点就是性贿赂。于是乎，一幅罕见的场面出现：城外大军压境，刀枪林立；城内选美大赛，美女如云。经过层层选拔，天资貌美的妺喜小姐，击败众多竞争对手，获得本次选美冠军，并作为和平使者，随天子定居京城。当谈判代表把冠军小姐送过来时，差点没把桀帝的眼睛亮瞎，早将自己出兵的初衷抛到九霄云外去了。

皆大欢喜，有施氏免遭了一场杀戮，夏桀帝抱得了美人归。爽歪歪，班师回朝，及时行乐是头等大事。妺喜小姐到了京城，集万千宠爱于一身，也许是在宫中待久了，该玩的已经玩遍了，实在找不出乐子来了。不知怎么就喜欢上了撕裂绸缎时发出的声音，那些绸缎可倒了霉哩！一帮宫女围在身傍，昼夜不停地撕裂绸缎，手酸脚麻地忙活。

据流传的说法，夏桀因得妹喜玩物丧志，以致亡国。这不过是商汤为了维护统治者“受命于天”的尊严嫁祸到妹喜身上而已。另有一种说法，《竹书纪年》说：桀伐岷山（蒙山），得其二女，一个叫琬，一个叫琰。姐妹俩国色天香，夏桀得到这两个尤物后，冷落了皇后妹喜，妹喜遂于商汤的谋臣伊尹勾搭成奸，终于灭夏。

[原辞]

登立为帝[①]，孰道尚之[②]？女娲有体[③]，孰制匠之？

[注释]

① 登立：登位。立：通“位”，这一句指女娲登位为帝。帝：帝王。

② 孰道：何由，根据什么？尚：上，推崇的意思。

③ 女娲（wā）：传说中上古女帝名，姓风，人头蛇耳，品德高尚，智能超凡。是天地万物和人的创造者，曾造人补天。

[赏析]

女娲是上古女帝，这似乎不需要质疑。然而，屈原的问题是尖锐的：女娲做皇帝，究竟是根据什么样的方法、按照什么样的原则、经过什么样的程序才当上的呢？

历史上，关于女娲的传说非常多，内容和形式也纷繁复杂，大致可以分为两类。一说女娲是神。在宇宙初形，地球上还没有人类的时候，女娲看到身边的生物都不够聪明，于是她仿照自己的样子来造人。起初，她在黄河边上用黄土捏泥人，赋予他们生命。后来，她捏得手都疼了，感觉效率太低，就用柳条蘸泥汤一甩也能造人。捏出来的人就是以后的贵族，偷懒随手甩出来的泥点变成人就是以后的穷人。也有说法是女娲用七天的时间造地球上的各种生物，直到最后一天才造人，中国传统习俗里有一个很重要的节日叫“人日”，据说就是为了纪念女娲造人而设。“人日”，恰好与屈原的生辰相同。一说女娲是人。她姓风，出生于陇西成纪。一场意外的灾难，也许是天帝对人间种种丑恶现象厌恶之极，才决定让人类从地球上消失。由于计划百密一疏，女娲和哥哥伏羲居然侥幸逃脱性命，然后兄妹结合，繁衍了人类，因而也就成为现存人类的始祖。据估计，原始社会人口的死亡率高达50%。旧石器时代世界人口百年增长率不超过1.5%。新石器时代世界人口百年增长率不超过4%。根据各种估计推测，从旧石器时代到新石器时代，村民的平均年龄在20岁至30岁之间。在这种情况下，要求高生育率与高死亡率对应，否则人类就可能走向灭绝。这是一个深刻而庄严的社会意志。

女娲的神话传说，反映了远古先民的生殖崇拜。在远古时代，曾经有一个漫长的历史时期，原始人类并不知道男女交合是生殖的直接原因，仅仅把生殖看作是女性自身的功能。因此，女娲神话一定产生在母系社会，是只知其母不知其父的时代，在氏族内部，母亲的地位是崇高的。正是由于有这种对母亲神的崇拜，才会有中国古代独具特色的推崇女性的哲学思想。这种哲学思想，将宇宙万物看作是天地之门产生出来的，整个世界也都是一个生生不息的过程。并且以水至柔而能克刚的形象直观的方式，极力推崇女性阴柔的品性。这种哲学观点和思维方式，构成了中国古代哲学的一个非常重要的方面。

[原辞]

舜服厥弟①，终然为害②。何肆犬体③，而厥身不危败④？

[注释]

① 服：顺从。弟：指舜弟象。

② 终然：终于。为害：被谋害。此处指舜弟象与其父母合谋陷害舜之事。

③ 肆：放纵。犬体：这里是对舜弟象的贬称，言其行径悖谬不法有类于犬。

④ 厥身：他自己。

[赏析]

舜的成长是一个奇特的现象。他出生在一个非常特殊的家庭环境里。他的生母早死，父亲瞽叟又给他娶了个后妈。瞽叟显然不是他父亲的正式名字。在上古，除了诸侯建有自己的姓氏外，其他草民都没有名字。但瞽叟也并非瞎子，这个名字的得来，可以用今天的“无明”来概括。舜的父亲对这个儿子似乎有变态的虐待狂，他和舜后妈生的弟弟象联合摧残舜，欲置舜于死地。有一次他们让舜上房顶去修顶篷。看着舜在上面修得起劲，瞽叟悄悄地来到下面，抽走了梯子，点了一把火，打算把舜烧死。要知道古代建房子，木材占建筑材料的绝大部分，着起来简直太容易了。火苗呼的一下就窜了起来，房子陷入一片火海。舜在劳动期间是戴着斗笠的，有点像我们印象中治水的大禹。在紧急情况下，他手举着斗笠，直接从屋顶上跳了下来，斗笠发挥了降落伞的作用，他平平稳稳地落在了地上，毫发无损。还有一次蓄谋已久的不成功的谋杀。舜下到井底去浚通井水，象在上面打帮手。其实是早就预谋好了要把舜活埋在井底。舜一下到井里就拼命干活，他挖出的泥土石块放在筐子里，象在上面接应。看到一筐又一筐的土在身边积成了小山包，象得意地冷笑着，原来自掘坟墓说的就是这种人。等到又一筐土拉上来之后，他没有向外倒，而是直接一翻筐子将土倒回井底，然后他飞一般地将上面的土块石块向井里倾倒，兴奋得甚至顾不上听舜的痛苦呻吟。土回填到井中，象急不可耐地冲向舜的家中，口里还念叨着：“牛羊给老爹老妈，房子给老爹老妈，武器归我，琴归我，两个嫂子住我家。”总之他是准备全盘接收他哥哥的遗产，包括那两位身份高贵又如花似玉的嫂子。可是进了舜的家门，他登时就傻了眼，舜在屋里悠闲自得地弹着琴。然而，从瞽叟到他的两个儿子，全都是心理素质好到不得了的人物，无论发生了多大的事件，都可以当作什么都没有发生过。象略微有一丁点儿不好意思地说："哥，我实在太想念你了，过来看看你。"而这一丁点儿不好意思表明他已经在心理上输给了舜，舜镇定自若地回答："我就在家里，随时欢迎你来。"语气平静得就像他从来都没有出过门。

王逸说："难道舜真的不知道象要杀自己吗？他怎么可能不知道呢？只是因为他对弟弟实在太好了，所以凡事总是替象着想。"用王逸的原话来说就是"象忧亦忧，象喜亦喜"，也就是说舜的一切行动都是为了他那个亲爱的弟弟着想的。

至于舜为什么埋在井里后可以若无其事地回到家中，很多人云亦云的书中都提到，他那两位不但漂亮而且聪明的老婆早就预料到了在打井这件事上象恐怕不怀好意，提前警告舜要提高警惕，保护自己。所以舜下到井里之后，玩命地挖土刨土，他只向下挖了一阵后，就开始往旁边挖一条横向的通道，给自己挖出一条通向地面的逃生路。等象看到身边的土堆成小山的时候，舜已经在侧面挖出了一条横向的地道，而且距地面还很近。当象往井里回填土时，舜顺手挖了挖，就开辟出了回家的新路。

瞽叟和象是邪恶的，由于遇到舜，才免除了灾殃。在舜这一方来说，如果连对自己的家人都不能退让，如果对恶不能包容，又怎么能用爱心包容天下？正是瞽叟和象砥砺了舜的品性，成就了舜的名望。

"何肆犬体，而厥身不危败？"即"为何放肆如同猪狗？其身并不危险失败？"帝喾担任联盟首领的时代，也有吴部落首领吴回，还兼职做了高辛氏的火炬手（火正）；有犬戎首领吴将军，这个吴将军被一条狗咬死，狗叫盘瓠，娶了帝喾的女儿，据说就是盘古的原型。之后有虞部落的首领舜取代了尧，成为五帝的最后一个。

《山海经》中有这样的描述：上古的高辛氏当政期间，吴将军作乱，帝屡战不能讨平。高辛帝于是向全国招募能取吴将军首级的英雄，奖励就是自己的女儿。高辛帝有一条叫盘瓠的狗，它假扮投降去了叛军营地，吴将军对此不加防范，还很高兴说"辛氏其丧乎！犬犹弃主投吾，吾必兴也"，并摆酒庆贺。谁知，待吴将军酒醉之后，盘瓠将其咬死，叼着首级回到了自己主人之处。高辛帝很高兴，“厚与肉糜饲之”，但盘瓠“竟不食”，“呼不应”。

高辛帝此时才明白，此狗要的是实现承诺的赏赐。于是，帝乃封盘瓠为会稽侯，将自己女儿嫁给该犬。后来，该犬与公主的后代昌盛，遂成一族，这就是“蛮夷”之祖。至今为止，我国南部一些少数民族仍以犬作为图腾，世代祭祀。

[原辞]

吴获迄古①，南岳是止②。孰期去斯③，得两男子④？

[注释]

① 吴：古代诸侯国名，春秋时具有今江苏、浙江一部分。获：得到。迄古：从远古时代开始，意为国运长久。

② 南岳：泛指南方地区。止：留下居住。

③ 去：一本作“夫”。斯：这样，这个情况。

④ 两男子：指太伯、仲雍。

[赏析]

“吴国长期存在于世，它立国于南岳。谁能预料到会出现这种情形呢？究其原因就因为得到了两个男子。”吴，本意是看守山林的猎人。周时专门设置了“虞人”的官职，相当于今天的林业部长。“虞”是在“吴”上加了一个虎字头，是比“吴”高一级看山人。

在我国北方的崇山峻岭中才需要“吴”人，那么“吴”国又怎么跑到南方江浙一代的吴越去了呢？说起来，这还与周族太伯、仲雍有关。周的始祖是后谡弃。后谡是弃家族世袭的官职。在夏朝末年，弃的最后一个后谡不窋被夏桀炒了鱿鱼，于是，不窋族人迁徙到了西北的戎狄地区。不窋孙子叫公刘，公刘继续跑到了豳（今山西临汾，一说陕西彬县），在豳地一带广施仁政，劝农生产，是个受民众爱戴的好领导。公刘的第九代孙子，就是太伯和仲雍的父亲公亶父。

公亶父的妃子太姜，生有三个儿子：老大叫太伯（也叫泰伯、大伯，“太”“泰”“大”通用），老二叫仲雍（也叫虞仲、吴仲，“虞”“吴”通用，又叫孰哉），老三叫季历（又叫公季、王季）。

王季比两个哥哥先结婚，婚后不久生了昌，他就是后来大名鼎鼎的周文王。昌的出生给王季带来了好运。这位昌降生地实在不敢恭维：在靠猪栏的厕所。但他生得龙面虎肩，更绝的是还长了四个乳头，长大后身高合 2.31 米左右，跟姚明有得一拼。

有一天，一只红色的小鸟衔着一张红色信笺（“丹书”）送给昌。原来这是上帝写给阿昌的信，大意是说昌合该统治天下。这个消息迅速被广播出去，愈吹愈神，因此，昌被认为“有圣瑞”，很受爷爷亶父的宠爱。

昌的神话，幕后推手自然是季历。那么，公亶父一把年纪，也会相信吗？他不仅相信，甚至还要把这类非人类的神话渲染一把。因为文献记载，昌的奶奶和母亲家族有实力：季历的母亲太姜是姜姓氏族的公主、昌的母亲太妊是有挚氏的公主。太王公亶父就想把王位传给昌。要传给昌，先得传给季历。

据儒家的宣扬，为了顺应父亲的心愿，太伯、仲雍不和小弟争位，两人乘公亶父生病的时候，以采药为名，出奔他乡。兄弟二人向南渡过渭水，越过秦岭，沿着汉水顺流而下，又沿长江往东行进。他们经过长途跋涉，最后来到长江南岸今江苏江宁附近。他们看见这里土地肥沃，气候湿润，有很多没有开垦的处女地，很有发展前途，便决定在此安居下来。这就是著名的“太伯奔吴”。

事实果真如此吗？《史记·吴太伯世家》记载：“吴太伯、太伯弟仲雍，皆周太王之子，而王季历之兄也。季历贤，而有圣子昌，太王欲立季历以及昌，于是太伯、仲雍二人乃奔荆蛮，纹身断发，示不可用，以避季历。季历果立，是为王季，而昌为文王。太伯之奔荆蛮，自号句吴。荆蛮义之，从而归之千余家，立为吴太伯。”

“乃奔荆蛮”的一个“奔”字透露出这样的信息：太伯、仲雍逼不得已而“奔吴”。为什么要“奔吴”？比《史记》更早的文献

《左传》有两处提及“太伯”。一处是晋国大夫士蔿劝说太子申生不如逃走，不要让罪名落到自己身上，要学太伯的话可能还会有个好名声；另一处是虞国大夫宫之奇所说的太伯“不从”亶父，所以没有即位。“不从”，说明太伯与亶父之间有过冲突。我们从春秋人的议论中可以看出，太伯、仲雍如果不“奔吴”或将罹罪，他们“奔吴”实出无奈！

公亶父既然想把王位传给季历，就要解决好太伯、仲雍的出路。亶父采取的手法是，先确认季历是他的嫡子，只有嫡子才能继承周王之位。据说季历的“历”字就是公亶父给他的赐名，意思就是嫡子。

既然季历是嫡子，那么太伯、仲雍怎么办呢？亶父给太伯兄弟指定的封地就是“吴”。为什么把一个封地给兄弟俩人呢？因为太伯好像患有先天不育症，没有子嗣，太伯死后，他的王位就由仲雍继承。这在儒家看来，是绝好的兄友弟恭的典范。

那么，“吴”究竟在哪里呢？是不是江南吴越的那个“吴”呢？唐人张守节在《史记正义》中记载吴城在无锡梅里（今江苏省无锡市梅村镇），此前无异词，然近代以后争议颇多。闻一多、蒙文通、尹盛平等认为太伯所奔之地在“西吴”，即陕西吴山一带的夨国、弓鱼国；钱穆、童书业、杨宽等则认为太伯所奔之地在“北吴”，即山西平陆一带的虞国；顾颉刚则认为太伯所奔之地在江西樟树一带，此地出土吴国青铜器“者减钟”；鲍鼎则认为太伯所奔在南岳衡山；青铜器“宜侯夨簋”出土后，又有董楚平认为太伯所奔在皖南到宁镇一带；王晖认为太伯所奔在江苏邳州加口。各种说法莫衷一是，本书认为太伯所奔“吴”，太伯先占陕西吴山一带的弓鱼国，后建夨国，即“吴”。

原来，在周原岐山后几十公里的地方，也就是今天的吴山国家森林公园，有一个国家叫弓鱼。弓鱼国是一支来自巴人的荆蛮组成的小国。公亶父发动一次武装战争，让太伯兄弟俩当了弓鱼的首领。“弓鱼”的读音与“勾吴”相同，太伯兄弟占领了“弓鱼”后，改国名为“夨”，“夨”是“吴”的异体字，所以太伯奔吴并不是跑到几千外江南的“吴”。站在公亶父统治的角度看，有一个稳定的大后方也非常合理。也就是说，太伯、仲雍并不是一下跑到江南的，而是他们及子嗣随着周族的扩张，从陕南到晋南，再到苏南，由近及远抵达吴越的“吴”。

周穆王以后，由于内外矛盾的加剧，对东南蛮夷的控制鞭长莫及，吴被隔绝在东南一隅，包围在了夷、越的海洋中。周分封吴国的目的，是要进攻东南夷。然而吴国到了江南以后，发现一支更强大的力量——越人。他们不得不“断发纹身”，表示与越人是“一家人”。《淮南子原道训》说：“（古越族）九嶷之南，陆事寡而水事众，于是民人披发文身，以象鳞虫。”时代久了，他们也被认为是“蛮夷”。但是，当吴国成为霸主之后，吴国才被中原各国承认，吴太伯的形象也就树立起来。太伯兄弟不仅成为吴国的开创者，也是文化意义上的始祖。可以说，要没有太伯和仲雍两个人，世界上就不会有吴国，更不会有以后称霸一时的吴王夫差等人的出现。

吴国的地盘很大，包括今天的江苏省和浙江省的一大部分，对中原人来说，吴地的语言可能比楚国的方言更让人难懂，因此被中原人蔑称为“南夷”。

[原辞]

缘鹄饰玉①，后帝是飨②。何承谋夏桀③，终以灭丧？帝乃降观④，下逢伊挚⑤。何条放致罚⑥，而黎服大说⑦？

[注释]

① 鹄：水鸟，俗称天鹅。缘鹄，指有装饰的天鹅肉。古代祭祀用食物喜用图案装饰。饰玉：指鼎上做装饰用的花纹和器物。

② 帝：指商汤。飨：赏识。

③ 承：通“丞”，辅佐。谋：谋划。传说伊尹借助烹调说动商汤，得到重用，曾受商汤之命打入夏王朝当过夏桀的大臣，与商汤里应外合，一起灭夏。

④ 帝：指汤。降观：四处视察民情。

⑤ 伊挚：即伊尹，挚是伊尹的名。

⑥ 条：鸣条，地名，商汤打败夏桀的地方，一说是商汤流放夏桀的地方。致罚：受到上天的惩罚。

⑦ 黎服：黎民百姓。服，古代行政区划单位。说：同“悦”，喜悦。

[赏析]

“夏桀用鸿鹄的羹，玉饰的鼎，来飨祀商汤。为何承用伊尹之谋，汤能伐桀使他灭亡?”

菜，端上来。天鹅的造型，点缀着五彩缤纷的“玉石”“玉佩”，还有许多稀奇古怪、鬼斧神工的花样。商汤身上的每一个细胞都飘荡起来。他几乎脱口而出：这是谁做的?

伊挚出场了。他说着食材、做工、火候，不露痕迹地把话题引到治国上。商汤听了他的治国见解，比吃眼前的珍馐佳肴更觉新奇。面前，是一个治国的稀世之才。“上得厅堂，下得厨房”，商汤把伊挚从厨房提拔到朝堂。伊挚当了大夫，不久，做了相国，即“尹”。从此，伊挚被称为伊尹。

伊尹和商汤正式着手灭夏的计划。伊尹作为间谍，打入到夏桀的身边。他高超的厨艺，不难让他过渡成夏桀的亲信。彼时，夏桀正宠爱妃子琬、琰而冷落了妺喜。妺喜是有施国的美女，算得伊尹的家乡人。伊尹和妺喜勾搭上了。女人的报复是可怕。伊尹拿到了王朝的核心机密，掌握了桀的言行举止。

商汤笼络人心，夏桀作践民心，商汤的力量一天天壮大起来。看到“火候”差不多了，伊尹对商汤说，我们减少对夏桀的贡赋，来试探夏桀是否在诸候中还得人心。夏桀果然大怒，调集诸侯国来讨伐商汤。伊尹说，这是诸候还顺从夏桀的表现，暂时不可惹怒夏桀，建议商汤赔礼道歉，奉上贡赋。第二年再试探，夏桀已经调不动东方九夷，商汤反而带着东方诸夷收服夏的葛、韦、顾、昆吾等国。

据《吕氏春秋·慎大》及相关历史文献记载，汤收到伊尹的重要情报后，居然视本国的大旱情而不顾，毅然发动了伐夏之战，并在鸣条一举击败夏桀，进而直捣夏都阳城，夏朝就这样灭亡了。

鸣条战败后，夏桀逃到了鬷国。商汤又顺势伐灭了鬷国，夏桀最后逃到了南巢。“南巢为南方之远国。”（姜亮夫）《书·仲虺之诰》：“成汤放桀于南巢，惟有慙德。”《史记·夏本纪》：“桀走鸣条，遂放而死。”清章炳麟《封建考》：“自桀奔南巢，周世有巢伯来朝事。”桀最后死于南巢。

商汤死后，伊尹被尊为帝师，继续辅佐外丙、仲壬、太甲三代商王。因为太甲年少无知，伊尹便将其放桐宫，自己摄政三年。等到太甲懂事之后，伊尹又将其迎立。此后伊尹卒，其子伊陟和伊奋都是商朝重臣。伊尹作为一代名臣，在商代祭祀中，享有非常隆重的规模。

[原辞]

简狄在台①，喾何宜②？玄鸟致贻③，女何喜④？

[注释]

① 简狄：传说中有娀国的美女，帝喾的妃子，生商朝的始祖契，是东夷殷商族的始祖。台：瑶台。据《吕氏春秋·音初篇》记载，有娀氏建了一座九层高台，让简狄和她妹妹居住在上面。

② 喾（kù）：古代传说中的五帝之一，号高辛氏。宜：祭祀。

③ 玄鸟：黑色的鸟，指燕。贻：或作“诒”，赠送。

④ 喜：一本作“嘉”，指怀孕生子。

[赏析]

“简狄深居在九重的瑶台，帝喾为什么要去引诱？玄鸟高飞送来其卵，简狄如何便有身孕？”

话说在黄河边有一个部落，叫有娀国。有娀国君有两个女儿，生得貌比天仙，姐姐简狄比妹妹出落得更加秀丽。她们尚未出嫁时，有娀国君造了九层的高台，让她们住在上面。一时间，万人瞩目，姐妹俩的芳名不胫而走。不仅如此，每到吃饭的时间，有娀国宫中还要敲鼓，让这对待价而沽的姐妹身价更高。

有娀的炒作颇有成效。她们果然赢得了好夫婿。黄帝的曾孙帝喾看上了简狄。不久，简狄嫁给了高辛氏帝喾，成为帝喾的第二个妃子。帝喾是个英武有为的青年，作为黄帝的嫡系传人，他的父亲、祖父都不曾继承帝位，到他这里才坐上天子的大宝。

春天来了，简狄和几个女伴一起外出沐浴。泉水清澈，天空蔚蓝，女伴们在水中击水嬉戏。这时，她们听到燕子清脆的叫声，这让她们眼睛一亮。充满生机的春神真的驾临了！她们忘情地向天空望去，一群黑色的燕子唱着歌从她们头顶飞过。

在祖辈的谣传和少女的记忆中，玄鸟——上天的使者，它们带来上帝的信息。原始部落的人们对玄鸟顶礼膜拜。杨宽《上古史导论》说："伯益在传说中为玄鸟之早裔，本人又能调驯鸟兽，其后裔又有鸟身入言，其与鸟之关系若是其密切也。"顾颉刚《尚书研究讲义》亦说："益即燕，亦即玄鸟。玄鸟本东方民崇拜之神鸟，在神话中为鸟兽之长。"

简狄忘情地望着燕子，以致小口微微张开。这时，一只燕子憋不住，在空中下了蛋，不偏不倚，这枚蛋落在简狄的口中。简狄来不及惊呼，那枚蛋已经滑进了她的肚子。简狄感到腹中一热，回家后，她发现自己怀孕了。不久，简狄生下一个男孩，就是大名鼎鼎的契。契，商之祖。《诗经·商颂·玄鸟》歌咏道："天命玄鸟，降而生商。"《淮南子·地形训》高诱注："简翟、建疵，姐妹二人，在瑶台，帝喾之妃也。天使玄鸟降卵，简翟吞之，以生契，是为玄王，殷之祖也。"连司马迁也记下了这段传奇，他在《史记·秦本纪》说："玄鸟陨卵，女修吞之，生子大业。"又在《史记·殷本纪》说："三人行浴，见玄鸟坠其卵，简狄取吞之，生契。"简狄，真的就这样怀孕了？商祖契的出生果真如此神奇？《毛传》云："有娀氏女简狄配高辛氏帝，帝率与之祈于郊禖而生契。"事情的真相让人大跌眼镜。

到帝喾的时代，原始部落的人们已经认识到部落内部的人不能通婚，部落间有固定的通婚习俗，高辛氏和有娀氏本是相互通婚的部族。这一年的春天，高辛氏和有娀氏部落的人们在某一个地点集合起来，由两个部落首领祭祀天神。仪式完毕后，迎来了他们狂欢的时刻——郊禖。郊禖，就是两个部落的男男女女就集体野合、就地而战。也就在这时，简狄怀孕了。简狄是否与帝喾野合，帝喾是不是契的生父？很遗憾，无人考证。

[原辞]

该秉季德[1]，厥父是臧[2]。胡终弊于有扈[3]，牧夫牛羊？干协时舞[4]，何以怀之[5]？平胁曼肤，何以肥之[6]？有扈牧竖[7]，云何而逢[8]？击床先出[9]，其命何从[10]？恒秉季德[11]，焉得夫朴牛[12]？何往营班禄[13]，不但还来[14]？昏微遵迹[15]，有狄不宁[16]。何繁鸟萃棘[17]，负子肆情[18]？眩弟并淫[19]，危害厥兄[20]。何变化以作诈，后嗣而逢长[21]？

[注释]

① 该：即亥，王亥。季为王季，王亥之父。“秉德”乃继承王位之意。

② 臧：善也。今所谓赞赏。

③ 胡：为什么。弊：通宾，二字双声而假。有扈（hù）：王国维认为应作“有易”，是传说中的古国名。

④ 干：盾。协，《说文》：“同众之辞也”，合同之意。时：是。干舞是古代一种显示武力的舞蹈。“干协时舞”唯王亥和商族众人一起持干而舞，显示武力雄壮。有时候也暗指兴兵征伐。

⑤ 怀：归也。谓殷商民众都归附于王亥。

⑥ 何以：此谓王亥所放牧之牛羊肥硕健壮，故诗人问“何以肥之”。

⑦ 牧竖：牧奴。

⑧ 云：语辞，无义。逢：遭遇。

⑨ 床：乃创字之假。先：急也。出：逃走。

⑩ 命：性命。

⑪ 恒：王恒，王亥之弟。秉季德：谓王亥死后王恒兄终弟及继承王位。

⑫ 朴牛：即大牛。

⑬ 营：经营。班禄：地名，具体地点不详。《太平御览》八十三引《纪年》："河亶甲再征班方"，此班禄当与此班方有关。

⑭ 但：再。

⑮ 昏：当是殷字之假借。微：上甲微，王亥之子。遵迹：追寻前人的足迹。

⑯ 有狄：即有易。不宁：不安宁，谓受到上甲微率领的军队攻打。

⑰ 繁鸟：鸮。《诗·墓门有棘》："墓门有棘，斧以斯之。夫也不良，国人知之。知而不已，谁昔然矣。墓门有梅，有鸮萃止。夫也不良，歌以讯之。讯予不顾，颠倒思予。"战国时期，晋国大夫解居父受到吴国的聘任，在上任的途中，路过陈国的墓门，看到一个年轻的妇人抱着幼子在路边，想上前去调戏她，以发泄自己的情欲。那妇人引用《诗经》的诗句"墓门有棘……有鸮萃止"来解围，解居父只好作罢。这里诗人不欲直接指责上甲微在有易无休止地屠杀，所以用了一句《诗经》的典故来说明此事，用的其中的话就是"夫也不良，国人知之。知而不已"，意思是上甲微攻克了有易之后进行了杀戮，这是不良的行为，大家都知道，但是上甲微并没有停止。

⑱ 负：违背。子：通兹，指《诗》里应该止、已即停止的意思，但上甲微背离了这个意思，肆意发泄自己的愤恨之情。

⑲ 眩（xuàn）：迷惑。弟：指王亥的弟弟王恒。此句谓有易迷惑王恒一起作恶。

⑳ 厥兄：王恒的哥哥王亥。

㉑ 后嗣：后代。逢长：绵延昌盛。

[赏析]

"王亥秉承王季美德，以其父亲为善德榜样。为什么终于死在有易，还失掉了仆夫与牛羊?”

大约在舜的时候，殷商第六代王名“季”。“季”有两个儿子，老大名“亥”，老二名“恒”。王季对老大王亥很欣赏，死后把殷商君主的位置传给了他。

王亥称得上全面发展的殷商君主。当时畜牧业是殷商经济社会的支柱产业，殷人日常用度得依赖羊群，大宗开支依靠牛群，王亥精通畜牧，他养的牛羊膘肥体壮。他还有商业头脑，牛羊多了用来做交易。他还发明了用牛拉车，把贫苦百姓从车辕下解放出来，给社会发展注入了新动力。王亥还颇有勇力，能持干而舞。他还掌握了数学知识，善于计算，舜曾经聘请他丈量土地。从王亥的履历来看，他对殷商的经济、军事和文化都做出过不俗的贡献。

当上君主后，王亥带领殷商逐草而居，以游牧为业，往来于河（也是国名）和有易之间放牧，并在那里建立了贸易基地，每年在那里放牧和贸易很长时间。蓝蓝的天空，青青的草原，殷人的羊儿肥牛儿壮，生活富足安康。看着王亥的牛羊一拨一拨地繁盛，让有易人眼红心旸。他们打起了坏主意，合伙盗窃了王亥的羊群，羊群的丧失没有引起王亥的注意。有易人盗窃得逞后，胆子更大了，又想夺取王亥的牛群。他们知道夺取王亥的牛群并非易事，便邀王亥的弟弟王恒一起干。也许王恒平素就对哥哥王亥心怀不满，也许有易人与王恒达成了某种协议，王恒同意与有易人合作。他们里应外合，袭击了殷人的营地，王亥受重伤，在逃亡的途中，被追赶的有易人杀死，有易人还残忍地把他的身体剁成碎块。

有易人夺取牛群后，分给了王恒一部分。王恒的最大收获，是志得意满地当上殷商君主。但王恒的卑劣行径早已像幽灵一样在殷人中传播开来。殷人对王恒极为不满。王恒下达的命令无法执行，王恒所到之处，殷人侧目而视，冷冷相对。王恒待不下去了，只得带着自己的亲信和一部分族人落荒而逃，去往一个叫“班禄”的地方，从此一去不回。

殷人拥戴王亥的儿子微（他死后庙号为“上甲”，故古书多称之为“上甲微”）为王。殷王微一心要报杀父之仇，向河伯借兵。

河伯是河国的部落首领。河伯对有易残杀王亥、夺其牛羊的事甚为不满，因此同意借兵给微。微率兵攻打有易国，由于王亥在殷人心目中地位崇高，殷人同仇敌忾，很快攻陷了有易，杀了有易之君绵臣。殷人觉得还不解恨，又对有易进行了一番烧杀，有易几乎被灭国。

有易的遗民逃到另外一个地方。有人筹划重新建立有易国，偷偷与河伯取得联系，希望得到河伯的帮助。河伯感念昔日的邻居有易，不想让它就此灭亡，于是召回了有易国的遗民，恢复了有易的社稷，这就是《山海经》中的“困民国”，并一直延续下来，所以屈原很不满地问：“有易人诱惑弟弟王恒一起做邪恶的事情，害死了哥哥王亥，为什么能变化国名欺诈世人，反而后嗣兴盛长久?”

王亥在发展殷人国力和畜牧上贡献突出，殷人祀之甚隆，因为他的主要畜牧产品是牛，所以殷人祭祀他的时候贡品也主要用牛，而且数量很多。

[原辞]

成汤东巡①，有莘爰极②。何乞彼小臣③，而吉妃是得④？水滨之木，得彼小子⑤。夫何恶之，媵有莘之妇⑥？

[注释]

① 成汤：即商汤，商朝的开国君主。

② 有莘（shēn）：古国名，在今河南省陈留县。极：到，至。

③ 乞：讨，要。小臣：奴隶，指伊尹。

④ 吉妃：美好的姑娘。得：娶到。

⑤ 小子：指伊尹。

⑥ 媵（yìng）：陪嫁。传说商汤了解伊尹有才能，派人向有莘氏索要，有莘氏不给。于是汤请求娶有莘之君的女儿为妻，有莘之君很高兴，把伊尹作为陪嫁的奴隶送给了汤。

[赏析]

“成汤往东方去巡游，一直走到有莘氏的国境。目的是找那位小臣伊尹，为什么却得到美丽的夫人?”

上古时候有一天，一个女人在经过一片空心桑地时，听到婴儿哇哇的哭声。女人循声找去，看见桑树的空心中有一个婴儿。女人把婴儿送给了有莘国君，国君把他交给宫中一个厨娘。转眼，婴儿长成了一个聪明伶俐的少年。因为生活在伊水边，遂以“伊”为姓，又由宫中有文化的人给他取名“挚”。耳濡目染，又有御厨的栽培，加上聪明好学，伊挚也做得一手好菜，甚至有莘国的公主都离不开他。但是，伊挚的心却不是小小的厨房所能笼系的。他暗中留心天下大事，在他的眼里，天下就是个大厨房。他预测夏桀必亡，有心投靠商汤。

商汤东巡到有莘国时，听说伊挚很有才能，就派人向有莘国君索要伊挚。有莘国君本来就很佩服商汤，有心结交他，但一听说商汤索要一个下贱的奴隶，很不高兴。因为伊挚不过是有莘国捡来的孤儿，加上怪异的出生，使有莘国君更加厌恶他。大老远跑来只为要个奴隶，岂不是看不起我们有莘国吗?

商汤于是改口说，刚才是开玩笑的，听说有莘国君的女儿漂亮贤德，此番是专程前来求婚的。有莘国君大喜，于是置办了丰厚的嫁妆，举行了盛大的婚礼，将那个微不足道的伊尹放在了陪嫁的奴隶行列。

据屈原的说法，商汤此行的目的不是要娶老婆而是要那个奴隶伊尹，但是意外得到的这个老婆确实是一个很贤惠的人。《后汉书·列女传》称这位有莘氏“德高而明，伊尹为之媵臣；佐汤致王，训正后宫，嫔御有序，咸无嫉妒也”。商汤娶了有莘国这样的好老婆，后宫一片安宁，才可以从容地去应付外面的大事，那个叫伊尹的人开始登上历史的政治舞台。

而事实上，商汤要娶有莘氏与要伊尹至少是平分秋色。因为当时的汤只是夏王朝的一个侯爵，他迫切期望壮大实力，进而与夏王朝争天下，因此他既想得到伊尹，也想娶有莘氏之女。他想要伊尹，是因为伊尹才智出众；他娶有莘氏是政治联姻，壮大自己的力量。

伊尹在有莘国君手中，只是一把切菜切肉的刀，可到了商汤手中，却成了一把锋利的剑，他帮助商汤颠覆了夏桀的王朝。

[原辞]

汤出重泉[①]，夫何罪尤[②]？不胜心伐帝[③]，夫谁使挑之[④]？

[注释]

① 出：释放。重泉：地名，指夏朝监狱中的水牢。

② 罪尤：过失，罪过。

③ 不胜心：即不用心，指没有心思。

④ 挑：挑动。

[赏析]

"汤被夏桀囚在重泉，到底是因为什么罪过？"蒋骥《山带阁注楚辞》引《太公金匮》："桀怒汤，用赵梁计，召而囚之均台，置之重泉。汤行赂，桀释之。"当时夏桀是天子，商汤是一方诸侯，"桀怒汤"无非是商汤不服从桀的领导，或者发觉商汤有谋篡不轨之心，因此听从赵梁的主意，先把商汤骗到都城，然后把商汤关进了水牢。商汤重获自由之后，自然是"怒从心头起，恶向胆边生"，本来还要慢慢找理由的，现在再也不能容忍了。

"不胜心伐帝，夫谁使挑之"，即"汤本没有心肠讨伐夏桀，到底是谁挑动了他？"《吕氏春秋·本味》："（伊尹）说汤以至味。汤曰：'可对而为乎？'对曰：'君之国小，不足以具之，为天子然后可具。'……非先为天子，不可得而具……天子成则至味具。"伊尹以"天子成则至味具"为由，挑唆汤取代夏桀当天子，然而，汤的内心深处一直就有当天子的欲望与野心，还因此受水牢之苦，对夏桀更是怀恨在心，哪里用得着别人来挑拨离间呢！

以上是第二部分的第二层，主要是关于商朝的历史问题的追问。

[原辞]

会朝争盟[①]，何践吾期[②]？苍鸟群飞[③]，孰使萃之[④]？到击纣躬[5]，叔旦不嘉[6]。

[注释]

① 会朝：朝，同“鼂（zhāo）”，即朝会。盟：发誓。

② 践：履行。吾：指武王。期：约定的日期。相传周武王起兵伐纣，八百诸侯到盟津与武王会师，甲子日的早晨在殷都附近的牧野誓师，随即攻下了殷都。

③ 苍鸟：鹰，比喻武王伐纣，将帅勇猛如鹰鸟群飞。

④ 萃：集聚，会合。

⑤ 到：一作“列”，分解。纣躬：纣的身体。《史记·周本纪》载：“至纣死所，武王自射之，三发，而后下车，以轻剑击之，以黄钺斩纣头，县（悬）大白之旗。”

⑥ 叔旦：武王的弟弟周公旦。不嘉：不赞许。

[赏析]

“甲子之朝会盟誓师，八百诸侯何以按期而至。”为了继承父亲的遗志，把推翻殷朝的大业进行到底，武王即位后不改元，仍用文王受命的纪年。因此，武王即位后的第一年，即为八年。武王又把国部从沣水西岸的丰邑迁到沣水东岸的镐邑，称为“镐京”，这样，从镐都出发攻伐殷朝的交通更加方便了。

经过一年多的准备，武王觉得周国的军事实力有了进一步的增强。他与大臣们商议后，决定举行一次“观兵”，就是军事演习。观兵前，武王举行隆重的祭祀仪式，祈求天神和祖先保佑这次观兵的成功。接着，就率领大臣和军队，沿渭水和黄河南岸的大道向东进发，不久到达黄河的一个渡口孟津，就在现今的河南孟津接东北。

这次观兵，武王特地做了一个木制的文王灵牌，称为“木主”，载在军队中间的一辆战车上。这样，就仿佛是文王在率军出征。武王自称“太子发”。他在军中宣告：“这次是奉文王之命而出师征伐，我小子不敢自己专断独行。”仗着文王的威信，武王的胆子好像壮实了许多。他向司马、司徒、司空，还有许多受符节的有司发布命令说："全体肃静，听我宣布军中的纪律。我不明事理，全靠先祖的有德之臣，我小子得以受先王的功德而继承其位，现在举行军事演习。大家认真对待，就像真的上战场和敌人拼杀一样。特立赏罚制度，勇往直前者有赏，畏缩不前受罚，以保证这次演习的成功。"说完，命令军队发起进攻。

师尚父站在黄河渡口，左手拿一把大斧钺。右手拿着一面用牦牛尾做装饰的大旗，向众军士高呼："有九个头的怪水兽苍兕在指挥着你们大家，与你们一起乘船划桨，哪一个不努力向前，掉在后面的要被斩首！"众军士奋力划桨，一艘艘船向对岸飞快驶去，在河中掀起了大浪。武王也乘着船，与众军士一起渡河。船到河中间，突然有一条白鱼跳进武王的船舱中。武王俯身拾起白鱼，对大家说："殷人崇尚白色，这条白鱼跳入船中被我们捉住，这是殷家快要灭亡的征兆！"众军士听后劲头更足，个个奋勇划桨，不一会，渡船全部抵达北岸。

渡河刚结束，忽然有一颗火星从天上掉下来，落到武王所住的屋上，仿佛祝贺这次演习的胜利。这颗火星又很快变为一只赤色的乌鸦，在天空盘旋几圈，鸣叫而去。据说，乌鸦是一种孝鸟，而周国崇尚赤色，因为武王孝顺父亲，载着文王的木主举行军事演习，故有赤乌的出现。当然，这些奇异的传说，都是好事者编造出来的。

正当周军渡河完毕、庆祝演习成功的时候，忽然从孟津渡口的四面八方传来鼎沸的人声。原来，各诸侯国闻讯周武王来孟津举行军事演习，作伐纣的准备，大家都兴高采烈，纷纷响应，组织了军队前来助威，不约而同来孟津的诸侯竟有八百之多。武王见有这么多诸侯前来支持伐纣，情绪激动。他和诸侯们订立盟约，立誓在伐纣的战争中互相合作，集体行动。众诸侯群情振奋，欢声雷动。由于八百诸侯的联盟是在孟津形成的，大家便提议把孟津这个地名改成"盟津"。

在气氛热烈的盟会上，众诸侯都说："现在就可以伐纣了。"武王认为，殷朝毕竟是一个大国，还有强大的实力，而且内部还有箕子、微子、王子比干等贤臣，未可轻举妄动。况且，这次军事行动出发前只定为演习，没有作好直攻殷都朝歌的准备，所以对众诸侯说：“现在大规模伐纣的时机尚未成熟。大家暂且回去，分头积聚力量。时机一到，就可以一举把纣歼灭了。”经过武王说服，众诸侯才罢师还归。

周武王盟津观兵，虽然没有直接攻入商都，但它是一次成功的军事演习，它使周军熟悉了地形，试验了进攻能力，训练了作战本领，又起到了宣传动员、联合各地诸侯的作用，它是武王伐纣的一个序幕。

“苍鸟群飞，孰使萃之?”英勇的战士们像雄鹰一样狂傲不羁，是谁让他们团结在一起呢？公元前1046年的正月甲子日凌晨，周武王姬发与各路诸侯会师并盟誓伐纣。各路诸侯之所以不约而同地参与会盟，一是由于商末国家和民族矛盾加剧，使殷王朝丧失了民心；二是各路诸侯早已不满纣王的残暴统治。与之相对的，是周文武两代苦心经营，笼络人心，武王“孟津观兵”时，诸侯皆曰“纣可伐矣”，牧野之战前，武王更把纣王的“纣昏乱暴虐滋甚，杀王子比干，囚箕子，太师疵、少师彊抱其乐器而奔周”（《史记·周本纪》）等种种罪状遍告诸侯，武王伐纣赢得了诸侯的拥护和支持；三是周文王晚期强国兴邦，开疆拓土，西周的疆土和势力日益扩大，俨然成为与殷商分庭抗礼的诸侯国。

“到击纣躬，叔旦不嘉。”周武王亲自在纣王的尸体上痛下狠手，周公为什么不赞成他的这种做法呢？武王伐纣之战取胜并找到殷纣时，纣王已焚其珠玉，蒙衣而死。“武王亲咋（铡）纣头，手污于血。”（《尸子》）姬发犹觉不解恨，对其尸体“射之三发，以轻剑击之，以黄钺斩头，并悬之于大白之旗”。

武王的做法让一个人很反感，却又不好当面批评，可是他的态度人们都是了解的。他就是周公。周公在中国文化历史上的地位几乎可以说是无人能及，每当我们提及中国文化时，往往会把周公与孔子并称，传说周公创建了中国的礼教文化，孔子将其发扬光大。

正因为周公对于“礼”的认识，所以他不能赞同武王这样对待前朝天子。这是以暴制暴的手段，他希望有一个更合乎情理的处罚用于纣王。周公是一个很有远见的人，一般人根本看不明白他的远见。不过后世的帝王大多都能够明白周公的意图，所以他们如果做了弑杀前任君王的事，一般都会找个替死鬼出来，然后自己再现身，以一副正义凛然的面孔，将替死鬼除去，然后为死去的前朝皇帝举行隆重的祭祀，表明自己对前朝皇帝忠心耿耿，或者表明自己实在是迫不得已、上顺天意下从民心才做的这种事，然后顺理成章地接过前任皇帝的一切产业。而这种做法实际上对后人还有一种警示作用，告诫他们没事别乱学样，自己才是正统的真命天子。

[原辞]

何亲揆发足①，周之命以咨嗟②？授殷天下③，其位安施④？反成乃亡⑤，其罪伊何⑥？争遣伐器⑦，何以行之？并驱击翼⑧，何以将之？

[注释]

① 亲：亲自。揆：掌握，指挥。发：指周武王姬发。

② 命：国运。咨嗟：叹息。

③ 授：给予。

④ 位：王位。施：通“移”，变化，改易。

⑤ 反，一本作“及”，等到。

⑥ 伊：语气助词，相当于“惟”“维”。

⑦ 遣：使用。伐器：作战的武器，指军队。

⑧ 并驱：并驾齐驱。翼：指商纣军队的两翼。

[赏析]

这里有五问，可以归结为三个问题。第一个问题是关于周公的。周公亲自帮周武王策划了这场推翻殷商的战争，但事后不知为何他却一个劲儿地发出深深的叹息声。这个问题的答案可以上接武王对纣王的处理方式，按理说真正与纣王动粗的人无论如何不应该是周武王，至少他在这个事件中不应该表现得太主动。像当初伯夷、叔齐那两个书呆子拉住武王的马缰绳不让他去打纣王，劝他不要犯欺君的罪过时，大军统帅姜子牙也只是令人把他们拉到一边去，不和他们计较，武王基本上没有态度。而事实上，这种没有态度就足以反映出他的态度了。然而，在刚刚取得胜利之后，武王不知是得意忘形还是有意要表现自己是替天下讨伐纣王的姿态，硬是亲自在纣王身上动了手。

第二个问题是关于殷王朝的：殷得到天下，究竟是按照什么规则获得的？为什么他们建立了属于自己的王朝，最后却落了个亡国的下场，他们到底犯了什么错？规则的提出很重要，实际上也是以后王朝屡屡成功夺权后再一次要延续的东西。不论谁获得了权柄，都要声明自己并不是为了享受荣华富贵，不是为了掌握别人的生杀大权，只是因为上天要让自己取代前一任君王，甚至有些时候还要表示一下自己真的很不想干天子这个工作。但最后得出的结论却是，虽然他与前任君主没有任何血缘关系，可是他们都是天帝的孩子，所以众多的普通人就应该服从他们。每一个王朝的灭亡，都由后一个王朝给它总结原因，其实到底最根本的原因是什么已没有人知道。人们所知道的只有一点，那就是当文王、周武王两代人把家业整顿得日渐强大的时候，他们肯定是有目的的，一定会想办法做点儿与自己的实力相匹配的事情。

第三个问题表面上看来是关于殷周之间战场指挥的问题，实质是对战争的性质提出了疑问。各诸侯国争相派兵参战，到底是怎么回事呢？左右两翼强大的军队向殷发起了总攻，又是怎样接受总指挥的命令呢？屈原之前，每当人们提起这场战争，总是按照传统的思路先分析出正义方与非正义方，然后早早定下调子，正义方必然胜利，非正义方必然失败。遵从这样的逻辑，殷已经处于墙倒众人推的境地，纣王所犯下的那些十恶不赦的罪过就是在走向死路。如果真这样的话，哪还需要打他，或者说还需要这么多人去打他吗？特别是讲到最后一场大战时，大家印象尤其深刻的是纣王临时组织的首都保卫战，刚刚开战就有人战地起义，加入到了周的队伍中。

殷商如此不堪一击，还兴师动众地会聚八百诸侯来，岂不是有点小题大作的感觉。问题的关键在这里就暴露了出来，殷决非不堪一击，纣王的统治还没有崩溃，他还有力量，而且是相当大的力量，文王之所以能够那样忍气吞声不发作，就是因为商纣王的力量太强大，他始终觉得没有把握取胜，所以才将艰巨的任务转交给了下一代。

[原辞]

昭后成游[①]，南土爰底[②]。厥利惟何，逢彼白雉[③]？

[注释]

① 昭后：周昭王，西周第四代君主。成：通“盛”，盛大。

② 南土：南方，指荆楚地区。底：止，至。

③ 逢：迎。白雉：白色的野鸡。

[赏析]

“周昭王很高兴巡游，一直走到了南国的境地。到底有什么好处，他要去接受白色的野鸡？”

僖公四年，齐桓公欲伐楚，思来想去，苦于师出无名。管仲出主意说，当年，周昭王南征，不是死于楚国吗？齐桓公说，这都是几百年前的事，中吗？管仲说，君上看我的！于是齐桓公陈兵楚境，管仲上前责问楚国：“昭王南征而不复，寡君是问。”楚国大夫屈完却答得理直气壮：“昭王南征而不复，君其问诸水滨！”

那么，周昭王究竟是怎么死在楚国的呢？王逸说：“周公时，越裳氏尝献白雉。昭王德不能致，而欲亲往逢迎之。”司马迁说得比较谨慎：“昭王之时，王道微缺。昭王南巡狩不返，卒于江上。其卒不赴告，讳之也。”（《史记周本纪》）皇甫谧说得具体多了：“昭王德衰，南征，济于汉，船人恶之，以胶船进王，王御船至中流，胶液船解，王及祭公俱没于水中而崩。其右辛游靡长臂且多力，游振得王，周人讳之。”（《帝王世纪》）清代学者毛奇龄从《竹书纪年》中发现了昭王南巡根本不是天子征伐，而是一场惊天大阴谋：昭王十六年时，周昭王曾经征讨过楚国，给当地的百姓带来了很多灾难。楚国为了报复周昭王，派人假称他们得到一只象征祥瑞的白雉，请周昭王前来楚国领受。结果，在周昭王归去的汉江中，他乘坐的豪华御船散架了。周昭王落入水中，辛游靡奋力把他救上来，但是周昭王已经死了。原来，由于周昭王不修仁政，楚人恨死了他，在他坐的艘船不用钉子而只用胶粘合，船行到中流散架了。

然而，这个传奇故事是有漏洞的。周昭王出游并不是游山玩水，而是向诸侯国炫耀武力，以维护其统治。“昭后成游”，“成”，盛大。周昭王这次盛大的出游，规模究竟有多大呢？周代初年制度，“天子六军、大国三军，次国二军，小国一军”，六军约一万五千多人。一万五千多人，这在我们今天是微不足道的，但是在三千多年前的周朝，却是一支庞大的队伍。除了军队，还有随从、嫔妃，此次出游人数当在二万人以上。而当时的楚国非常弱小，论地位，还是子爵，在诸侯大会中只配在厨房烧火；论兵力，只有一军，约二千五百人。力量悬殊如此之大，楚国还敢暗害周昭王？即便敢于暗害周昭王，那么楚国就难辞其咎了，周朝廷也没有必要“讳之”。

《吕氏春秋》则提出了另一种答案，其《音初》篇云：“周昭王亲将征荆，辛余靡长且多力，为王右。还，反涉汉，梁败，王及祭公抎于汉中，辛余靡振王北济，又反振祭公。”“梁败”是周昭王致死的关键。所谓梁败，即“桥梁倒塌”。也就是说，周昭王与军队、随从走到桥梁上时，桥梁突然倒塌，以致包括周昭王在内的人们葬身水中。辛余靡奋不顾身救起周昭王后，又返身救起祭公，但是，此时周昭王已死（此处的“辛余靡”与皇甫谧说的“辛游靡”是同一人）。这就与屈完的“君其问诸水滨”相吻合了。故翦伯赞在其《中外历史年表》中对胶船解体的说法表示怀疑：“此系晋人之说，不知何本。”“梁败”原因，是由于周昭王示威队伍踩着整齐划一的步伐通过桥梁，由于共振现象造成桥梁倒塌。上古时候当然不知道这个物理现象，以致误认为遭天谴而“讳之”。

[原辞]

穆王巧梅[①]？夫何为周流？环理天下[②]，夫何索求？

[注释]

① 穆王：周穆王，昭王之子，西周第五代国君。巧梅：善于驾车。梅，通“楳”，模拟。

② 环理：周游。

[赏析]

这四句写周穆王酷爱营造和巡游。在营造方面：传说古代化人善于营造，穷尽模拟，建造的宫殿奇巧无比，周穆王酷爱化人的建造技艺，乐此不疲。先后做昭宫、筑祈宫、筑春宫、做范宫、做虎牢、做重璧台、做吕刑等。如《竹书纪年》：“穆王元年，筑祗宫于南郑”“穆王所居郑宫、春宫”等。在巡游方面：《左传·昭公十二年》：“昔穆王欲肆其心，周行天下，将皆必有车辙马迹焉。祭公谋父作《祈招》之诗，以止王心，王是以获没于祗宫也。”他十二年北巡狩征犬戎；十三年春西征次于阳纡，十月造父御王入于宗周；十四年伐徐戎，冬箧猎苹泽；十五年冬观于盐泽；十七年西征昆仑见西王母，迁戎于太原，北征行流沙千里，西征还履天下亿有九万里（实为35000里）；三十七年（伐楚）大起“九师”东至九江，又伐越至于纡；三十九年会诸侯于涂山等。在《竹书纪年》《穆天子传》《列子》《太平御览》《初学纪》等文献中多有记载。

从这些记载中可以看出，周穆王堪称一代雄主。他营造宫殿，提高了城市建设水平，扩大了周王朝的知名度和声威，有利于接待四方来宾。《竹书纪年》：“穆王十七年，西征昆仑丘，见西王母。其年来见，宾于昭宫。”但是，这些大规模的营造劳民伤财，必然招致民怨，使国家元气大伤。古代巡游包括了狩猎和征伐。周穆王喜欢巡游，自然喜欢“善驭”的人，造父就是一个非常得宠的“飙哥”，《史记》中的记载：“徐偃王作乱，造父为穆王御，长驱归周，一日千里以救乱。”周穆王的巡游可以说是周游天下。郭璞

《注山海经序》云："'穆王驾八骏之乘，右服盗骊，左骖騄耳，造父为御，奔戎为右，万里长骛，以周历四荒。名山大川，靡不登济。东升大人之堂，西燕王母之庐，南跞鼋鼍之梁，北蹑积羽之衢，穷欢极娱，然后旋归。'所论即穆王四征，西南北皆见《纪年》，唯'东升大人之堂'未见征引。"（《山海经·大荒东经》云："有大人之国，有大人之市，名曰大人之堂。"）周穆王南巡伐楚越，"荆人来贡"，客观上促进了荆楚与中原的交往；他北巡伐犬戎，将犬戎的一些部落迁到太原（今山西省西南部），开辟了通向西北的大道。最值得一提的是他的西巡。传说周穆王曾以造父为御（驾驶），驾着八匹千里马，带着七队勇士，携带大量珍宝（供沿途赏赐之用），先北游到今天的内蒙古境内，再折向西巡，经过了今天新疆境内的许多名山大川，到了西域昆仑，受到了西王母的隆重接待。西王母即西王谟（亦作：莫、幕、嫫），乃虞幕之后的一支西迁者，居于昆仑山（今甘肃祁连山）。西王母在瑶池接待了周穆王，周穆王执玄圭白璧会见西王母后，送上锦组百吨，其他的三百吨，饮酒作歌酬唱，相见礼毕后，周穆王登上弇山，在山顶大石上刻了"西王母之山"，表示西王母是周的封国。谣传，周穆王与西王母谈了一场恋爱，不过是望文生义。随后，周穆王继续西进到达春山（即葱山、葱岭，今属泊米尔），然后越过新疆、内蒙古沙漠回到周都南郑。周穆王的西巡是中国古代历史上一次壮举，其历时两年多，行程三万五千多里，沿途经过许多邦国，受到各地人民的热情招待。当然，周穆王的历次巡游花费甚多，国家实力损耗过大，以致加快了西周王朝的下坡进程。

[原辞]

妖夫曳衒①，何号于市？周幽谁诛？焉得夫褒姒②？

[注释]

① 妖夫：妖人。曳：拉着，拖着。衒（xuàn）：沿街叫卖。

② 褒姒（bāo sì）：周幽王的王后。

[赏析]

“妖人夫妇牵挽炫耀，为何他们呼号街市？幽王究竟杀的是谁？哪里得来这个褒姒？”

周宣王（幽王的父亲）末年，有童谣唱道：“山桑木弓，萁草箭袋，灭亡周国的祸害。”这时正好有一对夫妻在市场上叫卖桑做的木弓和萁草编的箭袋，大家都认为他们是妖怪。周宣王便派人去抓他们，准备杀了他们。这对夫妻听到风声，连夜逃跑。在路上，他们捡到一个女孩，便收养了她，带着她逃到褒国褒姁家，给女孩取名叫褒姒。后来，褒姁犯了罪，周幽王要诛杀他，褒姁便把褒姒献给周幽王。幽王得到褒姒十分宠爱，在虢石父的配合下，上演一出“烽火戏诸侯”的滑稽剧。不过，“烽火戏诸侯”的故事很可能不是真实的。据钱穆考证，烽火用于军事，已经是战国末年到西汉初年的事。这个故事应该追溯到《吕氏春秋》，但《吕氏春秋》只说“大鼓戏诸侯”，而且《吕氏春秋》寓言性很重，因此，“烽火戏诸侯”的故事不过是后来的统治者把周幽王亡国的责任推到褒姒身上。

据《竹书纪年》记载：“幽王五年（前 777 年）。王世子宜臼出奔申。”宜臼（平王）被放逐五年后，周幽王起师伐申，“平王奔西申，而（幽王）立伯盘以为大（太）子……九年（前 773 年）。申侯聘西戎及鄫。十年（前 772 年）春。王及诸侯盟于太室，秋九月，王师伐申。”（《竹书纪年》）周幽王于前 772 年秋九月伐申并包围申国，但申侯拒绝交出宜臼，幽王起兵伐申后，申侯、鲁孝公、许文公等诸侯先在申地立废太子宜臼为周天王（鲁孝公、许文公应该只是遥相支持，二君不太可能亲往西申），“申侯、鲁侯及许文公立平王于申。以本大子，故称天王。”（《春秋左传正义》）与申侯结盟的西鄫、西戎于次年（前 771 年）春进攻了幽王，攻陷镐京，杀幽王及伯盘（伯服）。

另据清华简《竹书纪年》记载：“褒姒嬖于王（周幽王），王与伯盘（即伯服）逐平王，平王走西申。幽王起师，回（围）平王于西申，申人弗畀，鄫人乃降西戎，以攻幽王，幽王及伯盘乃灭，周乃亡。邦君、诸正乃立幽王之弟余臣于虢，是携惠王。”就其性质来说，姬宜臼的继位，算得上弑父篡位，这对于传统的周贵族特别是虢国来说是不能容忍的。于是老贵族在虢公翰的带领下拥立了周携王，和申国拥立的周平王进行对抗。形成二王并立的局面，“二王并立”的局面居然保持了十一年（一说二十一年），最后晋文侯和郑武公出兵支持平王，杀死了草莽携王。周平王东迁洛阳，史称东周。

[原辞]

天命反侧，何罚何佑？齐桓九会①，卒然身杀②。彼王纣之躬③，孰使乱惑？

[注释]

① 齐桓：齐桓公，春秋五霸之一。九会：指齐桓公九会诸侯，以尊周室。九，多次。

④ 卒然：终于，终究。身杀：身死。

⑤ 王纣：指殷纣王。之：这。躬：身体。

[赏析]

天命反复无常，惩罚什么？保佑什么？齐桓公为春秋五霸之首，他运用管仲之谋，对齐国实行户籍、渔盐、山林、城镇、兵制等全面改革，实行军政一体，兵民一体，齐国日益国富兵强。齐桓公高举“尊王攘夷”的大旗，开疆拓土，北伐山戎，一匡天下，九合诸侯，占尽风光。但是，一代名相管仲死后，齐桓公信用开方、竖刁、易牙等小人，最后在内乱中活活饿死。两相对比，其中蕴含的历史教训十分鲜明而深刻。然而像纣王那样享有天命的人按理说不应该没有好下场啊，可是既成的事实又无法用来证明上天的存在，所以只好给纣王找替罪羊，“彼王纣之躬，孰使乱惑？”言外之意是，纣王的败亡决不在妲己之惑，除了否定了传统的偏见之外，还留下更多的意味让人思考。

[原辞]

何恶辅弼[①]，谗谄是服[②]？比干何逆[③]，而抑沉之？雷开阿顺[④]，而赐封之？何圣人之一德，卒其异方[⑤]？梅伯受醢[⑥]，箕子详狂[⑦]。

[注释]

① 辅弼：辅佐，这里指辅佐国君的左右大臣。

② 谗谄：指谄邪小人。服：任用。

③ 比干：纣王的叔父，殷的忠臣，因忠谏而被挖心。逆：触犯，违背。

④ 雷开：纣王的奸臣。

⑤ 卒：最后，最终。异方：不同的方式，这里指不同的结局。

⑥ 梅伯：纣王的诸侯，为人忠直，屡屡进谏，触怒纣王，被纣王杀死。醢（hǎi）：古代的一种酷刑，把人杀死后剁成肉酱。

⑦ 箕（jī）子：纣王的叔父。详（yáng）狂：装疯。详，通“佯”。

[赏析]

“为何厌恶辅佐的忠良，而听任小人谗谄？比干有何悖逆之处，为何遭受压制打击？”《史记·殷本纪》：“纣愈淫乱不止，微子数谏不听，乃与大师、少师谋，遂去。比干曰：‘为人臣者，不得不以死争。’乃强谏纣。纣怒曰：‘吾闻圣人心有七窍。’剖比干，观其心。箕子惧，乃详狂为奴，纣又囚之。”

毛泽东评论：“其实纣王是个很有本事、能文能武的人。他经营东南，把东夷和中原的统一巩固起来，在历史上是有功的。纣王伐徐州之夷，打了胜仗，但损失很大，俘虏太多，消化不了，周武王乘虚进攻，大批俘虏倒戈，结果使商朝亡了国。”（摘自毛泽东1958年11月读斯大林《苏联社会主义经济问题》的谈话）

“为什么纣王灭了呢？主要是比干反对他，还有箕子反对他，微子反对他。纣王去打徐夷（那是个大国，就是现在的徐州附近），打了好几年，把那个国家灭掉了。纣王是很有才干的，后头那些坏话都是周朝人讲的，就是不要听。他这个国家为什么分裂？就是因为这三个人都是反对派。而微子最坏，是个汉奸，他派两个人作代表到周朝请兵。武王头一次到孟津观兵回去了，然后又搞了两年，他说可以打了，因为有内应了。纣王把比干杀了，把箕子关起来了，但是对微子没有防备，只晓得他是个反对派，不晓得他通外国。给纣王翻案的就讲这个道理。纣王那个时候很有名声，商朝的老百姓很拥护他。纣王自杀了，他不投降。微子是汉奸，周应该封他，但是不敢封，而封了纣王的儿子武庚。后来武庚造反了，才封微子，把微子封为宋，就是商丘。”（摘自毛泽东1959年6月22日同吴芝圃等人的谈话，《党的文献》1995年第4期）

末句又继续发问：

雷开有什么守法处，而要封他的官爵，赏以黄金？何以明哲的人，德行本相同，最终结果却是两样？梅伯直谏被剁成肉酱，箕子则披发而假装疯狂？

[原辞]

稷维元子[①]，帝何竺之[②]？投之于冰上，鸟何燠之[③]？何冯弓挟矢[④]，殊能将之？既惊帝切激[⑤]，何逢长之[⑥]？

[注释]

① 稷：后稷，周人始祖。元子：嫡妻生的长子。《史记·周本纪》载，后稷的母亲叫姜嫄，姜嫄是帝喾的元妃。

② 帝：指帝喾。竺（zhú）：厚。

③ 燠（yù）：焐热，温暖。

④ 冯（píng）弓：拿着弓。冯，同“凭”，持。挟：夹持，夹在腋下或指间。

⑤ 惊帝：惊动上帝。切激：深切激烈。

⑥ 逢长：繁荣昌盛。

[赏析]

“后稷是帝喾第一个儿子，帝喾为什么要憎恶他？丢他在冰地上，群鸟又为什么用翅膀去盖他？为什么他又做司马，能弯弓射箭，善于打仗？帝喾既被他惊骇得透心，为什么又使他繁昌？”

传说古代有一个叫“有邰氏”的部落，它的活动地域在今山西西南部的稷山、闻喜一带。有邰氏有个女人叫姜嫄。有一天，她和同伴到野外游玩，看见一个巨人的足迹。姜嫄正当十八九岁青春萌动期。她想这样巨人的足迹，其人一定高大英俊，心中萌生爱慕之情。出于好奇，她把自己的脚踩到这巨人足迹上面，想看看这足迹究竟比她自己的脚大多少。不料这一踩，姜嫄身上仿佛受到一股魔力冲击，腹中产生了怀孕的感觉。这奇异的感觉竟然是真的。经过十月怀胎，生下了一个男孩。

姜嫄踩巨人的足迹而怀孕，这纯粹是偶然的巧合，原始社会末期的氏族部落男女关系比较随便。有邰氏部落的女人，可以和外部落的男人发生关系，在姜嫄踩巨人足迹之前，肯定已经怀有身孕，只是还没有发觉，踩巨人足迹时，由于心中激动，这怀孕的感觉便突然显现出来，因此误认怀孕是由于踩上巨人足迹而引起的。

姜嫄生下的孩子不知道父亲是谁，如果是那个留下足迹的巨人，他又在哪里呢？事情发生得如此蹊跷，部落里的人都认为这是一个不祥的孩子，应该把他抛弃掉。起初，姜嫄把孩子抛弃在街道里巷之中。当时街道里巷来往的牲畜很多，姜嫄本以为这个孩会被牲口踩死。谁知成群而过的马、牛见了这个襁褓中的孩子，都绕道而行，避而不踩。过了好长时间。那孩子还是安静地在那里睡觉，姜嫄又把孩子放到山林中，想让野兽来把他咬死或吃掉，然而，山林中有很多人来砍柴，他们看到这孩子十分可爱，有的来引逗他，有的怕他冷，还给他盖上衣服。过了一段时间，孩子仍然安全无恙。后来，姜嫄又想出了一个办法：何不把孩子抛弃到河渠中的冰上？当时正是寒冬腊月，北风呼啸，把孩子放到冰上，很快就会冻死。不料，孩子出现在冰上后，天空中许多大鸟一起飞下来用翅膀覆盖着孩子，使他不致受冻，孩子仍然没有受到丝毫损害。做母亲的毕竟疼爱自己的孩子，在这三番五次的折腾中，孩子如有神在保护，姜嫄就抱回孩子，决定抚养他长大，因为最初要抛弃掉，就给他取名叫“弃”，他就是周族的始祖，弃教会天下百姓种五谷。周族从弃开始，代代相传，不断发展壮大。

[原辞]

伯昌号衰[①]，秉鞭作牧[②]。何令彻彼岐社[③]，命有殷国？迁藏就岐，何能依？殷有惑妇，何所讥？受赐兹醢[④]，西伯上告。何亲就上帝罚[⑤]，殷之命以不救？

[注释]

① 伯昌：即周文王，周文王姓姬名昌，殷时封为雍州伯，又称西伯，故曰伯昌。衰：衰世。

② 秉鞭：执政。秉，执。鞭，鞭子，比喻权柄。牧：古代地方长官。

③ 彻：拆除，毁弃。岐：地名，在今陕西岐山县东北，周人曾在此立国。社：古代祭祀土地神的庙。

④ 受：纣王名。兹：子，指纣杀文王子伯邑考，烹以为羹，赐文王食用。

⑤ 亲：指纣。就：受到，遭受。

[赏析]

“西伯姬昌号令衰世，执掌大权做了雍州牧伯。为何武王又让他治周社，承受天命享有殷国？”“迁藏就岐，何能依”，周太王率领百姓迁居到岐山，人们扶老携幼，带着自己的财物跟随着他，他究竟何德何能，居然让百姓可以生死相托，不远万里随他迁徙。这里提出的问题倒不是主要的，因为历史上一直都在传说着周文王之前的历代领袖都比较注意修养品德，因而深受百姓爱戴。文王、武王都是以思想品德好而著称，比如他们能够礼贤下士，选贤任能，远离佞臣；再比如他们吃穿简单，只是按照“礼”的规定进行而已，尽管比普通百姓的用度要侈奢得多，可是比起糊涂天子的穷奢极欲就艰苦得多了；再比如他们不好色，连《诗经》开篇的《关雎》都被认为是歌咏文王后妃的德行，可见文王背后有一个很优秀的女人。

与之形成鲜明对比的是那些倒霉的下台天子，不管事情究竟是怎么样，给他们定罪名的时候，总会连累一些女子，而且最后总会确定这些女子才是真正的罪魁祸首，夏桀的妹喜首当其冲，紧随其后的就是纣王的妲己。

为何纣王亲受天罚，殷商命运仍难挽救?《史记·殷本纪》说：“帝纣资辨捷疾，闻见甚敏；材力过人，手格猛兽。”《荀子·非相篇》也说纣王“长巨姣美，天下之杰也；筋力超劲，百人之敌也”。纣王是能文能武的失败的英雄。郭沫若评论：“像殷纣王这个人对于我们民族发展上的功劳倒是不可淹没的。殷代末年有一个很宏大的历史事件，便是经营东南，这几乎完全为周以来的史家所抹杀了。这件事，在我看来，比较起周人的翦灭殷室，于我们民族的贡献更要伟大。这件事，由近年的殷虚卜辞的探讨，才渐渐地重见了天日。帝辛的经营东南，他的规模似乎是很宏大的。你看古本《泰誓》说：‘纣王有亿兆夷人亦（大）有离德，余有司（旧作乱）臣十人同心同德’（见《左传·昭公二十四年》），这亿兆的‘夷人’必然是征服东夷之后所得到的俘虏。俘虏有亿兆之多，可见殷的兵士损耗的亦必不少。兵力损耗了，不得不用俘虏来补充，下幸周人在背后乘机起来，牧野一战便弄到‘前徒倒戈’。那并不是殷人出了汉奸，而是俘虏兵掉头了。”（摘自《青铜时代驳〈说儒〉》）

“殷纣已受妲己迷惑，劝谏之言又有何用?”纣王宠幸苏妲己是众所周知的事，为了证明是苏妲己媚惑的纣王，小说《封神演义》还特意将苏妲己的来历进行了改编，把她的出身由一个正常的漂亮女子改为专门勾引男人犯罪的狐狸精。一般来说，正常男人都会被狐狸精迷得神魂颠倒，当然纣王本身素质也不是很高，所以他会轻而易举地受妲己的诱惑。此后，纣王所做的一切都被打上了妲己的烙印。打个比方来说吧，苏妲己突然有一天想吃鲜荔枝了，她随口说了一句“真想吃荔枝啊”，这句话听在纣王的耳朵里可以有两种反应，一种是根本不当回事，你想吃就想着呗，什么时候有了什么时候吃；另外一种是特当回事，既然你说了，哪怕这荔枝在天上咱们也得把它弄回来，反正又不是纣王自己去弄。于是，他叫手下的张三上来，命令张三用最快的速度把鲜荔枝捧上来。然后张三再令手下去采办，逐级下压，最后无论是从遥远的南方飞奔而来的马踩死了百姓，还是张三的手下及张三因为没有弄到荔枝掉了脑袋或者死于其他酷刑，这笔账统统算到了妲己身上，谁叫她想吃荔枝的，她要不说那句话不就什么事都没有了吗！可不是吗，“殷有惑妇，何所讥?”纣王就是因为有了苏妲己，所以一切劝谏对他都没有了用处。“讥”在这里不是嘲笑讥讽，而是劝说、劝谏的意思。不知有没有人想过，如果没有苏妲己，换个李妲己或者张妲己，只要纣王不改，殷的命运就是注定了的，所以究竟是谁亡国，简直是不言自明的事情。

而那个准备接纣王班的人，就是要把他所犯下的过错都彰显出来，让众人知晓，让老天知道，然后就可以做接班的准备工作了。西伯姬昌也就是周文王，他就是那个一直在准备着的人。“受赐兹醢，西伯上告。何亲就上帝罚，殷之命以不救?”“受”是纣王的名字，他真是很聪明的人，西伯姬昌的所作所为其实他心知肚明，对西伯的潜在危险他也有一定的认识。可是他却用了一个自作聪明的方式来检验姬昌的威力。姬昌的大儿子伯邑考被当作人质放在纣王的身边，给纣王当车夫。纣王将伯邑考剁成肉酱做成羹汤，赐给姬昌，还对左右的人说：“不都说姬昌是圣人在世吗？圣人总不会喝自己儿子的肉汤吧!”姬昌收到纣王赐的肉汤，他知道那是他儿子的骨肉做成的肉汤，同时也知道纣王是暗中考量他，于是忍住悲痛喝下了羹汤。纣王得意扬扬地对左右说：“谁说西伯是个智者，他喝了用自己儿子的肉做成的羹汤还不知道呢!”西伯不是不知道，但是在人间他又有什么地方可以诉说呢？但他也没有选择沉默，他把纣王的恶行向上天作了汇报。结果自然是纣王受到了上天的惩处，而受到处罚的同时也并未免除殷商应该亡国的罪过，殷商已经无法挽回即将到来的灭亡之局。这样的结局看上去还不错，然而我们总会觉得上天似乎好多事情都不大清楚，需要那些能够通神的人向它汇上，所以小报告永远都存在。

［原辞］

师望在肆[①]，昌何识[②]？鼓刀扬声，后何喜[③]？

［注释］

① 师望：即吕尚，号太公望，俗称姜太公，因被周文王和周武王立为太师，所以称为“师望”。肆：店铺，这里指屠宰店。

② 昌：文王姬昌。

③ 鼓刀：就是把刀弄出声响来。后：指周文王。

［赏析］

吕尚原是吕国国君的后裔，由于子孙繁衍，年代久远，吕尚这一家族逐渐衰落，成为庶民，过着穷困潦倒的生活，他们家仅有东海边上的一间破旧茅草房，没有其他家业可以维持生活，因此，吕尚从小就在外流浪，当他十几岁时，流浪到北面的齐国，为生活所迫，被一个老妇人招为夫婿，古代称为“赘婿”，是最被人看不起的。吕尚当了赘婿，早起晚睡，做各种农活和家务，做得不好还要挨打受骂，最后还被赶了出来。

吕尚就想到中原地区殷王朝的都城附近谋生，他先是在棘津，即今河南延津县东北贩卖食品，充当小贩，又自我推荐到大户人家去做帮工，干些杂活。有时，在旅店当一名迎客的“舍人”，即招待员，饥一顿，饱一顿，生活仍无着落，他又跑到黄河的另一个渡口孟津，即今河南孟津县东北去贩卖饮食。当时兵荒马乱，人民穷困，做小贩仍难以糊口，他于是决心到商朝都城朝歌去闯一闯。

在朝歌城内，吕尚开始仍然当小贩，贩卖各种货物。他走过大街小巷，进行叫卖，但是仍像在棘津时一样，收入微薄，难以维持生计，好在他身强力壮，又学过一点手艺，经过自我介绍，便在屠宰牲口的市场当了一名杀猪宰羊的屠夫。

一天，听说任殷朝三公的西伯昌要来视察朝歌市场。吕尚早就知道西伯昌是周国的国君，为人讲仁义道德，善待有才能的贤士。吕尚打算好好表现一下。他如何让文王姬昌认识他呢？不要小看这个问题，你也许认识你们家周围卖菜的小贩，甚至亲热地称兄道弟，可是如何让国家领导人认识你，并且大老远专程赶来和你握手并请你去当个政府顾问或智囊团成员可就不是容易的事了。

当西伯昌前来视察、走近他的摊位时，吕尚故意磨刀发出屠宰的喊叫声。据说古代的屠刀把手上都有一个铃铛，切肉时会当当响。如果是正常的声音，每一家屠户都差不多，关键在于吕尚不切肉，而是高举屠刀，摆出夸张的姿势，引起众人的瞩目。

“鼓刀扬声，后何喜？”周文王为什么那么高兴呢？按照王逸的注释，他们俩见面时的一番对话简直可以成为一见倾心的写照：

周文王：先生贵姓？

姜太公：免贵，在下吕尚。

周文王：你好啊，吕先生！

姜太公：托您的福，还不错，西伯大人！

周文王：你是个屠夫啊，卖牛肉的，搞那么大动静干什么？

姜太公：是的，大家都看到了。

周文王：大家有什么不知道的吗？

姜太公走到周文王身边，声音低到只有文王一人听到：下屠屠牛，上屠屠国。

文王心里的震惊可想而知，一把拉住姜太公的手：走，上车，回家！用王逸的话来说是“文王喜，载与俱归也”。

要知道，他们是在朝歌，纣王统治下的国都，西伯姬昌又是一个让纣王高度敏感的人，没准周围有多少奸细作耳目，他们两人诡秘的对话一定会作为要事汇报，会成为新闻传开，得赶紧离开这个是非之地。反正文王被纣王关过一次之后就下定决心，绝不能第二次进监狱。

事实证明，姜太公“鼓刀扬声”不是在卖牛肉，而是在推销自己，他的广告获得了空前的成功，他成为了文王的首席军事顾问，成为了武王伐纣的军事总指挥，最后分封齐国成为诸侯，子孙世袭荣华富贵。由于他有很长一段时间做小本买卖的经历，所以在他统治的地区没有人看不起生意人，齐国的商业经营为国家积累了财富，成为春秋战国时期以经济发达而著称的国家。

[原辞]

武发杀殷①，何所悒②？载尸集战③，何所急？伯林雉经④，维其何故？何感天抑墜⑤，夫谁畏惧？

[注释]

① 武发：周武王姓姬名发，故称武发。殷：指殷纣王。

② 悒（yì）：忿恨。

③ 尸：灵位。集战：会战。

④ 伯林：指纣王。雉经：上吊自杀。雉，通“纼（zhèn）”，穿在牛鼻子上以备牵引的绳索。经：悬挂。

⑤ 感天抑墜：犹言“感天动地”。墜（dì）：地。

[赏析]

周武王姬发用黄钺砍杀“自焚而死”的殷商纣王之头，且悬之于军中大白旗杆上；又用玄钺砍杀“自缢而死”的“纣王嬖妾二女”之头，且悬之于军中小白旗杆上，他还有什么不畅心呀？姬发用军车载着他亡父文王姬昌的灵牌去会战，他为何如此急忙呀？周武王姬发军中的大小白旗如林，旗杆上却悬挂着死人头，这是什么缘故呢？姬发在伐纣途中屡逢天灾地厄，何人因此而畏惧了？

纣王当政曾囚禁周武王姬发的父亲西伯姬昌七年之久，还残忍地杀害他的兄长伯邑考，并将伯邑考的肉烹制为羹赐给他的父亲姬昌服食，因此姬发必欲亲手杀之而后快。然而，当姬发战胜并找到纣王时，“纣走反入，登于鹿台之上，蒙衣，其珠玉自燔于火，而死。……嬖妾二女皆经自杀。”（《史记·周本纪》）姬发只好对其尸体“射之三发，以轻剑击之，以黄钺斩头，并悬之于大白之旗”，犹觉不解恨。武王姬发的复仇等待了十一年之久，所谓“何所急”是“急”在心里。姬发虽然报仇心切，可是西周毕竟是西部小邦，虽然通过不断征伐扩大了地盘和实力，但如果没有众诸侯国的支持和帮助，要想战胜中原大邦可能性不大。他等了九年之后才载着父亲姬昌的灵牌会聚诸侯。又等了两年，纣王在征伐东夷时，武王姬发乘虚攻入，才一举战胜纣王。武王攻击纣王军中遍树白旗，是为父亲姬昌举哀，激励西周将士们报仇雪恨、同仇敌忾的士气。在旗杆上悬挂着纣王和嬖妾二女的人头，是古代战争胜利者用来宣扬得胜和威慑残敌的一种恐怖手段。

前面已经说过，武王姬发在伐纣的行军之日、征伐途中及作战过程中，曾连续遭逢多种天上的奇异现象和地上的自然灾害。《淮南子·兵略训》："武王伐纣，东面而迎岁，至汜而水，至共头而坠，彗星出而授殷人其柄。"《荀子·儒孝》："武王之诛纣也，行之日，以兵忌东面而迎太岁，至泛而汛，至怀而坏，至共期而山坠。霍仲惧，曰：出三日而五灾至，无乃不可乎。"《六韬》："武王东伐至于河上，雨甚雷急。周公旦进曰：天不佑周矣，意者，吾君德行未备，百姓疾怨邪？故天降吾灾，请还师。太公曰：不可。武王与周公旦望纣之阵，引军止之。太公曰，君何不驰也？周公曰：天时不顺，龟火焦不兆，占筮不吉，妖而不祥，星变又凶，固且待之，何可伐也？"从这些文献记载看，面对种种天灾异象，恐惧的是霍仲、周公姬旦等，坚持者是武王、姜太公等。

[原辞]

皇天集命①，惟何戒之？受礼天下②，又使至代之③？

[注释]

① 集命：集天命于一身。

② 礼：同"理"，治理。

③ 至：后来之人。

[赏析]

"上帝既降天命于殷，为何不再劝诫明白？上帝为什么要把天下给人？给了又要让别人拿去？"王逸云："言皇天集禄命而与王者，王者何不常畏惧而戒惧也。”又云：“言王者既已修行礼义，受天命而有天下矣，又何为至使异姓代之乎？”朱熹云：“言皇天集禄命以与王者，何不常有以戒之，而使至于危亡乎？王者既受天之礼命而王天下，天又何为使他姓代之乎？”洪兴祖云：“《诗》云，天鉴在下，有命既集。此言何所戒慎而致天命之集也。受礼天下，言受王者之礼于天下，天又何使他姓代之乎？其警戒之意，至深切矣。”汪仲弘云：“王者既承天之命，以受天下朝觐聘问之礼，当自修其德，以有保天下，何为至使他人易姓受命乎？其警戒时君世主之意，至此始明言之。”钱澄之云：“天命既集，宜常有之矣。而戒以命不于常，当受礼天下之时，而代之者已至矣。言与废之速也。”林云铭云：“天所集命，君所当戒者，以其既受天下尊崇之礼，又使人至而代之，如夏灭于殷，殷灭于周是也。”蒋骥云：“此综三代之事而浩叹之，又以哀后人也。”王夫之云：“受礼，受天之赐也。至，后来者也。括言三代之兴，天命之，而申以大戒，乃后嗣不道，代者又兴。”（游国恩《天问纂义》）游国恩等云：“此综述三代兴亡之事。……言皇天既集大命于一人一姓，膺得天命者，当如何戒惧之乎。既曰受礼天下矣，乃无何又使来代之。”

以上注解大抵泛指王者接受上天的大命，为何不久又使他姓来代替，寄托了屈原深沉的感慨。屈原对君权神授、天子受命于天的信念动摇，从天命转向人事。这是朴素的唯物史观，在当时的蒙昧世界中如惊天霹雳，振聋发聩；如闪电照彻夜空，令统治者恐慌无地。

[原辞]

初汤臣挚[①]，后兹承辅。何卒官汤[②]，尊食宗绪[③]？

[注释]

① 臣挚：以挚为臣。挚，人名，即伊尹。

② 官汤：犹言“相汤”，指当商汤的宰相。

③ 尊：敬重。食：享受祭祀。宗：宗庙，祖庙。绪：系统。

[赏析]

伊尹起初是商汤的得力臣子，后来却跑到夏桀手下去任职，为什么最后还能回到商汤那里做官，并受到商王朝的高度礼遇，地位尊贵，死后被供奉在商的宗庙中，享受最高规格的祭祀？前面我们已经提到过伊尹这个人，他的第一份职业是贱役——厨师，第二份职业是老师，给贵族子弟作课外辅导。本来一个人要从事这两个职业是矛盾的，但以他的聪明才智和莫名其妙的原因，他确实是在从事着这两项工作。后来作为陪嫁的奴隶到了商汤手中，在得到汤的赏识和信任后，两个人共同商定了兴商灭夏的大计。不久之后，伊尹被商汤送给了夏桀。凡是夏桀那里有一点风吹草动，商汤必定都会在第一时间得到消息。而商汤要进行的反夏活动，也必定会先与伊尹通气。比如，有一段时间，商汤觉得自己好人好事已经做了那么久，大大小小的诸侯和自己关系也不错，应该可以与夏桀公开叫板了。伊尹就劝他，不如先试试，今年过年不给夏桀送礼看看夏桀有什么反应。商汤仔细想了想，最后决定还是听伊尹的话试试。在新年的受礼大会上，夏桀一看商汤居然没有送礼，还真是应了那句俗话，送了礼的老板不一定记得，但没送的他肯定记得。于是夏桀立刻进行出征动员，几个少数民族兄弟当时号称“九夷”的第一时间响应了夏桀的号令，调动人马准备随军出征。商汤一看不好，夏桀居然还有同盟，赶紧派人加倍送去贺礼，并一再声明，自己是为了收集更多更好的礼物才耽误了时间，绝对不是抗命不遵。夏桀看到商汤这么识相，再加上还有伊尹那个内应整天做好吃的让他吃得心满意足，终于决定不跟商汤计较，此事也就不了了之。等到商汤真的起事前，又试了一次不向夏桀进贡看有什么反应。这一次，夏桀的运气就没有那么好了，诸侯没有一个人搭理他。商汤正式起事，一举消灭了夏王朝。在这个过程中，如果没有人深入敌人内部并取得信任，怎么能如此准确地掌握对方的军事情报，由此可见伊尹在灭夏的斗争中发挥了多么重要的作用。

[原辞]

勋阖梦生[①]，少离散亡。何壮武厉[②]，能流厥严[③]？

[注释]

① 勋（xūn）：指令尹子文。阖（hé）：通“何”，为什么。梦：云梦泽。生：保存性命。

② 武厉：武略。

③ 流：流传。厥：如此，这样。严：不朽。

[赏析]

子文为什么被扔到云梦泽中还能保存性命？他在幼小之时遭受与父母分离之苦，为什么子文在长大后有这么好的武略，能使他的威名流传后世，传之不朽？

令尹子文，本名斗谷於菟，《左传·宣公四年》记载：“初，若敖娶于郧（yún），生斗伯比。若敖卒，以其母畜于郧，淫于郧子之女，生子文焉。郧夫人使弃诸梦中。虎乳之。郧子田，见之，惧而归。夫人以告，遂使收之，楚人谓乳谷，谓虎於菟，故命之云斗谷於菟。以其女妻伯比。实为令尹子文。”《春秋左氏传》亦云：“楚若敖娶于郧，生斗伯比。若敖卒，从其母畜于郧，淫于郧子之女，生子文焉。郧夫人使弃诸瞢中，兽乳之。郧子田，见之，惧而归，夫人以告，遂使收之。”

“郧夫人使弃诸梦中”，“梦中”，杜预集解云：“梦，泽名，江夏安陆县城。”东南有云梦城，无疑这个“梦”便是云梦泽，“郧”的得名正因为处在云梦泽畔，因为“郧”与“云”同音，可通。“楚人谓乳谷”，《尔雅》云：“谷，生也。”郑笺云：“谷，养也”，这个“谷”就是“生”。“於菟”是虎，“斗谷於菟”也可以称为“斗虎生”，而这老虎是活动在云梦泽中的，“斗虎生”也可以叫“斗梦生”，“斗”即是子文，楚人又称老虎为“班”，所以子文给自己的儿子起名为“斗班”。子文又被称“郧”，“郧”即“勋”，“斗梦生”也可以叫“郧梦生”，在“郧”的后面加上“阖”，也便成了“勋阖梦生”，意思是说“子文为什么在云梦泽中保住性命”？

因此，这段话的意思是说，若敖娶郧国女为妻，生下斗伯比。若敖死后，妻子郧国女回母国，斗伯比跟随母亲在郧国住，在此期间，斗伯比与表妹（到底是表姐妹还是小姨，史无明载）私通，生下子文。斗伯比的母亲和子文的母亲感到非常丢脸。为了遮羞，子文的母亲郧国女便叫下人把子文扔在云梦泽。所幸子文命大，有一只老虎喂养他，子文因此得以存活。幸亏他的外公郧子外出打猎，在云梦泽发现了子文，感到非常害怕，回去告诉了夫人。他夫人告诉他女儿私通的事，子文这才被收回，得以抚养，而且外公郧子正式把女儿嫁给了斗伯比，一家人得以团圆。

若敖是楚国的先王之一，他的一个儿子以若敖为姓，即成为楚国的王族之一，后来曾被封在斗地，所以也姓“斗”。既然子文姓“斗”为什么也称为“郧”呢?《国语·楚语下》记载：“昔斗子文三舍令尹，无一日之积，恤民之故也。成王闻子文之朝不及夕也，于是乎每朝设脯一束，糗一筐，以馐子文；至于今秩之。成王每出子文之禄，必逃，王止而后复。人谓子文云：‘人生求富，而子逃之，何也?’对云：‘夫从政者，以庇民也。民多旷者，而我取富焉，是勤民以自封也，死无日矣。我逃死，非逃富也。’故庄王之世，灭若敖氏，唯子文之后在，至于今处郧，为楚良臣。”（《斗且延见令子常》）楚庄王时子文的侄儿斗越椒反叛庄王失败，斗氏大部分子孙被杀，只有子文的后代因子文的功勋得到保存，但姓氏和称呼已发生了变化。子文的后代后来世世代代居住在郧国，他的后人被封为郧公。《左传·定公四年》：“王奔睬，……郧公辛之弟怀。……”斗辛与其弟巢，以王奔随斗氏封邑改为“郧”，显然是跟子文的功德和他少时的经历有关。这里的斗辛、斗怀、斗巢都是子文的子孙，则可见子文的后代重新被封为郧公，取代了子文的外公郧子之国。后来楚国为秦国所灭，子文的后人则被迫迁居到北方边境一代，遂以班为姓。班婕妤当是子文的后代。

斗谷於菟后来官至令尹，是楚国历史上治国安邦的雄才，有文韬武略的奇谋，是继斗祁、彭仲爽之后的著名楚国令尹。斗谷於菟任令尹时，正值楚国统治集团内争和子元内乱之后，困难重重，“斗谷於菟为令尹，自毁其家以纾楚国之难。”斗谷於菟从国家和民族的利益出发，毫不犹豫地“自毁其家”，使国家迅速地度过了难关，《会笺》说："时楚国府库空竭，子文，财巨室，积财不少，故自减少家产，以纾其难也。"斗谷於菟协助楚成王大力整顿楚国内政，率军灭了弦国、黄国、英国，压抑了蔡国、随国、徐国、江国等诸侯国，使楚国在长江流域成为无以抗衡的霸主，并有足够的力量对抗晋、齐、宋、秦等中原大国。因此，斗谷於菟从稳定政局，到解决国计民生困难，到楚国的发展强大，都做出了巨大贡献。而且从前面《国语·楚语下》记载看，斗谷於菟为官廉洁，处事公平，不徇私情。《战国策·楚策一》中记载莫敖子华之语："昔令尹子文，缁帛之衣以朝，鹿裘以处，未明而立于朝，日晦而归食，朝不谋夕，无一日之积。故彼廉其爵，贫其身，以忧社稷者。"

斗谷於菟为令尹唯贤是举，能上能下。从楚成王八年任令尹后至楚成王二十五年漫漫，斗谷於菟任令尹二十七年，期间，楚成王三次请他出任令尹，他自己"三已""三舍"，主动让贤。如他让位子玉，就是在子玉攻陈、取焦、夷，城顿，立有大功的情况下提出的。当吕臣反对时，斗子文理直气壮地说："吾以靖国也。夫有大功而无贵任，其人能靖者与有几?"可见斗谷於菟的让位，是为了荐贤，是从国家利益出发的，并不计较个人得失。《论语·公冶长》中记载："子张问云：'令尹子文三仕为令尹，无喜色；三已之，无愠色。旧令尹之政，必以告新令尹。何如?'子云：'忠矣。'"屈原在此写贤令尹斗谷於菟，寄托良深。

[原辞]

彭铿斟雉[①]，帝何飨[②]？受寿永多[③]，夫何久长？

[注释]

① 彭铿（kēng）：即彭祖。斟（zhēn）：调和，调制。雉（zhì）：野鸡，这里指野鸡汤。

② 帝：天帝，上帝。飨（xiǎng）：享用。

③ 永：长。

[赏析]

“彭祖烹调雉鸡之羹，为何尧帝喜欢品尝？得享高寿年岁太多，为何竟有那么久长？”彭祖，是彭国的始祖。祝融氏族长陆终娶鬼方公主女嬇（媿），生有六子，这就是赫赫有名的“陆终六子”。“陆终六子”后来分成八姓：己、董、彭、秃、妘、曹、斟、芈，又叫“祝融八姓”。彭是第三个。尧帝时，彭封到彭城（今江苏徐州）。后来，彭国又分成三支，嫡系仍称彭国，另两支分别建立豕韦国（今河南滑县）和诸稽国。

夏初第一个彭国君名彭伯寿。夏启十五年，彭伯寿奉命率兵讨伐反叛的观国、扈国，在甘地大败夷人，威震东夷。商汤灭夏后，彭国和两兄弟豕韦、诸稽又投靠了殷商，其中彭国和豕韦还被封为方伯。《汉书·韦贤传》第一段：“肃肃我祖，国自豕韦，黼衣朱绂，四牡龙旂。彤弓斯征，抚宁遐荒。总齐群邦，以翼大商，迭披大彭，勋绩惟光……”大彭和豕韦召集了群帮，共同辅佐商汤王。我们今天认可的“春秋五霸”，据《史记》记载是齐桓公、晋文公、楚庄王、秦穆公、宋襄公，然而周人心目中的“春秋五霸”却是夏朝的昆吾、商朝的大彭和豕韦以及周朝的齐桓公、晋文公，可见彭国和豕韦是殷商少数几个有实力的诸侯国。彭国和豕韦多次代表殷商征服反叛的诸侯国。王河亶甲三年，彭国打败反叛的邳国；河亶甲五年，反叛的姺国攻入殷商的班方，彭国和豕韦又一次代替商帝出征，大败姺人。彭国和豕韦的强大引起了商朝的猜忌。武丁四十三年，商伐灭彭国；武丁五十年，又伐灭豕韦；失去了两个大哥的小弟诸稽国也很快被灭亡。

彭国虽然被灭，但彭氏宗族又辗转另一个地方建立了一个新彭国。在《尚书·牧誓》中，周武王宣誓的八国中就有彭国。这样，从彭国封国到周文王时期，存国有八百多年。因此，彭祖的意思并不是说有个叫彭祖的人活了八百岁。这一点清人孔广森早已指出：“彭祖者，彭姓之祖也。彭姓诸国：大彭、豕韦、诸稽。大彭历事虞夏，于商为伯，武丁之世灭之，故云彭祖八百岁，谓彭国八百年而亡，非实籛不死也。”

在夏朝末年，彭周、豕韦被商汤认为是伐夏的心腹大患。河亶甲五年，彭国和豕韦大败入侵班方的姺人，姺人认输，朝见商王。但商王武丁对彭姓三国颇为猜忌，于武丁四十三年和武丁五十年分别伐灭了大彭和豕韦。

[原辞]

中央共牧[①]，后何怒？蜂蛾微命[②]，力何固？

[注释]

① 中央：指周王朝。共牧：共同管理。

② 蜂蛾：比喻楚国。微命：小生命。

[赏析]

中央，一般指中间，与四方的东西南北相对。《庄子·应帝王》："南海之帝为儵，北海之帝为忽，中央之帝为浑沌。"此在南北中间。《淮南子·诠言训》："人虽东西南北，独立中央，故处众枉之中，不失其直。"此中央与四方相对，故古人由方位的中间，引申为地理的中间，常指中原中国。《荀子·大略》："欲近四旁，莫如中央，故王者必居天下之中，礼也。"《吕氏春秋·季夏纪》："中央土，其帝黄帝，其神后土。"有时又引申为帝王占据的权力核心位置。《管子·君臣下》："为人上者，制群臣百姓通，中央之人和，是以中央之人，臣主之参，制令之布于民也，必由中央之人。"《文子·道原》："古者三皇，得道之统，立于中央，神与化游，以抚四方。"《鹖冠子·王铁》："天用四时，地用五行，天子执一以居中央。"所以中央既指中原大地，也指中央王。至于"牧"，《说文解字·段注》："《左传》曰马有圉，牛有牧，引申为牧民之牧。"而"后"字，《天问》中的"后"都指君王，各注家没有异议。

因此"中央共牧，后何怒"的大意，是说有人或国家要与中央王朝争夺统治天下之权。这种与君王争斗的历史，只有放在楚国的历史背景，才顺理成章：楚国与夏、商抗争，与周王朝及其拥护国家如齐、晋等国的争斗，差不多有千年时间，至于春秋时代，楚国更加恣横，公然称王，完全摆开与周分庭抗礼，甚至要取而代之的姿态，周王朝对楚国也确实是恨怒之极，然而始终不能将楚人压下去，显示了楚国的强大生命力，这也成为楚人的骄傲。作为楚之大臣，屈原无疑希望楚国重现这种风采，在与敌人的斗争中，继续保持顽强的作风，获得最后的胜利。楚国在夏代时的诸侯为昆吾，在商代的诸侯为彭祖，商人曾“奋伐荆楚”。在西周昭王时代，周曾讨伐楚国，昭王败死于江汉。西周夷王时代，楚王熊渠封三子为王，这是要凌驾乎周王之上，《史记·楚世家》：“熊渠生子三人，周夷王之时，王室微，诸侯或不朝，相伐。熊渠曰：‘我蛮夷也，不与中国之号谥’，乃立其长子康为句亶王，中子红为鄂王，少子疵为越章王。”后来因为害怕周厉王的暴虐，才去掉王号。至春秋时代，楚国国力鼎盛，桀骜之性又张。楚武王在位的第三十七年，公开与周王朝摊牌，而自称武王，这是“中央共牧”的真正开始。《史记·楚世家》：“三十五年，楚伐随。随曰：‘我无罪。’楚曰：‘我蛮夷楚，蛮夷皆率服，而王不加位，我自尊耳。’乃自立为武王，与随人盟而去。于是始开濮地而有之。”此后，楚国不再受限制，任意吞并周边小国，地城不断扩大。楚成王十六年，抵抗齐桓公的问罪之师，使其知难而退。楚成王三十四年，楚伐宋，伤宋襄公。楚成王三十五年，礼待晋公子重耳且送之至秦，不久之后又与之发生城濮之战。楚庄王八年，问周王朝鼎之大小轻重。鼎是王朝的象征，这更是表示要将周王朝给强夺过来。杜预《集解》曰：“示欲逼周取天下。”庄王十七年，与晋进行邺之战，大败晋军。楚共王时代，与晋进行鄢陵之战。楚灵王时代，更是将中原诸国凌虐到最大限度，后因内部政变，楚国对中原的威胁才逐渐解除。至于平王、昭王时代，楚国因吴国的侵扰，一心内顾，楚对中原的侵夺才彻底完结。近两百年的时间中，楚与中原周王朝及其拥护诸侯国之间的关系，就是一部“中央共牧”的争斗史。在此过程中，每次都激起周王朝及其支持诸侯国的愤怒，自然就是“后何怒”了，王位是他的，你要去争，哪有不怒的呢？《天问》中这两句话，没有比此段史实更符合的了。（舒大清《中国韵文学刊》第22卷第2期）

如果联系上段所说的楚国历史，无疑会承认楚国生命力的顽强，从夏、商朝，到西周时代，楚人多次与中原王朝为敌，到了春秋时代楚武王之后的两百年，更咄咄逼人，也更坚固，可以说就是“蜂蛾微命，力何固”。古人常将“蜂蛾”“蜂蚁”连在一起看待。《山海经·海内北经》：“大蜂其状如螽，朱蛾其状如蛾。”古人也有将君王将相的力量比成蜂蚁的习惯，《国语·晋语九》：“蚋蚁蜂虿，皆能害人，况君相乎！”《楚辞·招魂》：“赤蚁若象，玄蜂若壶些”。和“蚁”比较，蜂虿的攻击性更大；蜂虿之毒性，更令人畏恶。但这和楚国有什么关系呢？有。楚国习惯上被中原国家称为“蛮荆”“荆蛮”，而“蛮荆”中的“蛮”字与“蜂蛾”两字，都是“从虫”的，具有共同的害“虫”特性——攻击性。《诗经·小雅·采芑》：“蠢尔蛮荆，大邦为仇。……戎车啴啴，啴啴焞焞，如霆如雷。显允方叔，征伐𤞤狁，蛮荆来威。”以“蛮荆”称楚国，其中的“蠢”字是虫蠕动之义，从虫，这已暗含了“蛮荆”为虫类的意思。以“荆蛮”称楚国则更多。《左传·昭公二十六年》：“兹不谷震荡播越，窜在荆蛮。”《国语·晋语八》：“昔成王盟诸侯于岐阳，楚为荆蛮。”《郑语》：“当成周者，南有荆蛮。”“蛮”向来具有攻击性，即在其为“虫”属。《庄子·杂篇·则阳》：“有国于蜗之左角者，云触氏，有国于蜗之右角者，云蛮氏，时相与争地而战，伏尸数万，逐北，旬有五日而后反。”庄子用作比喻，实际指的就是当时好战的楚国等国（宋后灭于楚、齐、魏等国），将楚国看成虫类，与《左传》将东夷郲国看成“蜂虿”相似，也与前面王逸解此为两头蛇自斗以喻蛮夷自相毒害相近。《说文》及段注说“蛮”：“蛇种，从虫，说从虫之所由，以其蛇种也。蛇者，虫也。”“蛮，南蛮，蛇种；闽，东南越，蛇种。”孟子曾说荆楚为南蛮鴃舌之人，与鸟类等观，中原人就是将楚、闽，甚至于蜀等地视为“蛇虫”异类的。“蛇虫”虽小，然有侵害性，与“蜂蛾”并无二致，“微命”是对“蜂蛾”的说明，此句的意思，无非说“蜂蛾”“蛇虫”“蛮触”般的楚国，为什么生命力这么顽固。屈原如此表达，是顺着中原人的习惯，将此四句连在一起看，意义显明，

"中央共牧，后何怒"，是说在中原中国，楚国要与周王朝争夺统治天下的权力，为什么激起周天子及其拥戴诸侯的凶恶的就是蛮荆楚国，为什么力量和斗志这样顽固？这四句一小段的反问，显示屈原对于楚国在与中原王朝争斗表现的顽强精神的赞赏，同时暗含了对怀王倾襄王软弱无能的愤慨，以古况今，其意义不言而喻。

[原辞]

惊女采薇[1]，鹿何佑[2]？北至回水[3]，萃何喜[4]？

[注释]

① 惊女采薇：指殷亡后，原殷的属国孤竹国国君二子伯夷、叔齐隐居首阳山，采薇充饥，不吃周朝的粮食，从而惊动女子。

② 佑：保佑。

③ 回水：指回旋的一潭深水。

④ 萃：止息，停留。

[赏析]

伯夷、叔齐是孤竹君的两个儿子。孤竹君立嘱由老二叔齐继位。孤竹君殡天后，叔齐依长幼之序，推伯夷继位；伯夷以为此举违背君父之命，是为不忠不孝。兄弟俩争持不一，遂放弃孤竹家业，双方迁徙到周的地盘，开始了新的生活。

听闻武王将伐纣，伯夷叔齐二人以为武王以诸侯身份讨伐天子，是以臣弑君、大逆不道的行为，遂前往周室劝武王停止伐纣。武王非但不听，反而大怒，要惩处他们。幸亏姜尚在旁，将他们拉开，伯夷二人才免除皮肉之苦。武王伐纣成功后，改国号为周。伯夷叔齐二人以为自己为商民，义不食周粟，到首阳山隐居。

隐居也得吃饭。没有吃的，二人就采山中的薇菜充饥。"山中无日月，岁尽不知年。"也不知过了多少时候，有一天，一个小姑娘来到首阳山，看见两个头发蓬乱、衣衫褴褛、骨瘦如柴的人，大吃一惊，以为是两个"野人"。因为相隔有一段距离，小姑娘腿脚伶俐，倒也不怕，静定看了一会，见他们正四处寻找什么。小姑娘问他们在找什么，二人答，找薇菜。小姑娘问，干吗要薇菜呢？伯齐二人便如此这般地告诉了她，最后义正词严地说：我二人义不食周粟。小姑娘咯咯地笑起来，笑得二人莫名其妙，问她，难道不食周粟不是高古之义吗？小姑娘说，你们不食周粟，那薇菜是不是周的呀？伯夷二人听了如雷击顶，目瞪口呆。不久，他们自杀了。伯夷二人的行为或许迂腐，但正因为有这样的人在，一个民族的血脉才不容易割断。

[原辞]

兄有噬犬[①]，弟何欲[②]？易之以百两[③]，卒无禄[④]？

[注释]

① 兄：指战国初期赵国废太子伯鲁。噬（shì）犬：以“翟犬”为图腾的代国。

② 弟：指伯鲁的弟弟桓子。

③ 易：交换。两：通“辆”，用于车辆。

④ 无禄：失去爵禄。

[赏析]

“哥哥有着善咬猛犬，弟弟又打什么主意？一百辆车换一条狗，最终不成反失禄米。”

春秋末年，晋国被韩、赵、魏三家瓜分，到了战国时期，周威烈王二十三年（前 403 年），周威烈王封三家为诸侯。赵国的诸侯赵简子有一天做了一个梦，梦见“儿在帝侧，帝赐其翟犬”。赵简子请“解梦者”为之解梦，“解梦者”恭喜他说：这是一个“钧天梦”，“儿在帝侧”意为太子当为赵国君，而另一子当为代国君，因为代国以“翟犬”为图腾，“翟犬”象征代国。代国是赵国的邻国。

赵简子生有好几个儿子：其中老大名伯鲁，老二名毋恤、老三名桓子。赵简子曾册立老大伯鲁为太子，后来又废了伯鲁的太子位，立老二毋恤为太子。赵简子死后，老二毋恤继位，是为赵襄子。赵襄子上台后，打起了邻国代国的主意。他利用代君好色的毛病，把同父异母的弟弟的胞姐嫁给了代君，并赐给她百辆送嫁之车，以麻痹代君，一面密令宰人用铜科击杀了代君。代君一死，赵襄子就控制了代国。考虑到老大伯鲁未能继位，赵襄子为安抚伯鲁，就让伯鲁的儿子周担任代国国君（代成君），并立周的儿子浣为太子。代成君周死后浣继位，是为代献侯。但是，赵襄子的老弟桓子也想当代国君，赵襄子在位时，他不敢轻举妄动，赵襄子死后，桓子就赶走了代献侯，自己来过一把当代国君的瘾。可是，桓子当了一年代国君就一命呜呼。代国人杀了桓子的儿子，迎回被逐的代献侯重新执政。

以上是第二部分第三层。主要是关于商朝的历史问题的追问。从后稷一直问道春秋战国，最后到楚国。

[原辞]

薄暮雷电①，归何忧？厥严不奉②，帝何求③？

[注释]

① 薄暮：傍晚。

② 厥严：指楚国的威严。奉：保持。

③ 帝：天帝，上帝。帝何求：即何求于帝，求天帝有什么用。

[赏析]

此节以后是诗人结束《天问》时，思绪万千的感慨语。首二句，诗人借景抒情，描绘了这样一幅画面：诗人写完长篇《天问》后，不知不觉时已日暮，但见外面雷鸣电闪，风雨如晦，联想到楚国黑暗朝政，在朦胧中仿佛看见诗人朝思暮想的楚王，不由得又生担忧。可是，担忧有什么用呢？于是，诗人自我开解道：还有什么可忧的？不如独自归去吧。王逸《楚辞章句》：“言屈原书壁所问略讫，日暮欲去，时天大雨雷电，思念复至，自解曰：归何忧乎？”忧也无益，这是诗人愤激、失望之语。后二句，表达诗人的一种天命观：对于不能自律的君主，虽求神助也无济于事。王逸《楚辞章句》称："言楚王惑信谗佞，其威当日坠，不可复奉成，虽从天帝求福，神无如之何。"这种观点，实际上是在天与人的关系上，重人事和重德的思想，表现了屈原先进的哲学观。

[原辞]

伏匿穴处[①]，爰何云[②]？荆勋作师[③]，夫何长？

[注释]

① 伏匿：潜伏，潜藏。穴处：居住在山洞里，亦即身处山林荒野的意思。

② 爰：于是，在此。云：说。

③ 荆勋：指楚国勋旧贵族。

[赏析]

远离朝廷、伏处在山野的人，还有什么可说的呢？为了求功，不顾国情、国力而一再兴兵打仗，国运怎么能够久长？

首二句，是诗人自忖处境后的伤感语。如今自己被迫离开朝廷，穴居野处，又有什么可说的呢？即使对国事再忧怀也没有用。诗人对君国缱绻、挂念之情，在千回百转中又重上心头：还在不久前，好大喜功的楚王，"大兴师伐秦；秦击之大破楚师于丹淅。怀王复悉发国中兵，深入击秦，战于蓝田"（《史记》）。国力已经如此衰弱，"楚方以兴师为功，夫何能久长乎？言享国日蹙也。"（毛奇龄《天问补注》）因此，后二句，写诗人对楚怀王之动辄兴兵、不听谏劝、屡屡失策、感慨痛惜之情。

[原辞]

悟过改更[①]，我又何言？吴光争国[②]，久余是胜[③]。

[注释]

① 悟过：承认并追悔自己的过错。改更：改正。

② 吴光：吴王阖闾名。争国：吴楚相争。

③ 久：长期。余：我们，指楚国。

[赏析]

如果省悟过失，改变所作所为，我又何必多说？若像吴太子光那样，奋发图强，为国争雄，久后我楚国定能取胜。

虽然楚王穷兵黩武，诗人断定长此下去，楚之国运难久，但诗人仍满怀希望，用期望和鼓励的口吻，告诫楚王如果能够悟改前非，能像吴王阖闾那样，发愤砥砺，为国争雄，假以时日，我（楚国）终可报仇雪恨，取得胜利。如贺宽《饮骚》中所云："再引吴光，申'勋阖'之说也。言光久而后复仇，襄苟能如是，虽久而能胜也。"

[原辞]

何环穿自闾社丘陵，爰出子文[①]？吾告堵敖以不长[②]。何试上自予[③]，忠名弥彰？

[注释]

① 何环穿自闾社丘陵，爰出子文：一本作"何环闾穿社，以及丘陵，是淫是荡，爰出子文?"环：环绕。穿：穿过。闾：乡里。社：古代地方基层行政单位。丘、陵：皆指土山。"是淫是荡"即"淫荡于是"。爰：于是。出：生出。子文：春秋时期楚国令尹，成王时人，有贤明之名。据王逸《章句》："子文，楚令尹。子文之母，郧公之女。旋穿闾社，通于丘陵以淫，而生子文。弃之梦中，有虎乳之，以为神异，乃取收养焉。"

② 堵敖：又称杜敖、庄敖，楚文王的儿子，继位五年为其弟成王熊恽所杀。

③ 试：通"弑"，臣杀君的行为。上：指堵敖。自予：给自己，指自立为王。

[赏析]

游国恩先生云："按本篇皆四句为节，且此文上下韵亦不叶，当从别本作四句。其作'环穿自闾社丘陵'者，盖既有脱文，又误衍'自'字，注家遂误以八字作一句读，殊为不辞。"（《天问纂义》）王逸《楚辞章句》注云："堵敖，楚贤人也。屈原放时，语堵敖曰：楚国将衰，不复能久长也。"

诗人以一代贤相令尹子文与当今的令尹子兰相比，深感楚国贤人日削，国运窘迫，"爰出子文，追昔之尹，伤今之令尹也。劝怀王入秦者子兰也，襄王立而为令尹者子兰也。子文为令尹，定楚乱，张楚威，今子兰何若乎？"（黄文焕《楚辞听直》）诗人感慨时事，忧心国运，并直言楚国国运已难以久长，忧心如焚，痛彻心扉之情。祖国的命运就是诗人的命运，因此，诗歌的结句仿佛穿透岁月的烟尘，让诗人看到自己，也看到楚国的命运。

以上为第二部分的第四层。自"薄暮雷电"至"忠名弥彰"十句，都是就楚国的历史和时事发问。

自"禹之力献功"至此是全文第二部分。第二部分就三代兴亡更替问难。主要是对有关夏、商、周三代的社会历史的神话传说和史实提出疑问。

[总评]

《天问》是楚辞中最奇特的一部作品，不仅在中国诗歌历史上，而且在世界文学史上罕见仅有之作。论者每以"奇"字惊叹之。清人夏大霖在其《屈骚心印》中以满口惊叹之语说："人有言'奇文共欣赏'，不期二千年余来，尚留《天问》篇之奇文以待赏。其创格奇，设问奇，穷幽极渺奇，不伦不类奇，不经不典奇。一枝笔排出八门六花，堂堂井井，转使读者没寻绪处，大奇大奇！然不得其解，便是大闷处。"而他对《天问》诗的总的评价是"奇气纵横，独步千古"。"统计一千五百四十五言，前以突起，后以秃住，而中间灏灏瀚瀚，如波涛夜涌，忽起忽落，又如云龙变化，倏隐倏现。后儒徒惊怖奇言，莫能寻其肯綮之所在。"（陈本礼《屈辞精义》）司马迁的《史记·屈原贾生列传》云："余读《离骚》《天问》《招魂》《哀郢》，悲其志。"《天问》究竟表达了诗人怎样的思想感情呢？

要正确理解《天问》的内容和主旨，首先了解古代关于"天"

的观念和含义。

冯友兰认为："在中国文字中，所谓天有五义：曰物质之天，即与地相对之天。曰主宰之天，即所谓皇天上帝，有人格的天帝。曰运命之天，乃指人生中吾人所无奈者，如孟子所谓'若夫成功则天也'。曰义理之天，乃谓宇宙之最高原理，如《中庸》所说'天命之谓性'之天是也。《诗》《书》《左传》《国语》中所谓之天，除指物质之天外，似皆指主宰之天也。"(《中国哲学史》) 屈原质疑和诘问宇宙自然的实体之天，正是为了质疑诘问被人格化、神秘化的所谓主宰之天，或称"天命"之天。其意蕴饱含以下两个层面。

首先，《天问》表达了屈原对天意的怀疑。战国时代弱肉强食的不义战争，屈原自身正道直行却遭楚王流放的惨痛经历，著名人物的出身、品德、才能、作为和结局的不对等，甚至在神话传说中，屈原也能敏感地发现天道和上帝的不公正。在屈原看来，天道是不可信的："天命反侧，何罚何佑?"这句话中无疑包含了满腔的辛酸、悲哀甚至是愤怒。在他看来，要正确地解释三代的兴废存亡，就要破除旧有的天命观，而从人为的方面寻求原因，也只有这样才能积极正确地吸取教训，为楚国的救亡图存取得明鉴。

其次，《天问》表达了屈原的历史观。屈原列举了上古到夏商周历代的朝廷更迭和君王的兴衰成败的史实，告诫楚王：国家的兴亡不在天意，而在能否施行仁政；君位社稷能不能安稳，国家能不能强盛，取决于任用贤良之臣还是信用小人，齐桓公的经历就是一个鲜明的例证。林云铭论曰："一部《楚辞》最难解者，莫如《天问》一篇。兹细味其立言之意，以三代之兴亡做骨，其所以兴在贤臣，所以亡在惑妇。惟其有惑妇，所以贤臣被斥，谗佞益张，全为自己抒不平之恨耳。"(《楚辞灯》)"《天问》一篇，多漫兴语。盖其闳览千古，仗气爱奇，广集遐异之谈，以成瑰奇之制，亦舒愤娱哀之一助也。其意所结，每于国运兴废，贤才去留，谗臣女戎之构祸，感激徘徊，太息而不能自已。"(蒋骥《山带阁注楚辞》)

那些纵观历史兴衰的提问，表达着屈原对楚国命运的担忧；对大自然的提问，则表现了他对宇宙的探索精神……

《天问》内容驳杂，结构层次却十分清晰，全诗总体看来大致可分两大部分。第一部分就自然天体问难，第二部分就三代兴亡更替问难，更有一条史的线索贯穿其间。聂石樵先生总结说：从篇首至“曜灵安藏”，问及宇宙天体形成和运行，自“禹之力献功，降省下土四方”至“何由并投，而鲧疾修盈”二十句问夏朝的史事；自“惟浇在户，何求于嫂”至“何条放至罚，而黎服大说”仍问夏朝史事，兼及商、周史事；自“会朝争盟，何践吾期”至“齐桓九合，卒然身杀”十六句问周朝史事；自“彼王纣之躬，孰使乱惑”至“何卒官汤，尊食宗绪”二十六句又问商、周兴衰的原因；自“勋阖梦生，少离散亡”至“易之以百两，卒无禄”十句仍杂问商、周史事；自“薄暮雷电，归何忧”至“何试上自予，忠名弥彰”十句，都是就楚国的历史和时事发问。（聂石樵《屈原论稿》）这一历史线索，上自开天辟地，女娲有体，贯穿夏、商、周三朝，及至楚国之现实，是比较完整的。当然，其间可能有遗漏、错简之处，使其历史脉络稍有错乱，否则当更为清晰可观。

《天问》为什么通篇使用问句的形式呢？结合屈原的身份和巫史执掌，可以判断屈原用问句的形式汇总、提领文献，而问句的形式又便于探索和传授，同时，问句形式使得巫史文献本身更隐晦难解，它能够保证巫史知识在尽可能小的范围内传播，也使得巫史职业和巫史文献充满了神秘的意味等。这种形式在《天问》以外的巫史文献中也不能找到。如《逸周书》中的《周祝解》：

故万物之所生也性于从；万物之所反也性于同。故恶姑幽？恶姑明？恶故阴阳？恶姑短长？恶姑刚柔？故海之大也而鱼何为可得？山之深也虎豹貔貅何为可服？人智之邃也奚何为可测？跂动哕息而奚为可牧？玉石之坚也奚可刻？阴阳之号也孰使之？牝牡之合也孰交之？君子不察福不来……

《天问》是屈原思想学说的集粹。它不仅表现诗人独立思考的理性精神，也是诗人在哲学、历史观上的伟大建树。《天问》诞生后，在我国产生长久的影响和广泛的兴趣，如晋傅玄的《拟天问》、梁江淹的《遂古篇》、北齐颜之推的《归心篇·释一》、唐杨炯的《浑天赋》、柳宗元的《天对》、明方孝孺的《杂问》、王廷相的《答天问》九十五首、陈稚言的《天对》六篇、黄道周的《续天问》等。唐代柳宗元特写作《天对》回答屈原的问题，此后，试图解答屈原《天问》浩瀚诡谲的问题之作，更不胜枚举。这些都说明了《天问》在文学史上的重要地位和辉煌成就。最后，以余光中《天问》作结，以表达对屈原的景仰：

水上的霞光呵/一条接一条，何以/都没入暮色了呢？
地上的灯光呵/一盏接一盏，何以/都没入夜色了呢？
天上的星光呵/一颗接一颗，何以/都没入曙色了呢？
我们的生命呵/一天接一天，何以/都归于永恒了呢？
而当我走时呵/把我接走的，究竟/是怎样的天色呢？
是暮色吗昏昏？/是夜色吗沉沉？/是曙色吗耿耿？

九　章

——余将董道而不豫兮

《九章》包括屈原所作的九篇诗歌。这些诗歌不是一时的作品，是由后人辑录在一起的。正如朱熹《楚辞集注》所说："后人辑之，得其九章，合为一卷，非必出于一时之言也。"至于这九篇作品从什么时候编在一起，现在则不能确考。按王逸《楚辞幸句》，《九章》的次序是：《惜诵》《涉江》《哀郢》《抽思》《怀沙》《思美人》《惜往日》《橘颂》《悲回风》。据西汉刘向《九叹》："叹《离骚》以扬意兮，犹未殚于《九章》。"说明至少在刘向时九篇作品已经编在一起。

从各篇内容来看，显然不是按写作时间先后排列的。郭沫若《屈原赋今译》认为："《九章》中，《橘颂》一篇，体裁与情趣都不同，这可能是屈原早期作品……《橘颂》以外的八章，便是失意以后的自述，大抵《惜诵》较早，可能是初受疏远时所作。《抽思》《思美人》次之，《悲回风》《涉江》又次之。《哀郢》毫无疑问是顷襄王廿一年，郢都破灭于白起时所作。《怀沙》《惜往日》大抵就是蝉联而下的作品了。"

《九章》的思想内容与《离骚》接近，反复地抒写诗人的理想，揭露批判楚国的黑暗政治，描写被疏远或流放在外的经历、处境和苦闷悲愤的心情。但在表现手法上与《离骚》有所不同：多直抒胸臆，文笔比较朴素，想象夸饰成分极少。《九章》采用象征、隐喻、移情、独白、幻觉、梦境、潜意识、荒诞、时空交错、神话思维等多种艺术表现手段，表现独与天地精神往来的诗人自我形象，这也许是中国文学史上第一个孤独者形象。

惜诵：惜诵以致愍兮

“惜诵”就是以痛惜的心情，来陈述自己因直言进谏而遭谗被疏之事。《惜诵》以首二字为篇名，结构和内容很像《离骚》，有“小离骚”之称。全诗叙述在政治上遭受打击的始末和自己对待现实的态度。其中，诗人对自己未来的道路进行了探索。他先后考虑过伺机求仕、离楚他适、变节从俗，但最终都被否定了，而选择了洁身自好、独善其身的道路。从诗的内容看，此诗大约是屈原被楚怀王疏远失位后不久所作，与长诗《离骚》一样，主要反映了诗人“信而见疑，忠而被谤”的境遇和怨情。

[原辞]

惜诵以致愍兮①，发愤以抒情。所作忠而言之兮②，指苍天以为正③。令五帝以折中兮④，戒六神与向服⑤。俾山川以备御兮⑥，命咎繇使听直⑦。

[注释]

① 惜：痛惜。诵：陈言。洪兴祖《楚辞补注》：“惜诵者，惜其君而诵之也。”致愍（mǐn）：招致祸患。

② 所：所陈之言。作忠：为忠。一说“所”为古誓言的习惯术语。

③ 指：上指。正：同“证”。为证：作证。

④ 五帝：指传说中的五方天帝：东方太皞，南方炎帝，西方少昊，北方颛顼，中央黄帝。折中：判断。

⑤ 戒：告诫。六神：说法不一，朱熹以为指日、月、星辰、水旱、四时、寒暑。向服：对证事理的是非曲直。王夫之《楚辞通

释》："向，对也。服，事也。对质其事理也。"

⑥ 俾（bǐ）：使。山川：山川之神。备御：一齐陪侍，即陪审的意思。

⑦ 咎繇（jiù yáo）：亦作"咎陶"，咎通"皋"，即皋陶。传说舜时掌刑律的官。听直：听取是非曲直。

[赏析]

因有人在楚王面前进了谗言，说自己不忠于楚国及其国君，使屈原蒙冤被逐，故写作本诗抒发忧愤之情。依据全诗内容，可以分为六个部分。以上为第一部分：招祸。

首二句交代自己写作本诗的原因。"惜诵以致愍兮，发愤以抒情"，开篇直抒胸臆，势如破竹；蓄积已久的悲愤感情如洪流决堤，一泻千里，给人强烈的情感冲击。秋瑾《吊屈原》云："楚怀本孱王，乃同聋与瞽。谤多言难伸，虫生木自腐。臣心一如豸，市语三成虎。君何喜谄佞？忠直反遭忤。"由于屈原受到诽谤太多了，难于向楚王申诉清楚，他只得指天作证，表明自己对于国君忠诚不二，并申诉自己不被理解、不被接纳的冤屈。这些冤苦太深，也由于现实的黑暗，屈原甚至异想天开地设想组成一个天庭的审判法庭，请五帝来判断，请六神来对证事理的是非曲直，让山川之神一齐来陪审。这个设想非常神奇，对自己蒙受不白之冤是很有力的辩护。

[原辞]

竭忠诚以事君兮，反离群而赘肬[①]；忘儇媚以背众兮[②]，待明君其知之。言与行其可迹兮[③]，情与貌其不变[④]；故相臣莫若君兮[⑤]，所以证之不远[⑥]。吾谊先君而后身兮[⑦]，羌众人之所仇也[⑥]；专惟君而无他兮[⑨]，又众兆之所雠也[⑩]。壹心而不豫兮[⑪]，羌不可保也[⑫]；疾亲君而无他兮[⑬]，有招祸之道也[⑭]。

[注释]

① 离群：排斥出群体之外，指受到孤立。赘肬（zhuì yóu）：

身体上多余的肉瘤。肬同“疣”。蒋骥《山带阁注楚辞》：“如赘肉之无所用，而为人所憎也。”

② 忘：忘掉，此指心里不存在。儇（xuān）媚：轻薄讨好人之心。背众：违背众人，与众不同。

③ 迹：足迹，作动词，引申为可以印证。

④ 不变：此指内外始终如一。

⑤ 相：察视。

⑥ 证之不远：用以做证明的事例无须远求。

⑦ 谊：通“义”，作动词，即认为合乎义。身：自身。

⑧ 羌：楚方言，乃。众人：指朝廷群小。仇：敌视。

⑨ 惟：思。惟君，一心为君王着想。

⑩ 众兆：众多之人。雠，同“仇”，指仇敌。

⑪ 不豫：不犹豫，不动摇。

⑫ 保：自保。

⑬ 疾：力，极力。

⑭ 有：借为“又”。招祸之道：招致祸患的途径。

[赏析]

以上为第二部分：申诉。组成一个天上的法庭后，屈原开始了正式的申诉。这一段申诉词包括三个内容。前四句，写竭忠事君，专心无二。自己竭诚事君，反而被众人排斥如身上多余的肉瘤。因为自己不懂得献媚取巧，才能背离了献媚邀宠的群小，遭到孤立和排斥也就在所难免。韩非说，君主和臣子的利益是不一致的，竭尽忠诚的服务君主，就等于站到了众庸臣的对立面。众臣为了自己的利益，与君主虚与蛇尾，与屈原的为人截然不同，因此势如水火。这是屈原所不能明说的，因此他希望贤明的君主能够了解他的忠心。故前四句言自己被谗谤的原因，此实望君参验而实证。那么如何才能了解他的忠心呢？紧接着的四句，屈原认为，辨别忠奸无须远求，言语和行为就是线索，自己言行一致，表里如一，这就是他忠诚的表现。至此，屈原得体地恭维楚王：知臣莫过于其君，而验证的方法并不难求。这句官场俗语在这里增加了说服力。第八句以后，写招祸的原因。自己考虑问题总是先君主而后自身，心里只有社稷和君主，这是遭到众人仇恨和排斥的原因。至此，屈原满怀悲愤地说，自己一心为君王着想却连自身都不能保，极力维护君主别无他念，却成为自己招致祸患的途径。“壹心而不豫兮”四句申述自己言行的动机，一切皆是为楚王着想，并无他意，却因此招祸。屈原在这里，反复申明自己对楚王的忠诚，含蓄而悲愤地戳穿了庸臣们结党营私、虚伪狡诈的嘴脸，以致忠臣义士无容身之地，而读者也可以从中看到楚王的昏庸。

[原辞]

思君其莫我忠兮[1]，忽忘身之贱贫[2]。事君而不贰兮[3]，迷不知宠之门[4]。忠何罪以遇罚兮，亦非余心之所志[5]；行不群以巅越兮[6]，又众兆之所咍[7]。纷逢尤以离谤兮[8]，謇不可释[9]。情沉抑而不达兮[10]，又蔽而莫之白[11]。心郁邑余侘傺兮[12]，又莫察余之中情；固烦言不可结而诒兮[13]，愿陈志而无路。退静默而莫余知兮[14]，进号呼又莫吾闻；申侘傺之烦惑兮[15]，中闷瞀之忳忳[16]。

[注释]

① 思君：为君王考虑。莫我忠：没人比我更忠。

② 贱贫：按屈原本属楚王同姓贵族，但至屈原之世，已属同族中的远支，故称出身贱贫。

③ 不贰：无二心。

④ 宠：宠幸。

⑤ 志：即“知”，指能想得到。一本“志”下有“也”字。

⑥ 不群：不屑与小人为伍。巅越：跌落。指获罪失位。

⑦ 咍（hāi）：楚方言，讥笑。一本“咍”下有“也”字。

⑧ 纷：多。逢尤：遭遇罪责。离：通“罹”，遭受。谤：诽谤。

⑨ 謇：迟迟不敢言的样子。释：指将真相解释清楚。一本

“释”下有“也”字。

⑩ 沉抑：心中沉闷、压抑。不达：不畅。

⑪ 蔽：指君王受群小蒙蔽。白：表白、辩白。一本“白”下有“也”字。

⑫ 郁邑：即“郁悒”，愁闷。侘傺（chà chì）：失意的样子。

⑬ 固：本来。烦言：指要说的话烦多。结：指疏理在一起。诒：通“贻”，赠送，即传达给对方。

⑭ 静默：沉默不语。莫余知：“莫知余”的倒文，没人理解我。

⑮ 申：重重。烦惑：烦忧迷惑。

⑯ 中：内心。闷瞀（mào）：忧闷烦乱。忳忳（tún）：愁闷不舒的样子。

[赏析]

以上为第三部分：陈情。前四句承接上文，陈述自己对君主的忠贞无二。诗人运用对比，首从自己对君主的思念程度，次从忘记自己卑贱出身的角度，突出自己对君主的无上忠诚。卑贱者欲攀龙附凤，安能不尽心竭力？故言自己卑贱出身，表明自己为了君主可以肝脑涂地，同时还表明，自己从未把荣辱富贵放在心上，考虑问题总是先君后已。可是尽管这样泣血尽忠，却得不到君主的一丝眷顾。“迷不知宠之门”，暗示自己不献媚邀宠，不投机取巧，不与小人同流合污，而这，却成了他的“致祸之源”！“忠何罪”四句叙自己一片忠心却不知因何被逐，不屑与小人为伍却获罪失位。哪怕得罪受罚倒不可怕，可怕的是这样的后果遭到全国人的讥笑。这真是有理无处说，有冤无处伸，让人悲愤莫名，气结填膺啊！“纷逢尤”四句，写自己想把蒙冤的真相上诉给楚王，可是君王受群小蒙蔽。“纷”写自己遭受的罪责之多，真是众口铄金、百口莫辩。“心郁邑”四句写自己郁闷失意，却没有人能体察自己内心的苦衷。本来有很多话要上达给楚王，愿意一诉衷心却苦于陈情无门。“退静默”最后四句写自己进退两难的矛盾心情。退而默默无言，则世人以为自己罪有应得，没有人知道自己蒙受不白之冤；进而大声疾呼，却又怕无人愿意听一个落难蒙冤者的表白。这一段着重写自己陈情无门的苦闷，在上一段“相臣莫若君”的基础上，进一步写“荃不察余之忠”（《离骚》）。这是第一段指天发誓的原因，也是下一段梦中占卜的基础。

［原辞］

昔余梦登天兮，魂中道而无杭①。吾使厉神占之兮②，曰有志极而无旁③。终危独以离异兮④，曰君可思而不可恃⑤。故众口其铄金兮⑥，初若是而逢殆⑦。惩于羹者而吹齑兮⑧，何不变此志也⑨？欲释阶而登天兮⑩，犹有曩之态也⑪。众骇遽以离心兮⑫，又何以为此伴也？同极而异路兮⑬，又何以为此援也⑭？晋申生之孝子兮⑮，父信谗而不好⑯。行婞直而不豫兮⑰，鲧功用而不就⑱。

［注释］

① 魂：梦魂。中道：半路上。杭：通“航”。无航，失去航船。此将登天比作渡水，故称无航。

② 厉神：古代传说中主杀罚决断的神。占：占梦。

③ 曰：由此句至下文“鲧功用而不就”，均为厉神替屈原占梦后所做的答辞。志极：远大志向。无旁：无在旁相助的人。

④ 终：最终。危独：处境危险孤立。离异：指遭受排斥，离开朝廷。

⑤ 思：思念。恃：依靠。

⑥ 铄：熔化。这句说人言可畏。

⑦ 初：当初，指怀王朝。逢殆：遭遇危难。

⑧ 惩：警戒。羹：热汤。将菜切细做成的一种冷食。齑（jī）：本意指腌制过的韭菜，也泛指经腌制、切碎制成的菜，引申指细、碎。此谓曾被热汤烫过的人，为戒备再次烫伤，在吃菜时也要吹一吹。意谓有过不幸遭遇，就应更加谨慎小心。

⑨ 变此志：改变原有的志向。

⑩ 释阶：不借助阶梯。

⑪ 曩（nǎng）：从前。态：态度。

⑫ 众：指朝廷群臣。骇遽（jù）：惊恐慌张，指胆小怕事。离心：不能同心。

⑬ 同极：指共事楚王。

⑭ 援：帮手。

⑮ 申生：晋献公太子。

⑯ 不好：不爱。献公宠幸骊姬，听信她的谗言，将申生逼迫自杀。

⑰ 行：行为。婞（xìng）直：刚强正直。不豫：不犹豫，做事果断。

⑱ 鲧：古代传说中大禹的父亲，治水未成，被舜杀害。用：因。不就：未成。

[赏析]

以上为第四部分：梦劝。陷入重重困境的屈原被逼得“灵魂出窍”。他做了一个梦。梦中他要登天，可是灵魂却在中途停滞不前。所谓“登天”，是指屈原欲在朝廷任职，实现自己的“美政”理想。“魂中道而无杭”写他遭受到巨大的挫折。这时，他看见了主杀罚决断的厉神。屈原请厉神为他占卜吉凶。至此，是本段的引子，从而引出下面一段厉神的劝言。从第三句诗到最后是厉神的答话，其中，“终危独”句为屈原问语：“我又问：是否要遭受疏远？”厉神的话包括三层意思。第一层从“曰君可思而不可恃”到“犹有曩之态也”，厉神劝他改变忠君的志向。厉神讲了三个理由。其一，屈原虽然志向远大，可以没有旁人帮助他。他现在是挨打的“落单孤雁”，处于“众叛亲离”的高危境地，自顾不暇，何谈理想？其二，君主不可以依赖。即说君主可以思念，却不可以依赖。在专制时代，失去了君主的支持，实现政治理想不过是一句空谈。但君主又是不可以依赖的，如果一味忠诚君主，一旦被君主抛弃，就会“死”得很惨，而众说一词的谗言可将真金融化。正因为楚王不信任他，所以才致群小毁谤丛生，众口铄金，把屈原这样的天才级别的大师毁于笑谈之间，使屈原一再被驱逐，被贬谪。当初，屈原就是依靠君王而惹下祸端。厉神在这里用了一个形象的比喻，被热汤烫伤过，吃凉菜也要吹吹呀！用这个细小的例子，有力地批判了屈原固执不改变忠直的志向，是多么愚蠢的行为，已经有过不幸遭遇，此后就应更加谨慎小心。其三，屈原如果仍像从前那样，不改变态度，那么，他就丧失了实现政治理想的阶梯。朝廷群臣怕与君主离心离德，又怎能和你志同道合？楚王亦不施以援手，屈原孤零零的一个"罪臣"，有再好的"美政"，又有何用呢？因此，厉神劝屈原改变志向，变节随世从俗。第三层，"晋申生"最后四句，厉神用申生和鲧的史例，说明孝子忠臣被说成不孝不忠古已有之。这两个例子侧重点不同。申生以父子之亲，且对父至孝，却因谗被迫自杀，可见谗言可斩断最坚固、最亲密的至亲关系。鲧刚强正直，做事果断，却被说成治水未成而被杀，可见美好的品德和劳苦功高在谗言面前也不堪一击。这样说来，屈原因谗获罪，又有什么奇怪，有什么值得忧郁苦闷呢？这个"梦"反映了屈原内心的矛盾和激烈的思想斗争。同时，通过厉神的规劝对比，彰显自己忠贞的节操。

[原辞]

吾闻作忠以造怨兮①，忽谓之过言②。九折臂而成医兮③，吾至今而知其信然④。矰弋机而在上兮⑤，罻罗张而在下⑥。设张辟以娱君兮⑦，愿侧身而无所⑧。欲儃佪以干傺兮⑨，恐重患而离尤⑩。欲高飞而远集兮⑪，君罔谓女何之⑫？欲横奔而失路兮⑬，坚志而不忍⑭。背膺牉以交痛兮⑮，心郁结而纡轸⑯。

[注释]

① 造怨：制造别人对自己的怨恨。

② 忽：忽视。过言：过分之言。

③ 九折臂：多次折伤臂膀。成医：因有经验，自己也成了良医。

④ 然：如此，这样。

⑤ 矰弋（zēng yì）：拴着丝绳的射鸟短箭。机：射箭时所用的机栝，此作动词，指扣机待发。

⑥ 罻（wèi）罗：捕鸟的网。张：张设，设置。

⑦ 设张：设置，安排。辟：开。此指朝中群奸，暗设伤人的机关，张开来使人遭祸。娱君：使君王快意，高兴。

⑧ 侧身：隐避其身。朱熹《楚辞集解》："言谗贼之人，阴设机械，张布开辟，伤害君之所恶，以悦君意。使人忧惧，虽欲侧身以避之，而犹恐无其处也。"

⑨ 儃佪（chán huái）：徘徊。干：求。傺：通"际"，际遇、机会。

⑩ 离：同"罹"，遭遇。尤：罪过。

⑪ 集：鸟栖止在树上。

⑫ 罔：不。罔谓：岂不要说。女：汝，你。何之：何往。

⑬ 横奔：狂奔乱跑。失路：迷失路途，离开正道。

⑭ 坚志：意志坚定。不忍：不忍去做。

⑮ 背膺（yīng）：背与胸。牉（pàn）：剖分为二。交痛：指胸、背交相疼痛。

⑯ 纡轸（yū zhěn）：心中绞痛。

[赏析]

以上为第五部分：寻路。诗的前八句，诗人用悲怆的语气，阐述了一个千古常新的话题：忠臣会招来祸端。诗人写来跌宕起伏，先用欲扬先抑的手法，说自己心里不以为然，认为是夸大其词，然后运用一个比喻，极为沉痛地说，"九折臂而成医兮"，"九"，表概数，多次。朱熹《楚辞集注》析曰："人九折臂，更历方药，乃成良医，故吾于今，乃知作忠造怨之语，为诚然也。"自己经历了人生的巨大挫折之后，才明白了这句寻常之话背后的惨痛。继之，诗人用沉郁的语气，形象地描绘了自己陷入的巨大困境：朝着天上装好的射鸟短箭扣机待发，地上的罗网也张设起来。"矰弋"比喻诗人遭谗被疏；“罻罗”比喻朝中群奸，暗设伤人的机关，张开来使人遭祸。“设张辟以娱君兮，愿侧身而无所”，小人们设下种种陷阱坑害君王，“我”想效忠也没有了进身之路。屈原这样的忠臣在朝中竟无容身之地，真是左右为难。

在这种上天无路、入地无门、脱身无计的绝境中，诗人怎么办呢？“欲儃佪”八句是屈原在再三筹谋之后，替自己设想的三种出路：第一种，“儃佪”，等待机会。但又担心再次祸患降身。第二种，远走高飞。即像战国时常见的游说之士投奔他国，但这样做岂不是畏罪潜逃？岂不是在授人以柄？钱澄之《屈诂》：“言君又欲以远去为之罪。”第三种，“横奔而失路”，即朱熹说的“妄行失道”或陈第说的“违道妄作”（《屈宋古音义》），就是与坏人们同流合污，不顾道德礼仪，愿意干违法乱纪的事。但是诗人意志坚定，不愿意这么做。思前想后，去留两难，诗人感到“背膺牉以交痛兮，心郁结而纡轸”，前胸与后背如同裂开一般疼痛难忍，心里的忧怨纠结如同刀绞，痛苦万分，从而为最后的抉择蓄势。

[原辞]

捣木兰以矫蕙兮①，糳申椒以为粮②。播江离与滋菊兮③，愿春日以为糗芳④。恐情质之不信兮⑤，故重著以自明⑥。矫兹媚以私处兮⑦，愿曾思而远身⑧。

[注释]

① 捣：舂碎。一本“捣”作“梼”（断木）。木兰：香木名。木兰花，芳香洁净。矫：揉搓。蕙：香草。

② 糳（zuò）：舂米使精。申椒：芳香植物。

③ 播：种植。江离：香草。滋：培植。

④ 糗（qiǔ）：干粮。糗芳，此指用上述香草做成芳香的干粮。这里喻自己的高洁。

⑤ 情质：情实，真情实性。不信：不能取信于人。

⑥ 重著：反复地显示。自明：自我表白。

⑦ 矫：同“挢”，举起。兹媚：这些可爱的美物，即上述芳香美草。私处：独处。

⑧ 曾：借为“层”，多，反复地。远身：自身远离世俗。

[赏析]

以上为第六部分：抉择。鲁迅先生说：“真的猛士，敢于直面惨淡的人生。”在身心俱裂、心痛如绞的极大痛苦面前，屈原是如何面对呢？每一次破碎都是一种升华。在“行不群以巅越兮，又众兆之所咍。纷逢尤以离谤兮，謇不可释”的污浊朝堂上，屈原用芳香“喂养”自己：捣碎木兰再揉碎芳草，舂碎申椒来做充饥的点心。种上香草培植秋菊，希望能作春天芬芳的干粮。屈原通过提升自己的精神境界，战胜强大的黑暗世界。“恐情质之不信兮，故重著以自明”照应开头，再次声明本诗的写作目的：只怕自己的真心不被人理解啊，所以反复述说，一再地表明自身。这部分的八句诗，用比喻之意最后得出结论，说自己还是保持自己美好的品德，远离这复杂肮脏的社会，坦然独处吧！即“身怀美德我独居隐退啊，再三深思不与世俗同流合污”！

[小结]

《惜诵》全诗以感情的发展变化为线索，诗歌一开始，就写诗人指天为誓，表明自己一心为君为国的忠诚，以及不被理解、不被接纳的冤屈。接着诗人表白说自己在朝廷任职时，一直是“先君而后身”“专惟君而无他”，不想却“羌众人之所仇”，受到朝廷群小们的仇视，成了“招祸之道”。在陈志无路的情况下，他梦游天庭，问卜吉凶，想高飞远走或变节从俗，但终以“志坚而不忍”，最终选择保持高洁傲岸的品质，像空谷幽兰那样卓立于世。全诗既写激愤的心情，又写失位后进退两难的困境，抒情忧怨的感情酣畅淋漓，在艰难困苦中的抉择铿锵有力，写得波澜曲折、回肠荡气，给人心灵的冲击和灵魂的洗礼。宋洪兴祖云：“此章言己以忠信事君，可质于明神，而为谗邪所蔽，进退不可，惟博采众善以自处而已。”（《楚辞补注》）正概述了本篇的主旨。

涉江：吾不能变心而从俗兮

《涉江》大致是屈原被流放江南多年以后所作。诗从“济乎江湘”写起，故名“涉江”。汪瑗《楚辞集解》说：“此篇言己行义之高洁，哀浊世而莫我知也。欲将渡湘沅，入林之密，入山之深，宁甘愁苦以终身，而终不能变心以从俗，故以‘涉江’名之，盖谓将涉江而远去耳。”篇中叙述了诗人从鄂渚到溆浦行程的艰苦和处境的幽独，表现了自己对黑暗政治的愤懑和对理想信念的坚贞。

[原辞]

余幼好此奇服兮①，年既老而不衰②。带长铗之陆离兮③，冠切云之崔嵬④，被明月兮佩宝璐⑤。世溷浊而莫余知兮⑥，吾方高驰而不顾⑦。驾青虬兮骖白螭⑧，吾与重华游兮瑶之圃⑨。登昆仑兮食玉英⑩，与天地兮同寿，与日月兮齐光。哀南夷之莫吾知兮⑪，旦余济乎江湘⑫。

[注释]

① 奇服：奇异的服饰，用来象征自己与众不同的志向品行的。

② 衰：懈怠，衰减。

③ 铗（jiá）：剑柄，这里代指剑。长铗即长剑。陆离：长貌。

④ 切云：当时一种高帽子之名。崔嵬：高耸。

⑤ 被：同“披”，戴着。明月：夜光珠。璐：美玉名。

⑥ 莫余知：即“莫知余”，没有人理解我。

⑦ 方：将要。高驰：远走高飞。顾：回头看。

⑧ 虬：无角的龙。骖：四马驾车，两边的马称为骖，这里指用螭来做骖马。螭（chī）：一种龙。

⑨ 重华：帝舜的名字。瑶：美玉。圃：花园。“瑶之圃”指神话传说中天帝所居的盛产美玉的花园。

⑩ 英：花朵。玉英：玉树之花。

⑪ 夷：当时对周边落后民族的称呼，带有蔑视侮辱的意思。南夷：指屈原流放的楚国南部的土著。

⑫ 旦：清晨。济：渡过。湘：湘江。

[赏析]

以上为第一部分，写自己崇高的理想与现实的矛盾，阐明涉江远走的基本原因。此时诗人蒙冤被逐，独自跋踄于僻远荒凉、瘴疠雾毒的深山老林之中，处境十分凄苦。但诗却以奇兀之笔开端，是其所是，壮写人生。

“余幼好此奇服兮，年即老而不衰”，朱熹《楚辞集注》谓：“奇服，奇伟之服，以喻高洁之行，下冠剑被服皆是也。衰，懈也。”屈原从小以“奇”的标准要求自己，做一个“奇男子”，伟丈夫。“奇”者，稀世之才，百年不遇也。“奇”，包括奇志、奇才、奇功、奇文、奇思、奇行、奇节，高尚的道德，伟岸的人格，崇高的志向，伟大的风范，思出众表，行高于世，魅力四射，卓然超群也。屈原一生文采过人，当世难有敌手，并且不拘一格，开创多个诗歌流派，堪称浪漫派诗歌的鼻祖，真可称为“奇人”吧。盖以“奇”要求自己实非易事，然唯以“奇”要求自己，才能有所创树。屈原自幼至老，好此奇服而不衰，有坚持理想人格的高度自觉性和百折不回的非凡意志力。对一个从政者来说，政治就是他的生命，屈原从楚王的宠信、楚国的高官，到被削职，继而被流放到僻远的江南，从人生的巅峰到被抛弃到人间地狱，这种翻天覆地的变化，对屈原的打击是巨大的，但屈原并没有因此改变对理想的追求和人生价值的抉择。这是诗人对理想的执着，也是对苦难的挑战。这里面包含了丰富复杂的内涵，既有对前半生的回顾，又有遭受挫折的种种苦恼，更有对今后人生选择的宣誓。诗人在开篇喷涌而出的只有这一句话，用我们今天的话说就是：“我决不改变我自己，我就是好这口。”屈原怀抱坚贞的节操，愈老愈挫愈勇，在君王昏庸、小人当道的重重困境中，矢志不渝奔赴自己的理想。

“带长铗之陆离兮，冠切云之崔嵬，被明月兮佩宝璐。”这三句是对“奇服”的具体描写。“奇服”是“点”，这三句是“染”。“长铗”象征正直、正气、正义；“崔嵬之冠”象征其伟岸的人格，伟大的志向，高洁的操守；“明月、宝璐”象征其才德，如光明磊落的胸襟、光明正大的风范、光彩四溢的才华等。运用比喻和象征，取得比直述更丰富的内涵，且赋予诗歌以斑斓的文采。屈原这三句对自身形象的描绘，在后世人看来，显得十分古怪。然而，又恰好象征了屈原高洁伟岸的形象，因此，后代怀念屈原的人，就据此勾画出屈原与众不同、慷慨悲壮、气质高雅的爱国志士的形象。千百年来，屈原的爱国形象一直激励着后人献身伟大的祖国。但是，屈原的这幅肖像，是不是“奇服”呢？1942 年在长沙出土一件战国帛画，画上的人物跟《涉江》中描写的屈原形象是非常吻合的，它说明当时正面的男性形象就是如此装扮。因此，屈原对自己形象的描述，无疑取其象征义。屈原这种用服饰刻画人物形象的创举，也成为后世常用的文学表现手法。

诗人自尊自爱，崇尚高洁，一如既往，始终不变，然而，“世溷浊而莫余知兮”。“世溷浊”，是对战国时期礼崩乐坏、价值观念崩溃、意识形态混乱的真实写照，正如孟子所描绘的那样：“争地以战，杀人盈野；争城以战，杀人盈城。”战争之外还有昏君佞臣、苛政淫风、饥荒瘟疫，等等。整个社会一片混乱、正邪颠倒、是非不分、群魔乱舞、污秽不堪，是屈原高洁形象的映衬背景，也是屈原的悲剧根源。屈原保持精神清白，没有一个人理解屈原。一个“世”字，也反映屈原的某种偏执，或者说，他是针对楚国君臣而言，出于愤激，以致以偏概全；或者说，这句话是屈原说给楚王听的；又或者，他是孔子所谓的“狷者”。屈原这种过分的“洁癖”，对于一个政治家来说，不能不说是一种缺憾。但是，正是有这种“山中高士晶莹雪”的存在，社会才能变得更加美好；正是始终秉持“孤洁”，怀抱赤子之心，屈原才成其为屈原，才能成为一个伟大的诗人。“莫余知”则可能是存在的。对于一些天马行空、独立特行，一些“春江水暖鸭先知”的人来说，他（她）虽然生活在我们身边，混迹于“引泥浆者流”之中，并没有人能理解他（她）、认识他（她）的价值，这种情况是完全可能的，何况“知音一个也难求”。在一个醉生梦死、举世混浊的国家，他的悲剧是阳春白雪、孤掌难鸣的悲剧。屈原把生涯中极大的挫折和不幸在精神上作了提炼，化作精神追求的勇气：“吾方高驰而不顾。”清钱澄之云：“自写其高视阔步，岸傲一世之状。”（《屈诂》）一方面，他高调地向世人表态，我即使经受种种打击也不后悔，还要有很高的追求；另一方面，他又有一种难以割舍的眷念情绪；说是“不顾”，其实精神上难以摆脱。因此，无论是“高驰”还是“不顾”，他对祖国的爱是一样的，是忠贞不二的，他的孤独是眼含热泪地孤独，他的“不顾”是奋不顾身的“宁为玉碎”。高洁的志行不被人理解，这是他渡江而远去的思想根源。

“吾方高驰而不顾。”“高驰”到何处？——“登昆仑兮食玉英，与天地兮同寿，与日月兮同光。”“夫大人者，与天地合其德，与日月合其光。”堪此比喻者，必将成一代大德。司马迁据此说：“推此志也，虽与日月争光可也。”（《史记·屈原贾生列传》）“登昆仑”就是到了天上。在楚国的神话体系中，昆仑山是一座神山，山分三层，最上面一层连接天庭。驾“青虬、白螭”，烘托自己的高贵形象，“登昆仑”象征行为的高尚，“食玉英”象征培养的纯洁忠贞的品德，“重华”以古圣帝反讽楚王的昏聩，暗喻自己是贤臣；“瑶之圃”，美好圣洁的地方，反讽“世溷浊”。在“世溷浊而莫余知兮”的情况下，在被打入黑暗的深渊的时候，屈原把自己的精神境界提到了无限高的境界。或者说，屈原表达了自己志在九天、功在千秋、名垂万代的不朽功德，描绘了他所追求的理想境界。这是对“世溷浊”和“莫余知”的驳斥，也是对自己的崇高理想、伟大抱负和自己冰晶玉洁的人格的高度自信和肯定，表达了自己“出淤泥而不染”的傲世情怀。他相信，他心中的理想之光与为之奋斗的精神，会与天地同在，与日月同样光照大地。屈原所追求的境界是一种难以企及的、只可崇拜难以效法的境界。

“哀南夷之莫吾知兮，旦余济乎江湘。”“南夷之莫吾知”是诗人“余济乎江湘”的原因，“南夷”是这次流放出发的地点。“南夷”在湘江、汨罗一带，是南夷苗族居处旧地。诗人与南夷相处很久，但不被理解，于是选择离去，“济乎江湘”。以“哀”字起头，流露出诗人内心深重的叹息。这种刻骨的孤独，是一种精神的无所归依，一种心灵的不遇，并不是说不与人交往。流放到边远之地，能够和当地人融合到一起本来就很难，如王昭君和亲匈奴，盛年抑郁而死；柳宗元流放后“独钓寒江雪”，四十多岁就英年早逝。但也有例外，如苏轼被流放到彝族居住的海南岛，不仅活了下来，而且由于他给当地人治病、起名字，在他还活着的时候，当地人就给他建造了祠堂。一个人还活着的时候就有人给他建祠堂那是对他了不起的崇拜，何况那里是不同民族的居住地，有着瘟疫流行、语言不同的自然社会环境。但是，屈原不是那样的人。“物性固难夺”，他天才高洁难以委地成泥，他耿介孤直难以和俗同尘，他遭逢末世所以孤鹤悲鸣。他本来就与众不同，从小就与众不同，跟中原人不同，跟少数民族也不同，在中央没有，到地方仍然没有，所以在哪儿都找不到知音。而更大的可能性，是明“哀”“南夷之莫吾知”，而暗“哀”楚王之“莫吾知”。正因为楚王之“莫吾知”，又再次把他从“南夷”流放到更远的南方。

这一段记行的只有四句：“世溷浊而莫余知兮，吾方高驰而不顾。”“哀南夷之莫吾知兮，旦余济乎江湘。”其余的，多是描写。屈原的描写艺术达到了非常高的境界。他首先通过服饰表述了自己的人生理念、人生追求和个性风格。尽管心中充满着种种眷念，但由于没有人能够理解，于是就高昂着头，义无反顾地远行，走向那理想中的精神境界，和虞舜一起在天帝的花园中遨游，表达了一种执着而坚强的人生选择和价值取向。除了写实，屈原还交替使用了神话与象征、隐喻和虚拟的表现手法。虚实相生，文采斑驳。

[原辞]

乘鄂渚而反顾兮①，欸秋冬之绪风②。步余马兮山皋③，邸余车兮方林④。

乘舲船余上沅兮[5]，齐吴榜以击汰[6]。船容与而不进兮[7]，淹回水而疑滞[8]。

朝发枉陼兮[9]，夕宿辰阳[10]。苟余心其端直兮[11]，虽僻远之何伤[12]！

[注释]

① 乘：登上。鄂渚：地名，在今洞庭湖一带。反顾：回头看。

② 欸（ǎi）：叹息声。绪风：余风。

③ 步马：让马徐行。山皋：山冈。

④ 邸：同“抵”，抵达，到。方林：地名。

⑤ 舲（líng）船：有窗的小船。上：溯流而上。

⑥ 齐：同时并举。吴：国名，也有人解为“大”。榜：船桨。汰：水波。

⑦ 容与：缓慢，舒缓。

⑧ 淹：停留。回水：回旋的水。疑滞：一作“凝滞”，停滞不前。

⑨ 陼：同“渚”。枉陼：地名，在今湖南常德一带。

⑩ 辰阳：地名，在今湖南辰溪县西。

⑪ 苟：如果。端：正。

⑫ 伤：损害。

[赏析]

第二段写途中的经历和自己的感慨，表现了彷徨矛盾的复杂心情。诗人由湘江进入沅水，需经陆路，乘舲上沅，由杜渚，到辰阳，入溆浦。以上写水陆劳顿抵达辰阳的艰难行程。正是深秋初冬之交，诗人随羁押人员一起踏上了流放江南的路。走到洞庭湖的鄂渚的时候，诗人要求登上鄂渚一观。羁押人员很理解他的心情，允许诗人登上鄂渚。迈着沉重而缓慢的步履，诗人登上了鄂渚，他情不自禁地回头向西北望去，那里，是他挚爱的郢都。不是说好要“高驰而不顾”吗，现在怎么又“反顾”了呢？“反顾”二字传达出诗人曲幽微妙的心境。“反顾”什么？“反顾”自己如何一路走来，“反顾”自己半生坎坷蹉跎、饱经风霜的人生历程，“反顾”自己为之伤情、为之牵挂、为之忧愁的郢都，那是他的生命所在，是他的理想寄托，是他的全部希望，他又怎能不“反顾”这个天下最令他伤心的地方呢？现在是真正地离开了热恋的故都，不知何日才能踏上这片热土。这时，诗人才感到透心的寒冷。冷，真冷啊！诗人举目四望，才发觉秋冬之际的大风呼啸，落叶漫天翻飞，山河大地，万木萧条，一派凄凉，诗人不禁从心底叹气。诗人运用借景抒情，营造一种悲凉的气氛，把那种被贬谪的凄凉心境、那种黯然魂销的离情别绪渲染得特别强烈。诗人深情地望着郢都，久久沉吟不语，直到羁押人员催促了好几次，才缓缓走下鄂渚，心情依旧那么沉重。“步余马兮山皋，邸余车兮方林。”采用地点组接的方法，富有极强的画面感，正是“行行复行行，与君生别离。相去万余里，各在天一涯”，又是“何处是归程，长亭更短亭”。旅途默默，马蹄杂沓，车声粼粼，诗人的忧伤情绪尽在不言中。

由辰阳出发，然后走水路：“乘舲船余上沅兮，齐吴榜以击汰。船容与而不进兮，淹回水而疑滞。”诗人用“余”字的时候，语气比较舒缓。“乘舲船余上沅兮”，似乎是诗人在主动选择离开，向目的地上沅进发。船沿着沅水逆水而行，水流湍急，行船本来就很困难。船工们喊着号子，齐心协力用桨击水，但船却在逆流和漩涡中徘徊，似乎滞留不前。哪里是船不愿行进啊，只是因为诗人极度眷恋郢都，舍不得离开。诗人遭受政治迫害，不忍离开但又不得不离开，真是进退两难啊！诗人流连忧伤的心情，在船的“容与不进”和水的“淹回疑滞”中传神地表达出来。非船“不进”，不想“进”的是诗人；非水“淹回疑滞”，“疑滞”的是诗人留恋忧伤的心情。然而，不管愿不愿离开，船都带着他走向陌生的异地。“朝发枉陼兮，夕宿辰阳。”艰难地走了一天，在辰阳住宿了。一天的行程只用“朝夕”二字轻轻带过，似乎一天无话可说，然而，“苟余心其端直兮，虽避远之何伤！”诗人在短暂的沉默后，掷地有声表达自己的心声。他坚信，只要自己行得端，走得正，即使去往再偏僻、再荒远的地方，也没有什么伤感的。这是信念的力量，是坦荡的人格横陈大地的写照。

[原辞]

入溆浦余儃佪兮[①]，迷不知吾所如[②]。深林杳以冥冥兮[③]，乃猿狖之所居[④]。

山峻高以蔽日兮，下幽晦以多雨[⑤]。霰雪纷其无垠兮[⑥]，云霏霏而承宇[⑦]。

哀吾生之无乐兮，幽独处乎山中。吾不能变心而从俗兮，固将愁苦而终穷[⑧]。

[注释]

① 溆浦：溆水之滨。儃佪：徘徊。

② 如：到，往。

③ 杳：幽暗。冥冥：幽昧昏暗。

④ 狖（yòu）：长尾猿。

⑤ 幽晦：幽深阴暗。

⑥ 霰（xiàn）：雪珠。纷：繁多。垠：边际。这句是说雪下得很大，一望无际。

⑦ 霏霏：云气浓重的样子。承：弥漫。宇：天空。这句是说阴云密布，弥漫天空。

⑧ 终穷：终生困厄。

[赏析]

以上为第二层，写进入溆浦后独处大山的情景。溆浦处崇山峻岭，深山老林之中。诗人入溆浦后又入林，入林后又入山，山高林深，历尽险恶。隐晦昏沉的背景，裹在无处不在的雾霾雨雪中的诗人，仿佛落入一张看不见、又无处不在的蛛网，将英俊、高洁之才封杀其中。这是一块埋人的地方，一具硕大无朋的活棺材。屈原被流放的江南，一般而言是狭义的江南，即“湘沅之间”“荆州之南”。江南亦即黔中郡，其大部分在今湖南省常德、辰州及湘阴、长沙、岳州一带，处在楚国的边缘，非常偏僻和落后，是丛莽、低湿多虫、少有人烟的少数民族居地，历来是楚国流放犯人的地方，在《左传》和《史记》中有多处记载。《史记·楚世家》载："考烈王三十二年，楚东徙，都寿春，命曰郢。"寿春是楚国最后一个政治文化中心，楚相春申君主持江东大开发的时候，今日的上海还是一片沼泽；春申君开发的太湖，在司马迁的笔下，太湖流域是"地广人稀""刀耕火耨"的荒凉之地，称太湖江南为"荆蛮之地"，称当地百姓为"南蛮"。屈原写本诗当于楚襄王时期，相去春申君不远。可以想见，在屈原时代，江南还是个荒无人烟的原始森林地带，用太古洪荒来形容并不过分，其生存条件十分恶劣。

诗人入溆浦顿生错愕。"迷不知吾所如"，表现了诗人内心的极大震惊。这是对自己所至的非人处境的震惊，更是对迫害者的残酷阴险手段的震惊："深林杳以冥冥兮，乃猿狖之所居!"诗人复杂的感情，在环境描写中得到完美演绎。洪兴祖在《楚辞补注》中认为，这几句环境描写都具有象征意义，如"乃猿狖之所居"，言外之意是"非贤人之所宜"。"山峻高以蔽日"比喻权臣蒙蔽君王，"下幽晦以多雨"比喻宦官群小暗中中伤打击，"霰雪纷其无垠兮，云霏霏而承宇"比喻奸佞之众，散播谗言陷害人，蒙蔽手段之阴险等。明陆时雍《楚辞疏》云："《涉江》，山水生愁，云物增慨，此便是后来诗赋之祖。"梁启超认为，这几句环境描写运用象征手法抒情，表达了诗人烦闷的心情。胡念贻在《楚辞选注及考证》中认为，这首诗的最大特色就是这四句诗。这四句诗是中国古代记行诗中环境描写最出色的经典之笔。钱钟书认为，这几句环境描写"开后世诗文写景法"。诗人运创造之笔，把写景与抒情完美地融合在一起，既象征了诗人所处的社会政治环境，又象征了诗人陷身与世隔绝、孤独困苦的人生境地，表达了诗人孤独失落、愤懑愁苦忧伤的心情，并为下文的"哀吾生"四句作了铺垫。

"哀吾生之无乐兮，幽独处乎山中。"万山之中，林深杳冥，榛莽丛生，猿猴出没，山高峻岭，云气弥漫，天地相连，罕有人烟，自然环境如此险恶，对人来说已经是绝境了。但屈原仍然坚定地说："吾不能变心而从俗兮，固将愁苦而终穷!""固"字，说明遭此穷途，并非出其所料。"穷"，指命途窘困。"终穷"，说明身处此时此境的屈原，对自己的一生已经看得很清楚了，然而即使是这样，诗人也决不改变自己的信念，也绝不会向腐朽势力妥协变节，并表示矢志不移，坚持到底。这与上文"世溷浊而莫余知""哀南夷之莫吾知"的意思是一脉相承的。杨胤宗《屈赋新笺》云："溆浦处重山深林之中，云岚雨雪，瘴疠雾毒，非人所宜居处，而原贬此，深山茅屋，载离寒暑，日处于阴惨岑寂之中，度其非社会之人生。天高地迥，郁荒独哭，其与朝廷恶势力斗争，已至援绝而矢穷，然终不肯降服也。"即通过绝境而体现了诗人绝不屈服之性格。

[原辞]

接舆髡首兮①，桑扈臝行②。忠不必用兮，贤不必以③。伍子逢殃兮④，比干菹醢⑤。与前世而皆然兮⑥，吾又何怨乎今之人！余将董道而不豫兮⑦，固将重昏而终身⑧。

[注释]

① 接舆：春秋时楚国的隐士，佯狂傲世。髡（kūn）首：古代刑罚之一，即剃发。相传接舆自己剃去头发，避世不出仕。

② 桑扈（hù）：古代的隐士。臝（luǒ）：同"裸"。桑扈用裸体行走来表示自己的愤世嫉俗。

③ 以：用。这两句是说忠臣贤士未必会为世所用。

④ 伍子：伍子胥，春秋时吴国贤臣。逢殃：指伍子胥被吴王夫差杀害。

⑤ 比干：商纣王时贤臣，因为直谏，被纣王杀死剖心。菹醢（zū hǎi）：古代的酷刑，将人跺成肉酱。

⑥ 皆然：都一样。

⑦ 董道：坚守正道。豫：犹豫，踟躇。

⑧ 重：重复。昏：暗昧。这句是说必定将终身看不到光明。

[赏析]

这几句借古讽今，描绘了楚国君昏政暗，小人猖獗，忠良被害的黑暗现实。有道是，圣人在上，野无遗贤。诗人列举了四个人的史例，他们可以分为两组，一组是在野的隐士接舆和桑扈，一组是在朝为官的伍子胥与比干，两组之间相互映衬，互为进退，非此即彼。接舆和桑扈皆古之忠贤，不但没有得到重用，相反，因为政治黑暗，害怕小人陷害，他们以剃发、裸行的惊世骇俗之举，表示与黑暗溷浊的官场决裂。如果他们踏入了这样的官场，将会怎样呢？伍子胥与比干就是他们的例子。他们是国家的忠良，然而都成了不正常的人，甚至惨遭杀戮，为什么会这样？不能不令人深思，不能不让人首肯诗人上文所谓的“世溷浊”。诗人的经历跟他们颇为相似。

屈原流放之地，汉代学人局限于江南、沅湘一带。后来到明清时，明黄文焕把屈原的作品的作地分出了“汉北”“江南”，并将“疏”与“放”区别开来。林云铭则将屈原被“疏”分出层次：屈原在怀王时遭谗，结果只是被疏，即《屈原列传》所说的“不复在位”，不复在左徒之位，未尝不在朝；再谏则被迁于汉北，但这次被迁未遭拘禁，可以自由行动（包括陈词谏诉），且几年后被召回；顷襄王朝被放江南，永不召回，且在流放中被“羁身”，不能自由行动。蒋骥则将屈原被“放”分为三个阶段：郢都至陵阳，陵阳至溆浦，溆浦至汨罗。屈原这次流放江南，就是永不召回、由陵阳至溆浦的一次。（彭春艳《考古发现与屈原生年、仕履、流放研究》）

诗人对昏君佞臣的谴责，就从这愤激之语中迸溅而出。然而，古代先贤尚且如此，“我”又何必怨恨当今之人呢？这几句是诗人的自我宽解语。然而，即使在蒙受如此之冤屈，在遭受如此非人的待遇时，在守正道与被抛弃之间，屈原毅然地选择守正道。诗人在这里宣告，自己将一如既往地坚守正道而毫不犹豫，哪怕被打入十八层地狱也在所不惜。“道之所在，虽千万人吾往矣；义之所当，千金散尽不后悔。”这种带有伟人孤独感的描述，反映了屈原通过不断提升自己的精神层次来平衡自己。这一段言简意赅，对偶工整，词句作金玉之声，在沉郁顿挫中蕴含着灼热的忧愤之情。

[原辞]

乱曰：鸾鸟凤皇①，日以远兮。燕雀乌鹊②，巢堂坛兮③。露申辛夷④，死林薄兮⑤。腥臊并御⑥，芳不得薄兮⑦。阴阳易位⑧，时不当兮⑨。怀信侘傺⑩，忽乎吾将行兮⑪！

[注释]

① 鸾鸟、凤凰：都是祥瑞之鸟，比喻贤才。这两句是说贤者一天天远离朝廷。

② 燕雀、乌鹊：比喻谄佞小人。

③ 堂：殿堂。坛：祭坛。比喻挤满朝廷。

④ 露申：一做“露甲”，即瑞香花。辛夷：一种香木，即木兰。

⑤ 林薄：草木杂生的地方。

⑥ 腥臊：恶臭之物，比喻谄佞之人。御：进用。

⑦ 芳：芳洁之物，比喻忠直君子。薄：靠近。

⑧ 阴阳易位：比喻楚国混乱颠倒的现实。

⑨ 当：合。

⑩ 怀信：怀抱忠信。侘傺：惆怅失意。

⑪ 忽：恍惚，茫然。

[赏析]

“乱词”是对全诗的总结，诗人采用托物比兴，以类取喻的形象议论，描绘了一幅以丑为美、是非颠倒、好坏易位、阳暗错置的“溷浊”世像：

鸾鸟凤凰，一天天远去啊，燕雀和乌鹊在厅堂及庭院里公然做窝。露申、辛夷在草木丛生的地方干枯死去啊。腥的臭的都能得到君王的取用，芳香的花草却不得靠前。阴阳颠倒，我生不逢时啊。我满怀着忠信而怅然伫立，迷茫的我竟忘了尚在流放途中。

鸾鸟凤凰是楚文学中以鸟喻人的最高境界。诗人用鸾鸟、凤凰、香草来象征正直、高洁、贤人，以燕雀、乌鹊来比喻庸人，以腥臊比喻奸邪之人和秽政。首四句，批评昏君无识人之明，君之所谓忠臣不忠，所谓贤臣不贤。忠贤之臣要么因奸佞陷害获罪而减损，要么为全身避罪而主动离开，一天天地远去；朝廷充满了庸臣、奸佞，这样的国家怎能不危如累卵？

“露申辛夷，死林薄兮”，是诗人自况之语，写贤臣处“溷浊”之世的悲惨处境。古人认为，凡是散发出幽香的花草都会被丛生的杂草味道所混淆，杂草丛生会造成香草香木的死亡，露申辛夷死在远方长满荆棘的丛草中，无人知晓。好比长满稗草的水田，禾苗就日益枯萎；恶草不除，青菜不生。在丑人国里，视美女为丑；在小偷的群中，不偷的那一个有罪；在一个充满昏庸的朝廷，反而斥明智的贤臣为昏庸，英才俊杰必无立足之地。风气所致，个人无能为力，不因个人的才德出众而获得好运。屈原独抱忠洁，更加烛照斯世之“溷浊”。充分抒发了诗人内心对楚国内忧外患的种种深切思虑，高度概括了诗人坚守情操，以及绝不向“阴阳易位”的黑暗现实屈服的坚定信念。

屈原在写《离骚》《九章》的时候，对自己的处境是有着非常清醒的认识的。这种认识就是贤才被弃，小人当道，庸人满朝，自己必将落入孤独者、零余者的境地，一句话：“阴阳易位，时不当兮。”这里的“阴阳易位”讲的是人才问题，阴阳易位就是忠邪易位。“阴阳易位”的最主要原因是君王糊涂，分不清好坏。“时不当兮”是说自己生不逢时，没有赶上尧舜式的明主在位之时，这是这首诗中诗人最清醒的认识。

“怀信侘傺，忽乎吾将行兮。”王逸云：“言己怀忠信，不合于众，故怅然伫立，忽忘居止，将遂远行，之他方也。”（《楚辞章句》）远行何方？诗人未明言，戛然而止。然诗人之失意侘傺，窘困烦乱之情可知。面对这样的政治局面，屈原痛心无助，失意彷徨，既然这个社会不能容纳贤才俊杰，他只好离开这里远走他乡了：我虽然怀着满腔的忠诚，但只有失意惆怅，只好飘忽地远行他乡。从开始的“迷不知吾所如”（困惑到极点，不知道人生的路在何方），到“与前世而皆然兮，吾又何怨乎今之人”（逐渐清醒，看透世俗），再到“怀信侘傺，忽乎吾将行兮”（满怀失意，远走他乡），屈原的精神完成了一次升华。

［小结］

《涉江》是屈原晚年的作品，属于楚襄王时期。应是从鄂渚放逐到溆浦，临行前所作。全篇抒发了自己的高洁之身不为混沌之世所容，而欲远行他乡前的感怀，所以这次流放，对屈原来说是被动的，却最终化为屈原的主动行为。

这首诗一个最突出的特点是诗中有一大段记行文字。姜亮夫先生《屈原赋校注》说：“此章言自陵阳渡江而入洞庭，过枉陼、辰阳入溆浦而上焉，盖纪其行也。发轫为济江，故题曰《涉江》也，……文义皆极明白，路径尤为明晰。”这段文字描绘了沅水流域的景物，成为我国最早的一首卓越的纪行诗歌，对后世同类诗歌的创作发生了影响。诗中景物描写和情感抒发的有机结合，达到了十分完美的程度。在诗歌的第二段，通过行程、景物、季节、气候的描写和诗人心灵思想的抒发，我们仿佛看到了一位饱经沧桑、孤立无助、登上鄂渚回顾走过的道路的老年诗人的形象，又仿佛看到了一叶扁舟在急流漩涡中艰难前进，舟中逐臣的心绪正与这小船的遭遇一样，有着抒发不完的千丝万缕的感情。而诗歌第三段进入溆浦之后的深山老林的描写，衬托出了诗人寂寞、悲愤的心情，也令读者不禁扼腕叹绝。本篇比喻象征手法的运用也十分纯熟。诗歌一开始，诗人便采用了象征手法，用好奇服、带长铗、冠切云、被明月、佩宝璐来表现自己的志行，以驾青虬、骖白螭、游瑶圃、食玉英来象征自己高远的志向。最后一段，又以鸾鸟、凤凰、香草来象征正直、高洁；以燕雀、乌鹊、腥臊来比喻邪恶势力，充分抒发了诗人内心对当前社会的深切感受。

屈原诗歌之所以能够打动后人，是由于他伟岸、孤独、卓著、坚强人格形象。屈原对自己追求的崇高理想和坚持的洁白操守，是有坚定的信念和清明的认识的。在诗歌的第一段，屈原塑造了自我的伟岸形象，表现出不与世俗同污的自珍、自爱的态度。在第二段，屈原坚信自己的崇高理想、伟大抱负、宏伟目标，特别是自己禀持的人格操守可与日月齐光，垂照万古；这是短暂生命对无限永恒的诗意阐述。在第三段，屈原表示能够忍受孤独、贫穷和恶劣环境的折磨，表现出天神一般的坚韧不拔、卓越非凡的毅力，他不愿自污，宁愿抱着自己的忠贤被世遗弃：即使被万人抛弃，也要像飞蛾扑火一样投向自己的理想和节操。他最令人感动的是对祖国过分的忠诚，尽管他明知伍子胥和比干的惨烈下场，他仍抑制不住地拥抱祖国，这在《涉江》的结尾表达得极其充分。

这首诗的结构极其出色。不论是叙述自己的生平遭遇，还是感叹自己生活的处境，在叙述完了之后，都要表达自己的态度，或者叙述在前，表态在后；或者议论在前，表态在后。明黄文焕《楚辞听直》评云："'不衰''不顾''比寿''齐光'，入手处说得豪气冲霄。'哀南夷之莫吾知'，'乘鄂渚而反顾'，不能不顾矣；'哀吾生之无乐''重昏终身'，不能不衰矣。结局处说得丧气入地。'愁苦终穷'，'重昏终身'，两"终"字萧飒之况，无可复鼓。又两曰'固将'，依然气不肯遽降。作此不甘不认之口角，文情深。"

屈原强烈的个性，就是通过这样的语言节奏表达出来。第一段讲自己的服饰打扮用了"世溷浊而莫余知兮，吾方高驰而不顾"来表达自己的人生态度，说明整个社会没有一个人是"我"的知音，没有一个人理解"我"，我只好离开这个地方。表面上是君王放逐了"我"，客观上是"我"放飞了"我"自己的精神、"我"的思想和"我"的灵魂，使"我"能够有机会寻找更广阔的自由空间，所以放逐在客观上是提升了"我"的层次。第一段在写自己驾青虬、骖白螭、登昆仑、食玉英、寿比天地天地、光同日月之后说："哀南夷之莫吾知兮，旦余济乎江湘。"以此来补充交代自己驾龙远游的原因。第二小节讲行程，讲完之后说："苟余心其端直兮，虽僻远之何伤！"本来这两句没有也是可以的，但如果没有，那就不是屈原。同样，第三小节描写了那种荒僻悠远、深山老林的流放环境后说："吾不能变心而从俗兮，固将愁苦而终穷！"第四小节从广阔的社会空间讲到漫长的历史长河，所有的忠臣贤士与世不容乃至遭殃，最后表态说："余将董道而不豫兮，固将重昏而终身。"诗人正是运用这些诗句把前文流放形成的痛苦一下子全部消除，从而表达了一种为了理想和愿望而九死不悔的执着精神。这首诗的主题词就在于四五小节最后的两句抒情，两个"固将"是诗人对自己前半生的一个总结，也是对后半生的一种宣言，表达了一种对苦难的一种平和的理解，这种平和的背后蕴含的是诗人对理想追求的执着精神，对操守保持的坚定态度。不难看出，诗人在叙事议论之后总有抒情，结构既完整又紧凑，把握得恰到好处。可见，《涉江》有着完美结构形式和独特的结构特点。

屈原的诗歌之所以特别能打动后人，还由于他对自我个性的无限张扬。除了诗中屈原可以自有上天，驾驭神灵之外，我们不妨把诸葛亮的《出师表》与本诗作一比较。屈原与诸葛亮都面对庸主，但是两人的态度大相径庭。在六百二十一个字的《出师表》中，诸葛亮十三次提及"先帝"，六次讲到"陛下"，九次提到自己。相形之下，在"先帝""陛下"面前，诸葛亮是自我抑制的，是谦卑的，低姿态的。当然，诸葛亮当时有他自己的苦衷，也可以看到作为一个政治家的诸葛亮的视野和作为诗人的屈原的视野是不同的。屈原在《涉江》中八次提到"余"，八次提到"吾"，表达了强烈的自我意识、孤独意识和自我的精神保持。他不想作任何形式的让步，不想以任何形式委屈自己，表现了他那种宁为玉碎、不为瓦全的个性品格特点。诸葛亮为了自己事业和政治理想的实现甘愿受各种委屈，不难看出屈原和诸葛亮在个性方面恰恰相反，一个是无限的放开，一个是无限的收缩。虽然《涉江》和《出师表》都屡次讲到自己，但其目的和主旨是完全不相同的。

这首诗语言艺术极具特点，很多楚辞学者都给予了高度的评价。宋代朱熹读《涉江》就发现了一个问题，他说："《涉江》'余''吾'并称，详其文义，'余'平而'吾'倨。"也就是说，凡是讲到"余"的时候语气平缓，以叙述为主；凡是讲到"吾"

的时候语气高昂、愤慨，表现自己强烈的个性色彩，从而塑造了一个孤独伟岸的形象。除了第一人称的使用外，这首诗否定副词运用的频率很高，如“不”“莫”等。这些否定副词也表达了诗人强烈的个性特征和执着的人生态度。当我们面临困境、面对困难的时候，一般用三种句式来表示自己的态度，即肯定语气，否定语气或反诘语气。肯定语气缺少力度，反诘语气虽然强烈但过于外露，而否定语气既表现了作者绵亘执着的人生态度，又很适合诗歌的强烈的跳跃性和鲜明的节奏感。如“年既老而不衰”“吾方高驰而不顾”“吾不能变心而从俗兮”“余将董道而不豫兮”，其中的“不”就成功地塑造了“我”鲜明的孤独而伟岸的形象。所以我们说《涉江》的语言及形式的独特与完美，在屈原的作品中是很有代表性的。

哀郢：哀故都之日远

《哀郢》是一恸千古之作。“哀郢”，就是对郢都的哀悼。“郢”是楚国的都城，在今湖北江陵纪南城。关于本篇的创作时间，有人说写于楚顷襄王即位初，有人说写于九年后秦破郢之后。因为篇中有“忽若去不信兮，至今九年而不复”。

《史记·楚世家》：“顷襄王横元年，秦要怀王不可得地，楚立王以应秦。秦昭王怒，发兵出武关攻楚，大败楚军，斩首五万，取析十五城而去。”楚顷襄王，姓名熊横，楚怀王之子。顷襄王横元年即公元前 298 年。戴震在《屈原赋注·音义下》中说：“屈原东迁，疑即当顷襄元年，秦发兵出武关攻楚，大败楚军，取析十五城而去。时怀王辱于秦，兵败地丧，民散相失，故有‘皇天不纯命’之语。”在此种情况下，顷襄王还让奸佞之人子兰任令尹，并排挤屈原，将他逐放出郢都，谪居陵阳。而“当顷襄二十一年（公元前 278 年），（秦）又攻楚而拔之，遂取郢。更东至竟陵，以为南郡，烧墓夷陵。顷襄王兵散败走，

遂不复战，东北退保于陈城，而江陵之郢，不得为楚所有矣。”（汪瑗《楚辞集解·哀郢》）

《哀郢》就是在这种背景下，抒写的血泪之篇。对屈原来说，郢都不仅是楚国的国都，更是寄托他深切理想的精神故乡。诗人怀着赤子般热恋，永恒瞩望着令他梦魂萦绕的精神灯塔——郢都。

［原辞］

皇天之不纯命兮①，何百姓之震愆②？民离散而相失兮③，方仲春而东迁④。去故乡而就远兮，遵江夏以流亡⑤。出国门而轸怀兮⑥，甲之鼂吾以行⑦。

［注释］

① 皇天：古人眼里占有至高无上地位的主宰神。“皇”：美，大。
② 百姓：指楚国的贵族、官僚集团。震愆（qiān）：震动不安。
⑨ 民：大众百姓，民众。失：失散。
④ 方：正当。仲春：阴历二月。迁：迁移，在这里指逃难。
⑤ 遵：循、沿。江夏：长江、夏水。
⑥ 国门：郢都城门。轸怀：悲伤痛苦。
⑦ 甲之鼂（zhāo）：“鼂”：同“朝”。甲之鼂即甲日的早晨。

［赏析］

《哀郢》紧扣一个“哀”字，写“三哀”：郢破之哀，怀忠之哀，无归之哀。以上第一部分，郢破之哀。国都沦陷，举国逃亡，对于楚国的老百姓来说，还有比这更石破天惊的消息吗？对于极为爱国的屈原来说，更是痛不欲生，故诗一开头，诗人急切呼天。“皇天之不纯命兮”，在古人的心目中，天是最高的统治者。诗人谴责皇天不施厚命，是需要极大的勇气的，足见诗人悲痛之巨。但苍天无知，祸出有因，诗人对于苍天的指斥，实际是对昏聩的统治者的愤怒质问。“何百姓之震愆”，犹言苍生何辜，遭此巨殃？在如此奇祸降临之时，诗人不以个人身家为念，而是心系苍生，为百姓的倒悬之危呼天抢地，表现了极大的悲愤，这是诗人强烈的爱国忧民之情的自然流露。“民离散而相失兮”，一语画出天下百姓家破人亡、妻离子散、彼此不能相顾、四散逃亡的乱象和惨境。而这副人间地狱的惨象，却发生在仲春时节。“方仲春而东迁”，仲春，正是莺歌燕舞、碧草连天、繁花似锦、万物欣欣向荣的时候；是百姓安居乐业、携妻带子播种耕耘的时候。一年之计在于春，在这个美好的春天，却遭逢国破家亡的剧变，正是诗人、也是天下百姓的无奈和怨恨。“仲春”之景，把这副人间惨剧映衬得更为沉痛。“仲春”点出正当春荒时节，“东迁”说明流徙方向，“江夏”指明地域所在。人流、汉水，兼道而涌，涛声哭声，上干云霄。

离别家乡到远处去啊，沿着长江、夏水到处流亡。走出都门我悲痛难舍啊，我们在甲日的早上开始上道。

“迁、去、就、遵、流亡、出、轸、行”，这一连串的动词，写出了郢都百姓忍痛去国抛乡，仓皇出逃，碾转流徙，忍顾别离的惨象。“甲之鼂（朝）”是诗人起行的具体日期和时辰，九年来从未忘记过这一天。这一层总写九年前当郢都危亡之时自己被放时情景。诗人在叙事中的抒情，且行且叹，且行且止，一步三回头，一叹泪双流，这和血和泪吟出的诗行，令人心尖儿悸痛！

[原辞]

发郢都而去闾兮①，怊荒忽其焉极②？楫齐扬以容与兮③，哀见君而不再得。望长楸而太息兮④，涕淫淫其若霰⑤。过夏首而西浮兮⑥，顾龙门而不见⑦。

[注释]

① 闾：楚国三大贵族“昭”“屈”“景”居住的地方，也称三闾。

② 怊（chāo）：悲伤，惆怅。一本无“怊”字。荒忽：同“恍惚”，遥远貌，指心情迷茫。焉极：哪里是尽头。

③ 楫：船桨。容与：徘徊不前。

④ 长楸（qiū）：高大的梓树。太息：长长的叹息。

⑤ 淫淫：流泪不止的样子。霰：原指炮弹的一种，这里是指小雪珠。

⑥ 夏首：长江与夏水的汇合处。西浮：迅浮，快速向前的意思。

⑦ 顾：回头看。龙门：郢都的东城门。

[赏析]

第二部分，怀思之哀。以上第一节，难离郢都。诗人逃亡的路线是沿着长江夏水向东迁徙，在甲日的早晨离开郢都，这在上文已言明。首二句抒发自己故土难离的哀伤之情。“发郢都而去闾兮”，仿佛可以听到诗人内心深长的叹息。在祖祖辈辈生活的热土“三闾”之地，诗人徘徊复徘徊，久久不忍离去。然而想不“去”，哪能不“去”？泪眼朦胧中，恍惚不知此何去。天地虽大，离开故土不过是一根随风飘转的蓬草，一只失群哀雁，茫茫天地间竟不知何处可去！次二句写自己渡江时难舍难分的心情。“楫齐扬以容与兮”，船夫们一起用力划桨，可是船“容与”而不进，非船不进，而是诗人留恋不舍。这是借船抒情，船夫越用力，越表现诗人不忍离去的心情。由国都，诗人很自然地联想到国君。国君亦在逃亡、混乱之中，又何能见到国君？诗人倍加伤感。如此山河破碎、生灵涂炭的局面，皆因国君昏庸无能，但诗人出于对祖国的热爱，在自己逃亡的时候，仍念念不忘国君，让人可以触摸到他那颗滚烫的爱国心。

“望长楸而太息兮”，写船开后仍一直心系故都，不知所从。想到国都沦陷，国君下落不明，诗人回望郢都那高大的梓树，仰首长叹，热泪奔涌。树在国破，树在人“亡”，心中大恸，“涕淫淫其若霰”。这其中包含着感时伤世的复杂感情。末二句以简笔叙行程，“过夏首”“顾龙门”，然而蕴含着丰富的感情。一个“浮”字既是实写舟行水上情景，更是身世飘零的写照；一个“顾”字写出了自己的热土难离、难舍难分的感情。“望长楸”“顾龙门”，一步一回首，步步生哀叹。

[原辞]

心婵媛而伤怀兮[1]，眇不知其所跖[2]。顺风波以从流兮，焉洋洋而为客[3]。凌阳侯之氾滥兮[4]，忽翱翔之焉薄[5]。心絓结而不解兮[6]，思蹇产而不释[7]。

[注释]

① 婵媛：眷恋，牵挂。

② 眇：同“渺”，遥远。所跖（zhí）：驻足的地方。跖，同“蹠”，本义是蹠骨或脚掌。这里是踩、踏的意思。

③ 焉：于是。洋洋：漂泊不定的样子。为客：流落他乡。

④ 凌：乘。阳侯：古代传说中掌管波浪的神，这里指掀起波浪。氾（sì）：水决后又流入。氾滥：水决堤后泛滥的样子。

⑤ 忽：快速地。焉薄：停在什么地方。薄，停留。

⑥ 絓（guà）结：心中牵挂、悬念，这里指内心情感郁结。

⑦ 蹇（jiǎn）产：曲折缠绕，这里形容心情纠结。

[赏析]

以上第二部分第二节，水上之思。这一段抒发了失落家园、无所依归的飘零感。首二句，是对上段“荒忽其焉极”的重弹，强调突出了那种低沉呜咽的哀伤基调。段首以一个“心”字直抒胸臆，诗人那种悲伤的感情给读者强烈的感染。在茫茫的天地间，竟找不到落脚的地方，字里行间潜沉着失去家国的无依感。“顺风波以从流兮，焉洋洋而为客”，这是哭出来的诗句。“顺风波以从流”表面看来顺风顺雨、一帆风顺，实际内含着因为无家可归而肆意飘零的悲伤感，尤其是“焉洋洋而为客”，看似自得自足的样子，实则似笑而实哭。“洋洋”者，无所依归也。任江流随便把“我”带到那个地方吧，“我”已经失国失家，无可无不可也！在天地之间，“我”不过是一个“异客”而已。所以，这是在笑中哭，在哭中笑，时哭时笑，似笑实哭，失魂落魄，悲伤难抑，“焉洋洋而为客，一语倍觉黯然”（李贺）。“凌阳侯之氾滥兮，忽翱翔之焉薄”，由面前的江水写到天上的飞鸟。眼前泛滥的江流，是诗人无以自控的情感滥殇，也是诗人四处漂流，无处可归的号啕痛哭，情景交融，令人想象、涵咏无穷。“忽翱翔之焉薄”有两种理解，一种实写天上之鸟，在漫卷的江流之上，飞鸟时而高翔时而滑行；另一种是说，船儿行驶在滚滚的波浪之上啊，人却像鸟儿飞翔不知在何处停栖，把自己比喻成飞鸟。不论是前者的借景抒情，还是后者的形象比喻，都表达了自己的孤凄哀凉之感。在这两句出色的景物描写的基础上，末二句再次直接抒情：“心中郁结苦闷而无法解脱啊，愁肠百结心情难以舒畅”，表达那种挥之不去的缱绻、悲伤、孤凄之情。

[原辞]

将运舟而下浮兮，上洞庭而下江。去终古之所居兮①，今逍遥而来东②。羌灵魂之欲归兮③，何须臾而忘反④。背夏浦而西思兮⑤，哀故都之日远⑥。登大坟以远望兮⑦，聊以舒吾忧心⑧。哀州土之平乐兮⑨，悲江介之遗风⑩。

[注释]

① 终古：楚国历代祖先。

② 逍遥：悠闲自在，在这里指漂泊流浪。

③ 羌：句首发语词。

④ 须臾：顷刻。反：返回。

⑤ 背：离开。西思：思念西方，这里的西方是指郢都。

⑥ 哀：伤感。日远：日渐远去。

⑦ 坟：江中岛屿沙洲。

⑧ 聊：权当，就当。

⑨ 哀：哀怜。平乐：富饶安乐。

⑩ 江介：江边。遗风：古代遗留下来的淳朴风俗。

[赏析]

以上第二部分第三节，怅望郢都。首二句写行程，诗人的船调头，由长江向洞庭湖行驶。“运舟”指驾船、调转船头。“上洞庭”言由洞庭湖北行，“下江”言顺流而下。沈祖緜云：“以舟向前曰上，船尾居后曰下，此行舟者习惯语。”（《屈原赋辩证》

“去终古之所居”，“终古”，生于斯，长于斯，祖先陵墓葬于斯，世世代代在此繁衍生息，长相厮守不分离，表现了诗人与故土共存亡的信念，对故国故土的深沉热爱。这种如大树扎根不可拔除，如盘石不可以移转的、深入骨髓的乡思，是炽热的爱国之情的内核。“今逍遥而来东”，“逍遥”，明汪瑗《楚辞集解》：“按逍遥本优游行乐之意，今又当解作飘摇流落之意，故读古书者，不可以词害意也。”“逍遥”，似乎无牵无挂自由自在，实则诗人失根失所的大悲大痛。如今国破家亡，飘摇来东，焉能不黯然神伤，望花落泪，闻鸟惊心？“上二句言梦寐之频，下二句言思归之甚。惟其思之甚，故梦之频也。”（汪瑗）

船离郢都越来越远，看看又过了夏浦（今武汉汉口），诗人却思绪西飞，心心念念不离郢都。梦绕魂牵啊，何曾片刻忘记返回故都？挥之不去啊，是那弥漫天地间的乡思。何以忘忧啊，诗人在停船的间隙，登上江中岛屿，惆怅西望故都。但远望岂可当归？聊以自慰而已，愈见其难离难舍之心。末二句写诗人在夏浦所见所感。站在高高的江中岛屿，眺望遥远的郢都，诗人的目光一寸寸地舔过楚国的土地，可叹这片富饶安乐的大地，现在在铁蹄下蹂躏；可悲沿江两岸尚存的楚国的淳朴风俗，很快就要被战火卷去。江山依旧，人物已非；风景殊异，心情两样。触目生悲，哀不能禁。诗人的眼泪润湿了脚下的土地，诗人的心在滴血。清蒋骥云：“州土平乐，江介遗风，皆先世所养育教诲以贻后人者，故对之而愀然增悲焉。”（《山带阁注楚辞》）

本段在记叙行程中，通过地点的变换，而炽热的思乡之情不改，且愈行愈远愈念，对比强烈，抒发了浓郁的思乡之情。身不能返，而灵魂须臾不忘远，真催人泪下。

[原辞]

当陵阳之焉至兮[1]，淼南渡之焉如[2]？曾不知夏之为丘兮[3]，孰两东门之可芜[④]？

[注释]

① 当：抵达。陵阳：地名。

② 淼（miǎo）：水面无边无际的样子。焉如：何处。

③ 夏：高大的房屋。丘：丘墟，废墟。

④ 孰：谁料。芜：荒芜。

[赏析]

第三部分，无归之哀。以上第一节，陵阳悬想。无论诗人多么无奈，也不管他眼泪流成河流，东行的船继续沿江而上，抵达了他的流放地陵阳。面对无边无际的水面，诗人又茫然不知往何处去。"淼南渡之焉如"是对上段"眇不知其所跖"的反复。这种失所飘零、茫然不知所归的情绪，回荡在全诗中，低沉，失落，惆怅，悲伤，使读者一次次地触摸到诗人那种强烈的失去家园的无依感，听到回荡在天地间的那种孤儿般的哭泣。

"曾不知""孰"，大出诗人意料之外，让诗人心惊。对于一个熟知历史文献、阅世已深的政治家和大诗人来说，让他感到心惊，足见这场灾难的匪夷所思。此次秦军破郢，楚国前途如何？楚国能否卷土重来，收复失地？楚国还能维持多久？诗人深长的目光穿过铁蹄狼烟，预感楚国行将灭亡，更是忧心如焚。前"点"后"染"，后二句具体写令诗人心惊的景象。"夏之为丘""东门之芜"是说昔日宫殿、城廓，都被秦军践踏，变成那一片瓦砾、废墟，一片荒芜。昔日繁华第，今日瓦砾场。谁知荒草中，竟是楚王宫。盛衰兴亡之际，冰火两重天。对此思之，岂不哀绝？"'夏丘'二语，尤觉惨绝。"（朱熹《楚辞评林》）清贺贻孙称此二句"忽作危语，痛极，盖屈子知郢将亡，预作麦秀之忧，忧及夏屋，又忧及东门，其忧深矣"（《骚筏》）。这两句为诗人想象之景，有警策人心的作用，为下文的忧思做铺垫。

［原辞］

心不怡之长久兮，忧与愁其相接。惟郢路之辽远兮[1]，江与夏之不可涉[2]。忽若不信兮[3]，至今九年而不复。惨郁郁而不通兮[4]，蹇侘傺而含戚[5]。

［注释］

① 惟：同“唯”，在这里延伸为想起。

② 不可涉：难以渡过。

③ 忽：恍惚。不信：不相信。在这里是指离开故土的时间很短，不相信离开过。

④ 惨：忧愁。郁郁：忧心忡忡的样子。不通：无法释怀。

⑤ 蹇：句首发语词。侘傺：惆怅失意的样子。戚：同“慼”，忧伤。

［赏析］

以上第三部分第二节，陵阳苦盼。首二句为承上启下的过渡句，“长久”引出下面的“九年”。好日子匆匆而过，苦日子一日难捱。在流放地陵阳，屈原度日如年。掐指一算，谁知忽忽已九年。这中间熬白了多少头发，流淌了多少辛酸泪，踩断了多少条路，望穿了多少秋水？从长江到夏水，从夏水到长江。江上无数船，哪条是归舟？隔岸相望，咫水天涯。“惟郢路之辽远兮，江与夏之不可涉”，远与近，易与难，思与行，在对比中凸现艰难。一水之隔，却成永望。一个“惟”字，尽显诗人焦渴盼归郢的心情。然而这种希望越来越渺茫。于是诗人直言：悲惨忧郁心情不得舒畅啊，怅然失意满怀悲伤。

［原辞］

外承欢之汋约兮[1]，谌荏弱而难持[2]。忠湛湛而愿进兮[3]，妒被离而鄣之[4]。尧舜之抗行兮[5]，瞭杳杳而薄天[6]。众谗人之嫉妒兮，被以不慈之伪名[7]。憎愠惀之修美兮[8]，好夫人之忼慨[9]。众踥蹀而日进兮[10]，美超远而逾迈[11]。

[注释]

① 外承欢：外表美好，欢乐。汋（chuò）约：原指柔软美丽的样子，这里形容小人谄媚。

② 谌（chén）：确实。荏（rěn）弱：软弱。

③ 湛湛：厚重，忠厚。愿进：愿有所作为。

④ 被离：分离，离散。鄣：同“障”，阻塞。

⑤ 抗行：高尚的行为。“抗”，高尚。

⑥ 瞭：眼明。杳杳：高远的样子。薄天：“薄”，靠近。薄天，靠近天。

⑦ 被（pī）：加。不慈：不慈爱，这里指尧舜传位不传给儿子。伪名：与事实不符的名声。

⑧ 愠惀（yùn lún）：心有所蕴积而不善表达。修美：美好的修为。

⑨ 夫人：那些人。忼慨：同“慷慨”，此指巧言令色，能说会道。

⑩ 众：奸佞小人。踥蹀（qiè dié）：小步行走的样子。日进：日益得势。

⑪ 美：忠贤君子。超：远。逾：行进。迈：远走高飞。

[赏析]

以上第三部分第三节，陵阳忧思。在郢都沦陷，百姓流离，国之将亡之际，诗人对造成国家今日之艰危的根源，作严峻的思索。诗人深刻地揭示，国家之所以罹刀兵之祸，在于用人不当。忠臣被逐，小人竞进，国家断送在妒贤嫉能、巧言令色的小人手里。前四句运用对比，议论小人和君子的不同。小人外表谄媚取巧，很合君主的心意，因此君主喜欢、任用他们；内心却软弱无操守，谁得势投靠谁，随时可以出卖君主和国家。君子老成忠厚，愿意为国家效力，欲尽其才智而谋国，却因小人的妒嫉，被阻隔在君主之外。接下来的“尧舜”四句，运用尽人皆知的史例，深刻地揭示出黑白颠倒、是非混淆的现实。唐尧、虞舜具有高尚的品德，高智远虑可达九天。可是，奸佞的人心怀妒忌，给他们的头上加上“不慈”的恶名。由于小人的谗言、毁谤和中伤，大善变大恶，大美变大丑，香花变毒草，天才变白痴。末四句，诗人在指出小人奸佞误国的基础上，进一步挖掘小人得势的原因，在于君主厌恶不善言辞的忠贤之臣，却喜欢听那些小人表面的慷慨激昂。“憎愠惀之修美兮，好夫人之忼慨”，便是将批判的矛头直接指向最高统治者顷襄王。这样的后果是，小人奔走钻营日益得势，贤臣却越来越被疏远，挤满朝堂的都是奸佞之臣，这是多么可怕的局面了啊！主昏臣佞，黑白颠倒，政焉能不乱，国焉能不亡?

这一节很多词语极具表现力，如“汋约”描绘小人的媚态，“湛湛”状君子之精纯深厚，“杳杳”形容智慧的高远，“踥蹀”摹写小人的钻营，贴切生动，体现了诗人高超的驾驭语言的能力。朱熹云：“此章形容邪佞之态最为锖切，读者宜深味之，则知佞人之所以殆，又信此语与孔圣之言实相发明也。”(《楚辞集注》)

[原辞]

乱曰：曼余目以流观兮①，冀壹反之何时②？鸟飞反故乡兮，狐死必首丘③。信非吾罪而弃逐兮④，何日夜而忘之⑤？

[注释]

① 曼：张大。流观：四处观看。

② 冀：盼望。壹反：反：同“返”，指一还郢都。一本“壹”作“一”。

③ 首丘：传说狐死时，头朝着自己的窟穴，即向着出生之地。

④ 信：实在，确实。弃逐：被流放。

⑤ 何：何尝。

[赏析]

以上尾声，诗人叙苦衷。“家贫思贤妻，国难思良相”，在这生灵涂炭、生死存亡之时，楚王完会不会召回诗人呢？诗人张大眼睛四下观望，做梦都想回一趟郢都。蒙冤被逐，九年不复，“冀壹反”要求并不高，可是，“壹反之何时”？眼看是遥遥无期，或化为梦中泡影，诗人怎能不伤怀？“曼”与“流观”绘出诗人迫切盼归的情状；“九年”与“壹反”写出诗人翘首盼望的苦焦。三四句以人与物比较，真是生不如鸟，鸟还能飞反故乡；死不如狐，狐死还可以头朝狐穴。诗人生不能回一趟故乡，死后不能安葬故乡，真是人不如禽兽啊！“末乃以求得归死为结局。眸开不得见故乡，日暝尚冀返故土。其或以地下之眼，魂气出没，重望长楸，顾龙门，再见君，免作‘曼目’‘流观’之叹乎?”（黄文焕《楚辞听直》）由动物想到人自身，诗人无奈而感叹：确实不是我的罪过却遭放逐啊，日日夜夜我哪里能忘记我的故乡！这两句类比，悲情苦深，哭之以呜咽，挥泪可成云。“读至此，节愈促，情愈哀矣!”（贺贻孙《骚筏》）真有一恸而绝之意。

[小结]

司马迁举屈原作品，将《哀郢》与《离骚》，《天问》和《招魂》并列，视为诗人代表作，称“悲其志”（《屈原列传》）。悲其忠君爱国之志，悲其嫉邪悯民之志也。清蒋之翘《楚辞评林》云：“《哀郢》于《九章》中最为凄婉，读之实一字一泪。”梁启超称此篇：“任凭是铁石人，读了怕都不能不感动哩!”（《饮冰室全集·屈原研究》）

《哀郢》一诗在结构上最为独特之处，是用了倒叙法。开头并未交代是回忆，到后面才抒写作诗当时的心情，给读者以身临其境之感，留下深刻的印象。明黄文焕《楚辞听直》：“通篇分为三段，开章至‘来东’，言出门之愁。‘灵魂’至‘含戚’，言回思之愁。‘承欢’至‘意迈’，痛恨党人，被其生离之愁。”

全诗在语言上的特点是骈句多，如“去故乡而就远，遵江夏以流亡”“过夏首而西浮，顾龙门而不见”“背夏浦而西思，哀故都之日远”等，既富有对偶美，也有助于加强感情力度。在风格上，

徐焕龙《楚辞洗髓》谓之“于《九章》中最为凄惋，读之实一字一泪也”，诚然。(赵逵夫等《先秦诗鉴赏词典》)

抽思：与美人抽思兮

《抽思》诗题取自篇中“少歌”首句“与美人之抽思兮，并日夜而无正”。

对“抽思”的解释，王逸《楚辞章句》谓：“为君陈道、拔恨意也。”朱熹《楚辞集注》认为：“抽，拔也。思，意也。”王夫之《楚辞通释》说：“抽，绎也。思，情也。”蒋骥《山带阁注楚辞》以为：“抽，拔也。抽思，犹言剖露其心思，即指上陈之耿著言。”李陈玉在《楚辞笺注》中说：“抽思者，思绪万端，抽之而愈长也。其意多在告君，而托之于男女情。”犹言屈原假托“男女情”，表达了他对国事的担忧和对楚王的思念。比较起来，似王夫之的说法较为可取，本篇所写，乃是把蕴藏在内心深处像乱丝般的愁情抽绎出来。“抽思”意思是整理心头的思绪，也就是把自己心中的万端思绪理出头绪，以倾吐心中之郁闷。

诗歌的创作时间和地点，蒋骥在《山带阁注楚辞》中说：“此篇盖原怀王时斥居汉北所作也。”与《离骚》的创作时间大致相同，表达的思想感情也十分相近。

[原辞]

心郁郁之忧思兮[1]，独永叹乎增伤[2]。思蹇产之不释兮[3]，曼遭夜之方长[4]。悲秋风之动容兮[5]，何回极之浮浮[6]。数惟荪之多怒兮[7]，伤余心之忧忧。愿摇起而横奔兮[8]，览民尤以自镇[9]。结微情以陈词兮[10]，矫以遗夫美人[11]。

[注释]

① 郁郁：忧思郁闷在心的样子。

② 永叹：长叹。增伤：倍加悲伤。

③ 蹇产：曲折纠缠的样子。不释：解不开。

④ 曼：曼曼，悠长的样子。遭：逢，遇。方长：指秋天来临，正变得昼短夜长。即愁人苦夜长之意。

⑤ 动容：改容，指使万物萧索改变颜色。王夫之《楚辞通释》："动容，秋风惨烈，变卉木之容也。"

⑥ 回极：指天极回旋。极：天之枢轴，古人认为天系于一个固定的顶点而旋转，构成四季的变化。浮浮：形容运转之速的样子。

⑦ 数：屡次，多次。惟：思。荪：香草名，此代指楚怀王。

⑧ 摇起：疾速而起。横奔：随意奔走，指改变常道任意而行。此或有奔走他国的意思。

⑨ 民尤：民之苦难。自镇：自我镇定下来。

⑩ 结：凝结。微情：内心的隐情。陈词：陈述言词。

⑪ 矫：举。遗：赠予，送给。美人：指楚怀王。林云铭《楚辞灯》："矫，举也，结构精微之意。列之书中，举而进之君，盖上书也。"

[赏析]

本诗的内容大致由两大部分组成。以上为第一部分第一节。诗篇从比喻如手，犹如一个女子被男子抛弃后，欲弃之而不忍，故自剖心迹。

我心中郁结着无穷忧思，孤独地长叹越来越悲伤。愁思纠缠心情难以舒展，这茫茫黑夜多么漫长。秋风使草木改变了颜色啊，为什么天地也在秋风中浮荡？我常常想起您是那么爱动怒，真伤透了我的心痛苦难当。有时我真想立刻离您远去啊，见人们动辄得咎又打消此想。

诗中内容表述形象，很有情境感。这是一个秋天的夜晚，室内女子忧愁郁结，长吁短叹，碾转反侧，夜不能寐。她想起男子多次对自己发怒，本欲负气离去，另投他人，但看到人民的灾难又镇定下来。于是，她把自己的衷情幽思化作诗篇，向男子表达忠心。

诗中以比喻写女子的心理，细腻曲折。首写女子忧愁烦闷，直抒胸臆；继而借景抒情，抒发女子的悲伤。接着写女子忧愁悲伤的原因，原来是男子对她不满意，多次对她发怒。这是设悬起笔，由果溯因，先启后承，吸引读者往下看。女子想到男子对他的态度，本想一走了之。又起波澜，这是反转。但她看到人民的灾难，又打消了弃之而去的念头，这是再转。于是女子收拾忧愁愤懑的破碎之心，提笔写诗，向他表忠心，这是合。一节诗写得峰回路转，节奏紧凑，扣人心弦。

看到人民的灾难又镇定下来，这只能是屈原。所以，诗中的女子是屈原的化身，而男子则代表楚王。司马迁《屈原列传》载："王怒而疏屈平"与篇中"数惟荪之多怒"句正可相证。其中"美人"喻指楚王。战国时期，才智之士可以到各国竞聘。屈原蒙冤被贬谪江北，到其他国家另谋出路，本无可厚非，但屈原看到人民的灾难，又不忍心弃楚而去。在个人的前途和人民的灾难面前，在他国的荣华富贵与祖国的苦难面前，屈原毅然选择了后者。这是屈原民本思想和深厚的爱国思想的体现，表现了他心忧天下苍生的宽广胸襟和崇高的思想境界。

诗歌表面似乎写"男女情"，其实写得是"君臣情"，如此委婉曲折，何其用心良苦。诗歌把女子放到一个秋风萧瑟的背景，烘托了女子的悲情。"悲秋风之动容兮，何回极之浮浮"，一语抵过欧阳修的《秋声赋》。秋风一吹万物萧条改变颜色；秋风浩荡无极，在天的枢轴疾速旋转，写秋风老成蕴籍，却又想象奇广。较之"悲秋之祖"宋玉的"悲哉！秋之为气也，萧瑟兮草木摇落而变衰"，更为大气，更能惹动悲情悲绪，悲容悲思。

[原辞]

昔君与我诚言兮①，曰黄昏以为期②。羌中道而回畔兮③，反既有此他志④。憍吾以其美好兮⑤，览余以其修姱⑥。与余言而不信兮⑦，盖为余而造怒⑧。

[注释]

① 昔：昔日，以前。诚言：彼此说定的话。

② 期：约会。

③ 羌：句首语气词。回畔：中途转折，这里有反悔之意。

④ 反既：转身离去。他志：别的想法和打算。

⑤ 憍（jiāo）：通“骄”，在这里是矜持的意思。

⑥ 览：展示给别人看，有炫耀之意。修姱：美好。

⑦ 不信：不可靠，不守信用。

⑧ 盖：同“盍”，为什么。造怒：发怒。

[赏析]

以上为第一部分第二节。回忆辅助楚王实施新政，楚王中途变卦，抛弃了他之后的幽怨。仍以弃妇的口气来写。前四句写男子不讲信用，中途变卦，弃她而去。开头一个“昔”字由上节的秋思转入回忆，一个“诚”字写男子信誓旦旦，海誓山盟。“黄昏以为期”，黄昏，古时婚礼，在黄昏之时举行。此以男女婚姻的约定，喻指君臣之间相遇合、合作。此处比喻善始善终，坚持到底。“回畔、反既”写男子后来又反悔了，另有打算。从这四句可以看出，屈原曾经竭力辅佐楚王，楚王对他也很信任，许诺将屈原主张的富国强兵的新政推行到底。但是，楚王在中途改变政见。王夫之《楚辞通释》：“怀王初与已同心谋国，既为奸佞所惑，背已而从异说，反自谓得策，而骄我之不如。”

后四句，女子历数男子“三过”。一曰“骄”。“憍（骄）吾”二句，男子向她炫耀他的美好，展示他的才能。蒋骥《山带阁注楚辞》：“《史记》怀王使屈平造为宪令，上官大夫心害其能，因谗之曰：‘平以为非我莫能为也。’王怒而疏屈平。盖怀王为人，矜名好胜，而谗人之言，有以深中其忌，故其于原，口不言而忿日深，其所矜示者，亦因疑原之自伐，而与之相竞耳。”由于谗人的离间，引发了并利用了楚王的虚荣心，对屈原产生憎恶感和逆反心理。楚王一怒之下，故意不推行屈原的新政，而采用“异说”，以显示自已比屈原高明。二曰“不信”。女子进而质问，为什么跟我说过的话全都不算数？“一不见信，则所言无不可怒者，故见予先作怒以待之也。”（钱澄之《屈诂》）三曰“造怒”。“造怒”之“造”，是故意找岔发怒。朱熹《楚辞集注》：“本无可怒，但以恶我之故，为我作怒也。”曲折地表达了女子（屈原）无辜蒙冤受责。清贺贻孙《骚筏》云：“‘盖为予而造怒’，‘造’字尤妙。古人下字，千年犹新。”这四句即《史记·屈原列传》中所记屈原“信而见疑，忠而被谤”之事。通过男子前后矛盾的对比，女子指责男子背信弃义。以爱情语境，取得比明言更好的效果。

[原辞]

愿承间而自察兮①，心震悼而不敢②。悲夷犹而冀进兮③，心怛伤之憺憺④。兹历情以陈辞兮⑤，荪详聋而不闻⑥。固切人之不媚兮⑦，众果以我为患⑧。

[注释]

① 承间：寻找机会和空间。自察：表白自己。

② 震悼：恐惧，害怕。

③ 夷犹：犹豫，迟疑。冀进：希望靠近。

④ 怛（dá）：伤痛，忧伤。憺憺（dàn）：心情跌宕起伏。

⑤ 兹：此。历：列举。

⑥ 荪：香草名，这里指君王。详（yáng）：同“佯”，假装。

⑦ 固：本来。切人：恳切、整治的人。媚：献媚。

⑧ 患：祸害。

[赏析]

以上第一部分第三节。写女子自陈无果反惹祸。女子千般犹豫，万种彷徨，想找机会向男子解释，消除彼此间的误会，却由于害怕男子动怒，始终胆怯不敢言：

我本想找个机会向您表白啊，心里害怕又不敢随意行动。悲伤踌躇，盼望能靠近进言啊，心里彷徨不已忧愁难安。

这四句明写女子，侧写楚王。楚王高高在上，刚愎自用，对屈原已经很恼怒。屈原“欲自辨别其罪，恐益触王怒，故震悼而不敢”（钱澄之《屈诂》）。

在再三犹豫后，女子鼓起勇气，向男子历数这些往事表白心迹，但男子假装耳聋听不见。反而因为自己的直切上言，惹了众小人之怒，成为众矢之的：

历数这些事情来陈述啊，君王却假装耳聋听不见。原本正直的人都不会阿谀奉承啊，一些小人果然把我当作了祸患。

“始之不敢言，而夷犹者，知言之将动君怒，而犯众患也；然终不能自已，复列情以陈词而果非君所乐闻，盖切人不媚，固其性也，众以为患，果不出吾所料也。”（钱澄之《屈诂》）这一段以女子自白的方式，表达了屈原在楚王面前复杂犹疑的心情。在经过艰苦的心灵挣扎后，他终于直切上言。但上言非但楚王置若罔闻，反惹来朝中佞臣的忌恨。“果”表明在意料之内，尽管是在四面包围之中孤军奋战，屈原仍以非凡的勇气，坚守自己的正道。巧言令色，君子所不齿，但终以小人得逞，此屈原之深悲！

[原辞]

初吾所陈之耿着兮①，岂至今其庸亡②？何独乐斯之謇謇兮③？愿荪美之可完④。望三五以为像兮⑤，指彭咸以为仪⑥。夫何极而不至兮⑦，故远闻而难亏⑧。善不由外来兮，名不可以虚作。孰无施而有报兮，孰不实而有获？

[注释]

① 初：当初。耿着：明白。

② 庸亡：遂即忘了。“庸”：遂。“亡”：忘。

③ 乐斯：喜欢这样。“独乐”一本作“毒药”，实误。謇謇：

正直忠良之貌。

④ 完：发扬光大的意思。

⑤ 三五：指三皇五帝。像：榜样。

⑥ 彭咸：传说中的贤士。仪：法则。

⑦ 夫：转折语气词，如果这样。

⑧ 远闻：声名远播。亏：消失，失去。

[赏析]

以上第一部分第四节，自陈正直不阿的原因。“不亡初心，乃得始终”。首二句，旧话重提，说明当初推行新政的缔约讲得明明白白，本无奸佞可钻之缝，可逞之机。此后均为议论。“何独乐斯”以下六句，言自己之所以总是刚正不阿，是希望自己做彭咸那样的贤士，希望楚王做三皇五帝那样的君主。这样，就会臻于至善，流芳百世。屈原树立了为君为臣的高标，应该说对楚王还是很有激励作用的。但屈原觉得还不够，后四句从反面苦口婆心地劝说楚王：

善行不会自己到来啊，好名声不会凭空出现。谁能不付出就有回报啊，谁能不播种就能收获？

这四句责名求实，缘行求果，很富有哲理。“善良的品德”“美好的名声”必须依靠诚实地实行求得。伪善终将露出破绽。此节以后，诗歌“女子”的一面渐渐淡隐，而诗人的强烈个性愈发彰显。

以上为第一部分。主要写当初在朝辅佐楚王致力于新政的经过及其蒙冤被弃的怨情。

[原辞]

少歌曰[①]：与美人抽怨兮[②]，并日夜而无正[③]。憍吾以其美好兮[④]，敖朕辞而不听[⑤]。

[注释]

① 少歌：古代乐章结构的组成部分，是对前一部分的总结。

即荀子《佹诗》中所称的“小歌”。

② 美人：君王。抽怨：诉说衷肠。

③ 并：合并。无正：无从评判。

④ 憍：同“骄”。

⑤ 敖：同“傲”。朕：我。

[赏析]

“少歌”，乐歌音节名，即荀子《佹诗》中所称的“小歌”。清夏大霖《屈骚心印》：“少，少间也。前歌既毕，少间，有思而又歌也。”从乐章结构上说，是暂停；从词意上说，是小结，总申上文的意思。

我向美人倾诉我的幽情啊，从早说到晚却得不到公平的裁定。

首二句写自己反复与君王诉说衷肠，却得不到评判。言外之意是，楚王完全抛弃了他。以弃妇的角度说，男子扔下她，让她在凄冷的角落哭泣。被打入冷宫，让她自生自灭，对屈原来说，是伤心难过的。

你一味地向我炫耀你的美貌啊，你骄傲得连我的陈词听也不听。

后二句写楚王傲视屈原，把他当成空气。“憍”，“言荪自谓美好而夸示于己。”（刘梦鹏《屈子章句》）即楚王在屈原面前，故意显摆自己的才能，对屈原的陈词视而不见，让他没有存在感。“无正”“憍”“敖”“不听”，表现屈原对楚王的不满和失望。

[原辞]

倡曰：有鸟自南兮[1]，来集汉北[2]。好姱佳丽兮，牉独处此异域[3]。既茕独而不群兮[4]，又无良媒在其侧[5]。道卓远而日忘兮[6]，愿自申而不得[7]。望北山而流涕兮，临流水而太息。望孟夏之短夜兮[8]，何晦明之若岁[9]！惟郢路之辽远兮，魂一夕而九逝[10]。曾不知路之曲直兮，南指月与列星[11]。愿径逝而未得兮[12]，魂识路之营营[13]。何灵魂之信直兮[14]，人之心不与吾心同！理弱而媒不通兮[15]，尚不知余之从容[16]。

[注释]

① 倡：同“唱”。乐章结构名，重新发端起唱。王逸《楚辞章句》：“起倡发声造新曲也。”鸟：屈原自喻。南：郢都。

② 集：栖息。

③ 牉：离别，分别。异域：他乡。

④ 茕（qióng）：同“惸”，孤独。

⑤ 良媒：好的媒人，这里指能让作者和君王沟通的人。

⑥ 卓远：遥远。日忘：一天天地忘记。

⑦ 自申：自己陈述。

⑧ 孟夏：初夏。

⑨ 若岁：不能入睡。“岁”同“睡”。

⑩ 逝：去往。

⑪ 南指月与列星：在这里指从汉北到郢都的路上，靠着月亮和群星辨别方向。

⑫ 径逝：一直往前，在这里指返回郢都。

⑬ 营营：形容来回走动的样子。

⑭ 信直：忠信正直。

⑮ 理：替我沟通的人。

⑯ 从容：行为思想。

[赏析]

以上为第二部分第一层。写居于江北的屈原对郢都思慕。“倡曰”这部分，诗歌叙述角度有所转换，诗人以由南飞北的鸟儿作譬。

这一段包括三层意思。前八句写自己在江北的孤独，为第一层。“鸟自南”“异域”写自己水土不服，人地两疏。“独处”“茕独”“不群”“无”写自己在“异域”的孤苦无依，非常孤独，要在这里生存下去是很难的。“好姱佳丽”表现了屈原的自珍自爱，自己虽然拥有卓越的品德和才能，却无人任用，犹如栋梁被扔在荒野，白白烂掉。“道卓远而日忘兮，愿自申而不得”，远隔千山万水，屈原担心自己一天天被楚王、也被熟人遗忘，可是相隔这么远，就连倾吐衷肠的机会也没有。一个人孤零零地活在“异域”，屈原的凄苦唯有天上的月亮可表。

从“望北山”到了“魂识路”为第二层，写自己日夜渴盼回到郢都。白天，屈原面对山水流泪。原本就很短的夏夜，屈原睁着眼睛挨到天亮，就像度过一年那么长。这种时间的错位，使屈原感到度过每一天就像翻越一座大山那样艰难。思君念郢，因痴生幻，屈原在梦中回到郢都。虽然江北距离郢都如此遥远，可是他在一夜竟然往返了很多次。在梦中，他不管那条路是直还是弯，只管往前冲；不认识路，只好靠着星月来指认南去的方向。想径直去郢都又不可能，只有靠灵魂辨别来往的路。“郢路辽远，魂一夕九逝，不知路之曲直，悲矣！及睹月星而识路，而孤魂复营营，无侣犹为凄绝。老杜云：‘梦中不知路，何以慰相思。’止得屈子前一半意耳。”（清贺贻孙《骚筏》）这是用梦境来写真情。被关押在牢笼中的灵魂找不到出路，只好在梦中获得慰藉。这一层，虚实相生，给人强烈的艺术震撼。“为什么我的性情这样端直，别人的心却与我不一样。替我作媒的人都欠工夫，没有人能了解我磊落的心胸。”末四句感叹自己的忠贞信直无人理解，替他做使者的人能力太弱。在江北，在山中，屈原只有仰天浩叹！浪费人才是最大的暴殄天物。自己虽然是一坛用贤良酿成的、愈久愈醇香的酒，可是有谁饮呢？

[原辞]

乱曰：长濑湍流①，泝江潭兮②。狂顾南行③，聊以娱心兮。轸石崴嵬④，蹇吾愿兮⑤。超回志度⑥，行隐进兮⑦。低佪夷犹⑧，宿北姑兮⑨。烦冤瞀容⑩，实沛徂兮⑪。愁叹苦神⑫，灵遥思兮⑬。路远处幽⑭，又无行媒兮⑮。道思作颂⑯，聊以自救兮⑰。忧心不遂⑱，斯言谁告兮⑲。

[注释]

① 濑（lài）：沙石滩上的浅水。湍流：水流急速。

② 泝（sù）：同“溯”，逆流而上。

③ 狂顾：左右急视，形容急切寻路而走的情状。

④ 轸石：奇形怪状的石头。崴嵬：高耸的样子。

⑤ 蹇：阻碍。吾愿：我的愿望。

⑥ 超回：指道路遥远，迂回。志度：指按己意揣度而行。

⑦ 隐进：指山中行进时的情状。钱澄之《屈诂》：“径不可度，惟以志度，人行其上，忽行忽隐，而后得进，极状山之纡曲。”

⑧ 低佪：徘徊流连的样子。夷犹：迟疑不进。

⑨ 北姑：地名。

⑩ 烦冤：含冤而心绪烦闷。瞀容：容貌不整的样子。瞀，乱。

⑪ 沛：沛然，水流急的样子。此形容急步而行。徂：往，行。

⑫ 苦神：精神劳苦。

⑬ 灵：魂灵。遥思：指遥念郢都。陈本礼《楚辞精义》：“旅夜无眠，又将入梦，灵字即指梦中之魂言。与上文两‘魂’字相应。”

⑭ 幽：僻远的地方。

⑮ 行媒：指向楚王通信息作合的人。

⑯ 道思：且行且思。颂：通“诵”，即指此诗。

⑰ 自救：自我解脱痛苦。

⑱ 不遂：不能传达给楚王。

⑲ 斯言：指这篇诗中所说的话。谁告：向谁诉说。

[赏析]

诗歌“乱辞”这部分照应了开头，也照应了诗题。

长长的浅滩湍急的流水，我溯江而上。我频频地望着南行的大道，聊以平慰我的愁肠。我的心坚如高大的磐石，飞回郢都是我的愿望。

人生苦短，何必度日如年？由于忧愁郁结不能开解，诗人去游山玩水，想在山水中获得片刻欢愉，没想到登上山后，眺望南方，惹动诗人思郢之愁，灵魂飞向了远方的郢都。下山时心情烦乱，心心念念都在郢都，在乱石丛中，高一脚低一脚，磕磕绊绊，趔趔趄趄，走得非常艰辛。“初幸山水之奇，足以怡情，今徒增其愁叹，以苦神而已，益动灵魂之遥思也。而路远处幽，又无为之媒者，虽思亦奚为?”（钱澄之《屈诂》）杨胤宗《九章新笺》：“此章以明《抽思》著述之旨。风尘途路，长濑湍流，且行且思，作斯赋也，冀能解忧郁之思，然君门万里，其谁可陈斯文于君前乎?”可是，地偏路远，有谁为他牵线呢？于是诗人写下这首歌词，用以自我解脱。

诗中“狂顾南行”“轸石崴嵬，蹇吾愿兮”等情态和环境描写，深刻地表达了诗人心灵深处的痛苦、忧心如焚的情感。由于诗人运用“以乐衬哀”的艺术手法，使“哀情”显得更“哀”。这一节像一连串的电影镜头一样，描绘了屈原在山中乱石丛中趔趄而行，登高眺望南方，又失魂落魄，慌不择路地“回家”。这一意象具有深刻的含意。诗人“回家”是实写又是虚写，是回到江北的家，也是回到梦绕魂牵的郢都的“家”；是真实的“家”，又是精神的家园，心灵的归宿。每一个漂泊在外，失去家园的人，都会从中获得共鸣。

以上为第二部分。极写其身处汉北时的苦闷和日夜怀念郢都的心情。

[小结]

《抽思》最大的特色，应该是流贯全篇的缠绵深沉、细腻真切的怨愤之情，它贯穿了诗的始终，又紧扣了诗题“抽思”，并时时与之相照应。全诗以一位热恋中的痴情女子的口气，写给中途变心的男友的情诗。男友曾许诺与她“执子之手，相偕白头”，但他听到别人的谗言，愤怒地抛弃了她。女子忧愁郁结，夜不能寐，起而写下了这首剖陈心迹、抒发心中郁结的诗篇。诗中，女子回顾了她竭力辅佐男友的事业，却蒙冤被抛弃的怨情。被男友抛弃后，她独

自在江北思念他的炽热恋情。

本篇在结构和表现手法上富有独创性。全诗在结构方面，除正文外，又相继由“少歌”“倡曰”“乱曰”三部分组成，使本篇具有二元结构。这首诗歌最显著的特色，是在正文之后，交叠出现“少歌”“倡”“乱”等特殊的结构，成功地表现了诗歌内容的时间推移和诗人情感的流动，使诗人的感情在回旋的韵唱中获得浓郁的渲染。洪兴祖评曰：“此章有少歌，有倡，有乱；少歌之不足，则又发其意而为倡，独倡而无与和也，则总理一赋之终，以为乱词云尔。”（《楚辞补注》）从这种结构判断，楚辞也应当是乐歌。这种结构表现了屈原的独创力，为后代词曲的发展，也有明显的启迪作用。这种写作手法影响了后人，很多文学家开始借鉴，比如沈约的《别范安成诗》“梦中不识路，何以慰相思”；杜甫的《梦李白》“恐非平生魂，路远不可测。魂来枫林青，魂返关塞黑”等，可见本篇影响之深远。

本篇在表现手法上的特点，是“梦中回郢”以虚写实和“山中回家”的“以实写虚”，独具特色地表现了诗人迷狂的精神状态，如“魂一夕而九逝”“南指月与列星”等，使人一见难忘，受到强烈的心灵震撼。在表现手法上，诗人把独白、梦游与写意相结合，使感情的表达既曲折入微又不断深化，情意无尽，感人肺腑。

怀沙：怀质抱情，独无匹兮

《怀沙》诗题与“哀郢”类似。“怀沙”，即伤感长沙。为什么伤感长沙？游国恩先生解释说：“这要从《涉江》说起。根据《涉江》所记，屈原已经上泝沅水，到了辰阳，进入溆浦万山深处，‘劳苦倦极’，很想休息一下，谁料不久秦兵压境，攻占了楚国的巫郡与江南，置黔中郡。黔中即辰溆一带之地。屈原不甘死于敌手，乃复下沅水，涉洞庭，稍折而南，至长沙汨罗江而死。所以题其篇曰《怀沙》，与《涉江》《哀郢》同为纪实之词。”（《楚辞论文集》）

《九章》中有两篇是怀念故土的，一篇是《哀郢》，悼念楚国都城被秦国白起攻陷；另一篇就是这篇《怀沙》，回忆他在长沙一带（包括湘阴、汨罗等地）的所见所闻。《怀沙》是屈原临近自沉之前所作，表达了诗人在极端困厄中，在沉冤莫申、国亡无日，而又进谏无路、已无可为的情况下，从容赴死的决心。

［原辞］

滔滔孟夏兮①，草木莽莽②。伤怀永哀兮③，汩徂南土④。眴兮杳杳⑤，孔静幽默⑥。郁结纡轸兮⑦，离愍而长鞠⑧。抚情效志兮⑨，冤屈而自抑⑩。

［注释］

① 滔滔：形容夏日阳气勃发旺盛的样子。孟夏：初夏四月。

② 莽莽：草木丛生茂密的样子。

③ 伤怀：伤心。永：长久。

④ 汩：水流急速，这里指奔走急行。徂：往。南土：指江南之地。

⑤ 眴（shùn）：同“瞬”，看，视。杳杳：苍茫深远而看不清晰的样子。

⑥ 孔静：很静。幽默：幽静无声。王逸《楚辞章句》云：“言江南山高泽深，视之冥冥，野甚清静，漠无人声。”

⑦ 郁结：指心中郁闷不舒。纡轸：委屈痛苦。

⑧ 离：同“罹”，遭受。愍（mǐn）：同“悯”，伤痛。长鞠：长久困厄。

⑨ 抚：循省，有反思的意思。效：考究。此句谓追忆以往对楚王的忠贞之情和考察当初曾立有的报效君国之志。

⑩ 自抑：自我克制。

［赏析］

这一年，即顷襄二十一年（公元前278年）的孟春（农历二月），屈原挥泪告别郢都，随着流亡大队东徙。屈原以戴罪之身，

仓皇南下，来到长沙府湘阴县。转眼之间，三春已过，初夏来临。“汩徂南土”，“汩”，急速地奔走，仓皇窘态毕现。

我心中忧愁啊无限悲伤，要急急忙忙地奔向南方。

“滔滔孟夏兮，草木莽莽”，这句概写初夏之景。诗人裹挟一身沧桑来到江南，景中传情，景因情而倍哀。江南人烟稀少，古木参天，云障雾岚，虎啸猿啼，甚是荒凉。夏天来临，好像一锅水终于沸腾了。大块大块的葳蕤苍翠，像汹涌的海浪，铺天盖地而来。孟春的痛楚，这时已酿成以一种磅礴之势，在天地间升腾。万物滋长，也疯长着诗人痛失故国家园的苦涩。这本是“人间最美四月天”，但在万箭穿心、愁肠百折的诗人眼里，每一块翠绿、每一朵花红、每一声鸟啼，都是一声哭泣。孤处于这深山老林中，山高泽深，诗人放眼望去，眼前的一切苍茫深远而看不清晰，听不到一点人声。身陷僻远的万山之中，诗人是多么孤寂啊。好像鲁滨孙到了荒岛，过着野人一般的茹毛饮血的生活，眼里枯空，视线茫茫，心里流泪，苦痛无处诉说，还有比这更痛苦的折磨吗？

“眴兮杳杳，孔静幽默”是写诗人身处僻远孤寂之境与失意失神的昏瞀之情。“入手‘眴兮杳杳，孔静幽默’八字，写得眼前三光万象，尽归消灭。以奥为惨，深渺至此，千百句不能敌也。”（明黄文焕《楚辞听直》）诗人每于写景后抒情，使其所写之景富于浓厚的情感色彩。其抒情则如自言自语，使人倍感凄寒。

心中郁闷啊委屈痛苦，遭受伤痛啊长久困厄。扪心自问评析自己心意，深受冤枉仍要克制自己。

这句抒哀痛之情，是继“伤怀永哀兮，汩徂南土”而更哀。将哀痛之情推至极点。这样连跌两次，其意在反衬最后二句。末句“抚情效志兮，冤屈而自抑”振起一笔。犹言如今“我”虽遭此困厄，但省察“我”的情，并不是为个人的荣辱得失而悲戚，而是忠君爱国之情；但省察“我”的志向，并不是为自己升官发财，而是富国强兵的忠贞之志，尚可无愧。“抚”“效”是自省、自正、自慰之词。即使在一人之时，在穷途末路，诗人仍用高尚的德操激励自已，用忠君爱国之情替代自已的屈辱，“冤屈而自抑”，犹如江河之水弯弯曲曲，诗人从感情的低谷中跃上人生的高标。诗人清楚地看到，楚国将面临灭顶之灾。在人生的巨大困厄中，诗人面临着艰难的人生抉择。他一直在心灵的泥潭中挣扎。这种挣扎是如此急剧，以致他不得不像一个僧人一样，只有不停地念佛，才能平息内心纷至沓来的念头和焦虑。由此，也可看见当时楚国形势的危急，诗人面临的困境之大。

[原辞]

刓方以为圜兮①，常度未替②。易初本迪兮③，君子所鄙④。章画志墨兮⑤，前图未改⑥。内厚质正兮⑦，大人所盛⑧。巧倕不斫兮⑨，孰察其拨正⑩？

[注释]

① 刓（wán）：削。圜：同“圆”。

② 常度：常法。替：废。

③ 易初：改变初心，指屈原早年所立下的变法图强、以身许国的志向。本迪：《史记》引作“本由”，指本来之道，即常道。

④ 鄙：鄙视，即以为可耻的意思。

⑤ 章：辨明。画：指木工为取直所画的线。志：记住，标示出来。墨：木工画线时所弹的绳墨。按画、墨，均喻指法度。

⑥ 前图：前人所持守的规矩、常法。

⑦ 内厚：内心敦厚。质正：品质方正。

⑧ 大人：犹言君子，道德高尚之人。盛：称许，赞美。

⑨ 巧倕（chuí）：人名，传说尧时的巧匠。斫：砍削。

⑩ 拨：弯曲、不正；与“正”相对。此指使物或弯或正。喻指贤能之士，有才不得施展，谁能知道他的本领？

[赏析]

这一节首二句以“刓方以为圜”的形象比喻，兴起“常度未替”，由楚国的“常法”没有废弃，说到自已初心未改。先国后己，二者互为因果，对楚国的前途还抱着乐观的看法。三四句，先从正面声明自己富国强兵的志向，再从反面说，如果改变了自己的节操志向，就不是君子的行为。五六句，在前面说自己有报国之志的基础上，直述自己愿意为国效力，且有丰富的内在，有治国图强的才能，有高尚的德操，明显有希望召回任用的意图。末二句以“巧倕不斫”作比喻，讽刺了朝廷中的君昏臣暗、迫害贤良，诗人的不平之气蕴含其中。一个“巧”字，既刻画出奸佞之臣的巧言令色、取巧献媚的丑态，也讽刺了识人治国上的“拙”；一个“孰”字，流露出诗人的失望不平之气。本节诗人连用几个“未”字，彰明自己志向节操不变，国难当头而其初衷不改，这是屈原的伟大之处，也是屈原悲剧命运的必然。

在这一节中，诗人再一次省察自己。他从三个方面判断自己该去往何方。其一，初志不可改。诗人早年所立下的变法图强、以身许国的志向，眼下祖国罹难，处于危亡之间，百姓啼哭遍野，若弃之而去？不仅是对祖国、对楚国百姓的背叛，也是对自我的背叛。苏轼诗云：“浮云世事改，孤月此心明”，动辄改变自己的初心，这是君子所不齿的。然而，世间有许多朝秦暮楚、背信弃义的所谓“灵活人”，唯利是图、趋炎附势的势利之徒，打着“识时务者为俊杰”的幌子，见风使舵，把自己的利益放在祖国、他人之上，抛弃落难的祖国，或者浑水摸鱼，大发国难财，甚至卖国求荣的所谓持“圜”者，比比皆是。时难而世危，要不要把自己所持的“方”变成世俗者的“圜”呢？一个“刓”字，鲜明地表达了诗人铿锵的抉择。“刓”其“初心”安可活？其二，常道不可弃。“覆巢之下，安有完卵”，“国之不在，何以家为”，臣弃而去，岂是为臣之道？何况楚国还没有完全丧失“天将亡之”的治国之道，何况楚国倔强不屈的骨气犹在。其三，常法不可废。先贤所制定的法度还在，楚国的文化传统、治国法度还在，楚国尚可图存、图强。后二者还包含着屈原具有富国强兵的才能。杨胤宗评云：“‘刓方以为圜兮，常度未替’句，乃诗之比也。方喻正也，圜喻俗也。言欲变志从俗，常法未废，弗可遽变也。迪，说文：道也。……言改变初衷本道以媚人，乃君子所鄙弃者。画与墨，明志于前图，喻圣贤法度，永著之于典籍，后人弗可改也。”（《屈赋新笺》）因此，本节承上节末句，诗人进一步申述自己的坚守正道、不随世俗浮沉的节操。

[原辞]

玄文处幽兮[1]，矇瞍谓之不章[2]。离娄微睇兮[3]，瞽以为无明[4]。变白以为黑兮，倒上以为下；凤皇在笯兮[5]，鸡鹜翔舞[6]。

[注释]

① 玄文：黑色花纹。处幽：置于幽暗的地方。

② 矇（méng）瞍（sǒu）：盲人。有眼珠而看不见称“矇”；无眼珠者称“瞍”。不章：无花纹。

③ 离娄：一名离朱，传说黄帝时人，视力极强，能明察秋毫。微睇：眯着眼缝。犹言视力极强，不用费力，即可明察一切。

④ 瞽：瞎子。无明：看不见。

⑤ 笯（nú）：竹笼，楚国方言。

⑥ 鹜：野鸭子。

[赏析]

以上抒发凤凰在笼的悲愤。这一节用生动形象的比喻、类比，深刻揭露了楚国是非不分，黑白颠倒，错置迷乱的现实。前四句，以一个瞎子为比喻，有黑色花纹、又放在暗处，在瞎子看来，没有花纹。这个比喻巧妙贴切。“玄文”，比喻人才内在的美好的才能和品德，“处幽”形象地比喻屈原被流放到僻远的深山中。从外表看，人和人只有形相的区别，要分辨他的内心和品质，是多么难啊！这就像黑色的花纹，如果又放在暗处，就更难辨认了。能明察秋毫的离娄眯着的眼睛，在瞎子看来，离娄才是“无明”的瞎子。瞎子，辛辣地讽刺了昏君暗臣，不能认知贤良。他们以己度人，自己看不见就以为别人看不见，自己昏庸无能就以为别人昏庸无能，自己有病就以为别人也有病，自己是疯子就以为世界上都是疯子。

既然满朝都是“瞎子”，其结果必然是，白的变成黑的，美的变成丑的，小人变成君子，君子成为傻子。他们要做的，是把高树剪做矮树，把天才变成庸才，把高贵的踩在脚下，让世界像自己一样“瞎”。然后呢？黄钟毁弃，瓦釜雷鸣。“凤皇在笯”比喻高贵者受困厄；“鸡鹜翔舞”形象地描绘了群小得志、嚣张不可一世之态。浊世颠倒是非如此。“此言举世皆无目者也。以瞍察玄文，以瞽笑离娄，无怪其然也。”（清钱澄之《屈诂》）对这些“瞎子”“鸡鹜”，屈原不但表现出无限的鄙睨之情，而且在无奈中表现出极大的悲愤。昏君暗臣，黑白颠倒，举国疯狂，焉能不亡国？

[原辞]

同糅玉石兮[①]，一概而相量[②]。夫惟党人之鄙固兮[③]，羌不知余之所臧[④]。任重载盛兮[⑤]，陷滞而不济[⑥]。怀瑾握瑜兮[⑦]，穷不知所示[⑧]。

[注释]

① 糅：混杂在一起。

② 概：用斗斛量谷物时，用以刮平的木板。一概相量，表示划一，即给以等量齐观，同样评价。

③ 鄙固：鄙陋固执，无识见。

④ 羌：乃。臧：同“藏”，指抱负。

⑤ 任重：担负重担。盛：多。

⑥ 陷滞：沉陷受阻。不济：不能成行。

⑦ 怀：怀揣着。瑾、瑜：皆美玉名。

⑧ 穷：身处困境。示：表示，展示。不知所示，指有才不知如何施展。

[赏析]

以上抒发无人识其才的悲愤。作为一个世界级的大师，屈原对自己明珠投暗、弃而不用的悲愤，自然是常人所难以理解的。只要想想，一棵堪为栋梁的参天大树，被扔在荒郊野外，在日晒雨淋中腐朽；一个天才，却让他像植物人一样的活着，还有比这更大的悲哀吗？

首二句，写楚国玉石不分的浑浊现实。“玉石”贵贱之殊，何异霄壤？人有得“玉”，欣喜若狂，珍之宝之，秘不示人。“玉”和“石”的差别是显而易见的。人则复杂得多。诗人用“玉石”来比喻人才的差别，鲜明而深刻地表达了对自己“奇才”“奇志”的被埋没的悲愤。次二句写自己被埋没的原因，乃因“党人”之“鄙固”。“党人”，暗讽朝廷群小结党营私，排斥异己。“鄙”者，见识浅陋；“固”者，固执己见，越浅陋越顽固。燕雀迁飞于檐下，安知鸿鹄之志？流露出诗人的鄙视之情。“臧”者，犹如矿藏，言自己内涵之丰富。“任重载盛兮，陷滞而不济”，把国家比喻为载重之大的车，如今沉陷受阻，力不从心，举步维艰，岌岌可危。在此种情况下，诗人“怀瑾握瑜兮，穷不知所示”。“瑾、瑜”比喻诗人的救国、治国、强国的才能，“怀”者，抱有，成竹在胸；“握”者，手攥，胜券在握。诗人信心满满。然而，“穷不知所示”，诗人纵有万丈才华无处施展。此节前言“不知所臧”，是谓昏君庸臣不识己之才能；后言“不知所示”，是谓己身受埋没，有才不能施展。前者是因，后者是果。悲愤之情，潜沉其中，难以言喻。

[原辞]

邑犬之群吠兮[①]，吠所怪也[②]；非俊疑杰兮[③]，固庸态也[④]！文质疏内兮[⑤]，众不知余之异采[⑥]；材朴委积兮[⑦]，莫知余之所有。

[注释]

① 邑犬：乡邑之犬，犹言普通乡里养的狗。群吠：群起而叫。

② 怪：怪异，不通常而少见的事物。

③ 非：诋毁、诽谤。俊、杰：均指才干、智能超群者。疑：猜忌。

④ 固：本来。庸态：世俗庸人的态度。

⑤ 文：文采。质：本质。文质犹言发自本质的光彩。疏：疏

达。内：内在。疏内，犹言心胸开阔明智。

⑥ 异采：殊异之光彩，犹言奇才异能。

⑦ 材：良材。朴：材未开发出来称朴。朱熹《诗集传》：“朴，未斫之质也。”委积：堆积。

［赏析］

以上抒发群狗吠日的悲愤。前四句，诗人言自己遭受群小围攻、诽谤、抹黑、排挤的悲愤。把群小比喻成乡下养的“狗”，言辞忌刻，口气激愤，几近于骂。“吠所怪也”“固庸态也”，连用两个肯定句，如闻鄙视斥责之声。既见诗人被受围攻之深重，又见群小必欲“摧之”而后快的猖獗。明徐焕龙《屈辞洗髓》云：“词愈愤而愈刻，意愈慢而愈激，即犬吠数语，亦见其不平之气，是必见恨于小人矣。”群狗吠怪，庸众非俊疑杰，是世态常情的凝练概括，是英雄俊杰的悲哀。李康的《运命论》云：“故木秀于林，风必摧之；堆出于岸，流必湍之；行高于人，众必非之。”郁达夫说：“一个没有英雄的民族是一个可悲的民族，而一个拥有英雄而不知道爱戴他拥护他的民族则更为可悲。”后四句，诗人自明己之美质：

我的光彩发自本质，心胸博大啊处事明智，众人不知道我的奇才异能；良材和丑木堆积在一起，没有人知道我文质彬彬，宏才博学。

前后两层构成强烈对比。对群小狂吠，诗人痛加鞭挞，目眦欲裂。对己之内才不彰，诗人喊冤叫屈，痛惜不已。迭用“不知”“莫知”，亦是对昏君庸臣的谴责。

［原辞］

重仁袭义兮①，谨厚以为丰②。重华不可遌兮③，孰知余之从容④。古固有不并兮⑤，岂知其何故？汤禹久远兮，邈而不可慕⑥。

［注释］

① 重、袭：皆重叠、积累的意思。

② 谨：谨守。厚：笃厚。此指以仁义修身，多积德，不放纵。丰：丰足。

③ 重华：传说中虞舜名字。遌（è）：遇。

④ 从容：此指一举一动皆符合于道的状态。即《中庸》所谓："诚者，不勉而中，不思而得，从容中道，圣人也。"

⑤ 不并：指明君贤臣往往不并生于世，此处是诗人自指未遇明君。

⑥ 邈：远。慕：思慕。

［赏析］

以上抒发生不遇圣主的悲愤。首二句言诗人重视品德修养并不断积累仁义，为人谨慎忠厚并修养充实自已。楚国文化更多地直承殷商文化，在孤独自闭中形成独特的楚文化，屈原接受了中原文化，故以"仁义"为本，强调厚德载物，不断提高自已，是当时楚文化的先进代表。三句以后，抒不遇圣主，生不逢时，已之才华不得施展的悲伤之情。"重华不可遌兮""汤禹久远兮"，把"重华、汤禹"提到"遌"和"久远"之前，更增加了对往古贤君圣主追慕之思，自已不遇明主的痛惜之情。"古固有不并兮，岂知其何故？"以一种悲戚的语调自我安慰，谓自古圣主贤臣不能并立，你又何必要求遇上圣主呢？从上文"夫惟党人之鄙固兮"一句开始，"叠用'不知余之所臧''不知余之采''莫知余之所有''孰知余之从容'，重叠叫冤，乃终归之：'古固不并，岂知何故？'忽然吞声，无可归咎，文势文情抑扬剥换妙有姿态。"（明黄文焕《楚辞听直》）"孰知""岂知""不可慕"数语，充分表达出诗人的失望之情和莫大的憾恨之感。

［原辞］

惩违改忿兮①，抑心而自强②。离慜而不迁兮③，愿志之有像④。进路北次兮⑤，日昧昧其将暮⑥。舒忧娱哀兮⑦，限之以大故⑧。

[注释]

① 惩：止住。违：怨恨。改忿：改去忿恨不平之心。

② 抑：克制。抑心：此指克制住内心的忿恨不平。自强：自我勉励，坚强起来。

③ 不迁：指不改变初志。

④ 志：志行。像：榜样。此谓希望自己的志行，能成为天下后世可效法的榜样。

⑤ 进路：向前赶路。北次：北行寻找止宿之地。旧注谓指欲北归郢都（朱熹），或谓北往汨罗（戴震），究何所指，诗人并未说明。

⑥ 昧昧：昏暗。

⑦ 舒忧：舒解忧愁。娱哀：以快乐的心情代替悲哀。

⑧ 限：限度。大故：指死亡。即说生命的期限，已到了尽头。

[赏析]

前四句，诗人从上文的极大悲愤中振作起来，揩干眼泪，擦去悲伤，勉励自己自强，要做后世人的榜样。诗人从人生的黑暗低谷中挺立起来，高张理想的旗帜，誓作万世师表。这是一种庄严的宣告，也是一种伟大的追求。王逸云：“言己自勉修善，身虽遭病，心终不徙，愿志行流于后世，为人法也。”（《楚辞章句》）后四句，诗人在日暮时分，北行寻找止宿之地，将从死亡中获得人生的大快乐。“北次”“日暮”一语双关，隐喻生命到了尽头，获得最后的归宿。“把忧愁痛苦全忘掉吧，生命的尽头已不远。”“‘限之以大故’，犹言要之以一死，以死为‘舒忧娱哀’，所谓求仁得仁也。”（马其昶《屈赋微》）至死亦不改初心，不移节操，视死如归，何其崇高、悲壮！此正是屈原之人之文震烁千古处。

至此，诗人总结了自己坎坷的一生。不遇明主，备受排挤，流放经年，困厄重重，虽负堪与日月齐光之志，经天纬地之才，徒付之东流而已。陈本礼云：“以怀石为‘舒忧’，以投渊为‘娱哀’，命尽于此，天实限之，夫何怨哉？凄音惨惨，至今犹闻纸上。以上又似一篇自祭文，‘乱曰’以下，则自题墓志铭也。”（《屈辞精义》）

[原辞]

乱曰：浩浩沅湘[1]，分流汩兮[2]；修路幽蔽[3]，道远忽兮[4]。怀质抱情[5]，独无匹兮[6]；伯乐既没[7]，骥焉程兮[8]。民生禀命[9]，各有所错兮[10]；定心广志[11]，余何畏惧兮。

[注释]

① 浩浩：浩浩荡荡，水广阔盛大的样子。

② 分流：沅水，源出贵州；湘水，源出广西。二水皆经湖南省分别入洞庭湖。汩：水流迅急的样子。

③ 修：长。幽蔽：指被林木遮掩覆盖，幽深黑暗。

④ 远忽：遥远荒忽，指辨不清路的样子。

⑤ 质：质朴，指本性诚信，质朴无华。情：指忠贞之情。

⑥ 无匹：无双。这里指孤立无援的意思。

⑦ 伯乐：古代传说中善识别良马的人。

⑧ 骥：良马。程：衡量，识别。

⑨ 民生：人生在世。禀命：指穷通寿夭皆受天命所支配。

⑩ 错：通“措”，安排。此指人的命运、境遇各有定数。

⑪ 定心：指信念坚定。广志：情志豁达。

[赏析]

前四句写暮色中的沅湘之水浩淼苍茫、无尽无止的气势：

浩浩荡荡的沅湘之水，水流湍急奔流向前。漫长的道路幽深阴晦，它是那么苍茫辽阔。

就像一滴水要投进江河，这里有无尽的忧伤，也有雄浑的壮阔。正如冰心在《谈生命》中描述的那样：“终于有一天，他远远地望见了大海，呵！他已到了行程的终结，这大海，使他屏息，使他低头，她多么辽阔，多么伟大！多么光明，又多么黑暗！大海庄严的伸出臂儿来接引他，他一声不响地流入她的怀里。他消融了，归化了，说不上快乐，也不有悲哀！也许有一天，他再从海上蓬蓬地雨点中升起，飞向西来，再形成一道江流，再冲倒两旁的石壁，再来寻夹岸的桃花。”

我怀抱一颗忠心和真情啊，却孤独无依没人来相伴。相马的伯乐已经死去啊，纵有千里马又有谁来分辨？

“怀质抱情，独无匹兮”，言无怨无悔。自己怀抱美好的品德、才华和忠贞爱国之情，仰不愧日月，俯不愧江河，在大地上无人匹敌，耸立成一座不朽的碑铭。“伯乐既没，骥焉程兮”，言才能不得施展，咎不在己，乃因无识人之圣君，乃因生不逢时。这里的意思是，自己中途结束生命，并不是自己不爱惜生命，不是自己不愿意为国家效力，只遗憾生于污浊之世，无识珠之伯乐，才让生命的华丽萎落于泥土。憾恨交加，然“明月照孤忠”，此清白之心唯青天明月可鉴。

末四句，言自己信念坚定，情志豁达，无所畏惧：

人的一生既然领受天命，上天自会安排每个人的命运。安下心来放宽怀啊，我又何必惧死恋生？

王逸云：“言己既安于忠信，广我志意，当复何惧乎？威不能动，法不能恐也。”（《楚辞章句》）清胡浚源云：“定心广志者，见得道理如此，不如是则不安也。何畏惧者，非言畏死，畏其不合于圣贤之道也。”（《楚辞新注求确》）

黄文焕云：“何故之后，指出‘限之以大故’，‘民生禀命’，事事皆天也，非人也？益见党人之不足咎，呼应尤为紧密。”（《楚辞听直》）

[原辞]

曾伤爰哀①，永叹喟兮②；世溷浊莫吾知，人心不可谓兮③！

知死不可让④，愿勿爱兮⑤；明告君子⑥，吾将以为类兮⑦！

[注释]

① 曾伤：无尽的悲伤。曾，通“增”。爰哀：无休止的哀痛。

爰，哀伤而不止。

② 永：长久。叹喟：叹息。

③ 不可谓：无法言说，即人心莫测的意思。

④ 让：退避，避免。

⑤ 爱：吝惜，指惜生避死。

⑥ 明告：明白宣告。

⑦ 类：榜样。意谓将成为守志不移、视死如归者的榜样。

[赏析]

这一节写诗人处于昏浊之世，面对不测的人心，将不惜以死明志，向世人表白自已光明磊落的人格。

悲哀无休无止，叹息长久不绝啊。世道混浊无人了解我，人心难测看不透啊说不清。知道死亡不可回避，我不愿吝惜生命。告诉那些以死守志的先贤，我将加入到你们的行列中。

明黄文焕云："临结曰：'不可让，愿勿爱。'于决死中写出低徊不忍死，心口商董，自问自答，千载如闻。文致更工于缥缈。"(《楚辞听直》《屈赋音注详解》）刘永济云："乱辞除总结本篇大旨外，屈原对于生死之际，见之明，思之审，言之尤为俊伟。此文乃屈原绝笔，古今伟大人物，于其临死之前，未有作为文章自写其情思有如此光明磊落者。"(《屈赋音注详解》)。

[小结]

《怀沙》这首诗主要表明自己亢节高行，光明磊落，不惧以死明志。宋洪兴祖说："此章言已虽被放逐，不以穷困易其行。小人蔽贤，群起而攻之。举世之人，无知我者。思古人而不得见，仗节死义而已。"(《楚辞补注》)

本诗是屈原临死前之作，故亢言厉色，语声哀绝，苍凉凄婉。"此灵均绝笔之文，最为郁钟，亦最为哀惨。"(林云铭《楚辞灯》)诗歌在形式上有鲜明的特色。其一是多用古奥之辞。如"易初本迪""章画志墨""内浑质正"等，都比较冷僻晦涩。明黄文焕云：

“是篇为毕命之辞。易于用惨，却语语用奥，此手笔高处，愈奥愈惨。”（《楚辞补注》）因此在用词上以古奥宣亢节高行，以古奥而越发凄惨。其二是广用比喻、类比，想象丰富，类比纷呈，抨击有力，凸显了浑浊之世的世相。其三是对比强烈，诗歌大量使用反义词，使善恶真伪毕现。清林云铭《楚辞灯》：“篇中曰常度、曰初本迪、曰前图、曰内厚质正、曰文质疏内、曰材朴委积、曰仁义谨厚、曰怀质抱情，皆是自己本领；曰羌不知、曰众不知、曰莫知、曰孰知、曰莫吾知，皆是自己冤抑。其章法句法，承接照应，无不井然。”

思美人：愿寄言于浮云兮

《思美人》诗题由篇首语“思美人兮，擥涕而伫眙”而来。“思”，思念；“美人”，指楚襄王。一说指楚怀王。明汪瑗《楚辞集解》云：“此篇作于《哀郢》之后无疑也。虽不可考其所作之年，要之在襄王之时而非怀王之时则可必也。其文严整洁净、雅淡冲和，文之精粹者也。岂年垂老，其气渐平，而所养益纯也欤?”（《楚辞集解》）一般认为该诗为屈原于江南放逐途中所作。

[原辞]

思美人兮，擥涕而伫眙①。媒绝路阻兮②，言不可结而诒③。蹇蹇之烦冤兮④，陷滞而不发⑤。申旦以舒中情兮⑥，志沉菀而莫达⑦。愿寄言于浮云兮，遇丰隆而不将⑧。因归鸟而致辞兮⑨，羌迅高而难当⑩。

[注释]

① 美人：喻指楚王。擥（lǎn）：收的意思，在这里是擦干的意思。伫眙（zhù chì）：凝视。

② 媒绝：没有媒人，指能牵线让作者和君王沟通的人。阻：

阻碍不通。

③ 诒（yí）：即“贻”，赠，送给。

④ 蹇蹇：忠直之言。此谓因忠直之言而遭冤。

⑤ 陷滞：指沉积于心。不发：不能抒发。

⑥ 申旦：通宵达旦。戴震《屈赋注》：“申旦，犹言达旦。申者，引而至之谓。”

⑦ 沉菀：郁结。达：通。

⑧ 丰隆：古传说中的云神。不：不相助。

⑨ 因：凭借。归鸟：北归之鸟。时屈原放于江南，此指归返北方郢都之鸟。

⑩ 羌：乃。迅高：飞得又快又高。难当：难以担当致辞捎信的任务。

[赏析]

以上写相思无寄。诗歌展现了三幅连续的画面。先是企望：诗人因思念心中的美人，擦干眼泪，凝视远方，热切地期待美人的来临。拭泪而望，盼之切也。望而不见，继之以泪。日日思之而不见，过着以泪洗面的日子，盼之至也。接着是煎熬。没有牵线的人，又有道路阻隔，身陷孤境，束手无策。虽有满腹的话要倾吐，却语不成章，无法寄达。内外交困，进退两难。是什么话竟如此“口难开”？因忠直之言而遭冤，沉积于心不能抒发。有道是，有苦无处诉，有冤无处伸。想说的话在心里转悠了千百遍，通宵达旦想要表明心迹，可是心思郁结无法达到。此写诗人情郁于中，闭塞不通。在深刻的绝望中，诗人只好借助想象的翅膀，聊以寄托忧伤。因此有第三幅图画：望天祈祷。诗人抬头看见天上的白云，鸿雁从云下飞过，于是默默地祈祷：希望浮云为我捎信啊，可是，丰隆这个云神不听命令；想托鸿鸟为我传书啊，可是，鸿鸟疾速而去远走高飞。浮云和鸿雁都无情地抛弃了他，刚刚萌生的一点希望的诗人，现在彻底陷入绝望中。前两层是眼前实有之情境，后一层是想象之情境。想象之境使实有之煎熬变得更加难以忍受，诗人抒情千回百转，读之使人萦回肠断。

[原辞]

高辛之灵盛兮[①]，遭玄鸟而致诒[②]。欲变节以从俗兮，媿易初而屈志[③]。独历年而离愍兮[④]，羌冯心犹未化[⑤]。宁隐闵而寿考兮[⑥]，何变易之可为！知前辙之不遂兮[⑦]，未改此度[⑧]。车既覆而马颠兮[⑨]，蹇独怀此异路[⑩]。勒骐骥而更驾兮[⑪]，造父为我操之[⑫]。迁逡次而勿驱兮[⑬]，聊假日以须时[⑭]。指嶓冢之西隈兮[⑮]，与纁黄以为期[⑯]。

[注释]

① 高辛：即“帝喾”，古传说中的帝王。灵盛：充满灵性。

② 遭：遇。玄鸟：燕子。致诒：即“致贻”，赠送礼物。传说帝喾送聘礼给神女简狄以通婚姻，后简狄吞食玄鸟蛋而生契，是殷之始祖。

③ 媿：即“愧”。易初：改变初衷。屈志：委屈自己的志向，即委曲求全。

④ 历年：历经岁月。离：同“罹”，遭受。愍：忧伤。

⑤ 羌：乃。冯：即“凭”，愤懑。未化：未消。

⑥ 宁：宁肯。隐闵：忍受忧患。寿考：犹言终生。

⑦ 前辙：指以往的经历。不遂：不顺利。

⑧ 度：态度。指誓死守节的态度。

⑨ 颠：颠仆，倒下。

⑩ 蹇：发语词。异路：与众不同的道路。

⑪ 勒：勒住。更驾：再次驾车。

⑫ 造父：古传说中善于驾车的人。操：操作，指驾驭。

⑬ 迁：迁延不前。逡（qūn）次：即“逡巡”，徘徊不进。

⑭ 聊：姑且。假日：假借时日。须时：等待时机。

⑮ 指：望。嶓冢（bō zhǒng）：山名。隈（wēi）：山水弯曲的地方。

⑯ 与：及。纁（xūn）黄：纁，借为“曛”，落日时的天光，此指黄昏。期：期限。

[赏析]

以上写守志待机。仰望苍穹，诗人神思飞越。遥想帝辛，有黑色的神鸟（燕子）为他赠送礼物。而诗人却在这僻远的山野穷愁困厄。以上为第一层，承上写渴望向楚王申诉。第二层由悠悠往事回到了现实。这么多年，诗人苦苦煎熬，历经忧患，由于遭受诽谤，蒙冤被流放，内心对奸佞的愤懑无一日止息。自己活得这样艰难，究意是为哪般？可是改变忠君爱国的节操，又为改变自己最初确定的志向深感羞愧。在身荣富贵与忠君爱国之间，诗人宁愿选择忍隐苦痛终生，也不改变自己的节操。沧海横流，风云激荡，诗人眺望寰宇，毅然决然地选择自己的志向。这需要多么坚韧的毅力和顽强的意志啊！既然选择了这个志向，就意味着选择了艰难，选择了穷愁困厄。放眼前途，诗人明知此路不通，也决意不肯改变方向。既使在这条路上车覆马翻，也宁愿独抱孤忠，选择这条少有人走的路。“不遂”“车覆马翻”，可见诗人透过战火烽烟，弥望风尘岁月，明知楚国将亡的前途，依然选择追随祖国，这需要大无畏的勇气，有舍生忘死我的精神，也是诗人伟大的爱国主义精神的感人之处。这一层写诗人怀抱忠君爱国之志、九死而不悔的抉择。第三层，诗人的思绪又穿透苦难的现实，把目光投向高高的苍穹，那里有他永恒的理想。在那里，他是最高的神，可以驾驭一切，可以任意实现自己的理想：

驾驭骏马重新起驾啊，请造父为我执鞭。慢慢地走不必疾驰啊，姑且等待好的时机。指着嶓冢山的西边啊，约好黄昏在那里见面。

“更驾”，希望重新获得任用。“须时”，诗人选择等待时机，对楚王仍怀希望，希望召回任用。“指嶓冢之西隈兮，与纁黄以为期。”以与美人黄昏相会，情深深，意切切，诗人楚王的期望愈炽，殷切呼唤、热切期待之情，呼之欲出，仿佛可以听到诗人激动的心跳。

[原辞]

开春发岁兮[①]，白日出之悠悠[②]。吾将荡志而愉乐兮[③]，遵江夏以娱忧[④]。擥大薄之芳茝兮[⑤]，搴长洲之宿莽[⑥]。惜吾不及古人兮[⑦]，吾谁与玩此芳草[⑧]？解萹薄与杂菜兮[⑨]，备以为交佩[⑩]。佩缤纷以缭转兮[⑪]，遂萎绝而离异[⑫]。吾且儃佪以娱忧兮[⑬]，观南人之变态[⑭]。窃快在其中心兮[⑮]，扬厥凭而不竢[⑯]。

[注释]

① 发岁：一年的开始。

② 悠悠：迟缓的样子

③ 荡志：纵情。

④ 遵：循，沿着。江：长江。夏：夏水。娱忧：娱乐解忧。

⑤ 擥：采集。大薄：草木丛生之地。芳茝：白芷，香草。

⑥ 搴：拔取。长洲：长长的水中陆地。宿莽：经冬不死的草。

⑦ 不及：未赶上。古人：指古代的贤明君主。

⑧ 吾谁与："吾与谁"的倒文。玩：赏玩。玩此香草，喻志同道合，共慕高洁。二句表示生不逢时之意。

⑨ 解：采折。萹：萹蓄，一种野草。薄：丛生。杂菜：各种野菜。

⑩ 交佩：交插在一起佩戴在身上。

⑪ 缭转：缠绕。

⑫ 遂：终于。萎绝：枯死。离异：散落变质。此四句与前文采集芳香相对照，代表平庸，不知美丑。即下面所说"南人之变态"。

⑬ 儃佪：徘徊。

⑭ 南人：指郢都群小。变态：指性情、爱好不正。

⑮ 窃：私自。快：快慰。中心：心中。

⑯ 扬：发扬。厥：其。满，指身上所佩满的香草，喻盛德。不俟：不待。

[赏析]

以上写自修待机。包括两层意思。前八句写诗人去野外采摘芳香的花草。春天来了，万物发荣滋长，正是鸟语花香、寻芳览胜的好时节，也是充满希望的季节。可是，等待是难熬的。在这烂漫的春日，诗人要纵情欢乐。嫩红的太阳徐徐升起，诗人沿着江水、夏水行走消解忧愁。江堤上，车水马龙，游人如织，官宦、富商家的女眷绮红翠绿，翡翠金银耀日。风流公子追蜂逐蝶，嬉笑之声顺着江面传到远方。诗人独去草木丛生的地方采集白芷，到水中陆地拔取经冬不死的香草。望着采集的芬芳花草，诗人不由得感叹，可惜我没有生长在古时啊？如今要和谁一起玩赏芬芳的花草？深刻的孤独又重袭而来。遍览四周，谁与自己志同道合，不禁兴起生不逢时之慨，亦反见世之污移不堪。九至十二句写“南人”的丑态。他们把采集到的杂草野菜，五彩缤纷插在头上，缠绕在身上，直到萎落、枯死、变质，还洋洋得意地自以为美。可见南人的庸俗与丑陋。第三层写自己摒弃“南人”的价值观点，为自己的坚守而自慰。“娱忧”，在同一个段落出现两次，足见诗人忧愁之深重。这是“以乐写哀”的手法。片刻欢愉转瞬即逝，忧愁的日子大把大把地攥在手中，重重抑郁像乌云又席卷而至。诗人自谓要纵情欢乐以销忧，可是忧愁何曾断绝？此刻，诗人虽在江畔采花，心中一刻也没有停止对“美人”的思念。“儃佪”，写诗人的无奈无聊。在这大好的春天，诗人以戴罪之身，穷愁闲置，“知我者谓我心忧，不知我者谓我何求”？虽身在此，而心在彼。当此无聊之际，且看无聊之人，暂得片刻逍遥吧！“南人”的嗜好真是变态，他们用杂草野菜装修饰自己，还要将身子扭几扭，真是“标致”极了！看看他们丑陋的表演，“我”心中暗暗庆幸选择的芳香高洁的美德，“我”又何必在乎这些群小的评价和鼓噪呢？相形之下，“我”不知要比这些群小高多少个层次，这不正是“我”得到重用的资本吗？且稍安勿躁，让“我”抛弃对这些群小的愤懑，等待属于“我”的时机吧！看满园春色姹紫嫣红，希望还会远吗？

这一节，诗人运用对比的手法，寓愁于乐，用采摘芬芳花草的意象，寄托自己对高洁盛德的追求。即使在这忧愁困苦的日子里，诗人亦不忘修炼自己，时刻准备奔赴自己的使命。

[原辞]

芳与臭其杂糅兮①，羌芳华自中出②。纷郁郁其远蒸兮③，满内而外扬。情与质信可保兮④，羌居蔽而闻章⑤。

[注释]

① 芳与臭：芳香与污浊，喻贤愚或忠佞。杂糅：间杂、相混在一起。

② 羌：乃。芳华：香花。闻一多《楚辞校补》云："按出字不入韵，疑此二句上或下脱二句。"

③ 郁郁：形容香气浓烈。蒸：散发。远蒸，犹言香气远播。

④ 情：性情。质：本质，指真情和美德。信：确实。可保：保持，守而不失。

⑤ 居蔽：居处偏僻。闻章：名声卓著，即美名远扬。

[赏析]

以上写有才必有时的信念。这一节是上一节的总结。首二句是承上启下的过渡句。诗人在江畔与"南人"一起采集花草，一芳一臭，烁烁昭彰。"羌芳华自中出"有两种理解，一是花朵的芳香依然无法遮盖。即诗人相信臭不侵芳，芳必胜臭，邪不压正；二是君子的芳香是灵魂的香气，是从心中发出的，即诗人强调君子必须加强自我修养，优秀才能胜出。此处比喻贤愚忠佞混杂在一起，也有两种理解，一是昏君庸臣不能识人，才使"芳"落入"臭"中，好比诗人混杂在"南人"中，好比苏轼混杂在"引泥沙泥浆者流"中；二是优秀的人才必将脱颖而出。结合上下文看，第二种理解比较合理。三四句仍从"芳"引出。若问"花儿"为什么如此芳香？深邃的内心和本质必将发光。你若花开，清风自来；你只管精彩，老天自有安排。诗人相信，美好的志向深藏在心，住处虽然封闭也能美名远扬；真情和美德确实能够守而不失，即使被流放到天涯海角也无损分毫。

[原辞]

令薜荔以为理兮[①]，惮举趾而缘木[②]。因芙蓉而为媒兮，惮蹇裳而濡足[③]。登高吾不说兮，入下吾不能。固朕形之不服兮[④]，然容与而狐疑[⑤]。

[注释]

① 薜荔：香草名。理：媒人，中间人。

② 举趾：提起脚。

③ 蹇（qiān）：通“褰”，提起，揭起。濡（rú）：沾湿。

④ 朕：我。不服：不适应。

⑤ 容与：迟疑不前的样子。狐疑：犹豫不决。

[赏析]

以上写举步维艰的困境。前四句以类取譬，采用《诗经》常用的比兴手法，以“薜荔、芙蓉”起兴，写自己不愿意从俗去求助于楚王身边的权臣，让自己重回郢都，以免玷污了自己高贵的人格。后四句叙自己矛盾复杂的心情：“向高处爬吧我不高兴，往低处走吧我也不想。”向高处爬不愿意自污，往低处走又不愿同流合污。思前想后，诗人自嘲自解地说：“固然是我不适应，我迟疑不前犹豫不定。”诗人以忠直耿介之心，在污浊的世界摇摆不定，左右为难，举步维艰。

[原辞]

广遂前画兮[①]，未改此度也。命则处幽吾将罢兮[②]，愿及白日之未暮也[③]。独茕茕而南行兮[④]，思彭咸之故也[⑤]。

[注释]

① 广遂：完全顺从。前画：从前的计划。

② 命：命运。处幽：幽僻之地。罢：疲惫不堪。

③ 愿及：欲趁着。未暮：喻年尚未老。林云铭《楚辞灯》云：“为安命居蔽而径撇下乎？又愿趁此时光，未至纁黄，尚有可为，

所以狐疑。”

④ 茕茕：孤单的样子。

⑤ 故：故迹。

[赏析]

以上写献身理想的坚定决心。前两句写自己作出的最终决定。“广遂”，是在泥泞之途作出的艰难选择，几乎可以听到诗人在作出此选择后长舒一口气的释然。“未改此度”照应开头，在纷繁复杂的世界，在“上下求索”的反复筹措之后，诗人仍坚守自己最初确立的志向。“命则处幽吾将罢兮”，意思是，命中注定我要住在幽静之处啊，我将就此作罢。换言之：如果命中注定我要在这僻远之处穷困终生，我将就此不惜抛弃自己的生命。这句话表现了诗人坚定的使命感，为实现自己的“美政”理想，不惜牺牲一切的决心和大无畏的勇气。“愿及白日之未暮也”是说愿趁年轻有所作为。末句“茕茕”写其孤独处境，虽有伤怀之感，更多的是独持操守、独赴理想的坚定不屈。“彭咸之故”，王夫之《楚辞通释》：“故，故迹也。谓愤世沉江，彭咸之故事。”为实现自己的理想无所畏惧。宋洪兴祖云：“此章言己思念其君，不能自达，然反观初志，不可变易，益自修饬，死而后已也。”（《楚辞补注》）

[小结]

《思美人》是一篇托男女之情表达君臣之思的诗歌。诗歌抒发了思念君王却又没有机会表达，无法接受变节、不愿同流合污的思想。同时，也表达了作者始终执守高洁人格和坚守美政思想的信念。

这首诗以思想感情的变化为线索，由“思念、等待、抉择”三个连贯的部分组成。在情感冲突上，一方面是楚王对他的抛弃，致使他的苦衷不能倾吐，外界客观的力量要他“变节而从俗”；另一方面，诗人在艰难地坚守正道，内在和外在的冲突构成了一种强烈的情感流，使人感到一种搏动的正能量。明黄文焕发云：“‘陷滞不发’‘沉楚莫达’‘扬厥凭而不俟’‘满内外扬’，是通篇立意大呼应处。‘前辙不遂，未改此度’，‘广遂前画，未改此度’，又一立意大呼应处。皆以后段承前段，翻案出奇。善扬则不患于不发莫达矣，世自抑我之遇，我自扬我之芳。有画之广遂，则不患辙之不遂矣，世自抑我之辙，我自伸我之画，故曰：‘情质可保，居蔽闻章。’居蔽即所谓陷滞沉菀，辙之不遂也；可保闻章，即所谓扬凭远杨，画之广遂也。文心一线到底，最为清澈。”（《楚辞听直》）

惜往日：惜往日之曾信兮

《惜往日》是屈原的绝命词，“惜往日”，即痛惜往日的时光。此篇取首句“惜往日之曾信兮”前三字为题，篇中回忆了自己早年曾受到怀王信任，继承先功、修明法度的美好生活，叙述了自己遭谗被黜、欲谏不得、障争蔽塞、情不上达的痛苦遭遇，抒发了自己无端受诬而君王不察的愤懑之情，表明了自己主张“法治”、反对“心治”的政治思想。

《惜往日》在《九章》乃至全部屈赋中语言最为浅显平易，一切仿佛都是脱口而出。这是因为屈原已经下了必死之心，欲以死唤醒楚王的最后觉悟，视死如归，从容镇定，所以直抒胸臆，无须藻饰。这首诗在屈原的作品中占有很重要的地位，因为这是屈原的绝笔诗。

[原辞]

惜往日之曾信兮[①]，受命诏以昭时[②]。奉先功以照下兮[③]，明法度之嫌疑[④]。国富强而法立兮，属贞臣而日娭[⑤]。秘密事之载心兮[⑥]，虽过失犹弗治[⑦]。

[注释]

① 惜：痛惜，惋惜。往日：指屈原早年在怀王朝任左徒时日。信：指被信用。

② 受：禀受，接受。命诏：君王的命令、诏书。昭时：使时政清明。

③ 先功：前代君王的功业。照下：光照下民，即改善民生。

④ 明：澄清，判明。嫌疑：指疑惑不明的地方。

⑤ 属：交付给。贞臣：忠诚正直之臣，此屈原自指。娭：同“嬉”。日娭，每天都很快乐。此指君王信用忠贞之臣治国，从而得享安逸快乐。

⑥ 秘密事：国家机密之事，此指屈原曾参与变法，起草“宪令”等事。载心：藏于心里，即不外传，不泄密。

⑦ 过失：指在治政时偶有过错或不当。弗治：不加罪责。

[赏析]

以上是屈原回忆受楚王重用的往事。开头一个“惜”字，有抚今思昔、今不如昔或若如昔则非今的意思，惋惜遗憾之情沛然而出。

追惜着往年曾见信于故君，受到诏命去整饬时政。守着先人的功绩光照下民，阐明法度以消除是非疑问。因之国家富强而法度以立，君上委事于忠臣日以游息。黾勉于国事我是全心全意，虽有过失仍不至于不能治理。

“受命诏以昭时”以后几句，与司马迁《史记·屈原列传》相印证：屈原早年曾“为楚怀王左徒。博闻强志，明于治乱，娴于辞令。入则与王图议国事，以出号令；出则接遇宾客，应对诸侯。王甚任之”。“怀王使屈原造为宪令”。屈原曾深受楚怀王信任，屈原是朝廷的重臣，在国家事务中具有举足轻重的地位。大约于公元前318年（楚怀王十一年），楚怀王任命屈原为左徒。据姜亮夫说左徒是春秋时期的莫敖，是参议国事的三巨头（即军事长官、行政长官和宗教长官），地位仅次于令尹。楚王的命令、诏书，都由他起草颁布，他还主持富国强兵的变法，参与国家重大机密事务。屈原不负圣恩，由于他的忠诚正直，怀王得享安逸快乐。

“昭”“明”“照”“富强”“立”“载”都证明屈原是能臣，透露出屈原非常的自信。“信”“受”“娭”“弗”，都表明楚王对他非常宠信，君臣相处欢洽，如鱼得水。正因为楚王对他非常信任，才让屈原主持变法，“奉先功以照下”。“奉先功”指吴起在楚国的变法。“楚悼王素闻起贤，至则相楚。明法审令……诸侯患楚之强。”（《史记·吴起列传》）“吴起为楚悼王立法，……定楚国之政，兵震天下，威服诸侯。”（《史记·范雎蔡泽列传》）因为贵族的反对，吴起变法最终失败。楚怀王朝，屈原再度变法。在怀王的支持下，屈原力图刷新朝政、革除弊端。他制定了一系列的改革措施，包括“举贤授能”“修明法度”“及前王之踵武”和“国富强而法立”的目标。在外交上，屈原果断地改变楚国的亲秦的外交政策，而与东方的大国齐国结成巩固的联盟。这在当时形势下对楚国来说是唯一正确的选择。屈原作为楚国重臣，代表楚国“东使于齐”，不久发生以楚怀王为首的“五国伐秦”。虽并没有真正交战，五国无功而还，但已显示出东方合纵尤其是齐楚联盟的巨大威力，使秦国不敢轻举妄动。政治清明、君臣协作，使楚国出现了前所未有的辉煌气象。

[原辞]

心纯庬而不泄兮①，遭谗人而嫉之。君含怒而待臣兮，不清澈其然否②。蔽晦君之聪明兮③，虚惑误又以欺④。弗参验以考实兮⑤，远迁臣而弗思⑥。信谗谀之溷浊兮，盛气志而过之⑦。

[注释]

① 纯庬（máng）：诚实敦厚。庬：丰厚；厚重。不泄：指不肯泄露国家机密。

② 清澈：作动词，犹澄清。然否：是与非。

③ 蔽：遮蔽。晦：昏暗，作动词。此句是说使君之聪明受到蒙蔽。

④ 虚：虚妄不实之言。惑：蛊惑，迷惑。误：误导。又以欺：犹言更进一步公开欺骗。

⑤ 参验：多方验证。考实：考证核实。

⑥ 迁：放逐。弗思：不动脑子，即不知辨认是非。

⑦ 盛气志：负气大怒。过：责罚。

[赏析]

这一段是遭谗言而蒙冤被逐的原因。奸佞之臣因为妒忌屈原，先是向楚王进谗言，继则蒙蔽楚王的耳目，进一步公开欺骗楚王；楚王先是被激怒，继而罪责屈原，把屈原流放，使佞臣的奸谋终于得逞。《史记·屈原列传》载：“怀王使屈原造为宪令，屈原属草稿未定，上官大夫欲夺之，屈平不与。因谗之曰：‘王使屈平为令，众莫不知，每一令出，平伐其功，以为非我莫能为也。’王怒而疏屈平。”

“纵然心地淳厚而不泄露机要，也遭到奸人的嫉妒谗毁。”“心纯庬而不泄”与上文“秘密事之载心”相呼应。由于楚国内部的改革，也由于外国的刺探，在那种错综复杂的形式下，保守国家机密尤为重要。据《韩非子·内储说》记载，秦王曾派出许多侏儒到楚国宫廷内部，与楚国贵族私相交结，刺探楚国机密。屈原从忠君爱国的立场出发，遭到权宦的“嫉之”而进谗言，离间了楚王与屈原之间的关系。屈原的改革举措触动了贵族的利益、上官大夫等佞臣及楚怀王左右的群小。“君含怒而待臣兮，不清澈其然否。”由于上官大夫等佞臣的谗言、诽谤，在楚王的心里落种、生根，对屈原怀有成见的楚王转而对屈原以怒相向，处处看屈原不顺眼，见到屈原就恼火，“曰含怒，君怒而原犹不知也。含怒以待，则事事皆可怒矣，先入之言惑之也。”（钱澄之《屈诂》）“清澈，省察也。此中虚实然否，清澈立见，无如含怒在先，一切不为之省察矣。”（陈本礼《屈辞精义》）“蔽晦君之聪明兮，虚惑误又以欺”。让楚王听不到真话，看不到真实的情况，他们采用的手段有三个手段：“虚、惑、误”，无中生有欺骗楚王，以假乱真迷惑楚王，心怀鬼胎误导楚王。他们布下了蒙蔽君王的天罗地网：“矰弋机而在上兮，罻罗张而在下。设张辟以娱君兮，愿侧身而无所”（《惜诵》），素来好大喜功、刚愎自用的楚怀王果然勃然大怒。“弗参验以考实兮，远迁臣而弗思”，失去了冷静头脑的楚王，既不去考察这些谗言是否真实，也不去考证核实事实。“众口铄金，积毁销骨”，楚王先是罢免屈原左徒之职，不许上朝参议政事，继而不辨是非地流放了屈原。屈原知道楚王受奸佞蒙蔽，曾多次请求怀王接见他，向怀王阐述自己的政治主张，表白自己对国家的忠心，试图让怀王驱逐小人而继续改革朝政。但是怀王拒不接纳。随着屈原的罢免，楚国富国强兵的大业也毁之一旦。宋洪兴云：“此章言已初见信任，楚国几于治矣。而怀王不知君子小人之情状，以忠为邪，以僭为信，卒见放逐，无以自明也。”（《楚辞补注》）清林云铭评：“溷浊，犹言糊涂，与清澈相反。此辈有何识见，纯是虚惑，偏要信也。……以上叙怀王信谗放已于外，把富强法立之业，忽然中废，所以可惜。”（《楚辞灯》）

[原辞]

何贞臣之无罪兮，被离谤而见尤①？惭光景之诚信兮②，身幽隐而备之③。临沅湘之玄渊兮④，遂自忍而沈流⑤。卒没身而绝名兮，惜壅君之不昭⑥。君无度而弗察兮⑦，使芳草为薮幽⑧。焉舒情而抽信兮⑨，恬死亡而不聊⑩。独鄣壅而蔽隐兮⑪，使贞臣而无由⑫。

[注释]

① 被：遭逢。离：同“罹”，遭受。按“被离”二字同义而联用。谤：诽谤，诋毁。见尤：被加之罪。

② 光景：指日月天光。诚信：光明磊落，诚信无欺。此比喻自己一生的行事，如日月照天，忠贞无私。“惭”，是反词。汪瑗《楚辞集解》：“惭，愧也。无罪见尤，固被谗人所害，然而光景诚信，屈子可形不愧影，寝不愧衾矣。顾以为惭者，正不惭也，正所以惭小人也。”

③ 幽隐：指被放后身处荒野。备之：指备尝悲苦。

④ 玄渊：深渊。

⑤ 自忍：自己强忍着痛苦。沈流：投水自尽。

⑥ 壅君：昏暗之君。不昭：不明，不省察。

⑦ 无度：无是非尺度。弗察：不能明察善恶。

⑧ 薮幽：杂草丛生的荒僻之处。

⑨ 焉：安能。舒情：舒发出心中的情愫。抽信：表示出自己内心的忠信。

⑩ 恬：安然。不聊：指不苟且偷生。

⑪ 鄣：同“障”。鄣壅、蔽隐：皆指君王昏暗不明。

⑫ 无由：无路可行。

[赏析]

这一段写壅君之下，贞臣无路。这一节像一幅独幕剧、独白剧。备极苦辛、形容枯槁的诗人在沉思默想中，忽仰天长叹：苍天啊，为什么像我这样志虑忠纯的忠臣却无端遭受诋毁，无罪却受到责罚？想我屈原一生行事如日月照天，忠贞无私，却被流放到这荒僻之处备尝悲苦。上苍啊，为什么自己受到如此困厄？诗人沉思着漫步，不知不觉走到沅湘水畔。沅湘水打着黑色的漩涡，深不见底。诗人对黑色的漩涡说，难道我想投水自尽吗？那样的结果，只不过是身死名灭。诗人又抬头仰望苍穹，想起远隔千山万水的郢都，想起他怎么也不能忘怀的楚王。诗人自语道：叹只叹君王被奸佞蒙蔽不觉悟，没有是非尺度，不能明察善恶，把芳草丢在这幽深的大泽中。沉思片刻，诗人又叹了一口气，自语道：我该怎样才能舒发出心中的情愫，表示出自己内心的忠信？他又看了一眼打着黑色的漩涡沅湘水，坚定地说，我宁可安静地死亡，也绝不苟且偷生。只可惜，君王昏暗不明，让我这样的忠臣走上绝境。

这一节包含三层意思。前四句为第一层，写自己无罪被逐，备尝苦辛。首二句以反问句出之，可见诗人备极苦痛，仰首质问上苍。三四句自明心迹和遭受的困厄。心灵的高贵和身受的困苦反差这么大，简直让人觉得这不是人间，而是阿鼻地狱。五至十句为第二层，写如果轻易地死去，只怕君王不悟。这是诗人设想自己沉水的情境，是诗人犹豫不决的心情的写照。明汪瑗《楚辞集解》云：“此章承上，言己无罪见尤，诚可忿恚，遂欲临渊而沉，不立于恶人之朝，终亦丧身灭名而已矣。壅君不明情冤，无与之伸者，则死又何益哉？”汤炳正亦云：“以上四句为拟想之辞，谓己死不足惜，可惜受蒙蔽的君主永无清醒之日。故下文乃以史实晓其君。”（《楚辞今注》）末四句为第三层，写死不足惧，只担心君王受蒙蔽不觉悟。清蒋骥《山带阁注楚辞》：“《惜往日》其灵均绝笔欤？夫欲生悟其君不得，卒以死悟之，此世所谓孤注也。默默而死，不如其已。故大声疾呼，直指谗臣蔽君之罪，深着背法败亡之祸，危辞以撼之，庶几无弗悟也。苟可以悟其主者，死轻于鸿毛，故略子推之死而详文君之悟，不胜死后馀望焉。”

[原辞]

闻百里之为虏兮[①]，伊尹烹于庖厨[②]。吕望屠于朝歌兮[③]，宁戚歌而饭牛[④]。不逢汤武与桓缪兮[⑤]，世孰云而知之？

[注释]

① 百里：人名，即百里奚，原为虞国人，曾被晋所俘虏，后又流亡至楚。秦穆公闻其贤，赎为秦大夫。

② 伊尹：商初成汤的大臣。庖厨：厨房。

③ 吕望：即吕尚，也就是助武灭商的姜子牙。朝歌：地名，殷纣时的国都。

④ 宁戚：春秋时卫人，贤臣，被齐桓公所用。饭牛：喂牛。

⑤ 逢：遇上。汤：商汤。武：周武王。桓：齐桓公。缪：秦穆公。

[赏析]

这一节写圣君治下，野无遗贤，与上一节构成对比。前四句列举百里奚、伊尹、吕望、宁戚四个史例，这四人地位低微，有的来自敌国，有的来自社会最底层，但在圣主的治下都被量才擢用，使人尽其才，野无遗贤。后二句由前四个史例推导出的结论。假如没有商汤、周武王、齐桓公、秦缪公这样的圣主，谁能认识他们？抚今思昔，诗人感叹自己没有生在圣主之世，生不逢时，无人识珠，徒叹奈何。伤感之情，不能自抑，也是对楚王昏庸的辛辣批判。明汪瑗《楚辞集解》：“古贤圣之才德，非遇贤圣之君，举而用之，则四人者不过烹屠商虏之贱耳。谁谓世俗之溷浊能知之也哉？慨想人之遭遇，以见己之不逢时也。伤今思古，其志亦可怨矣。”

[原辞]

吴信谗而弗味兮[1]，子胥死而后忧[2]。介子忠而立枯兮[3]，文君寤而追求[4]。封介山而为之禁兮[5]，报大德之优游[6]。思久故之亲身兮[7]，因缟素而哭之[8]。

[注释]

① 吴：吴王夫差。弗味：不考虑。

② 子胥：伍子胥。后忧：日后的亡国之忧。

③ 介子：介子推。春秋时晋国人，曾跟随晋文公重耳流亡十九年。立枯：抱着树被烧死。

④ 文君：晋文公。寤（wù）：醒悟。

⑤ 介山：原名绵上山，因介子推隐居此山，故改称介山。禁：禁地。子推死后，文公以绵上之田封为子推祭田，成为不可侵占的禁地。

⑥ 优游：德行高大。介子推在晋文公逃亡中，曾割股给文公吃，故称介子推有“大德”。

⑦ 久故：故旧，往日曾长久相处的人。亲身：不离身之左右，相处亲密的人。

⑧ 缟素：白色的服装，通常指丧服。

[赏析]

这一节写忠臣死国有忧。本节列举了伍子胥和介子推的两个史例，又是上一节的反例。上一节贤人在野而被擢用，由布衣而卿相。这一节两个史例是国之忠臣而被其君逼死，由官场被驱逐乃至被赐死，且举例角度略不同。举伍子胥的例子，重在他无罪而被杀。伍子胥被逼自杀后，国有忧；强大的吴国反被越国所灭，国君没有机会后悔。举介子推的例子，重在他有功而不赏，最终被杀；介子推死后，君有悔。屈原以浓墨重彩写了介子推死后晋文公悔过的举动："封介山而为之禁""因缟素而哭之"，礼敬如丧考妣。今楚国的处境如当年吴国类似，屈原对楚王的忠诚不亚于介子推，屈原亦无罪有功，不但未获奖赏，反而被流放荒僻之地，若自己被逼死于这荒寒之处，则楚王后悔也来不及了。"引古人之能用贞臣，不能用贞臣者与报贞臣者，以惜君之弗察也。言外有他日思我已晚之意。"（《楚辞新注》）

[原辞]

或忠信而死节兮，或訑谩而不疑[①]；弗省察而按实兮，听谗人之虚词。芳与泽其杂糅兮，孰申旦而别之[②]；何芳草之早殀兮[③]，微霜降而下戒[④]。谅聪不明而蔽壅兮，使谗谀而日得。自前世之嫉贤兮，谓蕙若其不可佩。妒佳冶之芬芳兮，嫫母姣而自好[⑤]。虽有西施之美容兮，谗妒入以自代。

[注释]

① 訑谩（yí mán）：欺诈的意思。

② 申旦：夜以继日。别：辨识。

③ 殀（yāo）：夭折。

④ 下戒：下降。

⑤ 嫫（mó）母：古代丑妇，传说是黄帝的次妃。自好：自以为美好。

[赏析]

以上呼吁国君去除蔽壅。既然忠臣去治国有忧，那么奸佞必误国，此节承上节写奸佞通过蒙蔽君主以受其奸。诗人以三层陈述之。前四句写国君被蔽壅的原因。先用对比醒人耳目，指出国君蔽壅后的后果：有人忠贞诚信为节操而死，有人欺诈而不受怀疑。二者泾渭分明，使人触目惊心。次叙国君被奸佞蔽壅的原因：皆因国君不去审察核对事实，只听小人的虚妄之词。"芳与泽"至"使谗谀"为第二层，写如何防备蔽壅。忠与奸、品德好的与品德差的混杂在一起，确实很难辨别，这就是忠臣往往被逐出朝廷或被陷害致死的原因。但不是不可以防备的，关键在于防微杜渐。在苗头刚开始发生的时候，国君就要惊觉，早早提防。诗人进一步指出，奸佞的阴谋所以能够得逞，过错确实在君主。一旦国君被蔽壅，奸佞就更加猖狂，好比霜降而万物生机尽失。诗人以“微霜”比喻奸佞的谗言、诽谤，十分新颖贴切。末四句奸佞伪装成君子，用诡诈替代忠臣的谋划：自古以来就有嫉妒贤能的人，都说蕙草杜若不能佩戴。嫉妒佳丽的美貌，嫫母丑陋却自以为妩媚可爱。即使有了西施的绝顶美貌，小人也会以自己取代。奸佞固然可怖，但只要君主处措适当，用事实核验，他们的狡谋就不可能得逞。

[原辞]

愿陈情以白行兮[①]，得罪过之不意。情冤见之日明兮[②]，如列宿之错置。乘骐骥而驰骋兮，无辔衔而自载。乘氾泭以下流兮[③]，无舟楫而自备。背法度而心治兮[④]，辟与此其无异[⑤]。

[注释]

① 陈情：陈述衷情。白行：表白所为。

② 情冤：在这里指是非曲直。情：真情。冤：冤枉，委屈。日明：一天天明白过来。

③ 氾泭（fàn fú）：船上的筏子。氾：同“泛”，漂浮。下流：顺流而下。

④ 心治：带着私心去处理。

⑤ 辟：同“譬”，譬如。无异：没什么两样。

[赏析]

以上诗句诗人呼吁法治。前四句，屈原从自己惨痛的经历出发，相信黑夜遮不住太阳：我愿意陈述衷情表白所为啊，想不到竟有了罪过。是非曲直终有一天明白过来啊，有如天上的星宿排列有序。但是，这是以牺牲为代价，而且需要很长的时间，也许终其一生都会蒙上不白之冤。历史上这样的冤假错案比比皆是。那么应当如何治国呢？屈原认为：应该建立法度，依法治国，反对人治，去其“心治”。他打了一个非常形象的比方，治国好比骑上骏马自由的奔跑，没有辔缰和马嚼全凭自己控制，就很危险；又好比乘坐筏子顺流而下，没有船桨也要自己准备，就会随时翻船。他把国家比喻为骏马和筏子，把法度比喻为马的缰绳和船桨，离开了缰绳和船桨，国家就很危险。在此基础上，他鲜明地提出了自己的治国理念：“背法度而心治兮，辟与此其无异。”商鞅治理秦国，依靠法治才使秦国日益强大，至于吞并六国。屈原提出在楚国实行法治，是当时的先进理念。钱澄之评云：“身废且死，而犹眷眷国事，极言法度之不可背，原之自命在此，其忤时亦在此。”（《屈诂》）屈原的法治观念，直到今天仍不过时。

[原辞]

宁溘死而流亡兮[①]，恐祸殃之有再[②]；不毕辞而赴渊兮[③]，惜壅君之不识。

[注释]

① 溘死：骤然死去。流亡：灵魂失散。

② 有再：有第二次。指再次遭祸。

③ 不毕辞：话尚未说完。赴渊：投水。

[赏析]

以上四句，屈原再次殷勤叮嘱，国君要去蔽壅，行法治。诗的第一句写得十分凄惨，令人耳目忍闻：“我宁肯忽然死去随流而下”，已经做好了沉水的准备。所谓人之将死，其言也善。但他又“恐祸殃之有再”。这句话有两种理解。一是指屈原担心自己再次罹难，一是指屈原担忧君国再遭祸殃。从上下文来看，当指后一种。屈原历楚怀王、襄王两朝，草宪令不成，立法图强失败，怀王客死于秦，秦军又破郢都，楚国多次割地求和，积穷积弱，屈原担心楚国再罹大难，那时将不堪设想！所以屈原忧心忡忡地说：如果我不等把话说完就投入深渊啊，痛惜受蒙蔽的君主仍不明白。屈原这样说，是出于炽热的爱国心，为楚国的前途着想，目的是要引起楚襄王的戒惧，去除蔽壅，实行法治，使楚国走出贫弱的深渊，把楚国治理成一个强大的国家。

[小结]

钱澄之云："《惜往日》者，思往日王之见任而使造为宪令也。始曰'明法度之嫌疑'，终曰'背法度而心治'，原一生学术在此矣。楚能卒用之，必且大治；而为上官所谗，中废其事，为可惜也。原之惜非惜己身之不见用，惜己功之不成也。"(《屈诂》)

从诗中"临沅湘之深渊""宁溘死而流亡""不毕辞而赴渊"等诗句看，此诗当为屈原临终述志之作。诗人殷忧重虑，情辞恳切，对祖国充满眷恋之情。他回顾了自己的一生，从接受重任到蒙冤流放到准备告别人世，告诫君主要重贤臣、去奸佞、行法治的治国道理。站在生命的终点眺望一生，屈原以"惜往日"命题，所"惜"者，一为他满腔忠君爱国，受国君信任，君臣融融乐乐，只有短短几年；一为他行诏令，刷新政治，使法度严明，政治清明，只有若许年；一为自己富国强兵的法治中途夭折，振兴楚国的大业未成，未能以挽救楚国日益衰落的国势。有些"惜"可珍可宝，温馨暖人，足以欣慰；有些"惜"遗恨终生。细思量，"无材可去补苍天，枉入红尘若许年"，唯留一捧"辛酸泪"，凭谁听取"荒唐言"。全诗情悲意切，表现了屈原至死不渝的爱国之情。清陈本礼评云："通篇'惜'字三见，'谗'字六见，'贞臣'字三见，'壅'字四见。盖恸哭陈情之辞将平昔一片忠肝义胆，生既不能见白于君，故于临渊致命时不得不有此一番恸哭也。哀音血泪，一字一泣。"(《屈辞精义》)

橘颂：愿岁并谢，与长友兮

橘树在楚国是最常见的果木，自南到北所在皆有。《汉书》盛称"江陵千树橘"，可见早在汉代以前，楚地江陵即已以产橘而闻名遐迩。"美橘之有是德，故曰颂。"（洪兴祖《楚辞补注》）《橘颂》的创作时间，清人陈本礼说："其曰'嗟尔幼志'

‘年岁虽少’，明明自道，盖早年童冠时作也。”（《屈辞精义》）这种说法认为是屈原早年所作。另一种说法认为是屈原放逐江南后所作；还有一种说法认为为屈原晚年所作。但从诗歌内容来看，屈原早年所作的说法较为妥当。

《橘领》是屈原的早期作品，但诗歌艺术却达到了很高的水平。屈原把自己的感情寄托在橘树上，借橘抒发了自己的忠国之情和乡土之恋，并为自己生于楚、长于楚，义不容去国的思想，立下宏志美范。在《九章》中，《橘颂》的内容与风格都比较特殊，毫无失意的悲愤情绪，情调十分开朗乐观。《橘颂》的深刻意义，在于它是诗人的初见，却灌注他的一生，像一眼清泉，最终长成他的长江大河。《橘颂》是中国诗史上出现最早也最为成功的一首咏物诗，表面上歌颂橘树，实际是诗人对自己理想和人格的表白，对后代影响深远。“橘”也作为一种具有文化意蕴的特定意向，成为华夏民族的精神血脉之一。“朱实金鲜，叶蒨翠蓝。灵均是咏，以为美谈。”（晋郭璞《山海经·中山经图赞》）

[原辞]

后皇嘉树①，橘徕服兮②。受命不迁③，生南国兮④。深固难徙⑤，更壹志兮⑥。

[注释]

① 后：后土。皇：皇天。嘉：佳，善，美好。

② 徕（lái）：同“来”。服：习惯。

③ 受命：受天地之命，即禀性、天性。不迁：不能移植。《周礼考工记》：“橘逾淮而北为枳（俗名‘臭橘’）。”

④ 南国：即楚国。楚的版图最盛时，向北，直达黄河；向南，包有洞庭苍梧；向东，迳抵大海；向西，兼略巴黔。黄河以南近乎半个中国属楚。战国时，人们因此以“南”指“楚”。《左传成公九年》称楚囚钟仪“南冠而絷”，晋侯“使与之琴，操南音”，杜

预注："南冠，楚冠。""南音，楚声。"

⑤ 深固：扎根深固。难徙：难以移动，指本性不改。

⑥ 壹志：志向专一。壹：专一。

[赏析]

一年一度的橘树又挂果了。青年屈原手拿一卷书，漫步在山前。放眼望去，只见漫山遍野挂满了无数赤红的小灯笼，阵阵暗香随风浮动，令人赏心悦目。这就是橘树，它深深扎根南国，矢志不移地爱上了这片国土。屈原深切的恋国之情亦油然而生：

天地间最美的橘树，习惯于南国的水土。他禀承天地之命而不可移植，只肯生长在南方的楚园。根深蒂固难以移动，那是意志的坚定啊。

前四句诗人从内在美（即品格美）赞美橘树。橘树的品格美体现在三个方面。

一是"受命不迁"。从字面上说，即：接受上天的禀赋不能移栽。橘树秉承天地赋予的本性扎根南国再不迁徙，表现的是屈原的浓郁的忠国之情、乡土之恋。"受命不迁"这四个字组合传达的意义，远远超出了字面本身。或者说，屈原在年轻的时候，就有博大的胸怀、非凡的气魄和崇高的使命。我们不妨看看杜甫对向日葵的表述："葵藿倾太阳，物性固难改"，表达的意义是具体的、明确的；是物的，而不是自我的。屈原的"受命不迁"是物我不分，合二为一的，传达的意义是丰富多层的。

"受命不迁"的第一层意思，是要"知天"，要有一种使命感。在屈原看来，橘生于南国（犹言自已生于楚国），是"受天地之命"，是非常严正的，是天经地义不容侵犯的，也是与生俱来的。屈原是真正把祖国和自己视为一体的，把祖国当作自己的使命。这是一个非常崇高的形象。上天让它生长在南国，他就扎根于脚下的土地生长，移植别的地方，它就不是自我，就会变质。这是橘树的大美品质之一，体现了一个"忠"字。这与古代的价值观是一脉相承的。忠于祖国，忠于君主，忠于家族，忠于丈夫，从一而忠，这无疑是极为重要的美德，是凝心聚力的核心价值观之一，是维系社会秩序的基本准则。如果一个女子看到一个比丈夫有钱的男人。就投奔到他怀中，这个社会不是乱套了吗？以此类推，如果一个侵略国给某人基本的生存保障，他就背叛了祖国，那么这个国家不就成了一个无人之国吗？橘树的这个品质，就是孟子所说的“威武不能曲，富贵不能淫，贫贱不能移”的大丈夫的品质。

“受命不迁”的第二层含义，是要知性。是遵照生命的根本，按照生命的本质、本真、本性生活，并在本性的指引下，穿透重重迷障，成为自己的主人，驾驭生命的小舟，即使在风急浪高中，都不会迷失自我。从接受的主体来说，“受命”是受天地之命，把人置于与宇宙对等的地位，表现了生命的独特和尊贵，以及对生命应当持有的态度——敬畏生命。正如古老的宗教所说，生命来自于星辰。这就赋予生命一种面对天地万物的纯然的自由，一种独立的精神和自性的明澄。这是一个诗意而奇妙的境界：人与宇宙对话，吐纳宇宙的信息，倾听自己的心声，去过自己想要的生活，终如一粒微尘归于宇宙。明朝时有个名叫冀元亨的人，因去过宁王府而被当成王阳明通宁王的证据给抓起来，在锦衣卫的监狱里受百般折磨，但他对人依然像春风一样，能感动得狱吏和狱友们垂泪，他把坐大狱当成了上学堂。所有的司法人员都以之为奇，问他夫人：“你丈夫秉持什么学术?”她说：“我丈夫的学问不出阃帏之间。”闻者皆惊愕不已。阃帏，是指古代妇女居住的内室。正所谓“世事洞明皆学问，人情练达即文章”，就是把世间的事弄懂了处处都有学问，把人情世故摸透了处处都是文章。

“受命不迁”的第三层含义是要知命。就是建构更高的自我，建构自己心中的“天命”，也就是把价值评价的标准还给人的本知。就是要认识自己的天性、天赋和天命，为生命找到支点，真诚地站在地平线上，然后脚不离地地无限地向上升华，把人拉成顶天立地的大写的人。就是要发掘自己的天赋，完成自己的天命。如果把适合自己的职业当成一种“天命”来完成，必定可以取得不俗的成绩。

后两句进一步写到了橘树的另外两种品质。即橘树的第二种内在品质是“深固难徙”。清代钱澄之解释说：“受命不迁，得之于天也；深固难徙，存乎志也，惟有志乃能承天。”（《庄屈合诂》）橘树生于江南受命不迁，只是上天赋予她的美好品质和本性，但是能不能扎根深固，能不能改变和实现自我，又是它后天努力的结果，是依靠它的坚韧品质和顽强意志来完成的。换言之，一个人要成才，仅有上天给予的美好姿质是不够的，还要靠个人的立志、操守和勤奋努力。有成才之志，更要有成志之才，有不为外界所动摇的坚韧意志。“扎根深固”就是要为立志成才广聚能量，汲取知识智慧。橘树的第三种品质是“更壹志”。涓涓细流，所以能江成大海，就是由于目标专一。“蚓无爪牙之利，筋骨之强，上食埃土，下饮黄泉，用心一也。”天下万事万物起于“一”，干一行，爱一行，专一行；做一事，专一心，成一事；今日明白一个道理，明日明白一个道理，天长日久就成了一个哲学家。诗人在“壹志”的前面着一“更”字，更强调了情忠爱国、守志成才的节操。

从表达艺术上，这个开头看似平常，实际达到了很高的艺术水平。首先，诗人把所歌咏的对象橘树放在一个很宏大的背景上，从天地与橘树的关系中，“后皇嘉树，橘徕服兮”。

［原辞］

绿叶素荣①，纷其可喜兮②。曾枝剡棘③，圆果抟兮④。青黄杂糅⑤，文章烂兮⑥。精色内白⑦，类可任兮⑧。纷缊宜修⑨，姱而不丑兮⑩。

［注释］

① 素荣：白花。荣，本指草类开的花，这里泛指花。

② 纷：茂盛的样子。

③ 曾枝：多枝。曾：通“层”。剡（yǎn）棘：尖利的刺。

④ 抟（tuán）：同“团”，圆圆的。

⑤ 杂糅：混杂。

⑥ 文章：文采，错综华美的色彩或花纹。文：花纹。章：文采。烂：斑斓，明亮，色彩鲜艳。

⑦ 精：闻一多《九章解诂》："精犹綪（qiàn），大赤也。"李尤《七叹》："'金衣素裒'，蜻色犹金衣，内白犹素裹也。"

⑧ 类可任兮：像肩负重任的君子。类：像。任：承担。"可任"一本作"任道"。

⑨ 纷缊（yūn）：犹纷纭，长得繁茂旺盛。宜修：修饰得体。

⑩ 姱（kuā）：美好。丑：类。不丑，不同一般，出类拔萃。

[赏析]

这一段诗人集中笔墨描写橘树的外在美，即形象美。

绿色的叶子白色的花，繁茂得惹人喜爱啊。层层树枝上面有尖锐的刺，圆圆的果实聚在一起啊。青黄两色掺杂在一起，色泽多么绚丽啊。外观亮丽内心纯洁，就像那品德高尚的君子啊。风姿优美修饰得当，婀娜多姿毫无瑕疵啊。

前四句诗人用寥寥数语，用白描的手法简笔勾勒了橘树的叶、花、枝、刺、果：碧绿的叶子衬托着皎洁的白花，茂盛的枝干上生长尖利的刺，饱满的果实像圆圆的灯笼。刺是树枝的一部分，也是橘树的特征之一，且橘树及其花果，都依靠刺的护卫。入画也是极美的一笔，不当忽略。这可以看作是自春到秋的描写顺序，也可以看做是由抽枝开花到结果的逻辑顺序，不论以何种顺序，诗人用极精练的笔法描绘出橘树的形象。如果说，前四句是对橘树作细部的精雕细刻的话，那么中间四句则是对橘树的整体的概写。好比一幅笔法精致的画，中四句犹如印象派的画法，又像油画的渲染，诗人把视角拉远了看：橘树青黄杂糅，这是挥洒泼墨，巨笔渲染，浑然一体；染而后点：果实外面金黄赤红，内面洁白，一远一近，一粗一细，一混莽一精细，相互映衬，焕然生辉。

诗人使用的手法是多彩多姿的。即使在前四句的客观素描中，诗人用"纷其可喜"表达自己由衷的赞美之情。在中四句，诗人在表达时则换了一种笔法，是用君子的形象描绘橘树，由以橘树来展现自己心目中的君子形象：橘树青黄杂糅，看上去真像君子文采烨然；果实外面金黄赤红，内面洁白，看上去真像肩负重任的君子。对橘树的描写与君子之道融在一起，句句写橘，又笔笔写君子。最后用“纷缊宜修，姱而不丑兮”作总括，橘树繁茂旺盛且修饰得体，美好且出类拔萃，体现了屈原对自我的自信与矜持。在屈原的心目中，君子形象是怎样的呢？是文与质的统一，是内心精纯与外表气质风度的统一。这是对橘树的描写，也是对屈原心目中理想的君子的描绘，其实也是屈原对自我形象的写照。

这一段在语言的运用上也达到很高的境界。描写橘树的花，诗人着以“素荣”。“素”，白色而有光泽。“荣”，金文是象形字，像花朵，像一片交叉丛生的花丛，像花丛中闪烁于花蕊的花粉。“荣”的本义是：丛生的植物繁花绽放。“素荣”二字，贴切地描写了橘树绽开白色繁花的景象。描写橘树的枝，诗人着一“曾”字。“曾”即繁体字“层”，意为重，叠，枝重重交叠。诗人仅用一个字就准确地摹写出橘树繁茂的枝杈。描写橘树的果，诗人以一“抟”字绘其形。“抟，圜也。”（《说文》）《韵会》引《说文》：“抟，以手圜之也。”把橘树的果实描绘得生动形象，亲切宜人，惹人喜爱。

以上为诗歌的第一段，诗人用精致的笔墨，描写了橘树的内在美和外形美。

通过对橘树的内在美和外形美的描写，表达了自己深挚的爱国感情和对理想人格的追求。

[原辞]

嗟尔幼志[①]，有以异兮。独立不迁，岂不可喜兮？深固难徙，廓其无求兮[②]。苏世独立[③]，横而不流兮[④]。闭心自慎[⑤]，不终失过兮[⑥]。秉德无私，参天地兮[⑦]。

[注释]

① 嗟：感叹词，表示一种语气。

② 廓：胸怀开阔。

③ 苏世独立：独立于世，保持清醒。苏：苏醒，指对世事有所觉悟。

④ 横而不流：意谓独立特性。横：横绝。不流：不随波逐流。

⑤ 闭心：安静下来，保持内心洁净。自慎：自省。

⑥ 不终失过兮：一本作“终不失过兮”，也作“不终过失兮”。

⑦ 参：三的意思。也解释为“合”。天地人相配合为“三才”，这里指与天地相配。

[赏析]

此段开头以感叹词“嗟”领起，开始由前文对橘树的描绘转入到对橘树的“颂”上。“嗟尔幼志”是对橘树的慨叹，亦可见此诗系屈原青少年时期的作品。“尔”表明由前文对橘树的第三人称的客观描写，转入到面对面的倾诉，便于表达强烈的情感。“幼志”只能是人，这里用来写橘树，就使人与橘树融为一体了。在年岁很小的时候，就“有以异兮”，志向与众不同，卓尔不群，出类拔萃。历史上，最有能力的人都有某种奇异之处，这使他与常人区分开。在生活中我们也很容易看到，敢在人群中发出与众不同的声音的人，敢得罪人群的人，必有大本领。当一大群人都反对他的时候，他还是依然不改变他的想法的人，定是能干的人。因此，当你发现一个人与大众很不一样时，那么你就应该知道，你很有可能发现了一个优秀的人。屈原从小就认为自己与众不同，可见他确有非凡之处。这也可从他的《离骚》《涉江》等篇中找到相关的诗句。如果说前文以“嘉”字统摄全诗，那么此处以“异”做收束，彼此遥相呼应，相映成趣。

二句以后，借橘树明志，表现了屈原对理想人格和操守的追求：

啊！你从小的志向就与众不同啊。特立独行永不改变，怎么不令人喜欢啊。坚定不移的品质，心胸开阔没有私求啊。保持清醒独立于世，志节坚毅决不随波逐流啊。平静内心不受外界影响，自始至终不犯过失啊。秉承道德公正无私，融合苍天与大地啊。

屈原追求的人格品位是很高的。诗人两次写到“独立”这个品质：“独立不迁”“苏世独立”。这种独立是相对天地万物的自持、自生、自足和自我完善，禅宗的“天下地上，唯我独尊”庶几近之。“独立”首先是对自我独特性的确认。

在屈原所处的时代，外部国际上风云变幻，为众多真正有才干的知识分子提供了展示才华的舞台，也使这些这些顶尖高手之间的搏杀更为残酷，同时也深刻地考验着一个真正知识分子的人格和品质。在楚国内部同样是严酷的权力和财富之间的争夺。屈原被驱逐出权力中心，被彻底边缘化，他唯一能依靠的就是这种强大的独立性。而独立特性乃创造之母。一切有伟大创造力的人都有强烈的独立性。故屈原说的“苏世独立”“横而不流”是一种很高的人格境界。尤其在沧海横流的时世，在复杂多变的环境中，能够做到“苏世独立”“横而不流”，能够做到“闭心自慎，不终失过”，完全可以称得上是“神格”。伟大人物对人生的感悟是相同的，屈原说“苏世独立”，郑板桥说“难得糊涂”，其实都是对世事和时局持有清醒的头脑。不是糊涂难，而是清醒难，世间真正明白的人并不多。思维像射箭一样洞悉事物本质，说话一语中的；做情条理分明，步步都显出目的性的人，称得上警醒，但还难称得起“清醒”。“清醒”是微格和大格局，对萌芽状态和复杂局面，都能洞悉期间的博弈和发展规律，是一种清醒的信念，是超乎现实和时代的醒觉精神。所谓“料事如神”者，或可称“清醒”。

“秉德无私，参天地兮”，保持美德大公无私、伟大光辉地久天长，这是对自己至高无上的要求。《礼记》载：“为政去私。”作为执政者，作为领袖人物，都应该始终以“无私”来要求自己。屈原在这一段中赞颂了橘树“不迁”“不流”“无私”的挺立天地的品质。形式上，始以感叹，继以反问，又用“不迁”“不流”“不终”，起到了强烈的肯定作用。

由此可见，屈原在此肯定和赞扬橘树的人格特质，具有高度的概括性、标准性和非凡的前瞻性，而且这种价值观和人生理念纵贯屈原的一生，他始终不渝地坚守他的人生信念。

[原辞]

愿岁并谢[①]，与长友兮[②]。淑离不淫[③]，梗其有理兮[④]。年岁虽少[⑤]，可师长兮[⑥]。行比伯夷[⑦]，置以为像兮[⑧]。

[注释]

① 岁：年岁。谢：去。

② 长友：长久为友。

③ 淑离：端庄美丽，离，通“丽”。朱季海认为通“陆离”，美好的样子（《楚辞解故》）。淫：淫惑。

④ 梗：正直。理：木材的纹理。曾钢城《古汉语新论集稿》据俞樾《古书疑义举例》的“倒句例”和“错综成文例”，认为以上两句“淑离”是指外美，当说“有理”，“梗强”是指内美，当说“不淫”；“淑离不淫，棱其有理”，理解时应当读作“淑离有理，梗其不淫”，若“顺读之则失其解矣”（俞樾语）。

⑤ 年岁虽少：这里的“少”与前文“嗟尔幼志”的“幼”用意相同，指橘树初生之时。

⑥ 可师长：可为师长，即可以成为学习的榜样。

⑦ 行：品行。伯夷：商末贤士。据《史记·伯夷列传》和其他历史文献记载，伯夷是孤竹君的长子，他和弟弟叔齐两人互相推让，都不肯继承王位，双双出逃。后听说周文王是善于养老的人，遂西行投奔周文王，到了岐阳，周文王已死，继位的周武王载着父亲的灵位向东去征伐商纣王。伯夷、叔齐认为父亲死了不安葬，却发动战争，是不孝顺的，于是离开了岐阳，周武王平定了商纣的暴乱以后，天下都归顺周朝，但伯夷和叔齐却认为那是可耻的，并坚持气节不吃周朝的粮食，隐居在首阳山，采摘野菜来充饥，最终饿死在首阳山上，古人一直把伯夷和叔齐两人看作是清高有节操的人物。

⑧ 置：设，立。像：榜样，标杆。

[赏析]

此段以前，既在写橘树，又不囿于写橘树；既是写橘树，又是言志抒情，妙在不即不离、似与不似之间。诚如林云铭所言："看来两段中句句是颂橘，句句不是颂橘。但见原与橘，分不得是一是二，彼此互映，有镜花水月之妙。"但比较而言，此前终不离橘树。到这一段，诗人情之所至，终于现身直接抒发对橘树的感情。诗人对橘树说：

愿与岁月成长，和你结成知己永远为友啊。你美丽善良而有纹理，坚强正直而不迷惑啊。年纪虽小，却可作人师啊。品性道德能和伯夷相提并论，把你树立成榜样向你学习啊。

由于有前诗的铺陈，首句表示要与橘树长相为友，感情显得真挚动人。"友"，《说文》曰："同志为友。"视橘树为知己，是志趣相投的朋友，较之甜腻的世俗朋友，格调相殊云泥。"淑离不淫，梗其有理"用极为简洁的八个字概括总结上文对橘树品质的描写，收束有力，给读者留下深刻的印象。第三句在首句的基础上更进一层，由"可长相友"而称橘树"可作人师"，是为亦师亦友也，在"亲"的情感上更增加了"敬"的感情。尊敬之情递增，以示守节之心更坚。最后把橘树比作古代志向高洁的伯夷，而自己又以橘树为高风亮节的人生楷模，这既是把橘树托举到最高点，又暗含了自己誓死效忠祖国的感情，同时也把自己的感情推上高潮。"伯夷饿死，亦以独立不迁，为志者也。"（钱澄之《屈诂》）不论在颂橘，还是在抒情上，这一节都是全诗的最强音，犹如巨浪把物我推及云天，留下久久的回响。清林云铭云："其上段言其履常本领，下段言其处变节概，皆是自己意中之事。因当世无一相似之人，亦无一相知之人，忽于放废之所得一良友明师，乃伤心中之快心，虽欲不备极称扬，不可得也。"（《楚辞灯》）

[小结]

一粒种子，落生在楚国，她有一个倔强的名字，叫"橘"。一个生命，呱呱坠地，他的第一句话是：祖国，我为你而生。她和他都有一个相同的名字：受命于天，深固难徙。“橘”在他的眼里，有了挺立天地的风骨，堪作人生的华表。橘生于淮南则为橘，橘生于淮北则为枳。然而在深深热爱故国乡土的屈原看来，橘这种“受命不迁，生南国兮”的秉性，正可与自己矢志不渝的爱国情志相通。

《橘颂》的诞生令人耳目一新。南朝刘勰《文心雕龙颂赞第九》：“及三闾《橘颂》，情采芬芳，比类寓意，又覃及细物矣。”(《楚辞灯》) 清林云铭亦云：“一篇小小物赞，说出许多道理。且以为有志有德、可友可师，而尊之以颂，可谓备极称扬，不遗馀力矣。在原当日，见国事不可为，而又有宗国无可去之义，故把橘之不能逾淮做个题目，不觉滔滔汩汩，写过又写。”这种开创性的写法，为后人为文赋诗作画打开了一个新的题材领域。

这首诗歌在写法上先对橘树的外形进行描写，笔调细腻生动，寥寥几笔便将橘树的美丽形象展现在了读者的面前。接着，开始了由外到内的描写，用拟人化的手法，将橘树喻为坚守贞操、品格美好的君子，同时还挖掘出了它独立不迁、深固难移、遗世独立、闭门自慎、柔德无私的品格。

《橘颂》也是以小见大、自述明志的典范之作。林庚先生曾对它做了这样的评论：“《橘颂》所说的‘苏世独立’，王逸注：‘苏，寤也。’这醒觉精神所以正如一股清丽的山泉便发为《离骚》的长江大河。《橘颂》说：‘嗟尔幼志，有以异兮。’又说：‘年岁虽少可师长兮。’《橘颂》因此更使人相信其为少年时期的作品。其实这少年非特是一个时期，而且正是永久的精神。《涉江》说：‘余幼好此奇服兮，年既老而不衰。’屈原的精神终身都是少年的，那便是一种纯洁的向往，一种清醒的信念。《楚辞》因此永远带着年青人的生命成为诗坛崇高的典式。”(《诗人屈原及其作品研究：〈说橘颂〉》) 在风云激荡的战国时期，《橘颂》的诞生像一面旗帜，一种宣言，一种人生哲学和人生风范响遏层云。《橘颂》最深刻的意义，诗人初始的，也是一生的向往，如最为人所感动的那种思乡恋土的爱国情结、廓其无求的无私品德、横而不流的人格保持、闭心自慎的好修精神，一直贯穿了他的一生，也几乎渗透到诗人一生的作品之中。

屈原的这种人格风范也一直垂照后人。柳宗元贬谪柳州的时候，也像屈原一样，借柑树表达了他不同流俗的坚贞品质：

手种黄柑二百株，春来新叶遍城隅。

方同楚客怜皇树，不学荆州利木奴。

几岁开花闻喷雪，何人摘实见垂珠？

若教坐待成林日，滋味还堪养老夫。（《柳州城西北隅种柑树》）

柳宗元在诗中说："方同楚客怜皇树，不学荆州利木奴。"楚客，指屈原。皇树，即橘树。木奴，指柑橘的果实。大意是说，我正像屈原一样喜爱这天生的美树，不学李衡那样把柑树当作木奴来谋利。可见屈原《橘颂》已演绎成华夏民族强大的文化气场和精神血脉。

悲回风：悲回风之摇蕙兮

《悲回风》的标题取自首句。《悲回风》是一首愤世嫉俗的作品，也是一首绝妙的抒情诗。回风即旋风，旧注指谗佞，看来不单指谗佞，较多的指那个腐朽的社会及其最高的统治者。关于本篇主旨，汪瑗《楚辞集解》说："此篇因秋夜愁不能寐，感回风之起，凋伤万物，而兰茝独芳，有似乎古之君子遭乱世而不变其志者，遂托为远游伤古之辞，以发泄其愤懑之情。"

在《九章》的其他各篇中，作者一般都采用抒情和叙事相结合的方法，惟独这首《悲回风》是通篇抒情而很少叙事。作者以其沉痛的心情，反复抒发内心的情感，所谓"愤怒出诗人"，"发愤以抒情"，在这首诗中得到充分的体现。屈原的作品大都蕴含着一种浓厚的悲剧性，而集中表现这种悲剧意识和审美意象的就是《悲回风》。

本篇具体写作时间难以确定。有作楚怀王及楚顷襄王时几种意见。蒋骥《山带阁注楚辞》认为作于屈原自沉汨罗的前一年秋天，其说最为近似。

［原辞］

悲回风之摇蕙兮①，心冤结而内伤②。物有微而陨性兮③，声有隐而先倡④。夫何彭咸之造思兮⑤，暨志介而不忘⑥！万变其情岂可盖兮⑦，孰虚伪之可长⑧！

［注释］

① 回风：旋风。摇：摇动，摧残的意思。

② 冤结：冤情填胸，郁结不散。

③ 物：指蕙草。微：指蕙草本性微弱，难挡风寒。陨：落，凋零。性：通“生”，生命。

④ 声：指风声。隐：指起于无形，令人不觉。先倡：指肃杀之秋的先导。此以风摧蕙草，喻谗人残害贤良。

⑤ 彭咸：传说殷代的贤臣。造思：追念。

⑥ 暨：通“及”。犹思及，想到。志介：性情和志向耿直坚定。不忘：令人不能忘怀。

⑦ 万变其情：指谗人情意万变，工于巧诈。盖：掩盖。

⑧ 可长：可以长久。

［赏析］

深冬季节，天色晦暗，万木摇落。暮年的屈原形容枯槁，弱不胜力。忽然旋风骤起，把遍地的白草卷入呼号的苍穹。

悲伤啊，旋风中摇动着蕙草，郁结在心中的忧愤难消。柔弱的蕙草易被摧残啊，秋风无形却能产生巨大影响。我为何对彭咸如此追慕啊，他那高尚的志节使人永不能忘。纵有万变忠心岂能掩盖啊，虚伪的假象怎么能久长。

屈原睹物生情，大感悲恸，旋风凶暴肆虐，那些弱质的香草如何能躲过命运的厮杀！自己虽然活在人世，恍如落生在无尽荒凉的沙漠。谁能理解自己内心的深冤，谁又是自己堪与言说的人？他只感到满身满心都是郁结不去的伤痛。他仿佛感到自己就像一棵柔弱的香草，随时都会被命运的旋风撕碎裹挟而去。自己的生命本来如此柔弱，又怎堪如此深重的痛楚？眼看生命不会长久，更何况奸佞的疯狂迫害，好比肃杀秋风起，万物即将零落哦！然而，就在这极度的孤单伤痛中，在无一人肯听他叹息的时候，他的心追思着古代先贤彭咸。即使在这穷途末路的暮年，他仍然抱着耿直坚定性情和志向。可叹、可恨楚国朝中那些奸诈的小人，他们情意万变，巧于伪饰，在暗中百般嘲笑他。屈原仍抱着坚定的信念：谗人再诡计多端，也无法掩盖，虚伪的鬼影又怎能长久？

这一节，屈原以一“悲”字统领全篇。这个“悲”，悲得深重，悲得广大无边。这是个人不幸遭遇的“悲”，更是国家浊世群魔乱舞、鬼影幢幢、生逢末世之大“悲”；这是现实和历史所有正直光明贤臣的“悲”，也是一个即将告别人世的老人投向世界的大悲悯。屈原所以是屈原，就在于他在任何时候都相信历史脊梁的存在，并具有一往无前的力量，如果现世中没有，他就去寻找先贤：夫何彭咸之造思兮，暨志介而不忘！他在任何时候都相信，乌云遮不住太阳：万变其情岂可盖兮，孰虚伪之可长！这是信念的力量，是心灵不灭的灯。

[原辞]

鸟兽鸣以号群兮①，草苴比而不芳②。鱼葺鳞以自别兮③，蛟龙隐其文章④。故荼荠不同亩兮⑤，兰茝幽而独芳⑥。惟佳人之永都兮⑦，更统世而自贶⑧。眇远志之所及兮⑨，怜浮云之相羊⑩。介眇志之所惑兮⑪，窃赋诗之所明⑫。

[注释]

① 号群：呼叫同类。

② 草苴：杂草。比：相合在一起。以上二句喻小人物以类聚，

拉帮结派。

③ 葺鳞：修饰其鳞片。自别：表示自我异样，即自我炫耀的意思。比喻小人巧加粉饰以自我表现。

④ 蛟龙：喻贤者。隐：隐藏。文章：光彩。

⑤ 荼：苦菜。荠：甜菜。不同亩：不在同一地里生长。

⑥ 茝：白芷，香草。幽：幽僻处。

⑦ 佳人：屈原自喻。永都：永保其美。都，美丽。

⑧ 更：经历。统世：世世代代。贶（kuàng）：通“况”，善。自贶，犹自况，自许。“而”一本作“以”。

⑨ 眇：通“渺”，遥远的样子。远志：远大的志向。及：至。

⑩ 怜：爱。相羊：同“徜徉”，形容白云漂浮不定。

⑪ 介：耿介。所惑：所疑，指不能取信于人。

⑫ 窃：私下。明：表明。

[赏析]

“鸟兽鸣”六句写秋冬之景，似都有所指称：

鸟兽鸣叫把同伴呼唤啊，鲜草枯茸杂合就没有芬芳。鱼儿叠起鳞片显示自己特别啊，蛟龙隐藏起它身上的纹章。苦荼甜荠不在一块田里生长啊，兰花芷草在幽深处独含清香。

在黑暗的人生境遇中，屈原相信自己的美德和才华卓绝于世，只可惜被污秽所吞没。正邪本不两立，是非善恶真伪难于并存。虽然没有那样的巨手扫除阴晦，但诗人坚信：想那君子是永久美丽的啊，经过几代之久能自求多福。这是世间一切心怀善念的人的执着信仰，对真善美的祝愿，也是播撒在人们心田的甘霖。

想到这里，诗人的心情松快了些。他仰望苍穹，看见白云在天上徜徉，无限感叹地说：

我远大的志向所达到的高度啊，像白云在天空自由飘浮。忠诚抱着远大志向感于世事啊，私下赋诗来表明心志。

在这个无法言说的世界上，诗人独抱云之志向，可惜空有一腔热肠，眼见壮志难酬。这份情怀与谁堪与言？也许付诸笔墨，才是最好的见证。

[原辞]

惟佳人之独怀兮①，折若椒以自处②。曾歔欷之嗟嗟兮③，独隐伏而思虑④。涕泣交而凄凄兮⑤，思不眠以至曙⑥。终长夜之曼曼兮⑦，掩此哀而不去⑧。寤从容以周流兮⑨，聊逍遥以自恃⑩。伤太息之愍怜兮⑪，气于邑而不可止⑫。

[注释]

① 惟：发语词。独怀：独抱情怀，与众不同。

② 折：折取。若：杜若，香草。椒：香木。自处：兀自独处。

③ 曾：同“增”，不停地，一次又一次。歔欷：哀泣声。嗟嗟：叹息。

④ 独隐伏：隐居蛰伏，即孤独地自我隐藏起来。

⑤ 涕泣交：涕泪纵横。汪瑗《楚辞集解》：“自鼻出曰涕，自目出曰泣。”凄凄：悲凉哀伤。

⑥ 至曙：至天明。

⑦ 终长夜：整个长夜。曼曼：即“漫漫”，悠长。

⑧ 掩：抑止。不去：不能摆脱。

⑨ 寤：醒来，此指起床以后。从容：舒缓的样子。周流：周游，游荡。

⑩ 聊：姑且。自恃：自娱。

⑪ 太息：叹息。愍怜：忧伤哀怜。

⑫ 于邑：同“郁悒”，苦闷。

[赏析]

无罪被逐，心头冤结。流放荒僻，孤独和悲伤疯长。人是依靠相互取暖的，不能离开他人而能独自生存下去。诗人连用了两个“独”字，在极其孤独中，无以为伴的诗人，独持自己的美德和才华，宁可与自己的芳华为侣，亦不肯变节从俗。在陌生的异地独自隐居，对楚王和楚国的忧思却没有一刻停止：

只有佳人有独特胸怀，采摘若椒而独抱幽芳。我经常叹息眼泪汪汪，独自隐居但忧思难忘。我泪流不断内心凄怆，忧思难眠一直到天亮。漫漫的长夜已经过完，我的心依旧还在悲伤。起床后我慢慢地游荡，姑且徘徊来驱散忧伤。可怜我痛苦唉声长叹，胸闷气短不可能舒畅。

忧伤像一把细细的小刀，把生命割碎。诗人用很多的笔墨写自己的忧伤之情，却没有一句重复，是由于使用了第一人称的独白方式，同时掌握了丰富的词汇。诗人从叹息、流泪的神情、胸闷气短的感受和昼夜忧思难忘的等多个角度，表达了自己像大海一样深广的忧伤，并用很多联绵词，如“歔欷、曼曼、从容”，将这种凄怆之情渲染的特别浓郁。

[原辞]

糺思心以为纕兮①，编愁苦以为膺②。折若木以蔽光兮③，随飘风之所仍④。存仿佛而不见兮⑤，心踊跃其若汤⑥。抚佩衽以案志兮⑦，超惘惘而遂行⑧。

[注释]

① 糺：同“纠”，纠结，纠缠。纕：佩带。

② 愁苦：一本作“愁若”，即若木。膺：指胸衣。犹今背心、兜肚之类。

③ 若木：神话中的树木。

④ 飘风：狂风、旋风。所仍：任凭其所为。此指不再把小人的迫害放在心上。

⑤ 存：存在，即现实。

⑥ 踊跃：犹沸腾。若汤：如沸汤。

⑦ 抚：抚摸。佩：身上的佩饰。衽：衣襟。案志：强按捺住内心情志。

⑧ 超：同“怊（chāo）”，怅恨。惘惘：迷惘的样子。

[赏析]

忧愁郁结缠身，就像穿上了衣服："忧思郁结变成了佩带，苦闷交织变成了内裳。"以神来之思，新颖之喻，表达了愁思之深。但诗人仍以强大的精神力量挺立："攀折若木来遮挡阳光啊。"在日夜的隐伏思虑中，诗人已经不把小人的迫害放在心上："听凭那狂风把我吹荡。"诗人此时感到：

眼前的一切模模糊糊看不清啊，我的心像开了锅翻腾不止。整一整衣裳稳一稳神啊，走吧，恍恍惚惚若有所失。

虽然一层一层的巨大的黑暗被心灵磨洗，丑恶的现实仿佛看不见，但诗人仍心如沸汤难以平静，以致不得不依靠抚摸玉佩衣襟安神，在迷茫悲伤独自前行。在诗人的心里，始终有两股力量交替作战。这就是正与邪，善与恶，忠与奸。邪恶的力量是强大的，诗人多次用旋风、狂风比喻奸佞的迫害。但更为强大的是诗人的心灵，他一次次把黑暗的邪恶力量拂去，从苦难的心灵深渊站立起来。

[原辞]

岁曶曶其若颓兮①，时亦冉冉而将至②。薠蘅槁而节离兮③，芳以歇而不比④。怜思心之不可惩兮⑤，证此言之不可聊⑥。宁溘死而流亡兮⑦，不忍此心之常愁⑧。孤子吟而抆泪兮⑨，放子出而不还⑩。孰能思而不隐兮⑪，照彭咸之所闻⑫。

[注释]

① 岁：岁月。曶曶：即忽忽，快速而过的样子。若颓：像物坠落，形容快速而不可止。

② 时：时间，此指生命的期限。冉冉：渐渐。将至：将尽。

③ 薠、蘅：皆香草名。槁：干枯。节离：枝节枯折。

④ 歇：消失。比：聚合。不比，指飘散。

⑤ 怜：哀怜。惩：制止。

⑥ 此言：指上面所说的"存仿佛而不见"等企图自我解除内

心痛苦的话。不可聊：不可靠。

⑦ 溘死：忽然死去。流亡：灵飞魄散。

⑧ 常愁：无穷无尽的忧愁。“此心”，一本作“为此”。

⑨ 孤子：即孤独之人，屈原自比。吟：悲吟。抆：擦拭。

⑩ 放子：被弃逐的人，亦屈原自比。

⑪ 隐：暗暗伤怀。

⑫ 照：比照。所闻：所传闻于世的那样。

[赏析]

美人易老，才华易凋。岁月大把大把地凋零，生命亦日益老朽，留给生命的时光已经不多。但诗人爱国思君的痴心仍未改变，又好像印证自己的预言是假的：

岁月流逝迅速如山崩，生命的极限渐渐来临。青薠杜蘅脱节叶凋零，芳草香歇枝叶不葱茏。可怜我的痴心无可救药，证明以上的表白并不可靠。

忠君爱国超过爱惜自己的生命，无法脱去的是愁思缠身。诗人理解了贤人彭咸的作为，亦决定效仿先贤而去：

我宁肯暴死而随流水，不忍心愁云经常笼罩。孤儿呻吟着擦拭眼泪，弃子被放逐不能返回。谁能想到这些不隐痛？我终于明白了彭咸的作为。

被君国驱逐和抛弃，让诗人深陷孤儿和弃子的心灵泥潭，产生生命的零余感和飘零感。出来的都是要还的，诗人已决定回到来处。王夫之《楚辞通释》：“彭咸之隐痛，其情亦然，以我例之，正与同也。”

[原辞]

登石峦以远望兮[①]，路眇眇之默默[②]。入景响之无应兮[③]，闻省想而不可得[④]。愁郁郁之无快兮，居戚戚而不可解[⑤]。心鞿羁而不开兮[⑥]，气缭转而自缔[⑦]。穆眇眇之无垠兮[⑧]，莽芒芒之无仪[9]。声有隐而相感兮[10]，物有纯而不可为[11]。邈蔓蔓之不可量兮[12]，缥绵绵之不可纡[13]。愁悄悄之常悲兮[14]，翩冥冥之不可娱[15]。凌大波而流风兮[16]，托彭咸之所居。

[注释]

① 石峦：小而尖的石山。

② 眇眇：同“渺渺”，辽远的样子。默默：艰险的样子。

③ 入：进入，指前进到荒野之境。景：同“影”，人影。响：声音。无应：无回应。言其荒无人迹，与世隔绝。

④ 闻省想：耳闻、目视、心想。不可得：皆空无一物，一片空白。极言其孤寂之处境和心态。

⑤ 戚戚：悲凄的样子。不可解：不能解脱。

⑥ 鞿羁（jī jī）：马缰绳和马络头，此指被束缚。不开：放不开。

⑦ 缭转：缠绕。缔：结。指气结不舒。

⑧ 穆眇眇：静而远的样子。无垠：无边无际。

⑨ 莽芒芒：形容旷野一片苍茫的样子。无仪：无形状。指失去本应有的草木繁盛的样子。

⑩ 声有隐：声不发出来。相感：相感应。

⑪ 纯：纯白，高洁。不可为：谓本性如此，不是故意做出来给人看的。

⑫ 藐：通“邈”，遥远。蔓蔓：通“漫漫”。不可量：不可测量。

⑬ 缥：通“飘”，极然。绵绵：连绵不断。纡：通“虞”，度量。“不可纡（虞）”与上句“不可量”互文见义。

⑭ 悄悄：忧愁的样子。

⑮ 翩：疾飞。冥冥：高远，深远。

⑯ 凌：乘。流风：通“游风”，顺风浮游的意思

[赏析]

“我登上高山向远处眺望啊，漫漫长路死一般的寂静。”为了排

解忧愁，诗人登高远望。他情不自禁地向家乡郢都眺望，但见前途辽远而艰险。此地相距郢都千山万水，即使插上翅膀也难以到达。诗人想到了自己的前途，同样是渺茫而充满艰险啊！

“我走进这无影无声的寂寞世界啊，连看一看、听一听、想一想都不可能。”诗人边走边沉思，不知不觉到了空旷之地，耳畔所有的声响都无回应，看、听、想都一无所获，只有无边的寂寞。

这里只有无穷的愁苦没有一丝欢乐啊，满心是解不开、驱不散的愁绪苦情。我的心被束缚不得舒展啊，像被千万条绳索把它捆紧。

缠绕不散的忧愁苦闷又袭上心头。本以为远望可以舒忧，没想到忧愁从未离身。诗人想，真是没有一点快乐啊，那么，还是回去吧，可是居处悲凉，更不能排解。在这茫茫的天地，何处可以安身，何处可以获得片刻的人生欢乐？诗人仰头望天长叹：心中有束缚解不开啊，气血郁结不能打通。

辽阔无边四周一片寂静啊，莽苍苍空荡荡无像无形。秋声虽小可使草木感应啊，蕙草虽本性纯真却难抵秋风。

诗人缓缓漫步，四周无垠没有边际，苍茫茫没有任何形态。楚国敬奉神帝祇的巫师们不是说，心声是可以相互感应的吗？为什么自己如此高洁的灵魂却得不到美好的回应？为什么自己如此思君念国却无任何感应？洪兴祖《楚辞补注》云：“此言天地之大，眇眇芒芒，然声有隐而相感者，己独不能感君何哉？物有纯不可为者，己之志节，亦非勉强而为也。”侧耳听，宇宙间似乎有声音在微微地相互感应，寂静在丝丝地发出回音。不是心神不能感应啊，只是美好的心神相互间才能感应。在佞臣操纵中的昏君又怎么能接收自己美好的心声啊？纯洁美好的事物都无奈陨落，重重困境让诗人感到自己犹如活在囚笼中，寻思过千百遍该往何处去？同流合污、横行不法是君子所耻，诗人是不会走这条堕落的路。那么，远走高飞吧！诗人又绝不会背叛自己的祖国，该怎么办呢？筹量无数个来回，诗人说：

思绪悠远不可度量啊，悠悠长长不能绕回。满怀忧愁自感悲苦啊，远走高飞也没有欢乐。乘着大风大浪随风飘逝啊，悠思寄托在彭咸所居之处。

“质本洁来还洁去，强于污浊陷渠沟。”水，圣洁的水，汩汩不绝的水，日夜奔流吟唱的水，也许是最好的归宿。“未若追随先贤去，滔滔江水掩风流。”

[原辞]

上高岩之峭岸兮①，处雌蜺之标颠②。据青冥而摅虹兮③，遂倏忽而扪天④。吸湛露之浮凉兮⑤，漱凝霜之雰雰⑥。依风穴以自息兮⑦，忽倾寤以婵媛⑧。

[注释]

① 峭岸：陡峭的山崖。

② 雌蜺：虹有内外两层，古人称内层色彩艳丽者为雄；外层色淡者为雌，又别称蜺。标颠：最高处。

③ 青冥：青天，太空。摅：舒展。

④ 倏忽：快速。扪：抚摸。

⑤ 湛露：浓重的露水。浮凉：形容露水盛多而清凉。凉，一本作“源”。

⑥ 漱：涤口。凝霜：凝结的寒霜。雰雰：纷纷散落的样子。

⑦ 风穴：风洞，古代传说生风的地方，在昆仑山上。自息：指休息睡去。

⑧ 倾寤：翻身醒来。婵媛：眷恋之情。

[赏析]

在那活棺材一样的囚笼世界，在思虑极度困境的诗人，只有凭借神奇的想象，为自己打开另一个神奇瑰丽的世界：

登上陡峭的高山之巅，坐在雌霓的最高之点。占据青天挥舞着彩虹，忽然我又抚摸着苍天。我饮用串串浓露，我含吸点点繁霜。

我枕着风穴山休息，忽然醒来不禁惊惶。

此节承上文在空旷之地漫步，忽然产生的神奇。“据青冥”“扪天”是诗人希望仍回朝廷，实现自己的宏伟政治理想。“摅虹”比拟自己的雄伟的气魄、志向和才华。“吸湛露”“漱凝霜”象征诗人高洁的情操和自我修炼的绝世才华。世人巨大的自信源于他不世之才德。

在高天之上，诗人才是自己真正的主人，才是挥洒世界、驭使神灵万物的自由之身，才是统御世界的全能之神。那么，枕着风穴山休息的诗人，为什么忽然醒来不禁惊惶呢？

[原辞]

冯昆仑以瞰雾兮①，隐岷山以清江②。惮涌湍之磕磕兮③，听波声之汹汹④。纷容容之无经兮⑤，罔芒芒之无纪⑥。轧洋洋之无从兮⑦，驰委移之焉止⑧。漂翻翻其上下兮⑨，翼遥遥其左右⑩。泛潏潏其前后兮⑪，伴张弛之信期⑫。

[注释]

① 冯：同“凭”，凭据，依靠。瞰：俯视。

② 隐：义同“冯（凭）”。岷山：中国西部大山，古人认为是长江发源地。岷，一本作“岐”。清江：澄清江水。

③ 惮：惊恐。涌湍：汹涌湍急的流水。磕磕：水流撞击石头发出的声音。

④ 汹汹：形容波涛发出的声音。

⑤ 纷容容：大水纷纷流淌的样子。容容，同“溶溶”。无经：水流横溢，不遵河道。

⑥ 罔芒芒：广阔无边。无纪：无序，即乱流。

⑦ 轧洋洋：水势凶猛，相轧击。无从：不知从何而来。

⑧ 驰：奔驰。委移：即“逶迤”，绵延曲折。焉止：止于何处。

⑨ 漂翻翻：形容水面起伏。

⑩ 翼遥遥：形容水的波浪像鸟翼搧动。“遥遥”，借作“摇摇”。

⑪ 泛：同“泛”。潏潏（yù）：水涌动的样子。

⑫ 伴：随同。张弛：指潮水涨落。信期：指潮水消涨的一定日期。

[赏析]

昆仑山之巅乃天宫所在，诗人站在昆仑山上透过重重云雾俯瞰，看见澄清长江水从发源地岷山隐隐而下。诗人被这气势雄浑的江水震惊了：

登上昆仑俯瞰云霁，背靠岷山细察长江。轰鸣的激流令人恐惧，汹涌的波涛使人紧张。水面宽广得没有边际，心里迷茫得没有头绪。滔滔的碧浪从哪里来？滚滚的波涛到哪里去？波涛飞舞忽上忽下，江面摇荡忽左忽右。潮汐泛滥或前或后，时期分明潮涨潮落。

滔滔的江水为什么让诗人特别惊惶？朱熹《楚辞集注》：“清江，去其浊秽之流也。”斯言是也。然，昆仑山乃楚之发祥地，帝高阳所起之处，高阳为水德之神，为楚国正本清源，乃帝高阳之所望，也是屈原的愿望。同时，屈原发心沉水，不免对水细望。水，大地上大水纷纷流淌。水流横溢，不遵河道。如此浩瀚的清流能否洗去浊世的污秽？若诗人投身水中，化为清流，能否洗去世间的污浊？

此段写急流，写波涛，写江面，写潮汐，撼天动地，气势雄浑，细读其中意境，令人产生无尽的遐想。

[原辞]

观炎气之相仍兮①，窥烟液之所积②。悲霜雪之俱下兮，听潮水之相击③。借光景以往来兮④，施黄棘之枉策⑤。求介子之所存兮⑥，见伯夷之放迹⑦。心调度而弗去兮⑧，刻著志之无适⑨。

[注释]

① 炎气：地上升腾的热蒸气。相仍：相因，相继不断。

② 烟液：指烟云中的水气。积：指凝聚成雨。窥，一本作“窃”。

③ 相击：相激荡。

④ 光景：时间，岁月。往来：往来于天地、山川之间。

⑤ 施：用。黄棘：带刺的一种灌木。枉策：指制成弯曲形的马鞭。朱熹《楚辞集注》：“黄棘，棘刺也。枉，曲也。以棘为策，既有芒刺而又不直，则马伤深而行速。”

⑥ 介子：晋介子推，随晋文公逃亡，有功而未受赏，后隐居绵山，誓死不出仕。所存：所居，即介子推隐居之处。

⑦ 伯夷：殷代贤人，殷亡，不食周粟，逃往首阳山。放迹：逃亡时的遗迹，即首阳山。此二句是说追寻古贤人的遗迹。亦是说对古贤的追慕和效仿。

⑧ 调度：考虑，安排。弗去：不再离去。

⑨ 刻著志：刻意表明自己的志向。无适：不再他往。无，一本作“所”。

[赏析]

巡游天地之间，诗人在刹那之间阅读了人间四季，而为之兴起悲喜：

我观察夏天蒸腾的热气，我窥视秋天笼罩的烟云，我悲伤冬天降落的霜雪，我倾听春天波涛的轰鸣。我凭借着日光月影上下往来啊，我用弯曲的黄棘神木充做马鞭。

光阴一页页地翻过，似乎听得到倥偬的马蹄声。诗人就从这样的人间走过。此番巡阅，似在看流痕的岁月，看人世的风景，看自己的鸿爪雪泥，场面宏阔，气势苍茫。诗人借光影在天地间来往，用黄棘做的马鞭很弯，他骑着神马去探访他心灵的伴侣，他向往的前贤：

寻访介子推隐居的遗迹，探访伯夷戢死处首阳山。考虑再三决定不再离开前贤，刻意表明自己的志向不再他往。

离开祖国不忍，远走高飞也没有乐趣，诗人决定效仿前贤，永留自己的志向和德操。

[原辞]

曰：吾怨往昔之所冀兮[1]，悼来者之愁愁[2]。浮江淮而入海兮，从子胥而自适[3]。望大河之洲渚兮[4]，悲申徒之抗迹[5]。骤谏君而不听兮[6]，重任石之何益[7]？心絓结而不解兮[8]，思蹇产而不释[9]。

[注释]

①曰：即："乱曰"之意。冀：希望。往日的一切希望都已破灭，故说"怨"。

②悼：伤。愁愁（tì）：同"惕惕"，警惕，忧惧的样子。

③子胥：伍子胥。传说伍子胥被迫自杀后，吴王夫差将他尸体投入江中，尸体像奔马一样飞驰大海。自适：顺从自己的心意。

④大河：黄河。洲渚（zhǔ）：水中陆地。大者称洲，小者称渚。

⑤申徒：即申徒狄，殷末贤臣，多次向纣王进谏不被采纳，于是抱石投河而死。抗：同"亢"。迹：行迹。抗迹，犹言高尚行径。

⑥骤：屡次。

⑦重任石：指身负重石投水而死。何益：君终不悟，故说何益。

⑧絓（guà）结：打了结子，起了疙瘩。

⑨思：思绪。蹇（jiǎn）产：曲折纠缠。释：解开。这最后两句，洪兴祖《楚辞考异》说"一本无"。陆侃如、闻一多根据《哀郢》中有相同的两句，认为是后人误加于此，应当删去。汤炳正则认为是简所致，也主张删去。但屈赋里，有不少同样的或相似的句子重复出现。如"芳与泽其杂糅兮"一句，重复出现于《离骚》《思美人》《惜往日》；"驾八龙之婉婉兮，载云旗之委蛇"两句，重复出现于《离骚》《远游》。因此《悲回风》这最末两句重复出现于《哀郢》中，是否应当删去，还值得研究。马茂元、姜亮夫就

认为这两句是原诗的有机组成部分，根本不可少。看来这个问题专家们尚未取得一致意见，为谨慎起见，本书仍保留。

[赏析]

从上文的“隐岷山以清江”，到这一节的“浮江淮而入海兮”“望大河之洲渚兮”。岷山在古蜀郡，今四川省内。淮河在今河南、安徽、江苏等境内，屈原在《悲回风》中的行程可能是经岷山，然后淮河长江。岷山在汉水北部，由岷山到江淮。经历了汉水北部，在淮河流域，可以想见黄河，即“望大河之洲渚”，总行程方向是由楚西北往东走。

一个伟大的灵魂所深感遗憾的，并非自己的荣华富贵，而是一生的梦想破灭。即使在生命的最后，诗人关心的仍是祖国的前途：“我怨恨过去的希望落空，我忧虑来日的情况危急。”诗人清楚地看到楚国即将灭亡的命运，而楚王已听不进忠臣的进谏，那么，自己存留于世还有什么意义？为了表明自己的节操，诗人表示：“我要顺江淮浮游入海，去追随伍子胥满足己意。”此处引伍子胥的史例，除了表明自己对君国的忠诚之外，亦暗示楚国驱逐忠臣，听不进忠臣的谏言，楚国的命运将与吴国类同。“从子胥而自适”，一个“从”字是屈原对自己人格和才情的认定，他秉持坚贞，生死不渝地热爱着祖国。“自适”，与上文“独隐伏而思虑”“思不眠以至曙”遥相呼应，诗人在千百次的思虑后，对自己的未来已经作出抉择，语气中透着一种解脱后的松快。为什么要作出这样的选择呢？诗人没有明言，而是再援引一个史例：“我遥望着黄河的沙洲，悲伤申徒狄品行高尚。一再劝谏君王不听从，抱石沉江又有何用场？”然而诗人因为挂念着国难民苦而“心头郁闷不舒畅，愁思百结难消释”。

诗人明知抱石沉江无用，但仍选择抱石沉江，不过怀抱忠贞，以死明志而已，又安望楚王悔悟？且以申徒狄的例子警策楚王罢了。一个“悲”字与诗开头的第一句呼应，使全诗笼罩在一种浓厚的悲凉气氛中。直至结尾，诗人仍让自己置身于天上，“望大河之洲渚兮”，透露出一种苍茫的酸楚的况味。“遮不住的青山隐隐，望不断的绿水悠悠”，这是对楚国、对楚国百姓即将罹患灾难的悲悯情怀。宋洪兴祖云：“此章官小人之盛，君子所忧，故托游天地之间以泄愤懑，终沉汨罗，从子胥、申徒，以毕其志也。”（《楚辞补注》）

[小结]

《悲回风》是一篇抒情诗，诗人抒发忧愁郁结的情绪，表明自己高行亢节，不惜以死明志的抉择。“骤谏君而不听兮，重任石之何益?”死亡是生命意义的一部分。屈原把死亡定义为誓死效忠祖国的坚贞，它的别名又叫永恒。

如果按照这首诗是屈原自沉汨罗的前一年秋天所写的这个说法，屈原虽然被放逐了，但他依然顾盼着楚国，系念着怀王，时刻想着回到宫廷，希望怀王有一天能够悔悟。可是，怀王已经到了至死不悔的程度，还有什么比这个更可悲，叫他怎么不发出狂怒般的吼声。可是，诗人意识到“怜思心之不可惩兮，证此言之不可聊”，自己的表白如同对牛弹琴无济于事。于是“登石峦以远望兮”“上高岩之峭岸兮”，又“冯昆仑以瞰雾兮，隐岷山以清江”。从登上不知名的高山，一直到自己熟悉的昆仑山、岷山，望着波涛澎湃的长江水，所谓“智者乐山，仁者乐水”在诗人这里完全变成了“智者悲山，仁者悲水”，诗人之悲情达到了极点：

我站在九天之上，眺望滚滚黄河从岷山招摇而下，激流汹涌，白浪滔天。纷纷大水越过河道，漫卷大地。我谛视这水，如同谛视我的生命，我的祖国，我的来处与去处；我站在昆仑之巅，眺望这四季的日历，一页叫春的欢喜，一页叫夏的炎热，一页叫秋的金黄，一页叫冬的悲凉，如果我死了，就把我埋在这里吧！我在这里生长，在这里欢歌，在这里哭泣，在这里忧愁，在这里彷徨，在这里创造，在这里求索，如果我死了，就把我埋在这里吧！

但是整诗歌也并非完全宣泄个人的冤屈。诗人以其瑰丽神奇的想象，营造了一种奇伟的宏阔意境，蕴含着不可端倪揣度的奇气，给人无尽的遐想。明汪瑗《楚辞集解》评曰："此篇词气浑雄悲壮，骤而读之，虽若稠叠可厌，而熟读详玩之馀，则旨意实各有攸归，条理脉络灿然明白，莫作手也。尝闻之师曰：此篇议论幽眇，词调铿锵，体裁齐整。奇伟佚宕，如洪涛巨浪奔腾；涌涌舂撞，如汪洋大海之间。视之令人魄夺目眩，莫可端倪，非规规然从事于寻常笔墨蹊径间者，所可得而仿佛其万一也。"

诗歌的感情基调是悲怨、孤独、彷徨。诗以独白的口吻，感时伤物，由物及人。诗中又多用双声叠韵联绵词如"仿佛""惆怅""相羊"，以及"愁郁郁""居戚戚""穆眇眇""邈蔓蔓""缥绵绵""翩冥冥"等等，极大地增强了节奏感和语言表现力。后世宋玉的《九辩》一诗在抒情艺术上正是对此有所师承的。

招　魂

——魂兮归来哀江南

《招魂》被誉为楚辞中仅次于《离骚》的千古奇文。刘勰曾在《文心雕龙·祝盟》中说：“若夫楚辞《招魂》，可谓祝辞之组丽也。”梁启超更称《招魂》“实全部《楚辞》中最酣恣、最深刻之作”(《楚辞要籍解题及其读法》)，实不为过。

关于《招魂》的作者和招魂的对象，历来争议很大。据刘乃江先生统计有二十一种之多。主要有宋玉作招屈原魂说、屈原作屈原自招说、屈原作招楚怀王魂说、宋玉屈原合作招屈原魂说、招楚怀王魂说等。

东汉王逸《楚辞章句》称《招魂》作者是宋玉，因哀怜屈原“魂魄放佚”，因作以招其生魂。但司马迁在《史记》的《屈原贾生列传》中说：“余读《离骚》《天问》《招魂》《哀郢》，悲其志。”将《招魂》与《离骚》《天问》《哀郢》并列，明显将《招魂》定为屈原作品。综合学界、考古，尤其是《招魂》的文本，本书认为，《招魂》是屈原借鉴和吸收楚国招魂巫术形式，创作的一件独特的艺术作品。

从屈赋的表现艺术的角度来说，“招魂”的对象和旨归，只能从象征意义中寻找。面对楚国如汤浇火煮的形势，屈原所招之魂，并非某一个确定的人，甚至超越了地域意义的楚国魂。诗中多次使用了“君”，以区别于“王”和“帝”。“君”者，君临天地也，乾刚之神，阳刚正气，始祖之魂也。诗人所招之魂，甚至不仅仅是泛意义的楚国魂，而是天地正气之魂，原始魂，大地魂，楚国的先祖魂。在国家倾覆之危时，诗人企图通过招魂庇佑千疮百孔的楚国，招回楚国的刚健永固之魂，把举国上下的各种想法各种愿望都集中为一个单纯的共有的感情——热爱祖国，给国家带来力量和希望！因此诗中有自招之哀，有招怀王之伤，有江南之伤。从结尾“哀江南”三字来看，诗人的愿望由楚国拓展到江南。面对强秦日益凌近的铁蹄，诗人希望“天地之魂”或“始祖之魂”拯救江南于水火。这就使《招魂》具有了超越时空、与历史永恒之魂对话的意义，也是辞中为什么一会儿似自述，一会儿似述怀王，令人把捉不定的原因。

［原辞］

朕幼清以廉洁兮①，身服义而未沬②。主此盛德兮③，牵于俗而芜秽④。上无所考此盛德兮，长离殃而愁苦⑤。

帝告巫阳曰⑥：“有人在下⑦，我欲辅之⑧。魂魄离散，汝筮予之⑨！”巫阳对曰：“掌梦⑩。上帝其难从。若必筮予之⑪，恐后之谢⑫，不能复用。”

［注释］

① 朕：我，这是屈原的自指。廉洁：正派高尚。

② 沬（mèi）：同“昧”，微暗。

③ 主：守、持有，固持。

④ 芜秽：萎枯腐烂，这里比喻污浊混乱的环境。

⑤ 离殃：遭遇祸患。

⑥ 帝：上帝。巫阳：古代神话里的巫师。

⑦ 人：在这里指楚王。

⑧ 辅：帮助，辅佐。

⑨ 筮（shì）予之：筮，用蓍草占卦。“筮予之”是指通过占卜，知道魂魄在哪儿，再还返其身的意思。

⑩ 掌梦：掌管灵魂交感或占梦一类事的官。

⑪ 若：你，这里指巫阳。

⑫ 谢：凋零、零落。

［赏析］

首六句，是诗人向上帝倾诉，告诉上帝他盛德却遭无数的困苦：

我从幼年起就秉性高洁，做事光明磊落，毫不含混暗昧。我坚持这伟大的道德标准，庸俗的人纠缠着我，企图使我同流合污。君王被蒙蔽，不了解我高尚的德操，使我的灵魂长期遭受灾殃，烦闷愁苦。

“上无所考此盛德兮，长离殃而愁苦。”吴世尚注云：“君倍谗而弗察，遂放逐以终身，此二句乃魂之所以离散，而招之之由也。”(见吴世尚《楚辞注疏》)

上帝了解到这个情况，于是授命巫阳招魂。上帝诏告巫阳说：“有一个人在下界，我想给他帮助。他的灵魂已经离开他的身体飘散了，你先用蓍草给他占个卦，然后再招回他的灵魂。”巫阳回答说：“我分内所掌管的是活人的灵魂，上帝的命令我难以遵从。如果一定要先占了卦，再招魂，恐怕耽误了时机，他死后就不能复生，我巫阳就不能施展我的技能。”

巫阳，洪兴祖引《山海经》注，乃古之神医。由此可见，所招宜为生人之魂，如果所招是死了的楚怀王，找一个别的神巫也可，何用医为?“掌梦”，《列子 · 周穆王篇》：“神之所交谓之梦。”巫阳劈头用“掌梦”二字，乃是明确所司、责无旁贷的意思，前面由天帝下了一道命令，指示了具体招魂的办法。接着当巫阳接受命令的同时，给了这位好心的天帝一个软钉子碰碰：“天帝先生！按照你那慢条斯理的办法：恐怕要误事！你难道忘了我巫阳是干什么的吗?”诗人的设想，真是妙不可言。“恐后之谢”是驳斥“汝筮予之”。而“不能复用”是巫阳自明所司，带着一种表面谦逊实则自负口吻，神情毕肖。蒋骥云：“谢，徂谢也。巫阳以为帝命有不可从者，盖必待筮而后予，则恐身先萎谢（指屈原），巫阳虽予之魂，而不能复生。此所以不筮而用招也。”俞樾云：“《招魂》：巫阳对曰：‘掌梦’注曰：‘巫阳对天帝言，招魂者，本掌梦之官所主职也。’又注下句‘上帝其命难从’曰：‘言天帝难从掌梦之官，欲使巫阳招之也。’”

《招魂》全篇可分为三个大段落。以上为第一大段，是全篇的序引或引辞，交代招魂的缘起。这部分大意是“帝命巫阳下招——巫阳推辞——巫阳受命下招”。作为全篇的序篇或序曲不同凡响。“《招魂》开篇气度恢宏，设想奇异，巫学浓厚，确乎屈原手笔。”（王峰《亦屈亦宋论招魂》江汉论坛1998年第1期）上帝与巫阳的对话很简短，但就这样一段对话，屈原也写得跌宕有致：上帝授命，巫阳表示上帝命有误事之处，使诗歌的节奏顿时紧张起来。

［原辞］

巫阳焉乃下招曰：魂兮归来！去君之恒干①，何为四方些②？舍君之乐处，而离彼不祥些！

魂兮归来！东方不可以托些。长人千仞③，惟魂是索些。十日代出，流金铄石些④。彼皆习之，魂往必释些。归来归来！不可以托些。

魂兮归来！南方不可以止些。雕题黑齿⑤，得人肉以祀，以其骨为醢些⑥。蝮蛇蓁蓁⑦，封狐千里些⑧。雄虺九首⑨，往来倏忽，吞人以益其心些。归来兮！不可以久淫些⑩。

魂兮归来！西方之害，流沙千里些。旋入雷渊⑪，爢散而不可止些⑫。幸而得脱，其外旷宇些。赤蚁若象，玄蜂若壶些⑬。五谷不生，藂菅是食些⑭。其土烂人⑮，求水无所得些。彷徉无所倚，广大无所极些。归来兮！恐自遗贼些⑯。

魂兮归来！北方不可以止些。增冰峨峨⑰，飞雪千里些。归来兮！不可以久些。

魂兮归来！君无上天些⑱。虎豹九关，啄害下人些。一夫九首⑲，拔木九千些⑳。豺狼从目㉑，往来侁侁些㉒；悬人以娭㉓，投之深渊些。致命于帝，然后得瞑些㉔。归来归来！往恐危身些。

魂兮归来！君无下此幽都些[25]。土伯九约[26]，其角觺觺些[27]。敦脄血拇[28]，逐人駓駓些[29]。参目虎首[30]，其身若牛些。此皆甘人[31]，归来！恐自遗灾些。

魂兮归来！入修门些[32]。工祝招君[33]，背行先些[34]。秦篝齐缕[35]，郑绵络些[36]。招具该备，永啸呼些。魂兮归来！反故居些[37]。

[注释]

① 去：离开。君：你。恒干：躯体、肉体。

② 四方：一种古代的祭礼仪式。些：句末助词，类同“兮”“焉”“矣”等。

③ 长人：传说中的巨人。仞：古代的一种长度单位。

④ 流金铄石：让金属熔化，形容天气酷热。“流”“铄”，都是熔化的意思。金：金属。

⑤ 雕题黑齿：指额头上刻有花纹，牙齿染成了黑色。在这里指南方未开化的野人。题：额头。

⑥ 醢（hǎi）：肉酱。

⑦ 蓁蓁（zhēn）：草木茂盛的样子，在这里指积聚在一起。

⑧ 封狐：大狐。

⑨ 虺（huǐ）：毒蛇。

⑩ 淫：久留。

⑪ 旋：漩涡，这里指卷入。雷渊：神话中的深渊。

⑫ 靡（mí）：粉碎。

⑬ 壶：同“瓠”，葫芦。

⑭ 藂（cóng）：同“丛”，聚集。菅（jiān）：一种草本植物，细叶绿花褐果。

⑮ 烂人：将人烤烂，指天气酷热。

⑯ 贼：残害，伤害。

⑰ 增：同“层”。峨峨：形容高而尖的样子。

⑱ 君：你。

⑲ 夫：这里指怪物。

⑳ 拔木九千：拔掉九千根木头。

㉑ 从目：竖着的眼睛。

㉒ 侁侁（shēn）：形容很多的样子。

㉓ 娭（xī）：同“嬉”，玩弄、戏弄。

㉔ 得瞑：小睡。瞑，闭着眼睛。

㉕ 幽都：神话中地下鬼神统治的地方。

㉖ 土伯：土地神。约：矛。

㉗ 觺觺（yí）：尖利的样子。

㉘ 敦脄（méi）：厚实的脊背。血拇：带血的拇指。

㉙ 駓駓（pī）：跑得很快的样子。

㉚ 参：同“三”。

㉛ 甘人：以食人为美味。

㉜ 修门：郢都城南三门之一。

㉝ 工祝：工巧的巫人。招君：招魂。

㉞ 背行：倒退着走。

㉟ 秦篝：竹笼，用来盛装被招者的衣物。齐缕：丝线，用以装饰篝。“篝”“缕”均为招魂用具。

㊱ 郑绵络（luò）：郑国出产的丝棉，遮盖竹笼用。绵络：缠绕。

㊲ 反：同“返”。

[赏析]

一般的旧本皆以原文“巫阳焉”三字属上句，误。王念孙云：“（王逸）注曰：‘巫阳受天帝之命，因下招屈原之魂，据此，则‘不能复用’为句，‘巫阳焉乃下招曰’为句，明矣。焉乃者，语词，犹言巫阳于是下招耳。王注曰：‘因下招屈原之魂。’‘因’字正释‘焉乃’二字，今本皆以‘不铨复用巫阳焉’，为句，非也。”（王引之《境经传释词》）

楚之俗，招魂不要使魂四处游荡，而由巫者引导魂回到失魂者的身上。故本节堵住魂往四方及天上冥府去，而回楚国都城。巫者之词都以“些”作结，“些”字音较浊重，更适宜表达顿拙、纵收的感情。

《招魂》在写四方上下的险恶环境时，多引用《山海经》中的资料。《招魂》中“长人千仞，惟魂是索些”，让人想到《大荒东经》：“有波谷山者，有大人之国，有大人之市，名曰大人之堂”，《大荒经》：“有神名赤郭，好食鬼。”《招魂》中“十日代出，流金铄石些”，让人想到《海外东经》：“汤谷上有扶桑，十日所浴，在黑齿北，居水中。”《招魂》中“虎豹九关，啄害下人些”，让人想到《大荒西经》：“有大山，名曰昆仑之丘。有神，人面虎身，有文有尾，皆白。”屈原在引用这些神话时信手拈来，汪洋恣肆，绘声绘色，如同亲历。

屈原在写四方精怪之凶残险恶时，各有特色。东方是太阳升起的地方，所以诗人把东方设想得灼热可怕：

东方不可以安身立命，那里有身高七千尺的巨人，专门索要灵魂。十个太阳交替照射，使金属化成水，石头化成灰尘。那里的怪物已经习惯了高温，但是你的魂灵一到必定消散。

蒋骥曰：“《大荒东经》云：‘汤谷上有扶木，一日方至，一日方出，皆载于乌。’注云：‘言交会相代也。’”此即“十日代出”之意。

对南方的描写则是：

南方的野人额上刻花纹染黑牙齿，将人肉作祭祀用，还把人的骨头磨成浆汁。那里毒蛇丛集，巨狐千里内到处都是。虺蛇长着九个脑袋，来来往往飘忽迅捷，吃人满足它们的贪婪。

对西方的描写则是：

西方有大灾害，千里之外都是流沙。被流沙卷进雷渊，搅成碎末不停止。侥幸逃脱出来，外面是空旷死寂的荒野。红蚂蚁大得像巨象，黑蜂大得像葫芦。那里五谷不能生长，只能以食茅草为生。

那里的沙土能把人烤烂，水源到处找不到。徘徊怅惘没有依靠，广漠荒凉走不到尽头。

沈括《梦溪笔谈》谓：“延西北有范河，即流沙也，人马践之有声，陷则应时皆灭。又，西城度尔格，有沙海二千余里，沙乘大风如浪，行旅强之，常为所压。”

而诗人笔下的北方则特色十分鲜明：北方层层冰封高耸入云，大雪纷飞千里茫茫。

四方之境阴森恐怖，那么天上地府如何呢？

天上有虎豹把守着九重天，咬伤下界的人。还有个怪人，脖子上长着九个头颅，能在短短的一天之内，能连根拔起九千棵大树。他的形态狰狞，像豺狼一样横眉竖目，来来往往，行动十分神速；他的嘴里悬着人头，把人悬头挂起来嬉戏，又把人头扔到深不见底的深渊。它们向上帝复命后，人才能死。你不要沉到地狱里去，那里有九条尾巴的鬼王，他们头上的尖角锐利无比，后背又肥又胖，还有染着鲜血的手掌，追起人来如疾似飞。还有虎头怪，三只眼睛炯炯闪光，他们的身体好像牛的模样，吃起人来津津有味，又甜又香。

对天上的描绘颇含意味。他们把人悬挂起来嬉戏，然后丢进深渊。要等到“致命于帝”后，人才能死，“然后得瞑些”，真是求生不能，求死不得，令人发指的残忍。“致命于帝，然后得瞑。”王夫之注云：“瞑，死而瞑目也。投人九渊，而以其神异（特有的法术），能令人不死，反告之帝，然后瞑目，谓求死而不得也。”（《楚辞通释》）真所谓骇人听闻，令人不寒而栗。天宫，乃上帝居处，即俗传所谓天堂，而诗人竟作如此描写，实可令人玩味。此或正与《离骚》所写“帝阍”之无情，同一旨趣。

诗人写天地四方，这些夸张和想象增加了恐怖力量。虽有固定框架，逐段铺排，但用笔亦有简有繁。而每一节之首尾，皆贯以凄厉的“魂兮归来”，“归来，归来”的呼唤声，既充满恐怖感，又情思无限。又诗中所写，虽皆出幻设，而却能举怪得态，各穷其变，如“十日代出，流金铄石”，形容炎热之状；“雄虺九首，往来倏忽”，形容诡怪之态；“赤蚁若象，玄蜂若壶”，极尽夸诞之形；而“增冰峨峨，飞雪千里”，写雪野之景，可谓巧笔如画矣。

堵塞了天地四方之后，巫者引领魂回到楚国的郢都：

灵魂啊，你回来吧！快些进入楚国郢都的城门。招魂的巫师非常有本领，倒退着一路前行做你的引领。秦国的竹笼齐国的丝带，还有郑国丝绵做的灵幡。招魂的器具已经齐备，大家都拉长声调呼唤你。灵魂啊，你回来吧，回到你的故乡来安顿！

所谓“秦篝齐缕，郑绵络些”所指都是招具——招魂用的器具。由男性的“工祝”背行导引，率领着若干巫者举行着这种类同舞蹈的招魂仪式。所用的“招具”，都带有神秘的象征气息。例如篝，用以笼络灵魂；缕、绵之类皆丝属，作幡，迎风飘飘，取意缠绵，作衣，则可以以之蔽灵，同时也寓有维系灵魂的用意，使灵魂有所依附。古代无论招生魂、死魂，都采用这种仪式和方法。如宋成大《桂海虞衡志》云：“家人远而归者，止于三十里外，家遣巫提竹篮迓（迎）。脱归人贴身衣瓤之篮，以前导还家，言为行人眠归魂也。”“永啸呼”，指招魂时大声召唤，也是古俗。郑玄《仪礼》注：“古之复者，升屋而号曰皋复。招以衣，受用箧（竹器）。”“皋”同“嗥”，呼号。朱熹：“啸呼，即所谓皋也。”（《楚辞集注》）

此节起为招魂词的正文，即全篇的第二大段。作为《招魂》主干的是巫阳的招辞。正文又分两个层次，即王逸所称“外陈四方之恶”和“内崇楚国之美”。

以上为第二大段的第一层次，描述东南西北、天上地下各有其害，呼吁灵魂不要到那些地方去，而是要返回故居。

[原辞]

天地四方，多贼奸些①。像设君室②，静闲安些。高堂邃宇③，槛层轩些④。层台累榭⑤，临高山些。网户朱缀，刻方连些[6]。冬有突厦[7]，夏室寒些。川谷径复[8]，流潺湲些。光风转蕙[9]，泛崇兰些[10]。经堂入奥[11]，朱尘筵些[12]。砥室翠翘[13]，挂曲琼些[14]。翡翠珠被[15]，烂齐光些。蒻阿拂壁[16]，罗帱张些。纂组绮缟[17]，结琦璜些[18]。室中之观，多珍怪些。兰膏明烛[19]，华容备些。二八侍宿[20]，射递代些[21]。九侯淑女[22]，多迅众些。盛鬋不同制[23]，实满宫些。容态好比，顺弥代些。弱颜固植[24]，謇其有意些[25]。姱容修态[26]，絙洞房些[27]。蛾眉曼睩[28]，目腾光些。靡颜腻理[29]，遗视矊些[30]。离榭修幕[31]，侍君之闲些。翡帷翠帐，饰高堂些。红壁沙版[32]，玄玉梁些[33]。仰观刻桷[34]，画龙蛇些。坐堂伏槛，临曲池些[35]。芙蓉始发，杂芰荷些[36]。紫茎屏风[37]，文缘波些[38]。文异豹饰[39]，侍陂陁些[40]。轩輬既低[41]，步骑罗些。兰薄户树[42]，琼木篱些。魂兮归来！何远为些？

［注释］

① 贼奸：害人之物。

② 像：此处指遗像。

③ 邃（suì）宇：深远的房屋。

④ 槛：栏杆。轩：走廊。

⑤ 累榭：层叠台上的房屋。累：重重叠叠。榭：在台上建起的房子。

⑥ 方连：一种由方块相连组成的图案。

⑦ 突（yào）：深邃。

⑧ 径复：指川谷水流的曲折。

⑨ 光风：有太阳的日子里吹的风。转蕙：吹到了蕙草上。

⑩ 泛：摇动、摇摆。崇兰：指丛丛的兰草。崇：丛丛。

⑪ 奥：内屋。

⑫ 尘筵：藻井，俗称天花板。

⑬ 砥室：地面和墙壁像被磨平了一样的房屋。翠翘：翠鸟尾上的毛羽。

⑭ 曲琼：指玉钩。琼：玉。

⑮ 翡翠珠被：宝玉镶嵌的被子。翡翠：类似翠鸟的雌雄鸟。

⑯ 蒻（ruò）阿：柔软的缯帛。蒻：柔软的蒲席。阿：阿緆，精致的丝织品和细布。拂壁：原本是擦壁的意思，在这里指将蒻阿铺在壁上。

⑰ 纂（zuǎn）组绮（qǐ）缟（gǎo）：指四种不同颜色的丝带。纂：赤色丝带；组：杂色丝带；绮：带花纹的丝带；缟：白色丝带。

⑱ 琦璜：美玉。

⑲ 兰膏：带着香气的油脂。

⑳ 二八：八对。

㉑ 射（xī）：同“夕”，夜晚。递：更替。

㉒ 九侯：纣王的一个诸侯，献女于纣王，美而不喜淫，故借指美之辞。

㉓ 盛鬋（jiǎn）：浓密的鬓发。鬋：下垂的鬓发。

㉔ 弱颜固植：外表柔弱，内心坚强。

㉕ 謇：句首发语词。

㉖ 姱：美好。修：美。

㉗ 絙（gèng）：绵延。

㉘ 曼：同“漫”，漫长。睩（lù）：眼珠不停转动。

㉙ 靡：细致。腻：光滑。理：肌肤。

㉚ 矊（mián）：目光深远的样子。

㉛ 离榭：离开别馆。修幕：长而大的帷幕。

㉜ 沙版：用丹砂涂隔板。沙：同“砂”。版：隔板。

㉝ 玄玉梁：用黑玉装饰的房梁。

㉞ 桷（jué）：方的椽子。

㉟ 曲池：弯弯曲曲的池子。

㊱ 芰（jì）荷：荷叶。

㊲ 屏风：在这里是植物名，水葵，一种水生植物。

㊳ 文：同“纹”，指波纹。

㊴ 文异：纹彩奇异。豹饰：以豹皮为饰品，这里指侍卫武士

的装束。

㊵ 陂陁（bēi tuó）：高低不平的山坡。

㊶ 轩：有篷的车。辌（liáng）：可以躺下休息的车。低：同“抵”，到达。

㊷ 薄：这里指草木丛生。

[赏析]

“《招魂》之前半篇，以惊吓为拦截，后半篇以引诱为系缚，此最是招字中说不出的神理。”（吴世尚《楚辞疏》）以上写宫室陈设之美，美女侍从之盛，极尽夸饰铺排之能事。首二句“天地四方，多贼奸些”，由上文的“阻”引入到下段的“诱”，使结构流转畅通。“像设君室，静闲安些”，首引导灵魂认识自己的画像，使魂与魂主合二为一。然后以画像为中心，写厅堂：“高大的厅堂、重重的屋宇幽闳”，继而写站在厅堂所见，面前是“曲曲的栏杆、叠叠的前檐飞起”，远眺是“层出不穷的亭台楼榭，居高临下地在那山上建立”。由点到面，从厅堂开始而写整体建筑群，展现出气势雄浑的楚宫。然后收回目光描写门窗：“像丝网般的窗棂分外精细，门户上还雕刻着朱红的花漆，那整齐的花纹真是美丽得出奇。”贺宽笺云：“窗户玲珑，朱文连缀，此饰于堂字者。”（《山响啕斋饮骚》）细笔描绘，让灵魂认出自己的住宅，引其从门而入，告诉魂主其住房的舒适：“冬天的房屋温暖深远，夏天的房屋凉爽怡人。”厅堂的舒适不仅在里面的房子，还在于屋宇周围的环境：“户外环绕着条条小溪，流水的声音，流得又快又急。秋风送爽，蕙花摇曳着芬芳，丛生香兰的幽香，在水边荡漾。”诗人写作时内外逡巡，时而写建筑陈设，时而写自然环境，把静态描写与动态描写相结合，笔法灵动，避免了单纯介绍建筑的单一呆板。

“经堂入奥，朱尘筵些。”诗人采用步移景换的手法，由厅堂写到内室。“朱尘筵些”，王逸注：“言升殿过堂入房，至室奥处，上则有朱画承尘；下到有簟筵好席，可以休息也。”由藻井滑到墙上，怎么又滑到对床上描写起来呢？因为墙壁上有一块地方凹进去，床便安排在那里面，因而墙上的陈设与罗帐的外端几乎是挨在一起的。这两句的意思是，经过厅堂，进入了卧房，朱红的天花板朱红的床。接着描写卧房的豪华雅洁：墙是水磨石筑成的，壁上装饰着闪闪发亮的翠鸟羽毛；墙面上用上等的绸缎覆盖着。床钩是琼玉做的，被子上缀着珍珠，刺绣着翠鸟。床上张罗着半透明的青纱帐，五彩的丝带在飘荡，还有美玉做成的流苏在闪光。诗人重点写了墙壁的装饰和床上的陈设，对于其他陈设则概括述之：这间房子的陈设真是洋洋大观，说不尽的稀奇古怪的珍珠宝藏。卧室内珠光宝气，光彩烨然，宛如仙境。

“兰膏明烛，华容备些”这一句过渡极为自然，从时间的角度，由白天言及夜晚；从内容的角度，由对卧室陈设的铺叙引入侍寝之女的描写。冒出兰花香味的灯烛，明晃晃的十分耀眼，由于烛光照亮了美女的姿容，很自然地概写美女：众多女子的容貌长得异常明艳。继写人众之盛，之美艳：每天晚上由八对少女轮流值班，服侍起宿。她们是来自各方的淑美女子，她们一个个都是惊人的艳丽。她们的发质柔美，各种不同式样的发结低垂，莺声燕语充满了后宫。她们的容貌和体态，美好得使人难以评价其高矮，果真是旷世绝代，并世难再。柔美的外形，不可侵犯的内在，正直的语言发自她们忠贞的情怀。她们玉貌婷婷，容态安详，从容不迫地漫步在洞房。纤秀的弯眉下明眸转动，顾盼之间秋波流转。肌肤细腻肤如凝脂，清澈的眸子，偶尔瞟人一眼，就会让人终生难忘。花木深处另有别馆，服侍君王消闲解闷。诗人从发型、体态、容貌、身段、眉眼、目光、语言、外表和内质等各个方面描摹出后宫佳丽之绝美。

招魂者的吆喝至此又另辟一节，回到厅堂：翡翠色的帷帐，装饰着那宽敞的厅堂。红漆抹墙丹砂涂隔板，还有黑玉装修的大梁。抬头看那雕刻的方椽，上面有龙蛇的形象。又由厅堂写外面的风景：坐在堂上倚着栏杆，看见的是弯弯曲曲的池塘。莲花初开，荷叶碧连。水葵紫茎，纹理在绿波中浮动。然后由景及人，写侍卫们的英武形象：勇士们们穿着纹彩奇异的豹皮服饰，无论是高岗和平原都有他们在站班。当你那华丽的车子到来，步兵和骑士们都罗列在道旁。一丛丛的兰花栽在你的大门口，播散着芬芳；一棵棵的玉树成为你户外的屏障。魂灵啊，你回来吧……为何还要滞留在远方？厅堂富丽华贵，风景优美宜人，卫士威武整肃，花木风雅高致，展示了一个威严的王者风范，这也是诗人招回昔日楚国的形象。轮番的铺陈，厉声的呼号，营造出壮阔而悲凉的意境，给人特殊的感染。

［原辞］

室家遂宗①，食多方些。稻粢穱麦②，挐黄粱些③。大苦醎酸④，辛甘行些⑤。肥牛之腱，臑若芳些⑥。和酸若苦，陈吴羹些⑦。胹鳖炮羔⑧，有柘浆些⑨。鹄酸臇凫⑩，煎鸿鸧些⑪。露鸡臛蠵⑫，厉而不爽些。粔籹蜜饵⑬，有餦餭些⑭。瑶浆蜜勺，实羽觞些⑮。挫糟冻饮⑯，酎清凉些。华酌既陈，有琼浆些。归来反故室⑰，敬而无妨些。

［注释］

① 室家：家族。遂：闾里。宗：宗族。

② 粢（zī）：粟米。穱（zhuō）：早熟的麦子。

③ 挐（rú）：纷乱，掺杂。黄粱：黄小米。

④ 醎（xián）：同“咸”。

⑤ 辛：辣。行：使用。

⑥ 臑（ěr）：煮，煮烂。若：而，转折词。

⑦ 吴羹：吴地的浓汤。

⑧ 胹（ěr）：烹煮。炮：烤。

⑨ 柘（zhè）浆：甘蔗汁。柘：同“蔗”。

⑩ 鹄（hú）：天鹅。臇（juǎn）：少汁的肉羹。凫（fú）：野鸭。

⑪ 鸿鸧（cāng）：一种类似于鹤的水鸟。鸿：大雁；鸧：鸧鸹。

⑫ 露：卤。臛（huò）：肉羹。蠵（xī）：大龟。

⑬ 粔籹（jù nǚ）：古代的一种食品，用蜜和面粉制成的环状饼。饵：糕。

⑭ 粻餭（zhāng huáng）：即麦芽糖，也叫饴糖。

⑮ 羽觞：古代一种酒器。

⑯ 挫糟：挤出酒糟。

⑰ 反故室：返回故乡的房间。

［赏析］

这一节引诱之以美食，铺叙饮食之精美，品味之繁多，烹饪之精巧，餐饮之讲究，可做古代宫廷美食文化看。先赞这真是一个钟鸣鼎食之家，引出吃的东西特别豪华，高调开唱。“食多方些”之“方”意含吃的东西品位高和厨艺的精湛，以此引领下诗。主食是大米、小麦、新麦等，还有最上等的高粱米掺杂，调味的有酸甜苦辣，五味俱全，此为概写，低调上扬。尔后特写几种美味。第一种是烧牛肉。这道菜取材特殊，是肥牛肘子上的腱子肉，肥而不腻，色泽透亮，咬起来很有口劲；火候到位，炖得酥烂，香气扑鼻；佐料特殊，酸味的汤加上一些特制的黄豆，这汤做得真稠；厨师不凡，乃吴国大厨的拿手菜。既是从外国请来的厨师，可见厨艺绝非等闲。第二种是红炖甲鱼肉、叉烧小羊肉，从这道菜的名字上，就可见其美味可口。不仅于此，还特别拌上甜酱，最为可口，杂以议论，引人食欲。第三种是醋烹天鹅肉、干烧野鸭肉，还有大雁肉，锅里煎起来直冒油。这几道菜材料难得，堪称珍稀，人间难得几回尝，再加上“煎鸿鸧些”，用“锅里煎起来直冒油”逗人胃口，使人如见其焦黄的可爱的彩色，如闻其喷香的滋味。第四种是卤鸡配上大龟熬的肉羹，味道浓烈，全凭火候。不仅食材珍贵，光是火候的功夫就极为微妙，差之毫厘，失之千里，其做工之精微，实乃天上人间极品。主食和主菜之外，点心也格外诱人。米面煎的甜点心味道香，上面还涂着麦芽糖。故意把一道点心分两次说，增加诱惑力。浓郁的美酒甜得像蜜一样，满满的一杯又一杯，细加品尝，用食者的贪吃、品尝，增加食物的魅力。再喝一点冰镇的酒酿汤，遍身都感到清凉。在好吃的基础上，再加分外，这时喝一点冰镇的酒酿汤，才叫刚刚好，感觉真叫一个爽。“酒宴当前，尽兴舒畅，这儿还有饮用不完的玉露琼浆”，诗人写至此，真叫高手，让人尽兴之余，犹感余味无穷。在这个紧要当口，诗人不失时机地发出招魂的呼号：“回来吧，回到你原来居住的地方，好好地生活，你不会受到任何灾殃!”

[原辞]

肴羞未通①，女乐罗些。陈钟按鼓②，造新歌些。《涉江》《采菱》，发《扬荷》些③。美人既醉，朱颜酡些④。娭光眇视⑤，目曾波些⑥。被文服纤⑦，丽而不奇些。长发曼鬋⑧，艳陆离些。二八齐容⑨，起郑舞些⑩。衽若交竿⑪，抚案下些⑫。竽瑟狂会⑬，搷鸣鼓些⑭。宫庭震惊，发《激楚》些⑮。吴歈蔡讴⑯，奏大吕些⑰。士女杂坐，乱而不分些。放陈组缨⑱，班其相纷些。郑卫妖玩⑲，来杂陈些。《激楚》之结⑳，独秀先些。

[注释]

① 肴羞：佳肴珍馐美味。羞：同“馐”。

② 陈：敲。按：打。

③ 发：演奏。《扬荷》和《涉江》《采菱》同为楚国歌曲名。

④ 酡（tuó）：饮酒后脸红。

⑤ 娭光：撩人的目光。眇视：偷看。

⑥ 曾：同“层”。

⑦ 被文服纤：被、服都为穿的意思。文：同“纹”，花纹。纤：细柔。

⑧ 曼鬋（jiǎn）：垂下的有光泽的头发。

⑨ 二八：在这里指两队女乐手。齐容：装束一样。

⑩ 郑舞：郑国的舞蹈，比较放纵。

⑪ 衽：衣襟。交竿：衣襟相交。

⑫ 抚：同“拊”，拍击。案：同“按”。下：弯腰下屈。

⑬ 竽瑟：均为乐器。狂：疯狂，猛烈。

⑭ 搷（tián）：猛击。

⑮《激楚》：楚国的歌舞曲名。

⑯ 吴歈（yú）：吴地的歌曲。蔡讴：蔡地的歌曲。

⑰ 大吕：乐调名。

⑱ 组：系佩饰的丝带。缨：帽子上的带子。

⑲ 妖玩：妖娆的女子。

⑳ 结：舞者特殊的发式。

[赏析]

这一节引诱之以宴乐，写乐舞之美。首写乐舞的时间，酒宴酣畅，余兴未尽之际，杯盏还没有撤去，衣装俏丽的舞女已排列整齐，鱼贯而出。继写背景音乐响起。“陈钟按鼓”，“陈、按”，动词使用很有分寸，乐声缓起，仿佛让人安神静场。序曲准备停当，即将进入歌舞的欢乐场面。有女乐师报上曲目，今天不比往日，演奏的是新歌，“造新歌些”，使人可以想见观众们交头接耳议论的兴奋劲头。唱罢《涉江》再唱《采菱》，更有《扬荷》一曲清扬。这三支歌曲本可以一次写出，分别列出使新歌更具魅力。那么，在演奏这些新歌的同时，宾客们、歌女们在做什么？无疑，在听新歌的间隙，他们饮酒作乐，相互逗乐，仿佛让人能听到他们酣畅的笑声，歌女们娇滴滴的莺声燕语：

美丽的姑娘已经喝得微醉，酒晕像红霞飞上了红润的面庞。目光撩人脉脉注视，眼中秋波流转水汪汪。披着刺绣的轻柔罗衣，色彩华丽却不古怪出奇。长长的黑发高高的云鬓，个个打扮成娇艳的模样。

诗人从姑娘们的面部、眸光、眼神、服饰，甚至头发，都进行了细致雕刻，而又无不穷形尽态。在“朱颜”之外，以“酡”状其微醉之态，更添娇憨。抓住她们“眇视”的可爱神态，摹状她们撩人的目光，更以“目曾波些”，细致地刻画姑娘们目光层层流动的波光，使人仿佛置身温柔多情的河流。此种光景，歌飞丽影，觥筹交错，目光流盼，笑语盈盈，令人缱绻生情，流连忘返。

“歌之不足，舞之蹈之。”新歌试毕，旋即进入热舞场面：

八对舞女一样的妆饰，跳着郑国的舞蹈排成两行。飞舞的长袖和摆动的衣襟像竹枝摇曳交叉，弯下身子拍手按掌，愈舞愈靠近我们的宴席。

郑国之舞，所谓淫靡之音，自由、热烈、狂放、大胆。初舞之时，姑娘们动作仪容整齐，安闲从容，继而进入热舞，令人眼花缭乱，目不暇接。飞起的长袖，旋转的舞步，襟前的飘带飞扬出热辣的情思。随着像青蛙一样跳跃闪烁的舞步，她们“愈舞愈靠近我们的宴席”。使“我们”无不销魂忘情。“抚案下些”，戛然而止，犹如摄影师抓拍下这一动人场面，把想象留给读者，其中情态一定十分好看。在热舞之时，诗人没有描写她们的面部表情和神态，盖因前面已作工笔描绘，彼此相互补充，交相辉映，繁简得宜。

热舞进入高潮后，鼓乐不失时机地奔涌而来，将舞乐推向狂放、热烈的高峰：

吹竽鼓瑟急管繁弦狂热地合奏，猛烈敲击大鼓不停地咚咚作响。整个宫殿院庭都震动受惊，唱出的《激楚》歌声高昂。献上吴国蔡国的俗曲，奏着大吕调配合声腔。

黄钟大吕，气吞山河，这就是楚国的“乐声”！它雄浑豪放，如澎湃的长江大河；它振聋发聩，充满阳刚大气；它以宽广开放的胸襟，吸纳软媚的吴蔡之音，因而也不失温婉细腻的情怀。诗人由点及面，把视觉、听觉、感觉、描写、议论和抒情等各种艺术手法调动在一起，给人强烈的艺术冲击力，获得酣畅淋漓的艺术享受。

乐舞进入尾声，却依然有令人着迷的“艺术花絮”：

男男女女纷杂交错坐在一起，解开衣带帽缨随便乱放，座位次序散乱不分方向。郑国卫国的妖娆女子，纷至沓来排列堂上。唱到《激楚》之歌的结尾，特别优美出色一时无两。

这一刻，似乎所有约束人的礼仪都不用管了，人们尽情欢乐，个个欢天喜地。整体的开放、随意，使人发出宽容、谅解的会心一笑；郑卫女子的标新立异，尤其使人忍俊不禁。诗人抓住她们在急骤的舞步中抖动着发髻的特写镜头，使千年以后的人都能看到她们顽皮的劲头、可爱的形象。

[原辞]

菎蔽象棋①，有六簙些②。分曹并进③，遒相迫些④。成枭而牟⑤，呼五白些⑥。晋制犀比⑦，费白日些。铿钟摇簴⑧，揳梓瑟些⑨。娱酒不废，沉日夜些。兰膏明烛，华镫错些⑩。结撰至思⑪，兰芳假些⑫。人有所极，同心赋些。酎饮尽欢，乐先故些⑬。魂兮归来！反故居些。

[注释]

① 菎（kūn）蔽：赌博用具。象棋：象牙做的棋子。

② 六簙（bó）：古代一种下棋游戏，可用以赌博。

③ 分曹：对局的两方。

④ 遒：急迫。

⑤ 枭：赌博游戏术语，博采，《晋书·谢艾传》："六博得枭者胜。"牟：王逸："倍胜为牟。"

⑥ 五白：五颗骰子组成的赌博游戏。王逸："呼五白以助投也"。五白可能是比枭更贵的采。

⑦ 犀比：犀角做的带钩，用作赌胜负时的彩注。

⑧ 铿：象声词。簴（jù）：钟架。

⑨ 揳（xiē）：原指抚，这里是弹奏。梓瑟：梓木所制之瑟。

⑩ 错：交错繁多。

⑪ 结撰：构思。至思：尽心思考。

⑫ 假：在这里是到来的意思。

⑬ 先故：故旧。

[赏析]

这一节写宴后娱乐。宴乐之后，人们分几摊玩博采和下棋的游戏。

用玉筹码和象牙棋，来玩六簙棋游戏。两方对弈各自进子，招招强劲紧紧相逼。掷彩成枭就取鱼得筹，大呼五白求胜心急。

娱乐用具是昂贵的玉筹码，还有象牙棋，这样错开说，有一种得意的诱惑力。骰子有六面，博采以此决胜负，所以“有六簙些”，骰子转动起来使人着迷。从分摊的场面描写，进而写赌博者的心理和急切的情态。他们急不暇待地对敌相逼，心中焦急，彼此间互相猜忌。博采胜利者获得几倍的利钱，狂喜之余，假意对对方吆喝你一定能获得更大的“五白”采，诱使对方下更大的投注。

赢得了晋国制的犀带钩，一天光阴耗尽不在意。铿锵打钟钟架齐摇晃，抚弦再把梓瑟弹奏起。饮酒娱乐不肯停歇，沉湎其中日夜相继。带兰香的明烛多灿烂，华美的灯盏错落高低。精心构思撰写文章，文采绚丽借得幽兰香气。人们高高兴兴快乐已极，一起赋诗表达共同的心意。

“晋制犀比，费白日些”，王逸云：“言晋因工作簙棋著，比集犀角，以为雕饰，投之皓然如日光也。”晋国制作的制造的赌具非常精细，玩起来十分过瘾，一天耗尽毫不在意，言纵情娱乐。这时，钟敲响了，敲得悬钟的架子格格的响，不知不觉当中，白天就这样过去了。可是，管它呢，我们有无尽的欢乐。鼓瑟的，瑟弦子愈来愈高亢；喝吧，拿起酒杯来就别放。白天黑夜，沉湎在醉乡。宴酣酒乐之后，又赋诗记此盛会。当夜晚来临，明晃晃的烛光冒着兰花香，结彩的灯笼四处悬挂高张，宾客们又赋诗作文，每个人都苦心孤诣，想用词赋来表达愿望，展露自己的才华。献诗评点之后，分出优劣，大家都认识到，锦绣般的文章，缘于精深的思想，这文章也会吐出一股芬芳。

酣饮香醇美酒尽情欢笑，也让先祖故旧心旷神怡。魂魄啊，回来吧！快快返回故里。

颂诗之后，又进入欢乐的酒宴：再举起酒杯来喝吧，尽兴欢乐吧，为了我们老朋友们的健康！清高步瀛云：“在坐之人，各以思

致，发为歌诵，以相酬唱，如此则以尽宾主之欢，而燕无乐故旧矣。”（《古今辞类要注》）

诗人以时间为顺，分别写宴饮之乐、乐舞之乐、博采之乐、赋诗之乐，重点突出，纤毫毕现。写楚宫廷的歌舞场面，极具条理而生动传神。写如醉如痴的狂欢场面，令人如耳闻目睹。清陈本礼《屈赋精义》引何义门尝云：“（《招魂》）前半极其险怪，后半极其绮靡，真亦绝世奇文也。后人纵极铺张，无此种藻丽矣。要不免缀拾其菁华耳，不过逐段铺排耳。而词句之工，文采之富，姿态之艳，已备于此矣。”

以上为第二大段的第二层次，描述巫师引导灵魂返归故里的场景，特别渲染死者生前在故居生活的豪华舒适，诸如“九侯淑女”“实满宫些”，显然是君王才会有的生活。

[原辞]

乱曰：献岁发春兮①，汩吾南征②。菉蘋齐叶兮，白芷生③。路贯庐江兮，左长薄④。倚沼畦瀛兮，遥望博⑤。青骊结驷兮齐千乘⑥，悬火延起兮，玄颜烝⑦。步及骤处兮诱骋先⑧，抑骛若通兮引车右还⑨。与王趋梦兮课后先⑩。君王亲发兮惮青兕⑪，朱明承夜兮时不可以淹⑫。皋兰被径兮斯路渐⑬。湛湛江水兮上有枫⑭。目极千里兮伤春心。魂兮归来哀江南⑮！

[注释]

① 乱：乱辞，尾声。献岁：进入新的一年；岁首正月。发春：春气发动。谓春天万物发生。常用以指孟春。

② 汩：形容匆匆而行。

③ 菉（lù）：同“绿”。蘋：一种水草。齐叶：叶子繁茂。白芷：一种香草。

④ 贯：通。庐江：江河名。长薄：高大浓密的山林。

⑤ 倚：相连接。畦：水田。瀛（yíng）：大水。博：广博。

⑥ 青骊（lí）：青黑色的马。千乘：千辆马车，这里形容马

车多。

⑦ 悬火：夜间打猎驱兽时的火把。玄颜：黑里透红的面容，这里指天色。烝（zhēng）：上升。

⑧ 步：走路。骤：奔驰。处：停下。诱：诱导，这里指打猎时的向导。

⑨ 抑：抑制，停下。骛：飞快地跑。若：顺畅，这里指进退自如。

⑩ 梦：云梦泽，地名，楚国的一个大猎场。课：在这里是考核、比试的意思。

⑪ 惮青兕（sì）：害怕射中青兕。青兕：古代犀牛类兽名。一角，青色，重千斤。楚人传说猎得青兕者，会遭厄运。

⑫ 朱明：太阳。淹：停留。

⑬ 皋：水边的高地。渐：遮盖，淹没。

⑭ 湛湛：形容水深而宽广的样子。枫：即枫木，又名枫香树，乃南楚的神树。

⑮ 哀江南：江南，楚国的地名。哀江南是为江南哀叹。

[赏析]

“乱曰”一段，是全篇的结束语，主要写打猎。“乱辞”历来有数说。朱熹认为是“盛赞畋猎以召之”（《楚辞集注》），蒋骥认为是“岁首南行，适遇楚王田于江南，而所见若此。庄辛所谓驰骋云梦之中，而不以国家为事，于此亦可见也”（《山带阁注楚辞》）。蒋天枢认为是“追叙与怀王校猎于江南事”（《楚辞论文集》）。也有人认为是楚怀王魂回来后，悔过自信，励精图治，准备对秦有所图。这些，为解读本段都提供了很好的意见，但似乎不必拘泥。

“乱辞”有一个核心情节，或者说有一个特别的意境，就是君王率领属下狩猎。在这个情节之前，是诗人的自叙：

新年开始春天到来，我匆忙地奔向南方。绿萍长齐了片片新叶，白芷开始萌芽又吐芳馨。南行的道路穿越了庐江，左岸上尽是连绵的丛林。我沿着泽沼水田往前走，远远眺望旷野辽阔无垠。

又是一年的新春，孟春三月，“汩吾南征”，意气风发，形色匆匆，似有所为。而“菉苹齐叶兮白芷生”，春回大地，万物生机勃勃。显然，经过巫阳的招魂，“我”（魂主）回归了，那种新生的喜悦，很容易从诗面中读出，而且主人公（魂主）似有明确的追求意向。主人公穿过庐江，眺望江南，所见大小池沼、田庄和苍莽的南国，这不仅仅是单纯的景色描写，他目光所及之处，无不浸透着他的心事，“心事浩茫连广宇，于无声处听惊雷”。个中情味尽在读者的领悟中。

就在主人公的凝神瞩望，沉吟不语时，一幅画面闯入他的视野：

四匹青马驾起一乘车，千辆猎车并驾前行。点起火把火势蔓延，夜空黑里透红火光腾。步行的赶到乘车的停留，狩猎的向导又当先驰骋。指挥勒马纵马进退自如，车队向右掉转车身继续向前。

从时间的角度看，这场狩猎从白天打到夜晚，尤其是夜晚高举火把照亮了黑暗的天，兵士们与骏马争先，这一幅跃动的画面，隐隐蕴含着某种潜在的活力和生机。从表达内容上看，这幅画面与前文的招魂画面形成一种曲折的、暗中的勾连。不管是诗人回忆之境，还是实见之境，它都寄托着诗人某种隐秘的抱负、幽微的心事、不便明言的心灵跃动。而若，这是天地之“君”（魂）降临的幻境；而或，这是屈原呼唤英雄降临呢？

“抑骛若通兮引车右还”，转过猎车的方位，朝向右边。如果说左边是狩猎之“君”与主人公背离的方向，那么，右边则正好朝向“我”，于是：

追随着君王，前往云梦，看一看跟从的人们谁堪用？君王亲自射箭又挽弓，却怕射中青兕有祸生。

“青兕”，重千斤，楚人传说猎得青兕者，会遭厄运。而狩猎之君王，吓得那青兕直发疯，可见此君王绝非等闲。“与王趋梦兮课后先”，很明显表达着屈原追随君主而富有才干的自我形象，而其中的君王又是诗人心中的理想之君王，他量才录用，身先士卒，威勇无比，是“神”一级的君王。

然后呢？然后诗人把它掐断了。这永远难忘的一幕似乎突奔而来，席卷而去，来无出处，去无寻踪，如梦似幻，而诗人也没有打算去寻找下文。好像一段日子突然被剪去，然后，好多年好多年就这样过去了，而期待和盼望也从来没有停止过：黑夜之后红日放光明，时光迅速流逝不肯停。留给诗人的是脚下的路，而这条路似乎也要被湮没：河岸长满芳香的兰草，道路已被青草遮掩。

在屈原独特的楚辞体系里，兰草除了象征美好人格之外，就是祭祀之物，是神祇祖魂降临之所。这是一条芳草路。芳草葳蕤，馨香馥郁，将路掩盖。望眼欲穿，神灵（魂）也一直没有来。凄芳一春一春，等待一年一年。芳草幽人，目之所及，千里万里，尽是江南：

春江水清清地向前流淌，岸上有成片的枫树林，枝叶在摇晃。纵目望尽千里之地，春色多么引人伤心。

“枫木，为蚩尤所弃之桎梏，是蚩尤的化身。蚩尤是南方苗族的始祖神。”（《楚辞注释》）苗族曾有一部分属于楚国。《山海经·大荒南经》记：“有宋山者，有木生山上，名曰枫木。枫木，蚩尤所弃其桎梏，是谓枫木。”苗族等少数民族今日依然视枫树为神、为祖。“桎梏”在，而蚩尤不至，犹“去君之恒干”。“万家墨面没蒿莱，敢有歌吟动地哀。”这大好河山，眼看被强秦侵虏，于心何甘啊！悲哀无限，招魂代之：

魂魄啊，你回来吧！江南这地方，让人哀伤又难以忘情。

“魂兮归来哀江南”，这是诗歌中最打动人心的一笔，是全诗让人痛断心肠的哀语。此处的“魂”，已经从具体的“魂”升华到楚国的国魂；其哀，由个人之哀上升为举国之哀。诗人呼唤“魂兮归来”包含了多少热泪和希冀，又满含“无可奈何花谢去”的伤情和惋叹。言“江南”而不言楚国，包含了江南的山山水水、苍生百姓，乃至一砖一石、一草一木。我们仿佛看到诗人其目光触及之处，尽是颤抖的温情、无言的泪水、无尽的留恋、无边的伤痛……

诗人希望唤回楚国的强健之魂、英雄之魂、拯救江南于水火。

这段乱辞，词藻丰富而华艳，语言优美而精练，凄恻动人，感人肺腑，一唱三叹，韵味无穷。

以上为《招魂》的尾声，即全篇的第三大段。这部分乱辞中，打猎是描写的主要内容。这里主持招魂者屈原又以第一人称出现，回忆当年春天自己曾与怀王到南方狩猎的欢快场景；紧接着对比今日，道路已被荒草遮掩，遥望千里之外的远方（应指怀王客死在秦国之地），伤春之心油然而生，并衷心发出“魂兮归来哀江南”的呼唤。

[总评]

《招魂》这篇诗具有很高的文学、民俗、历史、语言和美学价值。我们从中可以窥见两千年前南楚国物质文明发展到何种高度，尤其能从中培养自己像屈原那样博大的胸怀和天下苍生为使命的情怀。

《招魂》想象奇异，创意奇特，文词奇丽。诗歌把天上、地下、人间、鬼怪、狰狞恐怖和华丽精美等不同的画面糅合在一起，像一幅色彩浓厚的油画，给人无以言喻的美感。诗歌以带有强烈自我色彩的抒情开头，以清新的自然环境和壮阔的狩猎场面描写收束，把全诗纳入现实的框架。序引的天堂对话，取材神话的天地四方的狰狞可怖的形象，取材楚国宫廷的如仙境般的亭台楼阁，饮食歌舞博弈的繁富乐事，“外陈四方之恶，内崇楚国之美”（王逸），构成了鲜明的对比，于内在的张力中凸现诗人对祖国的强烈的热爱，对生活的眷恋。尤其是招魂的主体部分，通过浓墨重彩的渲染、铺陈，出之以顿挫分明的四字句，如果用高亢的声音吆喝出来，具有震慑全场、天地为之肃静的气场和动人心魄的感染力。每一声招魂辞，都是一杯眼泪，即使是在历数钟鸣鼎食、歌舞狂欢、美女如云、笑语喧天、安富尊荣之时，我们都能听到掩藏在其中的诗人的哭泣，而且数得越细致、越清晰、越慢长、越繁富，就越使人感到楚国大厦将倾的无限哀痛，好像蒲宁的《安东诺夫卡苹果》，这个贵族的苹果因为太过成熟、即将掉落而散发出糜烂的气息，好像《红楼梦》接连不断的笑声背后无法掩藏的刻骨的悲凉。失乐园，即将逝去的家园。诗人声嘶力竭，长篇累牍、如数家珍的招魂辞，只能是昔日瑰丽的楚魂。诗歌以“魂兮归来”为统领，激发人们对昔日繁华的楚国的向往。“据我看仅仅只是‘魂兮归来’这样一句简单的歌辞，但当这俗歌进入诗人芬芳馥郁的想象世界，便曼衍成无比鲜艳夺目五色缤纷的画面了。像是最美丽的楚国的漆画，精工细刻，镂月裁云。后来的汉赋在刻画事物的手段上，是明显地承受了屈原诗篇的影响的，而影响最巨大的正是这篇《招魂》。”（文怀沙《屈原招魂今绎》）

《招魂》结构精美，裁剪独具匠心。全文三个部分风格迥异而炉火纯青地熔于一炉，主体部分铺陈繁富，却条理清楚，或明断暗续，或复沓萦回，山环水绕，曲尽其美。前人曾评议说：“《招魂》序宫室女色饮食之乐，与《大招》不同。《大招》每项俱各开写，《招魂》则首尾总是一串。其间有明落，有暗度，章法珠贯绳联，相绎而出。其次第一层进一层，入后异采惊华，缤纷繁会，使人一往忘返矣。……通首数千言，浑如天际浮云，自起自灭，作文之变，于斯极矣。”（蒋骥《山带阁注楚辞》）《招魂》词藻丰富多姿，语言精美华丽，满纸烟霞，佳词丽句不胜弥举，犹如吃一颗颗核桃，初极坚硬，而剥开食之，愈嚼愈香，余香满口。所谓：“巧笔如画，纤手如丝，意动成文，吁气成采，烨烨有神。”（《楚辞评林》引陈深语）“琐陈缕述，务穷其变态，自是天地瑰玮文字。”（《楚辞评林》）

参考书目

[1] 王逸. 楚辞章句 [M]. 岳麓书社，1994.
[2] 汪瑗. 楚辞集解 [M]. 北京古籍出版社，1994.
[3] (周) 屈原撰、(汉) 王逸注、(宋) 洪兴祖补注. 《楚辞补注 (全二册) [M]. 中华书局，1957.
[4] (周) 屈原撰、(宋) 朱熹集注. 《楚辞集注 (全六册)》[M]. 人民文学出版社
[5] (周) 屈原撰、朱季海撰. 楚辞解故 [M]. 中华书局上海编辑所
[6] 黄寿祺、梅桐生译. 楚辞全译 [M]. 贵州人民出版社，1984.
[7] (清) 王夫之撰. 楚辞通释 [M]. 上海人民出版社新1版，1959.
[8] 胡念贻撰. 楚辞选注及考证 [M]. 岳麓书社，1984.
[9] 董楚平译注. 楚辞译注 [M]. 上海古籍出版社，1986.
[10] 陈子展撰述、范祥雍、杜月村校阅. 楚辞直解 [M]. 江苏古籍出版社，1988.
[11] 马茂元等主编. 楚辞注释 (楚辞研究集成) [M]. 湖北人民出版社，1985.
[12] (周) 屈原撰、(清) 蒋骥注. 山带阁注楚辞 [M]. 上海古籍出版社，1984.
[13] 诸斌杰. 楚辞选评 [M]. 三秦出版社，2004.
[14] 赵逵夫. 屈骚探幽 [M]. 巴蜀书社，2004.

［15］汤炳正．屈原寻踪、涉江文字［J］．溆浦屈原学会会刊，2007．
［16］（周）屈原撰、文怀沙撰．屈原九章今绎［M］．古典文学出版社，1956．
［17］何光岳．东夷源流史［M］．江西教育出版社，1989．
［18］李天虹．楚国铜器与竹简文字研究［M］．湖北教育出版社，2012．
［19］何浩．楚灭国研究［M］．武汉出版社，2012．
［20］冯知明．楚兴八百年：楚国往事［M］．凤凰出版社，2011．
［21］林屋公子．先秦古国志［M］．华文出版社，2014．
［22］姜亮夫．楚辞今绎讲录［M］．云南人民出版社，1999．

当我们穿越时空来到战国时代，我们无法不为这个处于大动荡、大沉沦、大崛起时代所兴起的绚丽辉煌的文化所惊叹、所倾倒：动人心魄的历史妙闻、羡而从之的先贤、博大精深的文化思想。当然，也会遇到让千百年来仁人志士、文人墨客为之沉醉的一种文体——楚辞。

上架建议 畅销/文学

ISBN 978-7-5402-4468-2

定价：56.00元